BESTSELLER

**Carla Montero** nació en Madrid, en 1973, es licenciada en derecho y diplomada en administración y dirección de empresas por ICADE. Su gran afición siempre ha sido escribir. Con su primer libro, *Una dama en juego*, ganó el Premio Círculo de Lectores de Novela 2009 y ha vendido más de 40.000 ejemplares hasta la fecha. *La tabla esmeralda* es su segunda novela.

# CARLA MONTERO

## Una dama en juego

DEBOLS!LLO

Segunda edición en Debolsillo: junio, 2012



Printed in Spain – Impreso en España

ISBN: 978-84-9908-911-9
Depósito legal: B-14282-2012

Compuesto en La Nueva Edimac, S. L.

Impreso en Liberdúplex, S. L. U.

P 889119

*A mi abuelo Gregorio*

# Agradecimientos

Esta novela no sería lo que es sin los comentarios de todas las personas que leyeron el manuscrito con espíritu crítico. A todos ellos, gracias, y en especial a mi marido por su paciencia a la hora de educar en la ciencia a mi mente de letras, a mi hermano Luis por animarme a investigar sobre la Viena de *fin de siècle* y a Miguel Naveros por sus valiosas aportaciones literarias.

CARLA MONTERO

Oh, mi diosa, mi amada Kali, sean tus ojos
mi guía y tu corazón mi morada.
Abre tus brazos y recíbeme en ellos, pues es
allí donde quiero morir.

*Aryaman*

# Dos prólogos

*Castillo de Brechin, Angus, Escocia, septiembre de 1911*

El espionaje es un juego de caballeros, recordó casi al tiempo que miraba al capitán Cumming. Era una frase suya. Le había venido a la cabeza mientras fumaba para sobrellevar la tensa espera, aislado en un rincón de aquel tedioso grupo de caballeros que, cada uno a su manera, también eran espías.

«Caballeros y espías...» «Caballeros y espías...», parecía rumiar su cerebro mientras exhalaba lentamente el humo de la última calada. Por aquel entonces, estaba completamente de acuerdo con el capitán y aún tardaría años en comprobar que su superior estaba equivocado: tal vez fuera un juego, sí; pero no sólo de caballeros.

Aquella mañana, aunque demasiado fría para estar a mediados de septiembre, había amanecido clara y soleada. Después, a medida que el día había ido avanzando, el cielo se había cubierto de nubes delgadas como jirones de algodón que se tornaron gruesas y compactas al mediodía, para finalizar, al llegar la noche, con una lluvia densa propia del peor día de noviembre. Así era el clima de las Tierras Altas. *Unpredictable*, que diría un escocés.

De nuevo se sorprendió a sí mismo divagando, en aquella

ocasión sobre el tiempo. Absurdo recurso... La mente humana, en esencia compleja, le sorprendía a veces con la simplicidad de sus artimañas: trataba de distraer el nerviosismo divagando sobre el tiempo. Había estado nervioso todo el día, con aquella sensación que se le había instalado en la boca del estómago, incómoda como una visita inoportuna. Semejante estado era desde luego algo impropio de él, que solía definirse como un hombre de sangre fría y nervios templados; su trabajo así se lo exigía.

Había mucho en juego. Habían sido varios meses de duro trabajo y de incontables esfuerzos diplomáticos; de tensas negociaciones; de situaciones de riesgo en las que todo había estado a punto de irse al traste especialmente a causa de la intransigencia austríaca. Después de todo, Austria se jugaba la cara frente a Alemania, su aliado natural. Por eso, todo aquel asunto del tratado se había llevado desde la más estricta confidencialidad.

Desde el primer momento le había disgustado que el ministro de Asuntos Exteriores austríaco rehusara alojarse en el castillo y, lo que era peor, compartir la cena con los demás. Por supuesto, había ofrecido una excusa diplomática aceptable e incluso creíble. Pero él se hubiera sentido más tranquilo con todas las piezas del ajedrez sobre el tablero. En cambio, estaba esperando impaciente la llegada del díscolo dignatario mientras, a través de la ventana de la biblioteca del castillo de Brechin, observaba con ansiedad el largo camino de grava cuyos bordes se perdían en el horizonte. El castillo de Brechin era la magnífica residencia de lord Arthur George Maule Ramsay, decimocuarto conde de Dalhousie, quien, con suma gentileza, había ofrecido su hogar para que albergase un encuentro tan importante. Gesto amable, por supuesto, pero que al mismo tiempo enriquecería la biografía de la antigua familia Ramsay. La aristocrática estirpe podría lucir en su palmarés a partir de entonces el hito de haber prestado techo ilustre a la firma de uno de los tratados más importantes de la historia.

En la convulsa Europa aquel tratado abriría una pequeña tregua, pondría trabas a una guerra total. Desde que había llegado a la triste convicción de que el continente se hallaba contaminado por el virus de la guerra —virus aletargado en una suerte de período de incubación a la espera de la excusa, seguramente estúpida, que motivase el estallido del conflicto— había consagrado todo su tiempo y sus esfuerzos a minimizar su escala. En aquella ocasión, el objetivo era conseguir un compromiso de no agresión entre Austria y Rusia, dos gigantes dormidos, eternamente enemistados, que en caso de que despertasen sería como encender la mecha de un polvorín. El tratado obligaría a Rusia a abstenerse de intervenir en las relaciones de Austria con los países balcánicos a cambio de tener vía libre en Polonia. Nada determinante, pero al menos era un granito de arena en su montaña particular.

Para él, además, no era un simple tratado. Era algo que comprometía su prestigio profesional, su futuro personal y, en definitiva, su vida. Ya había meditado mucho sobre ello y estaba totalmente decidido a seguir adelante. Era su deber con la paz mundial que implicaba además la paz de los suyos. Como fruto de tal determinación, había consentido ver su nombre en las páginas de aquel documento junto al de una mujer rusa a la que apenas conocía.

Dos círculos luminosos, difusos tras la cortina de agua que empapaba su luz, le sobresaltaron, distrayéndole de sus pensamientos. Un automóvil negro cortó el camino hasta la rotonda frente a la puerta principal del castillo. Tuvo la paciencia, en un sano ejercicio para contener su ansiedad, de observar cómo el automóvil se detenía, y el chófer abría la puerta trasera y daba cobijo bajo un paraguas a su pasajero. Ambas figuras se perdieron de su vista debajo del palio de la entrada.

No quiso contener el suspiro de alivio que retenido en los pulmones mantenía su pecho inmóvil.

Mientras sacaba los documentos del portafolios —tres copias en grueso papel sellado, cada una de ellas en tres idiomas y elegantemente encuadernadas en piel—, alzó la vista para observar con detenimiento las expresiones de los reunidos en torno a la mesa de caoba, brillante y suave después de que los criados del conde de Dalhousie la hubieran pulido con tesón durante la víspera.

La luz era intensa y traicionera. Demonizaba las expresiones. La reciente instalación eléctrica del castillo era un privilegio reservado sólo para algunas lámparas de lectura. Para subsanar las carencias se había encendido una enorme lámpara de gas que pendía sobre la mesa y cuya luz caía inclemente sobre las cabezas de los presentes. El efecto resultante eran unas sombras acentuadas que endurecían sus rostros como si hubieran sido trazados a carboncillo.

Intentar deducir nada de las expresiones de los diplomáticos era cuando menos una osadía. En algunos casos porque sus rostros hieráticos carecían de expresión, en otros porque sus expresiones normalmente eran reflejo engañoso de cuanto se les pasaba por la cabeza. Aun así, no se resistió a intentarlo.

Frente a él se sentaba su jefe, sir Mansfield Cumming, director del Secret Intelligence Service, la nueva agencia británica de espionaje; para los allí presentes, se trataba sólo de un adjunto al Foreign Affairs Ministry. Cumming era un hombre de rostro pálido en el que destacaban una barbilla muy redonda totalmente afeitada y unos ojos de mirada inteligente. Solía cerrar uno de ellos y observar con el otro concienzudamente tras su monóculo a quienquiera que acabase de conocer. Su expresión entonces era severa. Pero él, que ya lo conocía, sabía que su gesto ceñudo escondía una personalidad afectuosa. Con el tiempo había llegado a sentir por el capitán Cumming una gran admiración. Recordaba la primera vez que lo vio. Por entonces C —así firmaba todos los documentos oficiales y mensajes—, que había sido el primer espía de la nueva escuela y había estado trabajando en los Balcanes y Alemania por cuenta del Secret Service Bureau, tenía la tarea de crear una agencia de espionaje que prestaría sus servicios al ejército y a determinados departamentos de alto nivel del gobierno, proporcionándoles información sobre todos los países que según se creía podían ser hostiles a Gran Bretaña. Para su particular juego reclutaba adeptos entre jóvenes pertenecientes a la clase alta. Él lo había conocido en su despacho de Whitehall, una curiosa oficina oculta tras un panel secreto que se abría mediante palancas. Habían llegado hasta allí por recomendación de su mejor amigo, un joven *earl* que fue su compañero de habitación en Eton. El capitán comenzó aquel encuentro con una conversación distante, empleando un lenguaje abrupto, hasta que finalmente rompió el hielo, retándole a adivinar quién era el hombre de una foto que había sobre la mesa. Él, que ya estaba alertado por su amigo, reconoció a Cumming tras la apariencia de un grueso y barbudo comerciante bávaro, uno de sus disfraces favoritos durante sus días de espía. Todo un gentleman inglés aquel Cumming de humor peculiar.

Junto a Cumming se encontraba sir Edward Grey, vizconde de Grey of Fallodon, ministro de Asuntos Exteriores británico. Apenas había rastro de expresión en su semblante, si bien escondía ligeramente el labio inferior en lo que pudo adivinar cierta impaciencia, incluso ansiedad. Después de todo, sir Edward era un reconocido pacifista y en aquel momento la paz estaba en juego.

Cumming y sir Edward componían la delegación británica, ya que él mismo sólo actuaba como mero secretario en un segundo plano discreto y prudente. Precauciones a las que se sumaban la de haber cambiado de nombre y la de haber ocultado el rostro tras unas gafas y un bigote y una barba que se había dejado crecer las últimas semanas. Como árbitros que eran del acto en cuestión, el protocolo situaba la delegación británica entre la rusa y la austríaca, cuyas cabezas visibles eran sus respectivos ministros de Asuntos Exteriores, Serguéi Sazonov y el conde Leopold von Berchtold.

Había tenido ocasión de conocer al señor Sazonov en Londres, cuando él era sólo un novato en la carrera y Sazonov formaba parte de la delegación diplomática rusa en Inglaterra. En los mentideros profesionales se rumoreaba que había llegado a ministro por la gracia de la zarina Alejandra con quien, se decía, mantenía algo más que una buena amistad. Más allá de la simple anécdota, si Sazonov había llegado al cargo por méritos profesionales o de otra índole, le tenía sin cuidado. Sólo sabía que le venía bien a sus propósitos pues de su política conocía tres detalles: tenía interés en mejorar las relaciones con Alemania, simpatizaba en secreto con la causa nacionalista polaca y era plenamente consciente de la debilidad militar de Rusia en caso de guerra. Además tenía un gran interés en acercar sus posturas a Gran Bretaña. Todo ello le convertía en un candidato proclive y dócil para la firma del tratado. No en vano su expresión era tranquila y casi jovial, ya que le habían puesto en bandeja un juego que satisfacía plenamente sus estrategias.

El conde Von Berchtold, por su parte, antes de ser ministro, había desempeñado entre otros el cargo de embajador de Austria en Rusia en una etapa muy poco conciliadora, dicho sea de paso. Era un anti serbio a ultranza y se dedicaba a presionar al emperador con ideas muy comprometidas y altamente arriesgadas dada la coyuntura política. Von Berchtold había sido el elemento más conflictivo de todo el proceso y sabía a ciencia cierta que si aquella noche estaba allí, era prácticamente por imperativo imperial. Decididamente, el conde no le era simpático. En realidad, aquel sentimiento no era más que el fruto de una primera impresión y de muchos prejuicios, ya que nunca antes había coincidido con él a pesar de que, al ser Von Berchtold uno de los hombres más ricos de Austria, frecuentaba los mismos ambientes que él. A quien sí había tenido el placer de conocer y además íntimamente era a su bella hija, cuyo recuerdo en aquel instante contribuyó a apaciguar su ánimo.

Mientras realizaba aquel particular análisis de personalidades, los demás congregados dejaban escapar algún que otro comentario o chascarrillo, por supuesto intrascendente y propio de cualquier evento diplomático. También se podía escuchar un susurro de páginas rozando el aire, resultado de hojear de manera simbólica un documento previamente consensuado; y los chasquidos de los capuchones de las estilográficas que a él se le antojaron como botellas de champán descorchándose en sordina.

Según los plumines dorados dejaban un rastro de tinta negra sobre el papel trazando los complicados garabatos que llamaban firmas, sus músculos se destensaron y el hormigueo de su estómago desapareció. Sin embargo, semejante alivio hubiera devenido en angustia de haber podido ver en aquel momento, como a través de una bola de cristal, que aquel tratado iba a truncar su propia vida, esa que él creía tener tan bien atada.

*Frankfurt, Alemania, septiembre de 1913*

Cualquiera hubiera esperado encontrarse con un sótano inmundo, que oliese a humedad y moho o que las ratas correteasen chillando entre trastos viejos y muebles rotos. Cualquiera hubiera esperado polvo y telarañas colgando de las esquinas y otros muchos detalles sórdidos. Nada más lejos de la realidad. Por algo decía el capitán que el espionaje es un juego de caballeros.

De hecho, se encontraba en una lujosa sala de un palacete burgués a las afueras de Frankfurt decorada conforme a las últimas tendencias del *art nouveau*. Él no sabía mucho de decoración, pero había oído a su madre hablar del *art nouveau* y vio cómo su casa de Chelsea se había ido transformando lentamente en aras de la nueva corriente. Su misión había empezado hacía ya casi un año en los bajos fondos de Amsterdam y ahora terminaría en las altas esferas de Frankfurt.

En realidad llevaba más de un año enredado con aquel asunto: quizá algo demasiado grande para tratarse de una primera misión. No obstante, a pesar de su juventud y de su escasa experiencia, era el agente más indicado para llevarla a cabo, ya que había vivido durante más de quince años en la India, donde su padre estaba destinado como oficial británico. Y no un oficial británico cualquiera: era William Sleeman, el hombre que desenmascaró a los Thugs, los asesinos de Kali. Por eso había sido reclutado y entrenado, antes de recibir una formación intensiva de seis meses sobre religiones orientales, sobre todo hinduismo y budismo, y sobre sectas y sociedades secretas.

Su misión había consistido inicialmente en infiltrarse en una sociedad secreta, la Logia Kalikamaísta: una organización de principios y fundamentos religiosos pero con una proyección criminal y política que amenazaba la precaria estabilidad del orden mundial. El Secret Intelligence Service sólo sabía que era una rama de la teosofía de madame Blavatsky. Nunca antes había oído hablar de ello, así que se puso a investigar: la teosofía, averiguó, era la creencia en el conocimiento esotérico de Dios, basado en la reflexión y la iluminación interior y en la experiencia espiritual mística. Vamos, una panda de chalados, que hubiera dicho él. En 1875, Elena Petrovna Blavatsky había creado en Estados Unidos la Sociedad Teosófica enraizada en esta misma corriente de creencias pero con un contenido mucho más orientalizado y que además defendía un conjunto de ideas ocultistas, espiritistas y esotéricas. Atacaban el cristianismo y todo lo que éste representaba, y gracias a la labor de Annie Besant, se habían inclinado hacia el hinduismo. De hecho, la Logia Kalikamaísta se estaba extendiendo rápidamente entre antiguos militantes del teosofismo.

Esta vertiente puramente espiritual de la logia (haciendo abstracción de la salud mental de sus seguidores) hubiera resultado inofensiva y no hubiese merecido ninguna atención en una época en la que las sociedades secretas y el ocultismo abundaban como los hongos y servían de distracción frívola a una sociedad un tanto decadente. Sin embargo, las alarmas saltaron cuando algunos de sus miembros empezaron a ser relacionados con rituales de sacrificio humano, profanación de tumbas, tráfico de armas, asesinatos y extorsiones.

Desde hacía tiempo se había hecho un seguimiento exhaustivo de un tal Otto Krüffner, de quien se creía que era la mente pensante y el bolsillo que financiaba a los kalikamaístas. El pasado de Krüffner era oscuro. No figuraba en ninguno de los registros de nacimiento de ningún país. No obstante, viajaba, y mucho, con pasaporte alemán. Se creía que su última residencia estaba en Königsberg, la capital de Prusia Oriental, casi en la frontera con Rusia, donde había fundado el AFV —Aufbruch fürs Freie Volk o Resurgimiento del Pueblo Libre—, un partido político semiclandestino de corte anarquista cuyos militantes provenían fundamentalmente de la Universidad Albertina de Königsberg en la que Krüffner era profesor de sánscrito, la lengua hindú.

Pero si el Secret Intelligence Service había puesto sus ojos en los kalikamaístas no había sido por sus actividades mafiosas (competía a otro departamento del gobierno), sino porque se sospechaba que en realidad ocultaban una trama internacional cuyo objetivo era hacer estallar la guerra en Europa y extenderla a todo el mundo. Una amenaza que a priori podría parecer ambiciosa hasta la hilaridad pero que dadas las circunstancias resultaba demasiado peligrosa como para no ser tomada en serio.

Partiendo de tan escasa información, su objetivo era, en pocas palabras: averiguar más sobre su filosofía, su líder, su organización, sus rituales, sus entramados económicos, políticos y sociales…

Es de manual que uno no puede llamar a la puerta de una sociedad secreta, son ellas las que le buscan a uno. Así que empezó localizando uno de los centros habituales de reclutamiento: un café cochambroso en lo más sórdido y profundo de los muelles del puerto de Amsterdam, al que acudían artistas e intelectuales de poca monta a fumar opio y beber absenta, las drogas de la inspiración. Allí se presentó con un ejemplar de *La Doctrina Secreta* —el libro de cabecera de los teósofos— y sólo fue cuestión de esperar. Un mes más tarde ya lo habían contactado.

Desde el primer momento tuvo la sensación de haber entrado en algo más que en una simple secta. Poco a poco, fue descubriendo una sociedad paralela perfectamente organizada, dividida en estamentos claramente delimitados, con una jerarquía lógica y una forma de gobierno absolutista en la que había un único líder indiscutible e irreemplazable.

La jerarquía le absorbió desde el primer momento. Antes de ser admitido en el más bajo de sus estamentos, el de los denominados *Zaiksha,* tuvo que superar una dura prueba. Transcurrido un año de formación alcanzó el grado de *Shishya*, el segundo escalón de la jerarquía, para lo que tuvo que someterse al *Diksha*, el ritual de iniciación que recordaba vagamente como algo terriblemente macabro y desagradable. Tan sólo podría describir con lucidez los primeros instantes del rito en un templo de cartón piedra bajo un local en los suburbios de Viena. Un templo dedicado a KaliKama, una invención de la secta, divinidad de aspecto terrorífico a la que se rendía culto y a la que se veneraba con gran devoción como señora de todas las cosas, creadora y destructora, con poder absoluto sobre la vida y la muerte, que en realidad resultaba ser una mezcla algo chapucera entre la diosa Kali en su vertiente destructora y el dios Kama del amor. Los *Zaiksha* que se convertirían en *Shishya* tras el rito vestían túnica púrpura y formaban en fila frente al altar en el cual se sentaban, presidiendo la ceremonia, los integrantes de la cúpula de la secta, los cuatro *ParamaGuru* con el *GuruDeva* a la cabeza. La ceremonia se oficiaba en sánscrito. Tras unas oraciones iniciales para entrar en materia, todos los congregados empezaban a fumar hachís hasta entrar en un trance al que se llegaba a base de repetir sin tomar aliento el mantra «Kuruma KaliKama», y claro está, con la inestimable ayuda del hachís. Desde entonces sus recuerdos se nublaban y apenas le venía a la memoria la imagen de un cuerpo humano frente al altar (no podría precisar si vivo o muerto) al cual el *GuruDeva* le extraía un órgano, probablemente el corazón, para ofrecérselo a KaliKama y (aún se le revolvía el estómago cuando lo revivía) después servía su sangre (previamente hervida en el fuego divino para purificarla y vertida en el cáliz sagrado de la vida y la muerte) como bebida para los iniciados. Por último, creía recordar haberse entregado a un frenesí sexual como nunca había experimentado y participar en una fornicación colectiva hasta el éxtasis sin distinción de sexos. A la mañana siguiente se había levantado con un dolor de cabeza propio de la resaca que sucede a la mejor bacanal romana y dos letras K, una frente a la otra, marcadas a fuego en su pecho como se graba en una res la marca del ganadero. Un episodio para olvidar.

En aquel momento, con la misión a punto de finalizar, sólo esperaba no tener que acudir a ningún otro rito.

Como *Shishya* compaginaba su formación espiritual con la investigación del entramado criminal de la secta, del cual pasaba debida cuenta a Whitehall a través de sus informes. Pero si bien éste no era más que una forma de financiación para el sostenimiento de las actividades de la secta y el enriquecimiento personal de los miembros de la cúpula de gobierno, la verdadera amenaza para la paz mundial estaba en la esencia misma de la filosofía kalikamaísta, recogida en el libro-manual *El Mensaje Sagrado*, escrito por el propio *GuruDeva*.

Durante el período de aprendizaje tuvo la ocasión de profundizar en los principios fundamentales del KaliKama, y cuando tuvo que elaborar el correspondiente informe los resumió en tres puntos:

1. Las dos realidades básicas del espíritu humano son el amor (como creador de vida) y la muerte. El amor creador (que en muchos aspectos se confunde con la actividad sexual) conlleva la purificación del alma a través del placer corporal. La humanidad no se desarrolla espiritualmente porque las religiones occidentales reprimen la sexualidad, restringiéndola a un mero instrumento para la procreación. La muerte, por otro lado, supone la purificación plena del alma. Para el KaliKama la destrucción del envoltorio carnal es un simple esca-

lón hacia la muerte total. Cada uno de estos escalones supone una nueva reencarnación.

2. La mente humana con el adecuado entrenamiento sería capaz de todo. En ella reside KaliKama, la diosa todopoderosa. De hecho, se decía que el *GuruDeva* tenía poderes sobrehumanos, pues veía a través de los objetos, se comunicaba con los muertos y hacía surgir el fuego de la nada. Lamentaba informar a sus superiores que no había presenciado ninguna de estas espectaculares acciones...

3. La humanidad está inmersa en una era oscura, *Kali Yuga*. La situación social, política, económica y cultural del hombre moderno le impide alcanzar la total purificación, condenándose así a una reencarnación continua. Superar el *Kali Yuga* supone destruir a la humanidad actual. Una élite espiritualmente preparada que hubiera alcanzado el *Jnana Pada*, los elegidos de Dios, se salvaría de este holocausto para dar paso al nacimiento de una nueva especie humana integrada por seres espirituales, casi divinos, verdaderamente purificados tras la muerte total. Aquí se veía el peligro de los kalikamaístas, se consideraban los elegidos de Dios y estaban acumulando recursos para anticiparse a un holocausto fortuito. Se jugaba el cuello —ya lo estaba haciendo— a que uno de los objetivos de la secta era provocar la muerte total de la humanidad.

Éste era el extremo realmente preocupante de los seguidores kalikamaístas. Era evidente quiénes eran los elegidos de Dios, como también era evidente que no iban a esperar a que su holocausto particular, esa muerte total a la que hacían referencia, se produjese de forma fortuita.

Mientras fuese un simple *Shishya* nunca tendría acceso a semejante información porque asuntos de tal índole sólo se trataban en los encuentros de la cúpula. Por otro lado, esperar a formar parte de ella sería una pérdida de tiempo ya que a tan altos niveles no se llegaba por oposición interna, sino por libre designación del *GuruDeva*, el máximo responsable. Ciertamente, no le quedaba más remedio que pasar a la acción, y diseñó en colaboración con el Secret Intelligence Service un plan para infiltrarse en alguna de las reuniones de la cúpula kalikamaísta.

Averiguar dónde tenían lugar los encuentros fue una tarea difícil. Para ello partieron de la escasísima información que tenían, de la única clave con nombre y apellidos en aquella trama: Otto Krüffner y el AFV. Se rastrearon todas las propiedades de ambos, así como cualquier operación inmobiliaria que hubieran llevado a cabo en los últimos años. En un primer momento, el Secret Intelligence Service no descubrió nada digno de su atención. Sin embargo, repasando los informes, reparó en algo que habría pasado desapercibido a quien no estuviese familiarizado con la secta. En 1907 Krüffner cedió al AFV una casa a las afueras de Frankfurt; unos meses después el AFV la vendía a un tal Herr Shakti Devi. Lo que aparentemente era el nombre de un comprador de origen hindú despertó sus sospechas. Él sabía que Shakti Devi es uno de los nombres de la esposa del dios Shiva, también llamada Parvati, Durga o... Kali. Aquello fue motivo más que suficiente para poner la casa bajo vigilancia.

Se trataba de la típica mansión burguesa, situada en un bosque espeso y a unos treinta kilómetros de Frankfurt. Aunque estaba deshabitada y las puertas estaban selladas y las ventanas tapiadas con muros de ladrillo, posiblemente para evitar que la ocupase algún vagabundo, parecía cuidada. Nada fuera de lo corriente, salvo por el significativo hecho de que una noche cada veintiocho días, cuando faltaban tres para la luna llena, cinco hombres acudían en intervalos de quince minutos al lugar... Ya los tenía.

Aquella noche, desde su escondite en el interior de la casa, asistía expectante a una de las misteriosas y secretas reuniones de la cúpula kalikamaísta. Al igual que en las ceremonias de culto o de iniciación, los cinco convocados cubrían sus rostros con máscaras y vestían con túnicas, cada una de un color, representando el *Panchabhuta* o los cinco elementos de los que está compuesto el hombre y toda la creación, sin los cuales nada existiría. De este modo, no se mostraban sus rostros entre ellos, ni se llamaban por sus verdaderos nombres, sino por los de los elementos del *Panchabhuta: Prithvi*, la tierra, vestía túnica marrón; *Vayu*, el aire, blanca; *Apas*, el agua, azul; *Agni*, el fuego, roja; y por último, *Akasha*, el éter, el único elemento puro que da origen a los demás elementos, vestía túnica negra, debajo de la cual, intuyó sin dificultad, debía estar el *GuruDeva*. El resto eran cuatro *ParamaGurús* o líderes espirituales. Solamente a uno de ellos, *Agni*, el fuego, se dirigía el *GuruDeva* como *Aryaman*, mi íntimo amigo, de lo que dedujo que ocuparía un rango más elevado entre los *ParamaGurús*.

Reunidos en torno a una mesa, discutían en sánscrito, su lengua común, el texto de un libro rojo. A medida que iba avanzando la noche comprendió el contenido de aquel libro. Lo que aquellos hombres tenían frente a ellos era algo que él creía físicamente imposible. Pero allí estaba, detallado y explicado para dar fin al mundo tal y como él lo conocía.

Su expectación se convirtió en ansiedad y el libro rojo en su objetivo, tenía que conseguirlo, costara lo que costase.

A la mañana siguiente un hombre que navegaba por el río Main chocó con su barca contra un cuerpo que flotaba boca abajo.

En las páginas de sucesos de la edición vespertina del *Frankfurter Zeitung* podía leerse:

> El cuerpo sin vida de un varón, identificado como J. H. D., comerciante sudafricano, ha sido hallado a primera hora de esta mañana en la orilla sur del río Main, cerca del barrio Sachsenhausen. El cadáver presentaba disparo de arma de fuego y otras señales de violencia. Al cierre de esta edición, la policía todavía no ha aportado datos sobre las posibles causas del suceso.

En realidad, el joven se llamaba Geoffrey Sleeman y era agente británico del Secret Intelligence Service.

# Dos diarios para Lars

## 1915

Vuelvo a casa, amor mío. El viaje es largo y los minutos caen con el ritmo angustioso de las horas. Pero he comenzado a escribirte y parece más liviana la condena del tiempo y la distancia, de la ausencia. He comenzado a escribirte y siento que las palabras fluyen sin dolor, como fluye la tinta por el plumín de la estilográfica. He comenzado a escribirte y siento alivio, siento consuelo y te siento a ti, presente en cada recuerdo que se agolpa en mi cabeza, luchando por quedar impreso en el papel.

Éste es, amor mío, mi relato. Un relato para ti que es en mi descargo.

* * *

Hoy me he casado, hermano. He asistido como un extraño a la ceremonia, como quien contempla desde el purgatorio su propio funeral.

No puedo dejar de pensar en ella…

He cogido unas hojas en blanco, he mojado la pluma en tinta negra y he empezado a escribirte.

Sólo deseo hablarte de ella.
Sólo deseo redactar mi confesión.

## 1913

*2 de diciembre*

Recuerdo, amor mío, que desde que habíamos traspasado la frontera el panorama era húmedo y gris. La lluvia nos había acompañado durante la mayor parte del viaje, la nieve aparecía cuando nos acercábamos a las montañas. Nunca me desagradó la lluvia. Al contrario que a la mayoría de los mortales me gustan los días grises de otoño; por algo llevo sangre del norte en mis venas.

Con la frente apoyada en la ventana del compartimiento de primera clase, observaba el paisaje correr a mi lado y pensaba, sorprendida de mi nostalgia, en mi casa; en mi auténtica casa, el hogar de mi niñez. Recreaba las tardes de otoño en las que me asomaba al mirador que colgaba sobre la plaza del pueblo, una como tantas otras que hay en España: cuadrada, coqueta y típica; con sus arcos de piedra, su templete, su reloj y su bandera ondeando en el balcón del ayuntamiento; con cierto sabor a rancio y a atraso pero con un encanto difícil de imitar. Desde el mirador me gustaba contemplarla, su suelo empedrado, semioculto por enormes charcos: mi plaza se mostraba un poco tristona y solitaria sin su gente... Te podría contar tantas cosas de mi hogar; todas esas cosas que nunca te conté. Aunque quizá tampoco sea ya el momento...

—Isabel.

Al oír mi nombre, volví al vagón de primera clase, al continuo traqueteo del tren sobre los raíles, a la gran duquesa viuda Alejandra de Brunstriech que era quien me llamaba y al Gran Ducado del mismo nombre que era mi destino.

Por aquel entonces yo acababa de descubrir que el Gran Ducado de Brunstriech no era más que un castillo colgado de las montañas y rodeado de algunas miles de hectáreas de tierras situadas a pocos kilómetros de Viena, entre el Imperio austrohúngaro y el Imperio alemán. El Gran Ducado de Brunstriech era además un residuo del extinto Gran Ducado de Valdavia, absorbido en 1871 por Alemania cuando en la guerra franco-prusiana el gran duque se puso de parte de los franceses, que tuvieron la desafortunada idea de perder. Fue entonces cuando el gran duque de Valdavia, emparentado con la familia real austríaca, obtuvo del emperador un acuerdo con el káiser Guillermo I por el que Brunstriech debería permanecer bajo el poder del gran duque y la protección del Imperio austrohúngaro.

El anterior gran duque estuvo casado con una española, Alejandra, quien se había quedado viuda hacía años y vivía en Brunstriech, a menudo aburrida, ya que a pesar de tener dos hijos éstos pasaban más tiempo en el extranjero que en casa debido a sus obligaciones profesionales. La gran duquesa viuda era una mujer de aspecto severo y estirado. Alta, delgada, con el pelo totalmente blanco, la cara de rasgos afilados y la mirada fría, no aparentaba ser la anciana despistada, atolondrada y encantadora que en realidad era.

Aunque todo eso... Bueno, todo eso tú ya lo sabes porque ella era tu madre y tú el gran duque de Brunstriech.

—Isabel —insistió—. ¿Vienes al vagón restaurante? Cenaremos algo.

—Sí, tía —contesté antes de que comenzara a impacientarse.

*14 de diciembre*

Recuerdo, amor mío, que nos alojamos en el Hôtel de Crillon. Desde que había sido inaugurado cuatro años atrás, el Hôtel de Crillon se había convertido en el sitio ideal para que la aristocracia europea se alojase con todas las comodidades que su selecto criterio exigía para pasar una estancia en París. No en vano también se trataba de un palacio que había pertenecido a los duques de Crillon hasta que fue convertido en lujoso alojamiento abanderado del estilo francés de *savoir vivre;* estaba situado entre la zona cultural y frívola de la capital. Perfecto para la gran duquesa viuda Alejandra.

Según ella, una semana sería suficiente para enseñarme la ciudad, visitar a un par de amistades (que se convirtieron en un par de decenas) y adquirir el equipo completo para una joven que debutaba en sociedad. Una semana realmente frenética entre casas de moda, salones de té y museos. Ambos sabemos que París es una ciudad de alocado ritmo y tu madre una mujer de naturaleza inquieta que me arrastró a un torbellino de sedas, encajes y rasos, perfumes y sombreros, alfileres, cintas métricas... Eso por la mañana. Por la tarde tocaban listas interminables de pintores y escultores, estilos arquitectónicos, horarios de museos... Y por la noche, largas cenas con aburridos personajes sociales totalmente desconocidos para mí. Aquella estancia en París, la ciudad de la luz, la moda, el arte y el amor fue simplemente agotadora, créeme.

Sin embargo, amor mío, París nunca dejaba de cautivarme, con aquellas calles recoletas donde siempre había una mesita bajo un farol para tomar un café; o por las pequeñas plazas donde se desplegaban los mercados callejeros. Me encantaban los jardines cubiertos por alfombras de hojas secas y el tiovivo de colores brillantes que había en el centro de las Tullerías. Disfrutaba paseando entre los puestos de acuarelas y litografías de la *rive gauche*. Y cerca del hotel, nada más doblar la esquina donde siempre olía a pan y a bollos de mantequilla recién horneados, había una pequeña tienda que vendía de todo un poco, como si de un bazar oriental se tratase, y en la que me hubiera encantado detenerme a curiosear. Después de todo, cualquier ciudad, incluso París, tiene algo de pueblo. Y aquel pueblo era mi París.

Al quinto día de nuestra estancia tu madre sucumbió a las limitaciones de la ancianidad y cayó exhausta en una siesta profunda y larga, ofreciéndome el momento propicio para que yo me acercase al tiovivo de las Tullerías a ver montar a los niños en los caballitos de madera mientras saboreaba un algodón de azúcar, aquella rareza que había vuelto dulce el copo de una rueca.

La tarde era fría pero soleada y el parque estaba bañado en la luz anaranjada de los últimos rayos de sol antes del crepúsculo. Deambulé primero por los caminos de tierra entre las hermosas estatuas griegas y los setos de arbustos bien recortados. En mi camino me cruzaba con los parisinos que disfrutaban de la tregua del otoño; las damas elegantes paseaban escoltadas por sus doncellas, las niñeras empujaban carritos de bebé con grandes ruedas, por los que asomaban encajes con lazos rosas o azules, los soldados silbaban a las chicas guapas, las niñas saltaban a la comba y los niños jugaban a empujar con un palo largo pequeños barcos de vela sobre las aguas de una fuente. A lo lejos se oía la música tintineante y repetitiva del tiovivo.

Estaba tan ensimismada disfrutando de lo que me rodeaba que no me fijé en el hombre que desde que había salido del hotel me seguía a una distancia prudencial. Había cruzado la plaza de la Concordia y había seguido mis pasos en las Tullerías, apoyándose en los árboles para fumar cada vez que yo me detenía. Había esperado el momento adecuado… justo cuando elegía un banco cerca del tiovivo para sentarme plácidamente a leer un libro. En ese mismo instante corrió hacia mí, enganchó mi bolso y tiró con fuerza de él para arrebatármelo. Aunque me cogió totalmente por sorpresa, tuve el reflejo de aferrarme al bolso para evitar que me lo quitara.

Todo ocurrió en segundos: unos breves instantes de acometida y forcejeo desde que sentí el tirón hasta que acabé en el suelo arrastrada por la sacudida. Finalmente, al notar que la gente me miraba alarmada por lo sucedido, el ladrón huyó corriendo sin conseguir su botín.

Tras el asalto me encontré tirada en mitad del parque, entre la tierra y las hojas, con el bolso fuertemente asido con una mano, los nudillos se me habían puesto blancos de tanto apretar. Es curioso cómo después de una caída lo primero que uno siente, por fuerte que haya sido el golpe, no es dolor o aturdimiento, sino un terrible bochorno producto de un inoportuno sentido del ridículo. «Que no me haya visto nadie», suele ser el primer ruego mudo, pero en mi caso carecía de sentido pues me hallaba en el centro de un corrillo de gente que me miraba atentamente mientras murmuraban en francés. De modo que no sólo me observaban en una postura irrisoria, sino que, además, como se me había subido la falda, les mostraba impúdica mis pantorrillas y parte de mi ropa interior. De un rápido movimiento volví a cubrirlas.

—*Vous êtes bien, mademoiselle?* —se interesó alguien a mi lado mientras me asía del codo para ayudarme a levantar.

—Sí... Eh... *Oui, oui...* —le contesté todavía algo aturdida al caballero (según pude comprobar después de mirarle) que amablemente se había acercado en mi auxilio.

—¿Se ha hecho daño? —comenzó a dirigirse a mí en español, al tanto de mi nacionalidad gracias al espontáneo «sí» con el que le había contestado. En su voz se descubría la sombra de un acento cuya procedencia no me molesté en identificar—. Tiene las manos heridas...

En realidad sólo era una: la palma de la que no había defendido el bolso y en la que me había apoyado al caer para evitar que mi cara acabara en la tierra. Tenía cuatro raspones manchados de arena como los que lucen los niños en las rodillas tras una tarde en el parque. Literalmente, me había lijado la mano.

—No es nada... —murmuré cabizbaja.

Todavía me sentía más azorada que otra cosa y lo único que deseaba era que todo el mundo se dispersase y me dejase sola con mis manos raspadas, mi vestido manchado de polvo y mi sentido del ridículo en plena ebullición; incluido el amable caballero.

Pero él no parecía dispuesto.

—Será mejor que se las lave un poco o se le podrían infectar. La acompañaré a aquel quiosco.

No hubo opción a la réplica. Me escoltó entre la gente que nos rodeaba (y que dado que el espectáculo tocaba a su fin ya empezaba a retirarse) hasta un quiosco de bebidas que había a unos pocos metros del tiovivo. Entretanto, yo me empeñaba en limpiar de mi vestido los rastros de la caída.

El pequeño establecimiento tenía unas pocas mesas de hierro y mármol sin pulir y, tras la barra, un ceñudo camarero con bigotillo bien recortado, pajarita y mandilón blanco —como todos los camareros franceses—, al que el joven que me acompañaba —pues entonces me di cuenta de que era joven— le preguntó por *les toilettes, s'il vous plaît.*

—*Il n'y a pas* —le contestó el interpelado con cara de querer añadir: «esto es sólo un quiosco callejero, pimpollo, no el Ritz».

—Entonces, tal vez pueda proporcionarnos un poco de agua para que la señorita se lave las manos y dos tazas de té con limón —sugirió en un tono tan imperativo que el reticente camarero no tuvo nada que objetar.

—¿Ya se le ha pasado el susto? —me preguntó después de que nos sentáramos.

¿Susto? No me había parado a pensar que…

—¡Dios mío, han intentado robarme el bolso! —caí en la cuenta y exclamé.

—Efectivamente. Y no lo han conseguido. Ha mostrado usted mucha fuerza.

Asentí mecánicamente. No le escuchaba pues estaba recapacitando sobre lo sucedido.

—Cuando mi tía se entere… ¡Mi tía! —Hice ademán de ponerme en pie—. Tengo que marcharme. Tal vez se alarme…

Pero me detuvo.

—Espere. Tómese el té. Una bebida caliente le calmará la agitación. Y si se limpia la sangre de la mano, quizá su tía se alarme menos.

¿De veras parecía yo agitada?

Sus argumentos parecían convincentes, así que decidí volver a acomodarme en la silla al ver aparecer al camarero con la comanda. Ciertamente me haría bien ese té que humeaba en la taza, tan calentito y apetecible, ahora que empezaba a hacer más frío. Antes de darme tiempo a ponerle azúcar, el joven caballero sacó su pañuelo y lo empapó en el agua que había pedido.

—¿Me permite? —solicitó tomando mi mano.

Con mi beneplácito, pasó el pañuelo suavemente sobre mis heridas.

Por primera vez desde el incidente le miré como a la persona que me había ayudado. Vestía con elegancia y su rostro, en el que destacaba una cicatriz sobre la boca que le daba el aspecto de tener un labio leporino, resultaba agradable. Era de ese tipo de rostros que, aun siendo la primera vez que se ven, tienen un aire casi familiar: inspiran confianza y sosiego al momento.

—¿Le escuece?

—No... Me temo que todavía no le he dado las gracias, señor...

—Windfield. Richard Windfield —contestó alzando los ojos y con una sonrisa que quería ser seductora y que imaginé que siempre acompañaba a su presentación—. Si tuviese un poco de jabón sería mejor.

—Está bien así, gracias. Siento... siento no haber sido muy amable con usted, señor Windfield.

—No tiene que disculparse. Estaba usted aturdida. Ahora bébase el té, le sentará bien.

Ambos tomamos un sorbo de las tazas.

—Ha tenido mala suerte. No suele haber robos en esta parte de la ciudad.

—Ni yo tengo pinta de ricachona con el bolsillo lleno —concluí mostrando mi fastidio—. Vaya... para una vez que me decido a salir sola. ¡Menuda aventura frustrada!

—Aún no me ha dicho su nombre.

—Es cierto. Disculpe de nuevo mi descortesía. Me llamo Isabel Alsasúa.

—Es un placer, señorita Alsasúa.

—Debería decir «igualmente», señor Windfield, aunque la verdad es que para mí haberle conocido va más allá del mero placer ya que me ha salvado usted de morir desangrada —el señor Windfield volvió a reír—. No es usted francés, ¿verdad?

—No. ¿Cómo lo ha sabido?

—Pues... —vacilé para después responder lo primero que se me pasó por la cabeza—, porque no tiene cara de francés.

—Vaya —rió—. No sé si tomarlo como un cumplido o como un agravio.

—Por favor, tómelo como un cumplido. No quisiera parecer descortés... de nuevo.

—Así lo haré. La verdad es que soy inglés, de Devonshire. ¿Conoce usted Inglaterra?

—No, lo siento.

—Bueno, pues es... verde.

Me hizo sonreír.

—¿De qué parte de España es usted? Porque es española, de eso no hay duda.

Su comentario me obligó a recordar mi pelo lacio y oscuro, mis ojos demasiado negros, mi tez demasiado morena y mis rasgos demasiado grandes. Nunca te lo he contado pero alguien me dijo una vez que yo había nacido bajo una luna gitana y que tenía «duende». Lo cierto, amor mío, es que yo aborrecía ese duende de mi cara vulgar y anhelaba un rostro de elegante belleza diminuta, delicada y pálida, al gusto de la época. Como buen experto en mujeres, deberías saber que es vicio nuestro anhelar lo contrario de lo que poseemos.

—Del sur, de un pueblecito de Cádiz. Me imagino que usted sí conoce España: habla muy bien español.

—Gracias. Estuve trabajando allí tres años. En Madrid.

—¿De veras? ¿Y en qué trabajaba usted, señor Windfield?

—Soy diplomático. Estaba asignado a la embajada británica —comentó con cierto tono de apuro en la voz, como si le avergonzara serlo. ¿Estoy equivocada o es verdad que hay gente que teme ser demasiado importante en determinadas ocasiones?

—Y ahora, ¿está destinado aquí, en París?

—No, en realidad estoy de paso. ¿Usted está de visita?

Negué con la cabeza.

—También estoy de paso. Lo cierto es que oficialmente no vivo en España desde hace dos semanas. Ahora estoy de camino a Austria... bueno, cerca de allí, donde voy a vivir con mi tía. Mañana tomaremos el tren a Viena.

El rostro del señor Windfield reverberó con una expresión de grata sorpresa.

—¡Qué fantástica casualidad! Yo también tomaré el tren a Viena mañana. Quedaría sumamente complacido de contar con su compañía en algún momento del viaje, si a usted no le molesta.

La idea, si bien no me entusiasmó tanto como a él parecía haberle entusiasmado, tampoco me desagradó. Después de todo el señor Windfield parecía un hombre amable y su compañía no se me hacía tediosa.

De pronto, se encendieron las luces del parque con la magia de la electricidad. Pensé con nostalgia en ese duende invisible que fue el farolero. Una escalera y una pértiga: la silueta de un equilibrista de las calles que el progreso había convertido en una estampa del pasado. También era eléctrica la iluminación del tiovivo y brillantes bombillas trazaban sobre el cielo negro su silueta de luz. El aire olía a azúcar quemado, el aroma del puesto de algodón dulce, y a tarde de otoño que se muere: como a estufa de carbón y tierra húmeda. Me di cuenta de que había anochecido y vacié de un sorbo la taza de té.

—Se ha hecho tarde. Ahora sí que debo marcharme. Mi tía estará preocupada —aseguré, mientras me ponía en pie. El joven me imitó—. Muchas gracias una vez más por su amabilidad, señor Windfield —reiteré con la mano tendida para estrechársela.

Él la tomó sin soltarla.

—¿Me permite invitarla a cenar conmigo esta noche? —soltó con decisión—. ¿Conoce el restaurante de la torre Eiffel? Las vistas merecen la pena, se lo aseguro.

Su proposición me cogió por sorpresa. No me esperaba de un flemático caballero inglés semejante arrebato de impulsividad, los de su clase lo hubieran considerado por lo menos indecoroso. Tras dudar brevemente sobre mi respuesta, finalmente opté por responder lo que se esperaba de una señorita de buena familia, soltera y recién plantada por su novio.

—Muchas gracias, señor Windfield, pero seguro que mi tía ya tiene algún compromiso para mí esta noche.

—Tal vez mañana, en el tren —insistió.

—Tal vez. —Mañana sería otro día.

—Me permitirá entonces que la acompañe. No debería andar usted sola por el parque ahora que ha anochecido.

El señor Windfield era un hombre perseverante: no aceptaría con facilidad un no por respuesta y no estaba dispuesto a consentir que una dama como yo, que había tenido ya suficientes aventuras por el día, se expusiera a más de noche. Así que accedí.

—¿Vive lejos?

—No, muy cerca de aquí. En el Hôtel de Crillon.

—¡Pero eso es estupendo! Yo también vivo allí. Parece que hoy es el día de las casualidades.

—Sí, eso parece —coincidí mientras nos adentrábamos por las sendas pobremente iluminadas del Jardín de las Tullerías dejando atrás la música del tiovivo.

Tanta casualidad me incomodaba. Y es que ya sabes, amor mío, que yo suelo decir que las casualidades, como las desgracias, nunca vienen solas: el destino se empeña en ofrecerlas en ristras, como las rosquillas.

—¡Dios mío! —exclamé sin poder moderar el tono de mi voz.

Al abrir la puerta de mi suite en el Hôtel de Crillon, di las luces como siempre hacía y, en lugar de una habitación pulcra y lujosamente decorada según los cánones del siglo XVIII, encontré un revoltijo de ropa y papeles, muebles tirados, cajones abiertos, sábanas por el suelo... Inmóvil en el quicio de la puerta, no reaccioné.

A los pocos segundos, Richard Windfield, que había escuchado mi grito mientras esperaba el ascensor al fondo del pasillo, apareció tras de mí, asomándose por encima de mi hombro para contemplar el espectáculo.

—*Good Lord!*

Fue él el primero en adentrarse en la estancia, sorteando los obstáculos que había por el suelo: una silla tirada, la papelera boca abajo, un zapato, un baúl volcado, una sombrerera abierta y una explosión de lencería: mis prendas más íntimas esparcidas por doquier, sin ningún recato. Yo le seguía hasta que se detuvo en el centro del dormitorio, donde giró en redondo para abarcar con la vista todo el panorama.

—¡Pero ¿qué es lo que ha pasado aquí?! —le pregunté como si él tuviera que saberlo.

—Hay que ver lo que ha empeorado el servicio de habitaciones en este hotel...

Le miré desconcertada y él me devolvió una sonrisa traviesa. Se encogió de hombros para señalarme que sólo bromeaba. Pero yo, que no estaba para bromas, permanecí seria. Él carraspeó y preguntó, recuperando el tono solemne:

—¿Tenía algo de valor en esta habitación?

—Sí... ¡mis joyas! —concluí a la vez que de un par de zancadas me dirigía al tocador donde guardaba el joyero.

Estaba tirado en el suelo como la mayoría de las cosas. Me agaché para examinarlo, mis movimientos eran torpes por culpa de la ansiedad.

—¿Está todo? —quiso saber el señor Windfield.

—Creo que sí...

—No entiendo nada —cavilaba el señor Windfield, y en su cavilar se pasaba las manos por sus ondas oscuras—. Hubiera asegurado que se trataba de un robo, pero si no se han llevado las joyas...

Las guardé todas en el joyero y lo cerré cuidadosamente,

dejándolo de nuevo sobre el tocador, como si ese pequeño gesto contribuyese a mejorar el aspecto caótico del dormitorio y a tranquilizar mis nervios. Después me obsesioné en recoger mi ropa interior; me incomodaba que el señor Windfield estuviera rodeado de mis medias, mis *culottes* y mis corsés.

—¡Dos robos en un mismo día! Esto es demasiado… —me lamentaba mientras rastreaba de rodillas la alfombra en busca de mis prendas más comprometidas.

—Quizá no sea simple coincidencia.

Desde mi posición, casi a ras del suelo, alcé los ojos para interrogarle con la mirada.

—¿Tiene algo que alguien pueda desear? —preguntó con una naturalidad que se me antojó adorable, tanto como el rubor que inmediatamente después tiñó sus mejillas. Richard Windfield siempre me resultaría cómicamente adorable en su curiosa ingenuidad—. Me… me refiero a algún objeto de valor: dinero, el pasaporte…

—Dinero, el que llevo en el bolso. El resto lo tiene mi tía. El pasaporte…

—Tendría que mirar bien, pensar en qué puede faltarle.

Yo, por mi parte, me había centrado en la búsqueda del pasaporte que creía tener en el bolso, el mismo que habían intentado robarme en la calle. Lo había dejado sobre la cama y estaba vaciando sistemáticamente su contenido encima del colchón, desnudo sin sus sábanas.

—Lo que está claro es que alguien busca algo que usted tiene o que cree que tiene.

—Quizá deberíamos avisar a la policía —sugerí sin distraerme de mi tarea.

—Sí, puede que…

Sin terminar su frase, el señor Windfield se acercó hacia mí y mi autopsia del bolso. Algo había llamado su atención.

—¿Qué sucede? —interrogué.

Rescató un libro de entre el revoltijo de cosas y me lo mostró.

—Un... ¿libro?

No acababa de ver lo sorprendente que era aquello.

—¿Es suyo?

—Pues claro que es... ¡Esto no es mío! —salté después de mirarlo con detenimiento—. Quiero decir que yo tenía un libro en el bolso, pero no éste. Éste no es mi libro, se parece pero no lo es. Lo que no entiendo es cómo ha llegado hasta aquí... Aunque tal vez...

—¿Sí?

—Bueno, no estoy del todo segura, pero al llegar a París, en el andén de la estación, tropecé con un hombre, bueno con varios, pero con uno en concreto... El caso es que a él se le abrió el maletín que llevaba en la mano y a mí se me cayó el bolso. Recogimos precipitadamente las cosas y... En fin, que puede que en la confusión cogiese su libro por error pensando que era el mío. ¿No le parece a usted eso posible?

—Sí, es posible.

El señor Windfield continuaba mirando el libro, de arriba abajo, por las tapas, por el lomo, el interior...

—La verdad es que no se me ocurre otra cosa —comenté—. ¿Qué pone en el título? Es un idioma raro, ¿no? Y eso, ¿qué es?

Estaba señalando un signo grabado en el lomo: dos letras K enfrentadas.

Creí notar que el señor Windfield vacilaba un poco antes de satisfacer mi curiosidad.

—No... no lo sé. Nunca antes lo había visto.

Después, bajo mi atenta mirada, siguió explorando cada parte del libro. Lo tocaba concienzudamente con las yemas de los dedos, golpeaba suavemente las tapas con los nudillos, pasaba lentamente la uña por las juntas de la encuadernación...

—¿Tiene un cortaplumas o un abrecartas?, ¿algo que corte?

Su pregunta me devolvió a la realidad del libro.

—No, lo siento. ¿Le valdrían unas tijeras... si consigo encontrarlas? —le propuse tras pensar en otras alternativas.

—Sí, perfecto.

Abandoné el colchón de un salto para rebuscar entre el batiburrillo de objetos que había cerca del tocador. Debajo de una bandejita, que a su vez estaba debajo del cepillo, encontré las tijeras. Se las llevé al señor Windfield, quien utilizando una de las afiladas hojas comenzó a despegar cuidadosamente el papel que embellecía el interior de la tapa frontal. Cuando estuvo totalmente despegado, quedó al descubierto una cavidad de aproximadamente un centímetro que estaba llena, como si fuera un molde, de una pasta marrón parecida al alquitrán. El señor Windfield extrajo un pellizco de la pasta, la amasó entre la yema de los dedos, se la llevó a la nariz para olerla y la tocó con la punta de la lengua para saborearla.

—¿Qué es eso? —Su silencio dejaba al descubierto mi impaciencia.

—Hachís —fue su escuetísima y concreta respuesta.

—¿Hachís? —repetí frunciendo el ceño.

—Es una droga, un alucinógeno. Algunas personas lo fuman y... ven dragones azules —sonrió sin duda entusiasmado por una explicación que a mí me sonaba a chiste.

—¿Dragones azules? ¿Me toma el pelo? ¿Y qué está haciendo esa porquería dentro de un libro?

—Está escondida. Esta porquería, como usted dice (y desde luego lo es), vale una fortuna y además es ilegal.

En aquel momento no podría precisar si en mi cara se dibujó una expresión de sorpresa o si ya la tenía desde hacía rato y me limité a mantenerla.

—Está claro que este librito es lo que estaba buscando

quienquiera que estuvo en esta habitación y que tiró de su bolso esta tarde.

—Dios mío...

—Será mejor que llamemos a la policía. Yo me quedaré con esto —declaró cerrando el libro. Una hoja de papel se deslizó de su interior y yo me agaché para cogerla—. Se lo entregaré cuando vengan. Si usted quiere, yo puedo hablar con ellos. La policía fran...

—¡Por todos los santos celestiales! ¡¿Qué has hecho, Isabel?!

Los dos nos volvimos bruscamente ante las exclamaciones altisonantes que nos llegaban desde la puerta de la suite. Era tu madre quien las profería, intentando mantener el equilibrio para no pisar una de las sombrereras.

—Pero tía, ¿cómo voy yo a...? —intenté defenderme antes de ser interrumpida.

—¿Richard? ¿Richard Windfield? Pero ¿qué diablos estás haciendo tú aquí? —Me divertía ver cómo cuando se alteraba a tu madre se le soltaba la lengua; ese privilegio que según ella era propio de su edad.

—¿Alejandra? —Richard Windfield parecía desconcertado, como intentando atar cabos en segundos—. Entonces tú... ella... la señorita es... ¿tu sobrina? —Y se volvió hacia mí—: ¿Es su tía?

Asentí con la cabeza. El proporcionado rostro de Richard Windfield, de quien nunca hubiera dicho que era un hombre guapo pero que tenía un no sé qué tremendamente atractivo, se iluminó de repente con una amplia sonrisa que estiró la cicatriz de su labio.

—Ahora sí que no va a poder rechazar mi invitación a cenar —sentenció.

—¡Pero ¿es que nadie va a explicarme lo que está pasando aquí?! —reclamó la gran duquesa.

Había mucho que explicar, desde luego. Pero contábamos con toda una cena para hablar extensa y detalladamente sobre ello. Y es que, finalmente, tuve que aceptar la invitación de Richard Windfield a cenar en lo alto de la torre Eiffel.

—Debes aceptar su gentil invitación sin cuidado, querida. Richard es como de la familia. Tengo la absoluta certeza de que se comportará contigo como un atento hermano —me advirtió Alejandra. Aunque no estaba yo tan segura de que fueran meramente fraternales las intenciones del señor Windfield.

Supe aquella noche que Richard Windfield, lord Richard Windfield, quinto *earl* de Lightmoore para ser exactos, era íntimo amigo de tu hermano.

—Él y Karel, mi hijo el menor (ya le conocerás), son amigos íntimos, intimísimos diría yo. Estudiaron juntos en Eton. Ambos son diplomáticos... ¿Te he dicho ya que Karel es mi hijo menor? Pues lo es. Además de diplomático. Y Richard (¡alma cándida!) es prácticamente de la familia; un tercer hijo para mí. Pasa largas temporadas en Brunstriech y te diré que prefiere disfrutar de sus vacaciones en mi casa, en lugar de ir a la de su madre en Devonshire. ¿No te parece enternecedor, querida? —me instruyó tu madre. De hecho, lord Windfield no sólo nos acompañaría hasta Viena, sino hasta el mismísimo Brunstriech donde iba a disfrutar una vez más de sus vacaciones de Navidad, para regocijo de tu madre.

—Dicen que Guy de Maupassant cenaba aquí todas las noches.

—¡Santo Dios, qué hartura! Como si no hubiera restaurantes en París.

Con una sonrisa traviesa, lord Windfield me hizo ver que

me había llevado a donde él quería para poder concluir su anécdota.

—Así es, pero él decía que éste es el único desde el que no se ve la torre Eiffel, a su parecer, una construcción abominable.

—En ese caso, espero que su tentativa de suicidio no respondiese a la mala calidad de la mesa —ironicé con el desafortunado incidente de la biografía de Maupassant.

Afortunadamente lord Windfield, que se iba revelando como un hombre de afinado sentido del humor, captó mi ironía.

—A fe mía que no. Le aseguro que yo, que tengo uno de los paladares más finos de Inglaterra y aun admitiendo que tal virtud en un inglés quizá no sea gran cosa, considero que aquí se cena de maravilla y me permito recomendarle el *filet mignon au poivre vert.* El chef le da un punto perfecto. ¿Qué le parece?

—Pues lo cierto es que aún no he leído la carta. Estaba mirando los postres...

—¿No va a cenar? ¿Es que no tiene hambre? —preguntó lord Windfield sin poder ocultar su decepción.

—Oh, sí, sí. Es una manía, ¿sabe? Siempre empiezo a leer la carta por los postres.

Richard Windfield me devolvió una sonrisa de alivio.

—Soy terriblemente golosa. Verá, cuando vivía en Costera, mi pueblo natal, solía asomarme a los ventanales de la galería para concentrar mi atención en el escaparate de la pastelería de doña Inés, que la mala suerte quiso colocar justo enfrente para que yo sufriese cada tarde contemplando sus dulces tentaciones: tartas de yema, pastelillos de chocolate, pestiños y floretas, empiñonadas, garrapiñadas, inmensos botes de cristal llenos de caramelos de muchos colores... En más de una ocasión de buena gana hubiera corrido hasta allí para comprar aquellos suizos que sobre la blonda blanca de la bandeja me retaban obstinados desde el otro lado de la plaza. Pero... no me lo permitían...

Por un momento detuve mi discurso. Lord Windfield me miraba anonadado. Probablemente yo era la única mujer que conocía que había confesado su glotonería en la primera cena. Y no obstante parecía divertido. Con una sonrisa pintada en los labios, había dejado la carta sobre la mesa y parecía dispuesto a escuchar una historia que yo tenía la necesidad de contar. O al menos, a contemplarme embobado mientras hablaba. Y es que, amor mío, y sin ánimo de ofender, a lo largo de mi experiencia con el sexo opuesto había comprobado que los hombres rara vez escuchan a las mujeres cuando hablan; admite que estoy en lo cierto. Sea como fuere, la cuestión es que parecía un buen momento para recitarle casi sin respirar la historia de mi vida. No sin antes hacerme un poco de rogar:

—Pero le estoy aburriendo con tanto dulce, ¿no es cierto? Seguramente ya se siente empalagado.

—En absoluto, pensaba en la ternura que siempre me produce ver a los niños con las frentes pegadas a los escaparates de las pastelerías. Imaginarla a usted como una adorable niña golosa me produce la misma ternura. Maldigo a doña Inés por haberla mortificado de esa manera.

—Bueno, no siempre fue así. Hubo épocas mejores: cuando siempre se merendaba chocolate y Carolina, la cocinera, hacía bollos de leche para untar con mermelada de fresa. Los domingos había tarta de Santiago y para cenar natillas con bizcochos. Contaba el ama Lourdes, mi niñera, que una vez por semana mamá recibía a la hora del té a las señoras elegantes de la comarca y decenas de platos desfilaban desde la cocina al salón, cargados de sabrosos dulces. Puedo imaginarme las lámparas del salón encendidas, encerrando miles de arco iris en sus cristalitos, las alfombras relucientes, las tapicerías nuevas y un batallón de doncellas hormigueando por la casa. Olería a perfumes traídos de París y habría flores sobre el aparador y la mesa...

—Habla de ello como si describiese una pintura.

—Yo tenía tres años cuando mi madre murió. Las historias del ama Lourdes y un retrato son los recuerdos que tengo de ella. Nada realmente mío. Pero pudo ser así, ¿no cree?

—Desde luego.

—Aunque yo sólo recuerde el salón frío y vacío. De mi padre recuerdo algo más: fue un hombre muy apuesto, buena persona y pobre, que se casó con una noble muy rica y caprichosa, para la que él fue un capricho más, al que como siempre sucumbieron unos padres que por propia voluntad jamás hubieran consentido tal matrimonio para su única hija. Hasta que mamá murió las cosas funcionaron mal que bien, pues papá era un hombre tolerante y... marino. Ya sabe, apenas paraba en casa. Después de la muerte de mamá, una renta mal administrada, una larga enfermedad, un caserón que era un pozo sin fondo y otros gastos me llevaron a engrosar la lista de la nobleza arruinada. Poco antes de abandonar mi hogar, la gran lámpara del salón estaba apagada y sólo un pequeño quinqué iluminaba al ama Lourdes mientras cosía; la alfombra, ya vieja, había perdido algunos flecos; la tapicería del sofá tenía un agujero que tratábamos de disimular con un almohadoncito; no había doncellas y la marquesa de Vilamar era una jovencita huérfana, físicamente poco agraciada y sin un real, o sea, yo.

Richard Windfield hizo ademán de interrumpirme. Sabía exactamente qué era lo que me iba a decir: «¡No, por Dios! ¿Cómo puede usted decir eso? A mí no me parece que usted sea fea en absoluto», o alguna galantería similar. Pero yo había cogido carrerilla con el recital y no quise dejarle intervenir por miedo a perder el hilo.

—Aunque no vaya usted a formarse una opinión equivocada. Los últimos años también fui feliz. Tuve mi casa, un hogar, al ama Lourdes que me cuidaba y al tío Juan, un padrino maravilloso que me enviaba dinero para vivir con dignidad. Congeniaba con la gente de mi pueblo, me divertía lo justo con mis amistades y el hijo de una familia rica estaba dispuesto a casarse conmigo. No aspiraba a más, porque no conocía nada más.

Me detuve un segundo, como si necesitase algo de tiempo para conseguir que la inflexión de mi voz sonase triste. Bajé la vista, perdí la mirada en el plato blanco y vacío y retomé la palabra, sabiéndome continuamente observada por lord Windfield.

—Entonces ocurrió que todo mi mundo, la burbuja en la que me sentía a gusto conmigo misma y con los demás, se desmoronó. Empecé a hacerme mayor, demasiado mayor para seguir soltera, corría el riesgo inminente de formar parte de ese grupo social que se queda para vestir santos. El ama Lourdes también se hizo mayor, demasiado mayor para cuidar de nadie; en realidad, ya tenía edad de que la cuidaran; una hermana viuda con una casa en Castilleja de la Cuesta, un lugar con un clima ideal para su reuma, se la llevó con ella. El caso es que había motivos más que de sobra para decidir que debía casarme sin mayor dilación con Fernando, mi sempiterno prometido, el rico heredero de una familia burguesa, quien, dicho sea de paso, no me quería. De un modo u otro siempre lo había sabido. Quizá por eso nunca tuve prisa por casarme, aunque fuese consciente de que lo más normal era un matrimonio sin amor y que la gente diría que yo, pobre y sin encantos, ya podía estar más que satisfecha. Camino de los treinta, empecé a pensar que tenían razón y me empeñé en creer que Fernando me apreciaba y respetaba, y que yo no podía aspirar a mucho más. Por eso me dolió tanto sentirme abandonada y humillada públicamente. Por eso lloré y lloré durante días y noches, no por haber perdido a Fernando, sino por lo que eso significaba para mí. Mi proyecto de vida con Fernando era mi único proyecto de vida…

¿Qué ocurrió con Fernando? ¿Quién es Fernando?, parecía preguntar lord Windfield con su mirada cargada de impaciencia.

—Recuerdo que aquel día de octubre la playa estaba desierta. Lucía el sol y no hacía mucho más frío del que suele hacer en octubre en Costera. La pequeña iglesia de pescadores…

La iglesia de pescadores… Una diminuta iglesia que dominaba desde un acantilado el pueblo y su playita, una plaza, cuatro casas y unos cuantos metros cuadrados de villa celta que de cuando en cuando atraía a algún curioso de la universidad. Frente a la iglesia había un parque con dos bancos, una fuente no mayor que mi lavabo y cuatro cipreses flanqueando las esquinas. Las noches de verano olía a madreselva y en primavera florecían los rosales pegados a los muros del templo, pequeñas margaritas brotaban en el césped y don Amador, el párroco, plantaba petunias a los pies de una cruz de piedra que todos los años se morían irremediablemente al llegar agosto, cuando el calor se hace insoportable…

—¿Se encuentra bien?

El destello fugaz de un recuerdo; el fogonazo blanco de una cámara fotográfica que con una explosión de polvo de magnesio había causticado mi mente. Su voz extraña me despertó de aquella imagen. Una imagen que yo no había llamado pero que había acudido a mí, perturbando mi resolución y mi presencia de ánimo; llevándome muy lejos de donde me encontraba y de lo que era… Ni siquiera me di cuenta que había dejado de hablar. A veces, amor mío, sobre todo al principio, sufría de lapsus así.

—Sí… Sí, disculpe. Por dónde… La iglesia. Sí, la iglesia era un escenario idílico para un enlace condenado al fracaso antes de empezar —salida del trance, me apresuré a continuar mi relato—. Y es que el novio, a pocos días de la boda, mientras terminaba de probarme el traje de novia, se presentó en mi casa para anunciarme que no podía casarse conmigo pues había dejado en estado a Rocío, la hija del boticario. Estaba claro que yo no era su único proyecto de vida.

Confesado el lamentable episodio de mi abandono, recobré cierto ímpetu en mi voz que rozaba el despecho y la indignación.

—Llegué incluso a despreciarme a mí misma por ser tan poca cosa, por ser pobre y fea, por no ser como Rocío con sus rizos dorados, su piel pálida, sus ojitos azules y su boquita de piñón.

—Disculpe mi osadía pero yo… yo… yo creo que es usted… preciosa —consiguió apostillar mi atento acompañante tras muchos esfuerzos que podían ser producto tanto de un sincero recato como de una cortés falta de sinceridad.

En cualquier caso, preferí hacer caso omiso de su galantería y continué:

—Aquí es donde tía Alejandra entra en escena. Ella es mi salvadora. Me ha sacado del túnel sin salida en que se había convertido mi vida tras mi frustrado matrimonio. Cuando quedé plantada en las puertas de la iglesia, se convocó con carácter de urgencia a mi único pariente cercano: el tío Juan, que en realidad no es ni tío ni pariente, pero que había sido el mejor amigo de mi padre y mi padrino de bautismo. Al fallar la opción del matrimonio para solucionar mi vida, pasé a ser una responsabilidad para él. Las mujeres nos convertimos en un estorbo con pasmosa facilidad. Ya estaba fuera de discusión que el ama Lourdes renunciara a su merecido retiro para seguir ocupándose de mí, así que alguien tenía que cargar con la niña huérfana. El tío Juan, aunque era mi padrino y hasta entonces había ejercido de benefactor, en el momento de llevarme a vivir con él se resistió como gato panza arriba, arguyendo una serie de excusas que no hacían más que ocultar la verdadera razón de su reticencia, que no era otra que tía Eugenia, su mujer. Ella es una buena mujer pero está loca de remate; su mente enferma le hace creer que tiene doce años y se comporta como tal. El tío Juan estaba en trámites para encerrarla en un manicomio y rehacer su vida con una... distracción que ya se había procurado. En tales circunstancias yo estaba fuera de lugar. Así que alguien recordó la remota existencia de tía Alejandra, tía de mi madre. Decidido mi destino, tapamos los muebles, enrollamos las alfombras y empaquetamos la vajilla, la cubertería y los adornos. Vendí mi vestido de novia, guardé mis pocas cosas en un par de baúles y me subí a un tren en dirección a Madrid para encontrarme con la persona que iba a acogerme en su hogar.

No tenía más que decir. No obstante, Richard Windfield continuaba observándome en silencio, paralizado, con las manos cruzadas sobre una carta que parecía haber olvidado, como si deseara que prosiguiese. Traté de adivinar lo que se le pasaba por la cabeza. Sea como fuere, su silencio alimentaba mi capacidad de elucubración y me martirizaba. Atrapada en un momento incómodo, como la corriente del río en una presa, no encontré modo natural de desbloquear el cauce y permitir que el agua fluyese de nuevo.

—Entonces, ¿me recomienda el *filet mignon*? —concluí como si aquello que acababa de contarle en realidad no fuera conmigo.

—Es un alivio contar con la compañía de un caballero durante el viaje. Sobre todo, después de lo que ha sucedido en París. Es evidente que el mundo se ha convertido en un lugar abominable y demasiado peligroso —comentó la gran duquesa viuda, dispuesta a refugiarse en la seguridad de su castillo durante una temporada.

Por mi parte, tras haber disfrutado de una agradable velada con lord Windfield, no tuve tampoco ningún reparo en que nos acompañase en el tren. Llevaba ya mucho camino conviviendo con tu madre y su doncella, aquella jovencita francesa bastante insulsa, que no hablaba más que cuatro palabras de español; una cara nueva haría más llevadera la última parte de nuestro trayecto, el largo viaje por una centroeuropa vestida de nieve.

Sé que tú nunca le tuviste en mucha estima. Decías de él que era un inglés rancio, aburrido e inmaduro; un personaje de tragicomedia, tan patético como cómico. Mas te aseguro, amor mío, que a mí Richard Windfield me gustaba. Me gustaba su amabilidad extrema y su educación exquisita, sus maneras de gentleman inglés; y me gustaba su conversación. En el reducido compartimiento del tren, mientras se sucedían en la ventana, como un cuadro vivo, las llanuras y montañas nevadas y los pueblecitos como collages de tejados rojos y alientos grises de chimenea, lord Windfield me fue narrando sus vivencias en países exóticos. En su voz me llegaban los colores de las especias en los mercados de Jaipur, el turquesa intenso de las aguas del Bósforo, las barcas azules del puerto de Essaouira, o el bello espectáculo de los *sakura* en flor tapizando la ladera del monte Fuji.

*16 de diciembre*

Recuerdo, amor mío, que Brunstriech me causaba la inquietud de las ilusiones recónditas e inaccesibles; lo imaginaba bajo el encantamiento de lo remoto y oculto, rodeado de leyenda... No llegaba el ferrocarril hasta Brunstriech: no era lo suficientemente grande o importante; era como esos lugares que al no figurar en los mapas se vuelven más misteriosos. Según tú, no se trataba de un misterio ni de una ilusión, sino tan sólo de economía. Y después me explicaste que el ferrocarril era un proyecto demasiado costoso que nadie, ni siquiera el modesto erario público de Brunstriech, controlado por el pequeño concejo popular, había estado dispuesto a financiar hasta el momento. Tal contingencia, me hiciste ver con una sonrisa de suficiencia, no suponía un inconveniente para la casa ducal, que disponía de otros medios de transporte propios entre los que se contaban varios tipos de carruajes y tres automóviles.

Uno de ellos esperaba aquella mañana, puntualmente, en la estación de ferrocarril de Viena para llevarnos hasta el castillo por carretera, un viaje que se completaba en tres o cuatro horas. El chófer aguardaba en el andén, a los pies de la escalerilla, para tomar nuestros equipajes de mano y ocuparse de los baúles.

—Por un momento pensé que alguno de mis descastados hijos habría tenido la gentileza de venir a recibirme tras mi extenuante periplo... —farfulló tu madre mientras cargaba al chófer con sus bártulos.

—Su alteza se alegrará de saber que su alteza el príncipe Karel está dentro esperándola —respondió el chófer sin cambiar el gesto.

—Oh, vaya. ¡Esto sí que es una sorpresa! Vamos, hijos, corramos a su encuentro.

Si a ti, amor mío, te quise imaginar desde el primer momento en que supe de tu existencia, tan remota y misteriosa, tan rodeada de leyenda como el propio Brunstriech, lo cierto es que nunca me había parado a pensar en cómo sería tu hermano. Pero de haberlo hecho, muy probablemente jamás hubiera imaginado que le conocería engullendo una inmensa salchicha *Bratwurst* cuyos bordes redondos sobresalían obscenamente entre dos bollos de pan blanco; ni que en lo primero en que me fijaría sería en su boca grasienta y rodeada de migas y en sus carrillos abultados como los de un roedor a causa de su último bocado.

—No creí que llegaríais tan pronto. Tenía hambre. Hoy todavía no he podido comer… —se disculpó ante tu madre cuando ella le reprendió por su actitud descuidada, mientras se limpiaba atolondradamente los labios con un pañuelo.

Mientras se disponía a besarme —un gesto de familiaridad forzada—, pensé con horror en la posibilidad de que aquella boca manchada dejase el rastro húmedo y resbaladizo de la grasa y la saliva en mis mejillas. Afortunadamente, se había limpiado bien y mis temores fueron infundados. Tras tan desatinado comienzo, convertí a tu hermano en un mero incidente. Él fue algo más en la amplia parte trasera del automóvil, como las mantas de piel que nos protegían del frío, como el chófer que conducía a la intemperie, como el cauteloso serpentear por carreteras nevadas, como el parloteo de tu madre haciendo la crónica de los sucesos infortunados que me acontecieron en París, además de volver una y otra vez a insistir en lo inseguro que era moverse por Europa en aquellos días de locos. Él fue, simplemente, algo más entre otras muchas cosas.

—Karel, cuéntale a tu prima Isabel la historia del castillo —invitó Alejandra a tu hermano cuando la conversación empezaba a decaer—. Le gusta mucho estudiar sobre ello, ¿sabes? —se dirigió a mí con orgullo y complicidad.

Entonces él pasó a ser una voz narrativa con un leve acento, la peculiar forma de hablar de quien domina varios idiomas, el tono desapasionado de quien no se apasiona por nada.

Brunstriech comenzó para mí como una sucesión de bosque al otro lado de las ventanillas, una carretera cada vez peor asfaltada, un cartel de tres brazos indicando direcciones y distancias: WIENN, SCHLOSS, DORF; y, por último, un castillo de perfiles neogóticos: a lo lejos, diminuto como la imagen de una postal, hermoso; al acercarme, imposible de abarcar con la vista, abrumador. Sólo más tarde, durante mis largos paseos por su entorno, descubrí que Brunstriech, en su límite con Austria, tenía amplias llanuras que morían en la cadena montañosa que lo separaba de Alemania; y que al amparo de las montañas, como colgado de los escarpados riscos, rodeado de bosques y bordeado por un río que daba cauce a las aguas del deshielo cuando descendían directamente desde las más altas cumbres, descansaba el castillo, cuya apariencia y entorno traían a la memoria recuerdos de *La bella durmiente* y otros cuentos de hadas.

Sin embargo, antes de bajar del automóvil, ya lo sabía todo de Brunstriech. Karel, atendiendo a la petición de tu madre, me lo había contado. Ya sabía que la existencia del castillo se remontaba al siglo XIII, cuando el príncipe Maximiliano de Brunstriech lo mandó construir como vivienda y fortaleza defensiva frente al avance de los húngaros. De hecho, gracias a su ubicación en lo alto de las montañas, se podía divisar a los enemigos a lo lejos y anticipar la defensa, como en la mayoría de las fortalezas medievales. Ya sabía que de la estructura gótica original del castillo sólo se conservaban los muros de los sótanos y las bodegas, y una pequeña parte de las murallas.

También sabía que en el siglo XIV, a la muerte del príncipe Otto, bisnieto del fundador de la dinastía, el castillo pasó a manos de la influyente familia Rottenbaum, quien en 1553 acometió su renovación según los cánones del renacimiento. En 1676 la entonces Casa Ducal de Brunstriech, con su alteza real el gran duque Ludwig a la cabeza, recuperó la posesión del castillo, que vivió entonces sus épocas de mayor esplendor hasta que en el verano de 1835 un gran incendio originado en las cocinas destruyó gran parte de la fortaleza. Karel contó cómo el gran duque Francisco, vuestro abuelo, y su esposa María Victoria iniciaron la reconstrucción siguiendo el estilo neogótico Tudor, propio del castillo de Windsor en Inglaterra, por el que la gran duquesa María Victoria sentía gran admiración como inglesa que era. Indicó que la reconstrucción se había prolongado hasta mediados de 1866, unos meses antes de que falleciera el gran duque Francisco, que pudo así cumplir su deseo de ver las obras terminadas antes de morir.

—Con sus torres, almenas, grandes puertas y ventanas emplomadas de arcos apuntados, el estilo medieval es patente en toda la construcción, modernizado según los cánones del siglo XIX. El resultado, un conjunto impregnado de un inconfundible romanticismo.

La gran duquesa María Victoria también había sido la artífice de la decoración interior del castillo y el estilo inglés imperaba en la mayoría de las estancias donde se mezclaban los muebles eduardianos con antigüedades traídas de Oriente, especialmente de China donde la gran duquesa había pasado parte de su infancia. Asimismo, destacaban las colecciones de tapices, lámparas de cristal de roca y los objetos de bronce y estaño del norte de África. La biblioteca del castillo de Brunstriech, además de ser una de las estancias más hermosas gracias a sus techos de madera tallada y sus paredes cubiertas con paneles de rica marquetería, contaba con unos dieciséis mil ejemplares entre libros y estampas. Todos aquellos detalles salieron de la boca de tu hermano sin que mostrara un atisbo de orgullo de casta, ni siquiera se jactó de que a lo largo de los siglos vuestra familia hubiera reunido una valiosa colección de pintura. Simplemente me recitó, como si fuera el catálogo de un museo, todos los lienzos de maestros de varias nacionalidades y diversos estilos que colgaban de las paredes de las numerosas salas y habitaciones: Caravaggio, Holbein, Bacon, Delacroix, Steen, Ribera... Seguro que me dejo alguno. ¿Llegaste tú a estar al corriente?

Por supuesto, tu hermano hizo referencia a la capilla gótica adosada al castillo y consagrada a Santa María de la Flor de Lis, con un impresionante retablo de madera policromada y ocho vidrieras enormes que dejaban pasar suficiente luz como para que las tres naves de la capilla quedasen hermosamente iluminadas.

Y, por último, mencionó que todo el conjunto se hallaba rodeado de doscientas hectáreas de bosque con coto de caza en el que se criaban las principales especies animales y vegetales de los montes de Europa central.

Aquella descripción que Karel me contó como un profesor o un guía de viaje, cargada de datos y detalles, tan exhaustiva como ilustrativa y tan carente de emoción como en ocasiones aburrida, apenas causó en mí la mitad de la impresión que la vista sobrecogedora de los bosques nevados desplegándose por la ladera de la montaña y el valle hasta desaparecer en el horizonte, y de la que disfruté por primera vez al asomarme a los balcones de mis habitaciones. Allí, refugiada en la calidez de las mantas, sabiéndome a salvo del frío que todo lo congelaba tras los cristales, expuesta a lo que el castillo ocultase en su interior, intenté conciliar el sueño la primera noche de mi recién estrenada vida, tratando de vencer una cierta excitación provocada por lo desconocido.

*17 de diciembre*

Recuerdo, amor mío, que aunque llevaba meses preparándome para aquel momento me sentía como un pez fuera del agua. ¿Qué debía hacer cuando una doncella entraba en mi habitación a avivar el fuego y preparar el baño? ¿Cuándo se levantaba la gente por la mañana? ¿Había que desayunar a una hora determinada? ¿Y dónde? ¿Cómo se vestía una dama para pasar el día en un castillo junto a la familia ducal?

—Buenos días —sonó una voz al fondo del pasillo.

Richard Windfield, que bajaba por las escaleras, me sorprendió abandonando mi habitación.

—Buenos días, Richard —respondí yo mientras cerraba la puerta—. No sabe cuánto me alegro de verle.

—Y usted no sabe cuánto me agrada a mí escuchar semejante declaración.

—Seguro que puede indicarme cómo llegar al comedor —continué yo obviando su comentario—. Aún no he desayunado.

—Lástima que ahora acabe usted de romper mi frágil corazón mostrando tan prosaico interés por mí.

—Ya sabe: primero la obligación y después la devoción. No puedo pensar en nada con el estómago vacío.

—En ese caso tiene suerte. Yo tampoco he desayunado y ahora mismo iba a hacerlo. Estaré encantado de acompañarla —afirmó extendiéndome su brazo, que yo tomé con decisión.

—Y yo de no tener que desayunar sola.

—Oh, por eso no se inquiete. En Brunstriech lo difícil es estar solo.

Recuerdo, amor mío, que al cabo de unos días pude comprobar por mí misma que lord Windfield estaba en lo cierto: en Brunstriech lo difícil era estar solo. Brunstriech era como tú: tenía miedo de la soledad porque en el silencio de la soledad escuchaba el ulular de sus propios fantasmas.

También fue Richard Windfield quien me ilustró debidamente sobre el desarrollo de la acción de aquella tragicomedia llamada Navidad. Con un talante demasiado analítico, me habló de dos momentos. Uno, que duraba hasta el día 25 de diciembre, en el que por considerarse la Nochebuena una celebración familiar sólo los más íntimos compartirían la mesa del gran duque. ¿Recuerdas los más íntimos? Aquel reducido grupo de ocho personas integrado por tu madre; Karel y tú; lord Richard Windfield, el tercer hijo; la condesa María Tatiana Nevanovich y su nieta Nadjia Karolina Nevanovich, la prometida de Karel, con quien se casaría el próximo mes de abril; y el príncipe Alois von Kriosrt, tu tío y hermano díscolo del difunto gran duque o, al menos, díscolo para aquellos que consideraban que residir en Brasil, donde en su juventud había invertido toda su fortuna en plantaciones de cacao, era una extravagancia; los mismos que le calificaban de loco emprendedor, arriesgado aventurero o traidor a la familia, pero que, en realidad, envidiaban la considerable fortuna que atesoraba gracias a la exportación del preciado fruto. Por último, yo, que ocuparía una silla en la mesa tratando de pasar desapercibida entre tanto boato, magnificencia y vida novelesca.

El segundo acto se desarrollaría a partir de Navidad, me adelantó lord Windfield con su particular estilo. Era el momento en el que se produciría una especie de concentración repentina de aristocracia europea, próspera burguesía, algún que otro intelectual de moda y seguramente un par de personajes curiosos; especímenes sociales considerados divertidos por ser diferentes. Así que cada año llamabais a vuestra mesa ya fuera a una sufragista que había sido varias veces encarcelada por alterar el orden público, a un emigrante que había prosperado con algún negocio estrambótico, a un inventor de cacharros inútiles, a un orador del *speaker's corner* del londinense Hyde Park, o incluso a todos a la vez, simplemente porque os divertían. Te confieso que tal práctica se me antojaba cruel.

Entretanto, los primeros días en Brunstriech se habían convertido en una adaptación contra reloj a mi nueva vida. Aquel grupo de íntimos serviría de campo de entrenamiento a mi manera de desenvolverme en sociedad, pues todo el mundo comprendería que tras mi enclaustramiento en la casona familiar de un pueblo andaluz estuviera un poco oxidada. De modo que tuve que trabajar sobre diversos y fundamentales aspectos que iban desde cómo mantener una conversación sin hablar de nada o cómo servirse del bufet con un cubrefuentes en una mano y el plato en la otra, a cómo no parecer cansada nunca y a tener siempre algo ingenioso que decir. Mientras que mis ratos libres los dedicaba a aprender alemán, claro está con un profesor; a pasear, a menudo en compañía de Richard; o a encerrarme en la biblioteca, donde raro era el día que no coincidía con alguien. En fin, nunca estaba sola en Brunstriech. Nunca estaba sola salvo por una preciada hora y media que había conseguido reservar justo después del amanecer para hacer mis ejercicios en el invernadero.

Mas poco duró el placer de aquella codiciada soledad que se vio quebrantada cuando el príncipe Alois decidió escoger el mismo emplazamiento para leer la prensa de la mañana.

—¿Qué clase de ejercicios son ésos? —quiso satisfacer su curiosidad el primer día que profanó la intimidad que yo había logrado.

—Yoga. Es difícil de explicar... Digamos que es una disciplina que ayuda a controlar la mente y ejercita el cuerpo. Mi padre aprendió a practicarla en sus viajes a la India y tuvo el acierto de enseñármela. Es magnífica para mantener fuertes los músculos y los huesos.

—¿Yoga? Nunca había oído hablar de ello... —me confesó con un brillo de franca curiosidad en los ojos.

No tardé en darme cuenta de que la mesa del desayuno era el centro donde mañana tras mañana se podía ser testigo del crecimiento paulatino de la selecta comunidad que habitaría el castillo en los próximos días: un cubierto nuevo, una cara nueva.

Aquella mañana se esperaba tu incorporación, pero finalmente tampoco pudo ser. «En nuestra tierra», dijo tu madre haciendo conmigo patria común, «hay un dicho popular: es como el Guadiana que aparece y desaparece».

—Así es mi hijo Lawrence, con él nunca se sabe.

—Hermoso colgante el que lleva hoy, Isabel —observó el príncipe Alois, sentado junto a mí frente a un plato de riñones y un café.

—Oh, ¿esto? —Actué con la pretendida indiferencia de quien no le da importancia a las cosas que para otros son importantes mientras lo sacaba de entre las chorreras de mi blusa para hacerlo destacar—. Es *Hati*, el elefante. En la India es un animal sagrado, divino en ocasiones, que brinda prosperidad y fortuna a las familias y a los comercios. Es un amuleto de buena suerte. Nunca me separo de él —exageré.

—Algo había oído al respecto, sí. Tengo entendido que los nativos adoran incluso a un dios elefante.

—Ganesha, el dios de la sabiduría; mitad hombre, mitad elefante.

—Pero ¿no se supone que debe tener la trompa hacia arriba?

—No, no. Imagino que eso obedece a una versión occidental de la tradición. En realidad, en la India la posición de la trompa no importa.

—Parece estar usted muy instruida en cultura hindú —observó antes de llevarse a la boca un tenedor de riñones al jerez con una pinta horrorosa.

—Bueno, confieso que me gustaría, pero en realidad sólo sé lo que me contaba mi padre y lo que he podido leer en algunos de sus libros. Fue él quien me regaló mi *Hati*. La verdad es que es un mundo que me resulta apasionante… —Entorné los ojos y, soltando los cubiertos para poder emplear las manos con libertad, quise dotar de mayor dramatismo a mis palabras—. Es una cultura tan espiritual, tan humana y tan certera en su forma de ver la vida… En confianza, creo que el hinduismo, el budismo, el sintoísmo…, como religiones pero también como culturas y formas de vida, resultan muchas veces más acertados que nuestras religiones occidentales —aseguré en voz baja y acercándome a su oído como quien hace una confidencia—. Espero no escandalizarle con mis puntos de vista, príncipe.

—Oh, se lo ruego, llámeme Alois. Y no, en absoluto me escandaliza. A decir verdad, me tiene usted intrigadísimo. Deberíamos hablar largo y tendido sobre este tema… Así que Ganesha, el dios elefante… Y ¿por qué es mitad hombre y mitad elefante?

—Bueno, hay varias leyendas al respecto. Pero la más hermosa, a mi modo de ver, es la que cuenta que Ganesha, que es hijo de Shiva, el dios supremo, y su esposa Parvati, nació mientras Shiva combatía en la guerra contra los auras. Un día que Parvati fue a tomar un baño le encargó a Ganesha vigilar la entrada de sus aposentos. En aquel momento regresó Shiva de la guerra y quiso entrar a ver a su esposa. Ganesha, que no reconoció a su padre, ni éste a su hijo, le impidió la entrada, mostrándose dispuesto a luchar con él. Shiva, enfurecido, le decapitó. Cuando se dio cuenta de que había matado a su propio hijo, y ante el desconsuelo de la madre, prometió bajar a la tierra y darle a su hijo la cabeza de la primera criatura con la que se encontrase. Tal criatura resultó ser un elefante.

—Vaya, vaya... Realmente asombroso. Es usted un libro abierto, querida.

Le sonreí y él me devolvió la sonrisa, se le marcaron aún más las arrugas que surcaban su rostro, numerosas y acentuadas por la acción del sol del Brasil. He de reconocer que tu tío, el príncipe Alois, era pese a su edad un hombre que conservaba un gran atractivo. Me encantaba su rostro bronceado, regalo de una vida al aire libre entre plantas de cacao, enmarcado por aquellas sienes plateadas y surcado por su fino y cuidado bigote negro. Pero sobre todo adoraba sus enormes ojos verdes, cuyas delgadas arruguitas a los lados los volvían tremendamente expresivos. No me fue difícil entender que tales atributos, y por descontado su cuantiosa fortuna, le convirtieran en uno de los solteros más codiciados del momento, rango que como sabes él no tenía ningún interés en perder.

—¿Sabe? —continuó—. He estado pensando sobre esos ejercicios que usted hace, el...

—¿Yoga? —apunté.

—Exacto. Me gustaría poder practicarlos yo también. ¿Usted cree que sería capaz?

—Cualquiera puede practicar yoga con la ayuda de un buen maestro. Y lo cierto es que yo no estoy segura de estar a la altura —me anticipé a la solicitud del príncipe.

—Oh, vamos, no sea modesta. Al menos será capaz de iniciarme.

Con mi actitud le dejé patente que estaba meditando su

propuesta; apenas unos segundos. Por descontado que yo no era ningún gurú, pero desde luego que podía y debía enseñarle algo.

—Bueno, quizá podamos practicar las *asanas* básicas que yo conozco.

—¿*Asanas*?

—Las posturas yóguicas —le ilustré tratando a duras penas de ocultar mi arrogancia.

Me satisfacía demostrar que yo, considerada una pueblerina inexperta e insignificante, era capaz de enseñar algo a cualquiera de los miembros de aquella mundana comunidad que rodeaba a tu madre.

El príncipe Alois mostró complacencia en sus expresivos ojos.

—Eso sí —recobré el tono confidencial—, deberemos ser discretos. Si alguien supiera que una señorita de buena clase practica esos ejercicios, quizá se escandalizaría, y no quisiera disgustar a tía Alejandra.

—Claro, claro, lo entiendo. Será nuestro pequeño secreto —convino Alois guiñándome un ojo.

* * *

Te confieso, hermano... Hermano... Creo que nunca o al menos nunca desde que puedo recordar te he llamado hermano. En realidad, más allá del mero vínculo familiar, del simple accidente de cuna, jamás he sentido que fueras mi hermano. Nada hemos tenido en común... y el día que lo tuvimos se acabó todo. Es curioso que sólo a partir de entonces te considerase mi hermano, como si por fin te hubiera comprendido.

Te confieso pues, hermano, que aunque pueda parecer lo contrario yo he sido un hombre mucho menos familiar que tú. Brunstriech nunca representó para mí el calor del hogar, ni la acogida de la familia, ni el orgullo del linaje; Brunstriech era para mí, ni más ni menos, una obligación: la que me imponía el amor por nuestra madre; lo único verdaderamente sincero en mí por aquel entonces.

Quizá por eso todo me parecía censurable en Brunstriech, como si fuera una suerte de conspiración en mi contra. De hecho, aquella mañana advertía una conspiración en la misteriosa habilidad de nuestra madre para conseguir que todo el mundo coincidiese a la hora del desayuno, pues me constaba que nunca había impuesto un horario para ello y desde luego en el castillo de Brunstriech nadie amanecía a toque de corneta. Ya sabes que mamá era una perfecta anfitriona, que ofrecía a sus invitados la oportunidad de desayunar en sus dormitorios. Siendo así, ¿por qué entonces prácticamente nadie hacía uso de tal ofrecimiento y todos aparecían puntualmente, con una cadencia de más o menos cinco minutos, a compartir el café, los bollos, las salchichas, los huevos, el zumo y otras delicias matutinas frente a la misma mesa?

Siempre me resultó intrigante tal afición al desayuno en comunión porque yo, que por las mañanas me sentía especialmente huraño y poco locuaz, hubiera dado cualquier cosa por poder desayunar en la intimidad de mis habitaciones. Sin embargo, comportándome así hubiese disgustado a nuestra madre y decepcionado a los que por extensión también eran invitados míos.

Así que mientras me esforzaba en aplacar mi embrutecimiento con un café bien cargado, observaba con asombro cómo los demás conversaban animadamente desde tan temprana hora y eran capaces de mantener la conversación casi ininterrumpidamente hasta el momento de retirarse a dormir. Destacaba en locuacidad sobre todos ellos nuestra madre que tenía el don especial, o según en qué ocasiones la maldición, de no estar jamás callada y que en aquel momento hacía partícipe a la condesa Nevanovich de su perplejidad al enterarse de que un insignificante escritor con aspiraciones filosóficas, al que el año anterior había invitado a pasar las Navidades porque, pese a que sus obras eran terriblemente aburridas, resultaba, según ella, muy decorativo gracias a su estatura y a sus rasgos eslavos, se había casado con una burguesa adinerada y había abandonado la literatura barata para dedicarse a instruir a advenedizos nuevos ricos sobre cómo comportarse en sociedad.

—¡Dimitri, que era un bohemio de ideas revolucionarias! —exclamaba entre ofendida y divertida.

A su lado, ella... que conspiraba o coqueteaba, no podía estar seguro de qué era exactamente lo que hacía, con el tío Alois, el soltero de oro. Estaba claro que si alguna vez había dudado de si tú y yo éramos realmente hijos de la misma madre y el mismo padre, si alguna vez había llegado a pensar que a ti te habían adoptado de una familia de gitanos, me bastaba con pensar en el tío Alois para descartar ambas posibilidades. No en vano, erais exactamente iguales, no sólo físicamente, sino también en vuestra forma de ser y comportaros, especialmente con las mujeres: igual de despreocupados por todo, atractivos para las féminas, seductores y mujeriegos. Y si no fuera porque, a diferencia de tío Alois, tú, por ser el mayor, debías garantizar la sucesión del pequeño Gran Ducado de Valdavia, hubiera apostado a que también hubieras llegado a ser un soltero de oro. Ella parecía haber caído en las redes de la amena conversación del príncipe.

Mirando al frente pude comprobar que incluso Nadjia, que era una mujer de pocas palabras, estaba hablando con Richard, quizá porque él era un hombre de muchas palabras. Nuestras miradas se cruzaron por encima del borde de las tazas de café. Los hermosos ojos de Nadjia se posaron brevemente en mí, pero enseguida bajó los párpados en un gesto muy propio de su timidez. Me había sorprendido observándola o más bien con la mirada perdida en ella mientras me distraía con mis propios pensamientos, y aquello era motivo más que suficiente para que la muchacha se sintiera azorada. En ocasiones, me conmovía la candidez de Nadjia, su aspecto frágil, como una muñeca de porcelana, en constante riesgo de quebrarse si no se la trataba con suficiente delicadeza; incluso me conmovía su inteligencia más bien escasa, limitada a lo que una cuidadísima educación había conseguido cultivar con mucho esfuerzo. Tales debilidades la hacían aún más vulnerable, más digna de protección y también más adecuada para lo que se habían propuesto hacer de ella: una esposa sumisa para el marido que le habían escogido y una reina dócil para el pueblo que le habían escogido. Cualquier otra mujer con más carácter hubiera supuesto un problema, pues hubiera querido rebelarse o, lo que era peor, imponer su propio criterio. Por eso, aunque me resultaba difícil imaginarme a mí mismo casado con Nadjia, sabía que nuestro matrimonio no sería un infierno para ninguno de los dos. No lo sería para ella porque era una mujer educada para aceptar sin condiciones y de buen grado su destino. Y tampoco lo sería para mí porque además de ser sumisa, dulce y de conversación moderada, Nadjia era una mujer con unos grandes ojos azules, el cabello tan rubio que parecía blanco y la piel suave y sonrosada; en definitiva, una mujer muy bella —cuyos encantos, me constaba, no te habían pasado desapercibidos; hecho que avivaba en mí el orgullo de la posesión de un objeto preciado que tú no poseías—. Así que estaba seguro de que llegaría a tomarle cariño. Verme obligado a buscar el estímulo intelectual que en ella no encontraba en otras actividades no me parecía un gran inconveniente. Si a eso le añadía que era mi deber casarme con ella, entonces todo lo demás pasaba a un plano secundario. Porque si por algo me caracterizaba era por un elevadísimo sentido del deber.

Tal cualidad precisamente era la que hacía ya dos años el emperador Francisco José de Austria-Hungría había destacado de mí mismo como principal argumento en el momento de escogerme para un papel tan delicado. Eso y la plena confianza que en mí tenía el anciano monarca, pues, como sabes, no sólo estábamos emparentados, sino que yo era su consejero personal en materia de política exterior, por lo que podía comprender perfectamente que el deber que se me encomendaba era fundamental para la seguridad de Austria e incluso de Europa. Yo era plenamente consciente de que una alianza con Rusia era de vital importancia en la lista de esfuerzos diplomáticos para evitar la guerra. Aunque tenía el pleno convencimiento de que la guerra era inevitable, me había propuesto poner en marcha todos los mecanismos posibles para que no fuera un conflicto a gran escala que enfrentase a todas las naciones. Y es que en este siglo de locos que nos ha tocado vivir todo el mundo parece conforme con la idea de que la guerra es ya no sólo la única, sino la mejor salida. Austria la quería para reforzar su poder en los Balcanes y ahogar las amenazas nacionalistas. Rusia como una vía de recuperar su prestigio nacional seriamente dañado tras las recientes derrotas en Japón y la amenaza de una nueva revolución popular. Francia porque quería vengarse de la desastrosa campaña frente a Alemania en 1871 y recuperar la Alsacia y la Lorena. Alemania la esperaba como medio de consolidar su influencia internacional como imperio recién constituido, especialmente frente a Gran Bretaña, y ésta estaba dispuesta a abandonar su *splendid isolation,* su política de mantenerse al margen de los asuntos del continente, al ver amenazada su hegemonía naval y colonial por una desafiante Alemania. Y en este juego de intereses todos ellos arrastrarán a los países que a su alrededor giran como satélites.

Tal vez por haber nacido en un ducado perdido en mitad

de Europa, de padre austríaco y madre española, tener una abuela alemana, un tío sueco, una tía abuela rusa y haberme educado en Inglaterra, no había tenido ocasión de desarrollar un gran sentimiento patriótico, por lo que tales arrebatos de espíritu nacionalista me parecían incomprensibles. No obstante, de sobra sabes que así estaban las cosas y yo estaba metido en ellas hasta el cuello.

Todo este conjunto de acontecimientos habían generado en mí un constante pesimismo, habían matado mi buen humor y en definitiva me habían convertido en un ser triste y aburrido. De tal suerte que la perspectiva de la Navidad (tal y como nuestra madre la entendía) se me hacía insoportable. En años anteriores había afrontado las conocidas y aclamadas fiestas navideñas de Brunstriech no con entusiasmo, pero al menos con serenidad. Asumiendo que yo no era una persona especialmente sociable que disfrutase de las cenas multitudinarias, los bailes temáticos y la elegante invasión de mi hogar —si es que alguna vez contemplé de esta manera el castillo de Brunstriech—; ni me considerase ingenioso en las charlas de salón, ni un gran bailarín, ni el perfecto anfitrión, papel este que había dejado en tus manos, me había dedicado sin más a pasarlo lo mejor posible en un discreto segundo plano, y en la mayoría de las ocasiones había llegado a divertirme. En cambio, aquel año… sabía positivamente que las Navidades iban a ser un largo y tedioso calvario.

*24 de diciembre*

Recuerdo, amor mío, que Richard Windfield había prometido llevarme a la taberna del pueblo y pensamos que aquella tarde tranquila de Nochebuena, en la que la mayor parte de la gente descansaba como en una especie de compás de espera para continuar con la fiesta, sería el momento ideal.

Una invitación tan inusual, más propia de estibadores de los muelles del puerto que de un destacado miembro de la nobleza, había sido producto de una discusión absurda —como suelen serlo casi todas las discusiones— al hilo de mis recuerdos de niñez en España, cuando a menudo me había comportado como un pillo callejero. Y es que de niña había arremetido a pedradas contra las indefensas ranas de un pilón o trepado los muros de la huerta del tío Fructuoso para robar sus higos; había puesto sal en la compota de mi madre; clavado alfileres en las pastillas de jabón; escondido un grillo en el gramófono... No había sido precisamente una niña modelo de santidad. Confesadas, reconozco que por descuido, tales tropelías, no encontré otra salida airosa que la de acusar a lord Windfield de ser un hombre de ciudad remilgado y elegante, incapaz de saborear las delicias de la vida libre del pueblo, pues él sólo recordaba de su infancia los partidos de críquet en el jardín o los paseos por Saint James Park empujando un aro de la mano de su *nanny*. Herido en su orgullo masculino me había retado a beber unas cervezas en la taberna y yo, que jamás había probado la cerveza, tuve que aceptar a riesgo de no volver a ser tomada en serio.

Seguro que tú, amor mío, con tu talante altivo, aristocrático y poco democrático de gran duque, jamás encontraste la ocasión de visitar aquel pedazo, más bien jirón, de tu Gran Ducado, que había de ser de sedas y brocados. Así que te daré todos los detalles que te ayuden a recrear el encantador momento.

La taberna del pueblo era una casucha de madera y piedra, vieja y destartalada, que olía a serrín, a tabaco de mala calidad y a la humareda causada por una chimenea cuyo tiro estaba más sucio que estropeado, ya que probablemente no había sido limpiada en años a tenor del estado de higiene del resto del local: el suelo había desaparecido bajo aquel serrín con solera y otros desperdicios de origen confuso; las mesas y los bancos de pino estaban cubiertos de varias capas pegajosas de suciedad con las que sin duda se podría datar la antigüedad del local del mismo modo que se hace con los anillos del tronco de los árboles. Y el caso era que en algún momento alguien con mucha voluntad había intentado hacer de aquel cochitril un lugar acogedor, pues los ventanucos estaban cubiertos con visillos, sobre las mesas había una vela y la chimenea lucía un adorno en homenaje a las fiestas que conmemorábamos. Eso sí, los visillos estaban sobados y ennegrecidos, el pequeño candelabro de las velas estaba enterrado bajo un montón de cera derretida que nadie se había molestado en retirar y al adorno navideño le faltaban algunas bolas que en beneficio de la alegría de su propio hogar quizá alguien afanó.

Aquella tarde, durante la que no había cesado de nevar como en mi vida había visto, el local estaba medio desierto, pues eran pocos los insensatos que como nosotros se habían aventurado a salir de sus casas con la ventisca. Un par de hombres de aspecto rudo que jugaban a las cartas junto al fuego y el tabernero que dormitaba tras la barra se volvieron al oírnos entrar acompañados de una ráfaga de aire cargada de copos de nieve. Nos siguieron con mirada escrutadora hasta que tomamos asiento y supuse que probablemente yo era la única mujer que habían visto en mucho tiempo por allí, o al menos la única mujer bien afeitada, porque también había una moza que atendía las mesas, pero tenía una espectacular sombra oscura sobre el labio superior además de unos prominentes pechos, que paseó sin ningún pudor frente a los ojos de lord Windfield mientras le servía la cerveza, hasta el punto de que temí desapareciese entre ellos como engullido por las fauces de la gran bestia.

—¡Dios mío, Richard, esto amarga como la cicuta! —exclamé arrugando el gesto después de probar el brebaje negro de espuma marrón.

—Pues claro, es cerveza. ¿Qué esperaba? —respondió con naturalidad para después dar un gran sorbo en actitud desafiante—. ¿Dónde está ahora su vena de pueblo, eh?

—Supongo que se quedó en Costera —repliqué tocando con aprensión la mesa y comprobando cómo la punta de mi dedo se quedaba pegada—, que es un pueblo muy limpito.

Richard se rió.

—Está bien —admití—. Esta vez ha ganado. Pero reconozca que tampoco usted se encuentra en su lugar favorito.

—No. Pero a mí sí me gusta la cerveza.

—Y yo no acabo de entender por qué —corroboré mientras bebía de nuevo.

Al tragar, noté picor en la punta de la lengua y un sabor amargo al borde de la garganta. Dejé la pesada jarra sobre la mesa con intención de que allí se quedara.

—¿Sabe? —pretendí desviar el rumbo de la conversación una vez que había quedado claro que aquella taberna inmunda no estaba hecha para ninguno de los dos—. He estado dándole vueltas a eso de…

Me interrumpí porque Richard, que en un gesto próximo al galanteo me pasaba el pulgar por los labios para retirar los restos de espuma que se habían quedado en mis comisuras, me estaba distrayendo. Aunque no me desagradaba que tratase de flirtear conmigo continuamente, a veces me ponía un poco nerviosa. Es cierto… no todos habían sido bendecidos con tu maestría en las artes amatorias.

—Gracias… Decía que estaba pensando en lo que ocurrió en París y lo del libro con esa cosa… La de los dragones azules… ¿Cómo se llamaba?

—Hachís —apuntó con un sonido que por culpa de su pronunciación británica pareció un estornudo.

Quizá en otras circunstancias me hubiera burlado de él, le hubiera respondido con un Jesús o un salud jocosos. Mas no me pareció oportuno; yo era una jovencita inocente y recatada, ¿recuerdas?

—Y eso es lo mismo que el cannabis, ¿verdad?

—Sí —afirmó sorprendido—. ¿Cómo lo sabe?

—Porque me lo ha dicho el príncipe Alois.

Creí notar que fruncía el ceño como contrariado.

—Y también me ha dicho que no es ilegal. De hecho, haciendo memoria, he recordado que el ama Lourdes lo tomaba para el reuma. Se lo vendían en la botica del pueblo en forma de hojitas para hacer una infusión. ¡Y no creo que el ama Lourdes viera dragones azules!

Lord Windfield, haciendo gala de su flema británica, en lugar de responder inmediatamente a mi velada acusación apoyó el codo en la mesa —osado gesto tratándose de aquella mesa—, la barbilla sobre el puño y con una ceja ligeramente levantada se me quedó mirando fijamente mientras esbozaba una sonrisa que no tenía nada de divertida, sino más bien todo lo contrario.

—¿Y bien? —le animé a defenderse.

—¿Cree que le mentí?

—¿Y qué debo pensar?

—Pues quizá que en ese momento no me detuve a explicarle que si bien el cannabis se utiliza ampliamente con fines medicinales, hace sólo unos meses, en una convención que ha tenido lugar en La Haya, se ha decidido regular su suministro porque en determinados ambientes se empieza a consumir en grandes cantidades como alucinógeno con efectos perjudiciales para la salud, la moral y el orden público. Y es una lástima que el príncipe Alois sea un listillo que vierte sus opiniones sin estar bien informado, haciéndole creer que soy un mentiroso.

«Ya, pero no es ilegal», pensé. Aunque no insistí, me pareció que la cuerda ya estaba lo bastante tensa.

—Está bien. No se sulfure. Sólo quería aclararlo. Tiene que comprender que no me sentía cómoda pensando que me había... ocultado la verdad.

—¿Con qué motivo le iba yo a mentir? Tal vez podía haber mostrado un poco más de confianza en mí. —Antes de continuar reflexionó durante unos instantes—: Es curioso que yo, en cambio, haya tenido que salir en su defensa a causa de este asunto.

—¿Salir en mi defensa?

—Sí, en su defensa. Su primo Karel piensa que podría haberse inventado toda esa historia de la estación de ferrocarril y que el libro era en realidad suyo.

¡Vaya con Karel! Aquello me pareció realmente intrigante, y me mostré ofendida, anonadada, con los ojos abiertos de par en par.

—¿Que yo...? ¿Mío? ¡Por Dios! O sea que también me tiré del bolso en el parque y revolví yo sola mi habitación. O a lo mejor encargué que lo hicieran... ¿Y con qué fines cree mi querido primo que tenía la droga?, ¿terapéuticos o para ver dragones azules? ¡¿Será posible?! No me conoce de nada y se atreve a hacer una suposición tan grave.

En mi enojo manifiesto cogí la jarra de cerveza con furia y le di un trago tan largo que, al notar el golpe de aquel desagradable sabor en la boca, tuve que contener la arcada.

—Está bien, está bien —pacificó lord Windfield—. No se sulfure usted ahora. Ya le he hecho ver que sus sospechas no tienen sentido. Son... cosas de Karel, que a veces ve fantasmas donde no los hay.

Respiré hondo y fingí que mi ira se aplacaba.

—Lo que resulta evidente es que quienquiera que confundió su libro con el de usted no iba a hacer nada bueno con tal cantidad de droga, y menos todavía tal y como estaba preparada.

—¿Cómo estaba preparada? ¿Qué tiene de especial?

—Prensada y preparada en pastillas se fuma junto con tabaco, y provoca los efectos alucinógenos que le he mencionado.

—¿Y usted por qué sabe tanto de eso?

—Por mi trabajo de seguridad en la embajada.

—Bueno, el caso es que yo ya no tengo la droga ni su libro absurdo e incomprensible y él, mi amigo el ladrón frustrado, sí tiene mi estupendo ejemplar de *Madame Bovary*, ¡y sólo me quedaban dos capítulos para terminarlo!

—¿Una dama como usted lee *Madame Bovary*? —comentó Richard en tono burlón—. Eso son lecturas de sufragista.

—Las ventajas de ser huérfana: nadie entrometido, como usted, censura mis lecturas, ni siquiera las de sufragista. De todos modos yo empecé a leerla por pura curiosidad morbosa.

Richard arqueó las cejas en un gesto inquisitivo.

—Sí —accedí a satisfacer su interés—. En el colegio era una lectura prohibida. En una ocasión sorprendieron a una alumna de último grado con un ejemplar y a punto estuvieron las monjas de hacer en el patio una hoguera de alumna y libro, al modo de la Santa Inquisición, como castigo ejemplarizante. Por aquel entonces mi bullente imaginación juvenil hizo desfilar por las páginas de *Madame Bovary* todo tipo de imágenes escabrosas y subidas de tono, se despertó mi interés por lo desconocido. A veces la prohibición es la mejor propaganda… —Me detuve un instante, inspirada de pronto por un curioso pensamiento—. ¿Sabe? Tal vez sea como el cannabis, ¿no cree?

—¿El cannabis y *Madame Bovary*? No acierto a ver la relación.

—Me explico. A lo largo de la historia ha habido determinadas lecturas en particular y otras expresiones artísticas que han sido prohibidas por ser, ¿cómo dijo antes?: «perjudiciales para la moral, la salud y el orden público». Igual que esa droga suya, el hachís. De modo que lo que para unos es un estímulo de la mente y los sentidos, para otros es un veneno.

Richard se quedó pensativo.

—Asombroso... Nunca se me hubiera ocurrido establecer un paralelismo así entre el arte y las drogas. Entonces, usted, ¿qué sugiere?, ¿legalizar las drogas o prohibir el arte?

Sabía que lord Windfield me estaba tendiendo una trampa y me pregunté qué esperaba que le contestase. En cualquier caso, opté por provocarle.

—Lo cierto es que sobre las drogas no tengo una opinión formada. No obstante, si las drogas, como el arte, estimulan la mente y los sentidos, sería más peligroso prohibirlas que legalizarlas.

—Las drogas no estimulan la mente: la destruyen, se lo aseguro.

—Habla usted como aquellos prohombres que quemaron la biblioteca del ilustre hidalgo don Alonso Quijano.

—A quien las novelas de caballería habían destruido su mente, si no me equivoco.

—Dulce locura la del arte —musité para mí—. Jamás debería prohibirse aquello que es la máxima expresión de la sublime naturaleza humana. Es el arte lo que nos distingue como seres superiores. ¿Y no es acaso una droga poderosa?

Enseguida me di cuenta de que Richard no deseaba seguir por aquel camino: temía quedarse atascado en el barro.

—Tal vez... Y le diré que más allá de su naturaleza transgresora con el viejo orden no creo que *Madame Bovary* sea una droga; tan sólo es la historia de una mujer rebelde, inconformista, soñadora y casi tan bella como usted.

Lamenté que hubiera zanjado de forma tan frívola una conversación que prometía ser interesante. Pero también supe y asumí en qué terreno me movía con él.

—Muchas gracias, lord Windfield... Por los cuatro adjetivos —contesté con una leve y dramática inclinación de cabeza—. Y ahora, ¿querría pedirme otra cerveza?

—Pero ¿no ha dicho que no le gusta?

—Me horroriza, pero como decía el tío Fructuoso refiriéndose a su santa esposa: «A fuerza de insistir me acabará gustando».

Y Richard Windfield rió de nuevo, dejando escapar en aquella ocasión unas carcajadas muy poco británicas.

* * *

Te confieso, hermano, que yo era un hombre reflexivo y calculador. Pero créeme si te digo que nunca hubo premeditación en mi comportamiento; por lo que respecta a ella nunca obré conforme a ningún plan previamente establecido. Yo fui el primer sorprendido de cómo los acontecimientos se desarrollaron en los días posteriores a la Navidad.

De hecho, ignorante de cuanto se avecinaba, aquella Nochebuena observaba pasivo el devenir de la fiesta, y encontré en el alcohol un silencioso compañero de reflexiones.

Cada vez que vislumbraba el fondo del vaso, me dirigía al mueble de los licores, levantaba el tapón de la licorera y pausadamente vertía dentro su contenido, aquel delicioso líquido brillante de color ámbar, mientras observaba concienzuda y detenidamente la operación como si fuera un químico a punto de realizar una fórmula magistral. Contaba ya mi cuarto whisky. No tenía la intención de ahogar mis penas en alcohol, ganas no me faltaban, pero me parecía inapropiado emborracharme en Nochebuena. Mi único propósito era poder escabullirme del grupo de contertulios que se había formado tras la cena cada vez que la conversación se me hacía tediosa y aburrida, lo cual lamentablemente ocurría con más frecuencia de la que hubiera sido deseable teniendo en cuenta mi capacidad para encajar el alcohol.

Di un sorbo de licor que arañó ligeramente mi garganta, síntoma de que podía seguir bebiendo: sólo cuando lo sintiese suave como una caricia en mis cuerdas vocales debería parar. Como no tenía ganas de volver a incorporarme a una absurda disertación sobre las delicias de la Riviera francesa en primavera, me apoyé junto a la chimenea y encendí un cigarrillo, dispuesto a fumar en la paz de mi aislamiento.

A mi espalda podía escuchar las voces de los demás campanilleando al son de la charla mientras resonaban los acordes de un villancico popular que el tío Alois interpretaba al piano, justo delante del árbol de Navidad bajo cuyas ramas, vencidas por el peso de los adornos, esperaban los regalos depositados con ilusión infantil; la misma que yo tenía la sensación de haber perdido hacía ya demasiado tiempo. Reconocí por encima de las notas musicales con sabor a mazapán la voz de mamá pretendidamente alegre y despreocupada. Yo sabía que en realidad se sentía algo triste: su adorado primogénito Lawrence había faltado a la cena de Nochebuena. Era en momentos como aquéllos cuando sentía una gran ternura hacia nuestra madre, cuando la veía frágil y anciana, más merecedora que nunca de cariño y protección. Y era en aquellos momentos cuando sentía también una gran furia hacia ti, por inconsciente, egoísta y desconsiderado. Porque aunque mamá se esforzara por tratarnos igual y nos procurase siempre el mismo cariño yo sabía que tenía sus preferencias. «La primera palabra que dijo mi hijo Lawrence fue "mamá"», solía presumir con orgullo; el mismo orgullo que la llevaba a omitir que la primera palabra que dijo su hijo Karel fue «patata». Tú que eras el mayor, el heredero, el gran duque; tú que eras el ojo derecho de mamá, su orgullo, el más inteligente, el más guapo, el mejor... Pues bien, tú precisamente habías sido una vez más quien la había defraudado por quién sabe qué ocupación más importante que llevaría nombre de mujer. Pero tú sabías que mañana podías aparecer con una disculpa en los labios y mil besos en las mejillas suaves y arrugadas de mamá y tal vez con algún regalo de París. Y ella volvería a perdonarte, a adorarte, a elevarte a un pedestal. Tú eras así: continuamente actuando de hijo pródigo...

—¿Me invitas a fumar contigo?

Cuando me volví, descubrí el rostro amigo de Richard Windfield que me había ido a rescatar de mis divagaciones.

—Por supuesto —asentí y le ofrecí un cigarrillo—. ¿Ya has dicho todo lo que tenías que decir sobre la Riviera francesa?

Richard lo encendió y le dio una profunda calada antes de contestar.

—Hace tiempo que hemos abandonado la Riviera francesa para viajar al maravilloso mundo de la ropa femenina. No es que la ropa femenina me desagrade, lo que ocurre es que normalmente prefiero deshacerme de ella...

Su ironía consiguió sacarme una sonrisa; una de aquellas que por entonces se apretaban en mi cuello como el corcho en el de la botella.

—¿Y tú? ¿He venido a interrumpir algún pensamiento brillante, como casi todos los que pasan por tu cabeza?

—Gracias por el cumplido, pero no. Pensaba que quizá esté bebiendo demasiado esta noche —confesé con la mirada perdida en las ondas aceitosas del whisky, que reposaba tranquilo en su morada de Bohemia a la espera del siguiente trago.

—Nunca es demasiado —siguió bromeando.

—Eso lo dices tú que como todos los años beberás, trasnocharás, dormirás como un lirón hasta el mediodía y mañana estarás como nuevo. Pero yo, como todos los años, tendré que madrugar para acompañar a mi madre a la misa de Navidad.

—Pues esta vez te equivocas. Porque este año yo también madrugaré para ir a la misa de Navidad —replicó en tono enigmático.

—No me digas que te has convertido de pronto al catolicismo porque no te creeré.

—Y harías bien —reconoció, pero no para disipar mis dudas; eso ya lo estaba haciendo con una mirada que clavaba sin reparos en ella.

—Oh, no... —fue todo lo que mi elocuencia dio de sí.

—Tu prima me gusta, Karel. Mucho... Es probablemente la mujer más bella que he visto en mi vida. Además es inteligente, culta, divertida...

Richard la describía con pasión, sin dejar de mirarla, como un erudito describe una obra de arte: por fuera y por dentro. Yo también la miraba: estaba compartiendo confidencias con el tío Alois como era habitual. Llevaba puesto un vestido color verde de una tela espectacular cuyo nombre, desconocido para mí, sabría cualquier mujer. La cuestión era que se le ceñía al cuerpo como una segunda piel, resaltando la silueta de su figura, para mi gusto demasiado delgada pero que en conjunto podría resultar esbelta y armoniosa; atrajeron poderosamente mi atención (de lo contrario, no hubiera sido un hombre) unos bonitos pechos, ni muy grandes ni muy pequeños.

De sobra sabes cómo era ella... mas te contaré cómo yo la vi entonces, cómo me fijé en su cabello negro y brillante; en sus ojos (¿cómo no reparar en ellos?) grandes y almendrados, tan oscuros que parecían negros, rodeados de pestañas largas y espesas; en su boca grande de labios carnosos; y en sus pómulos altos y marcados a causa de su delgadez. Por lo demás, me pareció que su nariz era demasiado prominente y no la juzgué una belleza, al menos según el gusto del momento, pues distaba mucho de ser una muñequita de porcelana de cabellos de oro y boquita de piñón. Sin embargo, tenía... algo. Sí, yo también lo percibí desde mi indiferencia: percibí ese algo exótico que la hacía distinta de las demás mujeres; ese algo que obligaba a observarla sin querer nunca apartar los ojos de ella, atraídos por el magnetismo de las cosas que nos relajan y nos turban al mismo tiempo, como el fuego de una hoguera o el mar en calma... Si además era inteligente, culta y divertida, no podía asegurarlo, pues apenas había cruzado con ella un par de palabras. De todos modos estaba convencido de que Richard exageraba. No en vano, a lo largo de mi experiencia con el sexo opuesto que, sin pretender equipararla a la tuya, se podría calificar de dilatada, jamás había encontrado una mujer que reuniera todos esos calificativos a la vez; incluso osaría asegurar que no existía una así, fuera de la mirada de un hombre enamorado.

—Ya sabes que no me gusta —concluí en voz alta como si fuera el escueto resumen de mi detallado análisis mental.

—Pues es un alivio, porque en esta clase de asuntos prefiero no encontrar demasiados apoyos.

—No es eso. Es que... no me fío.

—¡Oh, vamos, Karel! ¡No empieces otra vez con la historia del dichoso libro! Estás demasiado obsesionado con todo.

—Es algo más que eso —quise excusarme—. Es que... Bueno, hace cosas... raras. Se comporta de una manera extraña que no es propia de lo que se espera de una mujer como ella: la pobre huérfana desamparada de un pueblo perdido en España.

—¿Qué cosas? —preguntó Richard mostrando más impaciencia que curiosidad por lo que él consideraba que eran imaginaciones mías.

No es que tuviese ganas de compartir con Richard mi opinión o mis sospechas acerca de ella como si yo fuera cualquiera de las chismosas damas que habitualmente rodeaban a nuestra madre, pero me vi obligado a hacerlo para no quedar como un intrigante sin fundamento.

—El otro día la sorprendí en el invernadero, muy temprano por la mañana. Iba totalmente vestida de blanco y adoptaba posturas... difíciles, como si estuviese practicando algún ejercicio extraño.

Mientras trataba de describirla sin ser capaz de expresarme adecuadamente —quizá porque mis capacidades lingüísticas ya estaban mermadas por el alcohol—, acudió a mi mente la imagen de aquella mujer que parecía danzar pausadamente, emulando con sus movimientos a una mariposa, una flor, un ave, una diosa oriental... Y aunque tenía que admitir que me quedé observándola un buen rato, extasiado por la belleza de las figuras que con su cuerpo dibujaba, la cuestión no era si el ejercicio resultaba bello y armonioso, sino si se trataba de uno apropiado para una jovencita de buena clase.

—¿Y qué? Estaría haciendo gimnasia. Ahora la recomiendan todos los médicos —la justificó Richard—. No veo nada malo en que quiera estar en forma.

—Y esos extraños fetiches paganos que lleva siempre colgados —continué aparentando no escucharle—. Las mujeres de su clase llevan perlas o la medallita de la Virgen Milagrosa... Además —apostillé, dispuesto a soltar la prueba definitiva. En el fondo me preocupaba el tono de comadre de Molière que empezaba a adquirir mi voz, pero sentía el deber de seguir en favor de mi amistad con Richard y también, para qué negarlo, porque necesitaba compartir con alguien la carga de mis sospechas—, el otro día estaba leyendo el *Bhagavad Gītā*, la traducción de Annie Besant para ser exactos. Lo cual llamó poderosamente la atención de mi tío, dicho sea de paso.

—¿Annie Besant? —repitió Richard escamado. Por fin parecía haber despertado el interés de mi amigo, mas sólo fue por un instante—. Alguna explicación tendrá... La verdad, Karel, creo que te entregas demasiado a la causa. Necesitas un descanso, desconectar de todo esto o acabarás volviéndote loco.

Estuve a punto de preguntarle si de verdad lo creía así. Lo cierto era que también a mí me preocupaban mis análisis exhaustivos de cualquier hecho, por cotidiano o absurdo que pareciera. Pero preferí callar: no quería mostrar signos de agotamiento o debilidad. No en aquel momento.

—¿Por qué en vez de intrigar no le preguntas a ella? Seguro que es todo más razonable de lo que parece.

—Pues no es mala idea —reflexioné—. Puede que lo haga... En cuanto al tema de tu interés —añadí volviendo a fijar la vista, si es que alguna vez la había apartado, en el conjunto que formaban ella y Alois—, si quieres conseguir algo de mi extraña prima, deberás esforzarte. Da la impresión de que prefiere a los hombres maduros...

*25 de diciembre*

Recuerdo, amor mío, el día que llegó la Navidad y tú con ella.

Brunstriech resplandecía: la despensa estaba repleta; la bodega ampliamente surtida; el servicio, debidamente aleccionado, se había reforzado para atender adecuadamente a todos y cada uno de los invitados; las habitaciones estaban listas para ser ocupadas; la casa más que limpia, pulida, y vestida con los colores del invierno: el verde del muérdago, el rojo de las manzanas, el naranja del fuego, el blanco de la nieve. No me acostumbraba a pasar indiferente, sin levantar los ojos hacia su copa, por delante de aquel abeto, el más grande que nunca había visto fuera del bosque, que se alzaba majestuoso con su vestimenta de mil colores en mitad del vestíbulo, rozando con sus ramas la barandilla de la escalera e impregnando con su olor, el olor de la Navidad, el aire de Brunstriech. Tú me dijiste que Brunstriech siempre olía así, a Navidad... pero era por los bosques que lo abrazaban.

Aquella noche, con ocasión de la gran fiesta que inauguraba oficialmente la temporada, me hubiera gustado dedicarle tiempo y atención escrupulosa a mi *toilette*, satisfaciendo así plenamente mi alma femenina que aspiraba a que ninguna otra mujer de la fiesta estuviera más bella. Después de la comida tenía previsto subir a mi habitación, dormir una pequeña siesta (lo cual es garantía de lozanía en el rostro y la expresión), darme un baño calmante y proceder con sumo detenimiento a ese proceso que para vosotros, los hombres, es un misterio fútil e impenetrable.

Supe que mis planes se habían frustrado desde el momento en que vi a Richard Windfield acercarse, con un tablero de damas bajo el brazo, para invitarme con decisión a jugar una partida —que en realidad fueron unas cuantas más— junto al fuego de algún salón silencioso y recoleto. Maldiciendo la falta de determinación que en ocasiones me caracterizaba y el exceso de persuasión que caracterizaba a lord Windfield, accedí, aun a costa de poner en riesgo la perfección casi divina que me había propuesto que alcanzaría mi aspecto aquella noche.

Al final pasó lo que tenía que pasar. Pese a que contaba con la ayuda de una de las doncellas de tu madre, las prisas y el desconcierto se apoderaron de mi habitación momentos antes de la fiesta. Como entre las bambalinas del teatro la noche del estreno, el sofoco y la torpeza reinaban por doquier. Una vez superada la serie de contratiempos estrictamente femeninos relativos a la estabilidad del peinado, la naturalidad del maquillaje o la rebeldía de un corchete, logré salir de mi habitación apenas un par de minutos antes de que comenzara la función. Por si ya no te acuerdas, o por si nunca reparaste en ello, vestía una seda roja bordada en hilo de plata y cortada por el mismísimo Paul Poiret, el modisto parisino más cotizado del momento; sobre mi escote, generosamente desnudo, descansaba una ostentosa gargantilla de maravillosos brillantes y rubíes.

Me detuve unos segundos ante uno de los espejos del corredor en un gesto que combinaba la vanidad con la coquetería, por si necesitaba un último retoque. En el piso de abajo ya se oía el barullo que me recordaba que iba justa de tiempo. Tal vez tendría que difuminar un poco el rubor de mis mejillas.

—No creo que se pueda estar más bella de lo que está usted en este momento.

Me sobresalté al oír aquella voz desconocida adulándome en francés, pero sobre todo al sentir el roce de unas manos heladas sobre los hombros. Bastante molesta, giré sobre mí misma para encararme con quien me había sorprendido en uno de los momentos más íntimos de cualquier mujer: coqueteando frente al espejo; y que, además, había osado tocarme sin mi permiso.

—Me ha asustado.

—Exótica, sofisticada, arrebatadora... —continuaba obstinado aquel desconocido de aspecto y acento eslavos, cuya mirada de un azul casi transparente parecía querer traspasar las fibras de mi vestido.

—Disculpe —corté bruscamente aquella intromisión—, creo que no nos han presentado.

El caballero, que califiqué como tal sólo por habérmelo encontrado en casa de tu madre, tomó mi mano y llevó los labios hacia ella.

—Conde Nikolái Ivánovich Zagoronov, a sus pies, mademoiselle.

—Un placer, conde Zagoronov —fui tan cínica como cortés—. Ahora, si me disculpa, debo regresar a mi habitación pues creo que me he olvidado el pañuelo.

—Aún no me ha dicho su nombre.

—Marquesa Engracia María Ana Isabel Alsasúa Álvarez de Guillena de Vilamar —recité con sarcasmo antes de desaparecer por la puerta de mis habitaciones.

Una vez dentro esperé unos segundos, repasando mentalmente con gran indignación el atrevimiento del que había hecho alarde aquel conde de no sabía qué ni me importaba. Cuando supuse que se habría ido, abrí cuidadosamente la puerta y volví a salir…

—*Ah! Ein neues Gesicht!… Und sehr schön. Ja, sehr schön…*

Me erguí como una vara cuando de nuevo sentí que alguien hablaba a mi espalda. Estaba empezando a convertirse en una costumbre muy desagradable.

—Perdone, pero no he entendido una sola palabra de lo que ha… dicho.

Yo no me consideraba una persona especialmente impresionable; no lo era. Quizá nunca había estado ante nada digno de causar en mí tal impresión: la bofetada de la belleza inesperada; exagerada hasta lo obsceno; casi ofensiva en su perfección.

Vislumbraba en la nebulosa de los sueños a un príncipe con ojos que eran el trazo de una pincelada del color de la envidia; cabellos, con la tonalidad de la muerte; acorazado su pecho de medallas como una moderna armadura símbolo del honor y la distinción; veneno en la sonrisa y en la mirada; ademán cortés y a buen seguro alma virtuosa y noble corazón… como todos los príncipes de los cuentos de hadas. Y aún no estaba embriagada por el alcohol, créeme.

Muchos cuentos de hadas habían acompañado mi infancia y mi adolescencia estaba repleta de literatura romántica: folletines que alimentaron mi ilusión pueril y que en mi juventud, convertida en madurez forzosa, había desdeñado por cursis, ridículos e irreales. ¿Mas no era esto una perfecta escena de folletín a la que estaba a punto de sucumbir?, admití entonces, avergonzada de mi debilidad.

—¡Eres tú! —cobró vida la ilusión.

No sabía exactamente quién tenía que ser yo, pero estaba enteramente dispuesta a serlo si aquello satisfacía a mi héroe.

—Sí... —musité, como musitan que no susurran las heroínas de folletín, para ponerme a la altura que las circunstancias requerían.

—¿Isabel? ¿Prima Isabel?

—Sí... —volví a musitar ya más por vicio que por obligación.

—¡Caramba! Debí suponerlo. ¡Cuánto me alegro de verte! Desde que he llegado a Brunstriech sólo he oído hablar de ti.

Mi príncipe azul se mostraba un poco más campechano de lo que yo hubiera deseado para mi fantasía particular: un nimio detalle si había de ser tributo a su belleza y su porte.

Mientras cavilaba me olvidé de corresponder a su entusiasmo.

—¡Soy Lars!

—¿Lawrence?

—Sí, eso dicen mi madre y mi partida de bautismo: Lawrence Heinrich Maximilian. Pero yo prefiero Lars. ¿Decepcionada?

—No... ¡No!

¡Por Dios! ¿Decepcionada? En mi papel de heroína de folletín, estaba fascinada, anonadada, encandilada, atontada y puede que incluso enamorada. Si bien, gracias a un instante fugaz de sensatez, decidí ser comedida:

—Yo también me alegro de conocerte —respondí con una frialdad fuera de tono.

—Estupendo. Pues hechas las presentaciones deberías acompañarme al salón. Seguro que somos los últimos en llegar y mi madre va a volver a enfadarse conmigo.

Afortunadamente, la educación es una fina malla que contiene nuestros instintos más animales. De hecho, basta con observar las costumbres de apareamiento de las demás especies para comprobar que durante el cortejo cualquier animal se abalanza con mayor o menor facilidad sobre el sexo opuesto, sin necesidad de más miramientos. Exactamente lo que yo hubiera hecho de no ser porque había sido educada para limitarme a posar asépticamente la mano sobre el brazo que me ofrecías. A veces lamentaba la racionalidad de la especie humana.

Bajando por las inmensas escaleras de aquel magnífico castillo junto al gran duque, sintiendo su brazo bajo mi mano, la cola del vestido rozar el suelo alfombrado y las joyas emitir desde mi pecho destellos a la luz de las lámparas de cristal, me sentí más que nunca la heroína de un folletín.

Al llegar al gran salón de baile, iluminado, lustroso y barroco, todos los congregados parecían estar aguardándonos. Asumí que me abandonarías para reunirte con la multitud deseosa de rodearte, saludarte, hablarte y colmarte de atenciones. Sin embargo, obviando con altivez a tu parroquia me condujiste, abriendo el mar de gente como Moisés las aguas del mar Rojo, hasta una cruz de mármol en el suelo, hiciste sonar la música, rodeaste mi cintura con tu brazo y comenzamos a bailar. Justo en aquel instante supe que ahí empezaba la función y que yo debía lucirme especialmente en la interpretación de mi papel. Por suerte para mí, había leído suficiente cantidad de literatura para superar el trance con soltura.

—Así que tú eres la pequeña prima Isabel que viene de España... —susurraste a mi oído mientras guiabas mis pasos, me pareció que a unos centímetros sobre el suelo.

Sí, la chica del pueblo, sin un real, a quien su novio acaba de dejar plantada en el altar: esa misma, me obligué a recordarme.

—Tal vez seas tú ahora el decepcionado... —insinué desplegando un gesto ciertamente infrecuente en mí: una coquetería que, no obstante, manejaba con soltura cuando la situación lo requería.

—¿Conoces a alguien a quien exotismo y belleza reunidos en una sola mujer puedan decepcionar?

—Oh, eres muy amable, querido primo.

—No te equivoques. No es amabilidad, es sinceridad y admiración.

Con cada cuidada frase te revelabas como un auténtico maestro en el arte de la seducción. Nivel al que por supuesto sólo se llega con la práctica.

—Es evidente —continuaste— que todos estos años madurando al sol de España han dado un fruto digno de la mejor cosecha: el que se destina a elaborar sólo los grandes vinos. Y yo soy un amante del buen vino, con cuerpo, pero suave al paladar. No hay nada comparable a embriagarse con un gran reserva.

—Tal vez... Pero antes de saber si un vino es bueno, hay que probarlo.

Creo que apenas podías creer lo que acababa de decirte. Te apartaste ligeramente para enfrentar tus ojos con los míos.

—Estoy deseando hacerlo.

Con deliberado dramatismo bajé los párpados, mostrándome incapaz de desafiar tu mirada. Como sospechaba, en un terreno abonado espigabas sin pudor. Satisfecho de tu actuación, seguramente te estabas regodeando en la certeza de que el corazón me latiría con fuerza, quizá por el baile, aunque seguro también que por la compañía. Te creerías un titán que había vencido, anulando todos mis esfuerzos por capear con dignidad tus embestidas cargadas de ingenio y de invitaciones a las que ninguna mujer en su sano juicio querría resistirse. Y menos yo que, pese a querer aparentar la indiferencia propia de las mujeres de mundo, no podía ser otra cosa que una chica de pueblo a quien un don Juan experimentado desenmascaraba con facilidad pasmosa. Eso era lo que mi mirada cohibida y mi rubor inducido te querían hacer ver: que yo era una mujer como las demás.

Y es que puede llegar a ser un juego fascinante el de la seducción, dependiendo de con quién se juegue.

—¡Ah, Isabel! Estaba buscándola —anunció el príncipe Alois en un momento de la noche, separándome así del grupo de conversación al que me había unido para descansar entre un baile y otro—. Me va a permitir que le presente a alguien que tiene mucho interés en conocerla. Le he hablado de usted y de sus inquietudes…

Tomándome del brazo me llevó junto a un hombre entrado en años que deambulaba distraído por el salón acompañado de un plato en el que ya sólo quedaban unas migas tristes. Era alto y grande, de pelo cano ralo y escaso. En su cara, redonda y mofletuda, destacaban unos ojillos vivarachos y un bigote con las puntas artísticamente rizadas hacia arriba al gusto de la época.

—Borís, esta dama es la mujer de la que le he hablado. Isabel de Alsasúa, marquesa de Vilamar. Isabel, le presento al ilustre caballero Borís Illianovich.

—Un placer para mí, marquesa —dijo besando mi mano.

Su acento era muy marcado pero se había atrevido a hablar en español como si se desenvolviera cómodamente con el idioma.

—Lo mismo digo, señor Illianovich.

—No, no. Llámeme Borís que es un nombre redondito como yo —invitó con un palmoteo sonoro de su barriga abultada.

—En ese caso usted puede llamarme Isabel. No es un nombre redondito pero me gusta más que marquesa.

—¡Ah, Isabel! Bonito, bonito. Nombre bonito para mujer bonita. Morenos ojos, morena piel, como gitanilla —señaló entre gestos aparatosos, como cada vez que hablaba.

—En fin —intervino Alois—, como ya se conocen, voy a buscar una dama dispuesta a bailar conmigo. Tenga cuidado, Isabel, ahí donde lo ve este hombre es todo un *don Giovanni.*

—No le haga caso —se excusó Borís cuando nos quedamos solos—. Ningún don Juan tuvo panza, ni mi edad. Es flaqueza de los grandes amantes morir jóvenes.

Reí su frase en parte por la ocurrencia pero sobre todo por cortesía.

—Estoy segura de que ningún don Juan tuvo tampoco su ingenio.

—Muy amable. Ahora, ¿querría acompañar a este ingenioso panzón por algo de comer?

En más de una ocasión damas desocupadas y cronistas sociales sin escrúpulos habían criticado a tu madre por recurrir en sus fiestas a lo que ellos consideraban una moda extravagante e inapropiada que no hacía sino mostrar una gran desconsideración hacia los invitados: la del bufet. Nunca le habían importado a la gran duquesa viuda semejantes comentarios. Ya sabes que las crónicas sociales sobre ella la divertían, y aún más las que la vilipendiaban. Por eso aquella noche, como muchas otras, seguía habiendo estratégicamente repartidas por el salón mesas de bufet con todo tipo de manjares para que los incansables bailarines repusiesen fuerzas, mientras que de aplacar la sed se encargaban unos camareros que servían las bebidas.

—Se come bien en Brunstriech. ¿Ha observado usted esta maravilla culinaria? —indicó Borís abarcando el panorama con un gesto del brazo—. Es un tesoro dentro de otro tesoro. Estas *Spitzbuben* nunca las tomé igual. Hice ya quince viajes a la mesa. ¿Las ha probado?

—No, aún no.

—Coma. Coma.

Prácticamente, me metió la galleta y parte de sus dedos en la boca. Borís parecía un hombre tremendamente espontáneo al que poco le importaba que hubiese unas reglas de comportamiento social como aquella que decía: «No alimentar a las jovencitas». De todos modos poseía un encanto casi infantil que me divertía lejos de ofenderme o incomodarme.

—Es muy buena —coincidí haciendo grandes esfuerzos por que las migas permanecieran dentro de los límites de mi boca.

—*Magnifique!* Cogeré algunas para usted.

Y mientras hacía lo propio, yo bebí hasta la última gota de la copa para tratar de pasar la pasta.

—Conozco España. ¡Muy bonita tierra! Amable gente, bellos paisajes, ¡buena comida! Y preciosas mujeres. Estuve en Madrid: la Cibeles, el Prado, la Giralda ¡olei!

—Pero... la Giralda está en Sevilla.

—¡Oh, sí! Sevilla. Bonita, bonita... No conozco Sevilla.

No podía contener la risa y como Borís parloteaba sin dejarme intervenir, se podía decir que se había hecho con la conversación.

—Una pena. Pero tengo un asistente que es de Galicia. Yo aprende español de él. Es eficiente, pero feo y aburrido. No morenos ojos, no morena piel, no curvas de guitarra. Sí forma de gaita. Ahora cuénteme algo usted. Me apetece oír bonito español. Deje su voz flotar armoniosa por el salón.

—Temo que si empiezo a hablar yo, dejaré de divertirme.

—Ah, mas empezaré a hacerlo yo. Beba más champán y dígame, ¿qué hace una española en Brunstriech?

Le obedecí. El señor Illianovich se me antojó un autoritario adorable; supuse que siempre conseguía de los demás lo que quisiese. Y no dudé de lo que Borís deseaba oír de boca de una mujer como yo:

—Es una historia muy larga, un poco aburrida y bastante anodina, que termina con el viaje de una pobre chica de pueblo de pronto obligada por las circunstancias a descubrir el mundo.

El señor Illianovich sonrió, dejando que en su cara asomase un gesto de comprensión paternal.

—¿Y qué le parece el mundo?

—Que es grande. A veces pienso que demasiado para mí. Otras, me atrae el pensar que no tiene límites.

—¿Sabe una cosa? Una mujer grande necesita grande sitio para vivir. Es bueno ser ciudadano del mundo. Mirar más allá de la tierra que nos vio nacer y encontrar en cada lugar algo de nosotros mismos. Usted es joven, tiene toda la vida para descubrir el mundo, para hacerlo suyo sin miedo, sin límites, sin prejuicios... Alois me ha hablado de su interés por otras culturas...

Cuando estaba a punto de llegar al terreno que yo quería, te incorporaste dejando en suspenso la conversación.

—Disculpen mi interrupción.

—¡Ah! *Voilà,* el anfitrión. Una fiesta estupenda, muchacho. —Sólo de alguien como Borís podía esperarse que llamase muchacho a su alteza el gran duque. Entonces pensé que aquello no te había gustado—. Muy delicioso bufet. Pero no le echábamos de menos.

—Ya lo supongo. En cambio, yo a ustedes sí.

—Lógico: somos las dos personas más encantadoras de la fiesta.

—Eso es cierto —coincidiste desplegando una de tus fascinantes sonrisas—. Por eso he venido a llevarme a una de ellas a bailar.

—Como supongo que no querrá bailar conmigo, aceptaré que se lleve a tan hermosa mujer. Vaya con él, gitanilla, pero no deje que se le acerque demasiado.

—Así lo haré.

Ofrecí a Borís una sonrisa de agradecimiento por su consejo, mas me entregué sin condiciones a tu acercamiento calculado durante el vals.

Hubo un baile, luego otro, otro… y así, entre bailes, champán y *Spitzbuben* fueron cayendo las primeras horas de la madrugada.

*26 de diciembre*

—Anoche la vi salir de su habitación. Me ha tenido preocupado, pensando que no se encontraba bien.

Richard me abordó a la hora del desayuno. Creí percibir auténtica preocupación en el tono de su voz y en la expresión de su rostro.

—Muchas gracias, Richard, por su interés —le contesté—. Aunque lamento que se haya preocupado en vano. En realidad, el motivo de mi excursión fue verdaderamente trivial…

Y comencé a narrarle una pequeña aventura.

Estaba cansada cuando llegué a mi habitación. Las campanas del reloj del ayuntamiento me anunciaron desde la lejanía que eran las tres de la madrugada. Y aunque el sueño me picaba en los ojos y sólo podía pensar en la cama que, con su reflejo en el espejo del tocador, me seducía con promesas de abrigo y bienestar, reuní fuerza de voluntad suficiente para deshacer mi peinado y limpiar el maquillaje.

Me quité perezosamente las joyas y, con la rigurosidad propia de quien está muy escarmentada de perderlo todo, me dispuse a guardarlas ordenadamente en el joyero. De pronto me di cuenta de que *Hati*, mi elefante de la suerte, faltaba del hueco reservado para él. Intentando no sacar conclusiones precipitadas, pero en cierto estado de alerta, me puse a buscar en otros compartimientos en los que quizá por despiste lo había guardado. Al no encontrarlo, empecé a repasar mentalmente. Lo había llevado por la mañana así que debería habérmelo quitado para cambiarlo por el aderezo de la noche; sin embargo, no recordaba haberlo hecho. Esforzándome por analizar cada instante del día, me vi a mí misma jugueteando con él durante la comida y luego nada... Llegué a la conclusión de que probablemente había aflojado el cierre y se me había caído en algún momento durante el postre o al levantarme de la mesa.

Convencida de mi teoría y olvidado el sueño y el cansancio, decidí que lo mejor sería bajar en aquel mismo momento al comedor en busca del amuleto antes de que alguien lo pisara, le diera una patada o lo barriese, pues entonces lo habría perdido para siempre.

Aprovechando que aún no me había desvestido, salí sin perder un minuto de la habitación. El castillo estaba excepcionalmente silencioso y en penumbra. Todo el mundo se había recogido en sus habitaciones una vez concluida la fiesta, y la casa descansaba con sus habitantes, aletargada hasta la llegada del nuevo día. Un poco sobrecogida por la inusual paz y la oscuridad me deslicé sigilosamente por escaleras y pasillos desiertos hasta llegar al comedor. Abrí la puerta y tuve la sensación de que el ruido del pestillo despertaría a toda la casa. Una vez dentro encendí una lamparita de gas y me arrodillé bajo la mesa, dispuesta a empezar un rastreo exhaustivo en busca de mi pequeño tesoro.

—¿Y lo encontró? —se interesó Richard.

—Sí... Estaba debajo de la mesa, como había supuesto.

Mentí a Richard Windfield. Mentí por omisión, pues callé lo que después sucedió.

Es verdad, amor mío, que me hallaba debajo de la mesa del comedor. No recuerdo muy bien cuánto tiempo estuve allí inspeccionando concienzudamente cada recoveco. Sólo recuerdo que en un momento dado, dolorida por la postura y al borde del desánimo, me apoyé en una protuberancia redondeada de una de las patas y de repente sentí que se movía bajo mi palma. El rugir de un mecanismo y el roce abrupto de algo que se deslizaba a mi espalda me hicieron girarme sobresaltada. Fui testigo de cómo una de las paredes del comedor se abría automáticamente, como una puerta corrediza, dejando en su lugar un vano tan negro que más que un hueco parecía una mancha enorme de pintura como el trampantojo de una entrada.

Permanecí unos segundos inmóvil, absorta, envuelta en un silencio sobrecogedor. En la piel notaba cómo la habitación se iba llenando de un aire frío que olía a moho y humedad como si se acabase de levantar una tumba. Entonces, obligada a vencer el miedo y la indecisión, me propuse abandonar la mesa del comedor, mi cálido refugio. Me acerqué a la entrada recién descubierta: de la nada salía aquel aire helador que en el quicio del hueco era una corriente que movía el polvo y las telarañas. Introduje un poco el brazo con la lámpara. Más allá de donde alcanzaba su luz la oscuridad seguía siendo absoluta. También el silencio. O... tal vez no. Durante un breve instante me pareció que a mis oídos en alerta llegaba un rumor lejano de algo parecido a un canto repetitivo, continuo, vibrante...

Sabía que aquellos viejos castillos estaban llenos de entradas camufladas que conducían a túneles y pasadizos conectados entre sí. ¿Para qué se construyeron en Brunstriech?, ¿eran escondrijos, espacios para la conspiración, vías de comunicación entre habitaciones, entre edificios? Seguro que Karel, tan instruido en la génesis del castillo, estaba al tanto de su historia... aunque no lo mencionase en aquel exhaustivo relato con el que me había obsequiado a mi llegada. Sea como fuere, un pasadizo sugería secreto, misterio, ocultismo. Aquel pasillo oscuro, el rumor lúgubre del canto, la curiosidad, lo desconocido y su irresistible atracción, el deber de investigar... Conté decenas de razones para aferrarme al quinqué y traspasar los límites del vano. Me encontré caminando por un corredor negro tan estrecho que sentía su áspero abrazo, una incursión no apta para claustrofóbicos. A los lados, una sucesión monótona de paredes de sillares de piedra y las sombras temblorosas que creaba mi propia luz. Al principio, el techo lleno de manchas de humedad, en algunos casos goteantes, era tan bajo que me obligaba a avanzar encorvada. Después se volvió alto, casi tanto que temí perderlo de vista. El eco de las voces era cada vez más y más cercano. Pero no había ni un atisbo de luz o de vida.

Sumida en la oscuridad perdí el sentido del tiempo y el espacio. No podía medir los metros ni los minutos en aquellos pasillos sin entradas ni salidas: corredores sin referencias. Pero el rumor de las voces era continuo; un zumbido incómodo que se me pegaba a los oídos como el de las moscas en verano, que revoloteaba en torno a mí con una amenaza imprecisa, que me picaba en la piel como el sudor de la ansiedad. Era un rumor opresivo y asfixiante. Era un rumor que quizá ya se hubiera desvanecido, aunque yo siguiera escuchándolo. Era un rumor que me estaba trastornando...

Me detuve en mitad de aquel agujero. Me giré. ¿Y si alguien me seguía? ¿Y si me sorprendían en aquel lugar? ¿Y si alguien tocaba mi espalda y susurraba a mi oído?

La oscuridad se convirtió en la sábana blanca sobre la que mi mente comenzó a proyectar imágenes de espectros translúcidos, rostros de terrorífica inexpresividad, almas olvidadas que ululaban mi nombre. Tuve la sensación inquietante de que alguien o algo se acercaba, exhalando su aliento helado y húmedo sobre mi nuca. De repente dejé de oír y de sentir; me encontraba presa del pánico. Mi corazón aceleró su ritmo y sentí el golpe de sus latidos en mis sienes y en mi pecho, como puñetazos que venían desde dentro, que entrecortaban mi respiración que de pronto era atronadora. El rumor había desaparecido… Pero tenía que volver a oírlo, a sentirlo. Se había convertido en un referente que al menos resultaba humano. Entonces, escuché la voz de mi padre. «Sólo has de temer a los vivos.» Corrí aterrorizada.

Cuando me creía irremediablemente perdida, divisé a lo lejos el brillo de una luz. Aceleré el paso todo lo que mis rodillas, que parecían de piedra, me permitieron, hasta que, casi sin verla y a punto de chocar con ella en mi carrera frenética, llegué ante una puerta metálica. Tras ella vi la luz y escuché las voces que había dejado de oír a causa de los ruidos y de mi propio pánico. Entonces, sonaban claras y humanas.

Me apoyé en aquella puerta y sentí en mis dedos el tacto rugoso y frío del metal oxidado que me dejó un rastro polvoriento de herrín. La puerta, que con su ventanuco enrejado parecía la de una celda, se abría a una estancia enorme, unos cinco metros por debajo de donde yo estaba, a la que se accedía por una escalera de piedra que descendía pegada al muro por uno de sus lados. Por las cadenas que colgaban de las paredes deduje que podía tratarse de una antigua mazmorra o varias que se habían unificado, pues había otras puertas repartidas a diferentes alturas. El lugar estaba iluminado con velas, antorchas y faroles de aceite, y en el suelo había restos de paja medio podrida y listones de madera que posiblemente pertenecieron a un techo derrumbado o a un antiguo solado.

«Sólo has de temer a los vivos», repetía mi padre.

Y vivos parecían los que allí se ocultaban; cinco encapuchados reunidos en torno a una mesa que cubrían sus rostros con máscaras y vestían con túnicas de diferentes colores: negro, rojo, azul, marrón y blanco. Junto a ellos, como presidiendo la congregación, había una estatuilla que me recordó a las divinidades hindúes: era de bronce verdoso y sus múltiples brazos y piernas dibujaban una danza en el aire, un equilibrio imposible; la mueca terrorífica de su rostro contrastaba con la elegancia de sus miembros. Aunque era evidente que los allí reunidos trataban de hablar en voz baja, la acústica del lugar hacía que hasta mis oídos llegara una lengua nada corriente. Trataban con especial respeto al que vestía túnica negra y se intercambiaban un libro rojo al que dedicaban una particular atención. El escenario resultaba en conjunto misterioso. El inhóspito lugar, las máscaras bajo las cuales resonaban graves aquellas voces, su lenguaje, la estatua de aspecto terrorífico. ¿Quiénes eran los que se escondían bajo las máscaras? ¿Qué ocultaba aquel libro rojo?

De pronto me sentí agotada. El frío y la humedad entumecían mi cuerpo. Me dolían las manos y los pies de mantenerme empinada para mirar por el ventanuco enrejado. Los nervios y la tensión me apretaban en las costillas y casi no podía respirar. Entonces, los misteriosos congregados se pusieron en pie. Parecían orar con un canto vibrante que ponía los pelos de punta. Las manos juntas sobre su pecho: *Namaste*.

«Om... Om... Om KaliKama.»

Yo no debería estar allí. Tenía que marcharme inmediatamente antes de que alguien pudiera advertir mi presencia.

«Sólo debes temer a los vivos.»

Y corrí. Corrí por los pasadizos, huyendo sin saber de qué.

Estaba a punto de amanecer cuando por fin, en la seguridad de mi habitación y bajo el calor de las mantas de la cama, cerré los ojos e intenté dormir. Pero tenía un fuerte dolor de cabeza, seguramente a causa de la tensión acumulada y el champán, que me impedía conciliar el sueño. Con las luces del día que parecen disipar los miedos y blanquear los corazones, que diluyen la noche en el recuerdo vago de un mal sueño, las cosas tampoco mejoraron.

«Anoche la vi salir de su habitación», me había abordado Richard Windfield a la hora del desayuno...

¿Cómo era posible que estuviese al corriente de mis andanzas? ¿Es que acaso me seguía? ¿Era su aliento el que yo notara en el cuello y su mano la que me rozó la espalda? De la noche a la mañana todo se había vuelto extraño y amenazador.

* * *

Te confieso, hermano, que aunque nunca me he tenido por un hombre celoso, tú despertabas en mí el terrible monstruo de ojos verdes. No sé si alguna vez llegaste a darte cuenta; no sé si alguna vez di muestras de lo que con mi capacidad para mantener los sentimientos ocultos tenía bien escondido, pero lo cierto, hermano, es que te envidiaba; te envidiaba con esa envidia insana que es como una lepra que pudre la carne; tu presencia arrolladora, tu encanto natural, tu atractiva personalidad. Te envidiaba porque cuando estábamos juntos, tú me eclipsabas y me reducías a una sombra.

Aunque había comenzado el día crecido por el éxito que en el desempeño de mis obligaciones había cosechado la noche anterior, aquella mañana, como tantas otras veces, volví a envidiarte, y tu presencia empañó mi orgullo.

La mesa del desayuno había alcanzado su apogeo —no en vano nos encontrábamos en pleno inicio de las fiestas—. Era sorprendente que a primera hora de la mañana el ruido de las conversaciones fuera ya casi tan elevado como para superar al de la vajilla, la cubertería y la cristalería en su coordinado danzar al ritmo de los apetitos matinales.

Nuestro padre solía decir que el desayuno era momento de disfrutar de la tranquilidad que proporciona un buen café, leer en silencio la prensa y pensar en el día que comienza. Estaba claro que nuestro pobre padre no había sido el promotor de las Navidades de Brunstriech y que éstas respondían sin lugar a dudas al carácter jovial y energético de nuestra madre.

Como la noche había sido larga, decidí recuperar fuerzas sirviéndome abundantemente del bufet. Por supuesto, un café muy cargado para paliar la falta de sueño, y además salchichas, huevos revueltos, jamón, un par de *croissants* y algo de fruta. Curiosamente, después de dormir sólo tres horas, tenía hambre. Busqué deliberadamente un sitio cerca de ella. Quería observarla detenidamente, pues aunque tenía la certeza de que la noche también había sido larga para ella, necesitaba más detalles que lo corroborasen. La encontré sentada junto a nuestra madre, que parecía haberle tomado un cariño extraño para lo poco que la había tratado. Como era de esperar, Richard protegía cuidadosamente su otro flanco. El muy infeliz había pasado una angustiosa velada al comprobar que tú la habías escogido como objeto de todas tus atenciones. No me había servido de nada dedicar gran parte de la fiesta a tratar de infundirle ánimos y confianza en sus posibilidades. Él sabía que tú eras un duro contrincante. Si te habías encaprichado de ella, la guerra iba a ser cruenta, pues no estabas acostumbrado a renunciar a tus caprichos.

Me senté frente a ellos.

—Buenos días, Isabel. Richard… —les saludé convenientemente. Al resto ya había tenido ocasión de hacerlo—. ¿Habéis dormido bien?

Richard me lanzó una mirada de abatimiento.

—Más o menos… —fue sincero él.

—Buenos días, Karel. Estupendamente, gracias —mintió ella.

Su rostro estaba pálido y debajo de los ojos tenía dos cercos oscuros que el maquillaje apenas había podido disimular. No comía nada. Tan sólo estaba bebiendo a sorbos desganados lo que parecía una infusión de manzanilla. Tenía todo el aspecto de quien se ha levantado por la mañana con el estómago revuelto. Le sonreí antes de abortar una descortés mueca de incredulidad con un tenedor de salchicha. Y es que casi podía asegurar que ella había dormido las mismas tres horas que yo, pues o mucho me equivocaba, o por la noche la señorita había acudido a una reunión a la que no estaba invitada. Busqué sus ojos, que permanecían semicerrados, con la mirada perdida en algún punto de la taza de manzanilla, para mirarlos con sumo detenimiento, pues podía jurar que eran los mismos que vi por la noche oteando furtivos desde su escondite. Aquellos —no iba a negarlo— grandes y hermosos ojos que brillaban en la penumbra de un pasadizo y que a pesar de la distancia me resultaron inconfundibles. Además, momentos antes la había visto abandonar su habitación y deslizarse sigilosamente por los pasillos. Pese a lo inusual de su proceder, al principio no le di más importancia; pensé que necesitaría algo o que incluso iría a reunirse secretamente con alguno de sus múltiples admiradores… Como yo no tenía ninguna intención de ser el guardián de su virtud, ya que asuntos más importantes me ocupaban y no podía seguirla para comprobarlo, me limité a olvidar el incidente. Mas luego… Sí, ella también se encontraba en las oscuras grutas subterráneas del castillo. Por qué estaba allí, presenciando clandestinamente aquel encuentro prohibido para ella, era una cuestión que me traía de cabeza. En cualquier caso, se trataba de otra circunstancia que se unía a las muchas que había ido acumulando durante aquellas últimas semanas y que contribuía a aumentar en mí el recelo y la desconfianza hacia aquella mujer que se me antojaba un lobo disfrazado de cordero.

Algo se volvía cada vez más evidente: no había tiempo que perder. Debía actuar sin demora. Había mucho en juego y aquella prima inoportuna no era una de las piezas que yo había previsto tener sobre el tablero.

—¡Buenos días a todos! —exclamaste con tu inconfundible voz al tiempo que hacías una de tus habituales entradas triunfales.

—Buenos días —contestamos entre sorbos de café todos a coro; unos con más entusiasmo que otros.

Te dirigiste sin vacilación a nuestra madre y posaste sobre sus mejillas un prolongado beso.

—Buenos días, adorada madre. Te encuentro tan suave y tan preciosa como siempre.

—Adulador… —replicó ella con pretendida frialdad, pues sonreía y se esponjaba henchida de orgullo y amor hacia su hijo predilecto que acababa de honrarla con un beso delante de toda la concurrencia.

Tras haber protagonizado aquella escena que te convirtió inmediatamente en protagonista de lo que quedaba de obra, tomaste asiento en la silla vacía que había a mi lado.

—Tenéis todos una cara estupenda, así que deduzco que habéis dormido tan bien como yo. Hasta tú, hermanito, estás menos pálido de lo habitual.

Tuviste la deferencia de dirigirte a mí acompañando tus palabras de un golpe en mi hombro, gesto muy tuyo que yo odiaba por ir normalmente precedido de una frase que me ridiculizaba en público.

Cogiste el azucarero y te serviste una punta de azúcar en el té. Ninguno de tus movimientos parecía haber sido dejado al azar. Nuestra madre, que hacía rato que había interrumpido su conversación con la pertinente amistad que aquella mañana compartía con ella el desayuno, te miró con preocupación.

—¿Sólo vas a desayunar eso, hijo?

—No, madre. Es que ya he desayunado: huevos fritos, bacon, tostadas y un café. Ahora sólo me apetece un té… y uno de estos *croissants* con tan buen aspecto —añadiste alargando el brazo hasta mi plato para llevarte uno de mis bollos sin molestarte siquiera en pedir permiso.

Te miré con fastidio pero sin la menor intención de replicar. Sabía que sería inútil.

—¡Qué madrugador!… Y que Dios te conserve el apetito, criatura —masculló ella entre dientes aquella frase (una de las pocas que había pronunciado durante el desayuno), sin pretender que nadie le prestase atención.

—Has desaparecido muy pronto esta mañana —observó nuestra madre—. Hubiera querido que firmases unas tarjetas.

—He estado en las cuadras preparando los caballos. Voy a llevarme a Isabel a una pequeña excursión.

Entonces sonó un fuerte chirrido: a Richard le había resbalado el cuchillo sobre el plato. Cuando levanté la vista, noté cómo enrojecía de ira contenida. Tu frase había caído como una bomba. Incluso a mí mismo estuvo a punto de atragantárseme el jamón. «¿Qué les pasa a todos los hombres con esta mujer? ¿Han perdido el sentido de la belleza y la virtud femeninas de siempre, cegados por la luz de una exótica novedad?», pensé. Nunca hubiera dicho que tus muestras de interés por ella fueran a desembocar en esa invitación. Tú tenías por costumbre seducir a todo lo que tuviera apariencia de mujer, creo que engordaba tu vanidad; incluso, frente a los ejemplares más bellos, mostrabas un interés especial aunque normalmente efímero; sin embargo, sólo a unas pocas elegidas, realmente singulares en encanto y belleza, invitabas a tus... pequeñas excursiones.

Y es que ella no lo sabía, pero acababas de hacer una especie de proclama oficial: su alteza el gran duque se complace en anunciar que ya ha escogido pareja para las Navidades de este año; que era todo lo que a ti te duraban las parejas, al menos las oficiales, por muy singulares en encanto y belleza que fueran.

—¿A mí? —Pareció despertar de su aletargamiento la aludida.

Tú, que la mirabas como sólo tú sabías mirar a las mujeres, asentiste.

—¿Vais a salir con el frío que hace?

En aquel momento no pude precisar si la objeción de nuestra madre respondía a un intento de proteger la virtud de su sobrina o de evitar un resfriado a su hijo.

—Nos abrigaremos. Además ha parado de nevar... Mmm... Me encantan estos *croissants*.

—¿Adónde vamos? —preguntó ella.

Tú te encogiste de hombros y cuando terminaste de engullir mi *croissant*, respondiste:

—Sorpresa.

Me mordí los labios para contener una carcajada de sarcasmo. Sorpresa iba a serlo para ella. Porque todos los demás sabíamos perfectamente en qué consistía tu excursión. Todos los años era igual. Me jugaba el cuello a que su alteza había engarzado los caballos con cascabeles y preparado el mejor trineo con una buena manta de piel y alguna bebida caliente. En él daríais un romántico paseo de invierno hasta el pabellón de caza donde, desde bien temprano, el servicio estaría preparando un no menos romántico escenario con velas, flores, champán y un suculento almuerzo. La araña tejiendo la tela perfecta para atrapar a la mosca.

Sonó bruscamente el ruido de una silla que se movía. Richard se había levantado de repente con su desayuno a medias.

—Si me disculpáis… —murmuró una frase hecha, pues su expresión delataba que no tenía ningún interés en que nadie le disculpase. Todo lo que quería era huir de aquella tortura y refugiarse en algún apartado lugar para lamentarse o maldecir.

A nadie pareció importarle mucho.

En aquel instante apareció Nadjia dispuesta a unirse a la cada vez más numerosa reunión en torno al desayuno. Llegó deslizándose majestuosa por la habitación, como un hermoso cisne por el lago. Su imagen me trajo a la memoria un relato de Hans Christian Andersen.

—*Bonjour* —saludó en su correcto francés.

En cuanto oí llegar a mi prometida me puse en pie para darle los buenos días cortésmente y separarle la silla en la que debía sentarse.

—¿Qué es tan sorpresa? —quiso saber según se incorporaba a la conversación, esta vez usando su torpe español.

—Para ti no es nada sorprendente, querida —la informé—. Se trata de una de las excursiones de Lars, ya sabes —habló la envidia.

Creí percibir tu mirada fulminarme a mi espalda.

—En fin, si ya has terminado, Isabel, nos vamos —anunciaste con repentina premura, seguramente temeroso de que te chafaran el plan.

—Oh, Lars, tienes una vitalidad *incroyable* —apuntó Nadjia sonriente.

—Y tú, querida mía, una belleza insólita —replicaste tú

justo antes de besarle la mano—. Es una lástima que vayas a malgastarla con mi hermano.

Estaba claro que no tenías ningún respeto ni por mí, ni por nada que fuera de mi propiedad, ya se tratase de un *croissant* o de una mujer.

* * *

Recuerdo, amor mío, con la nitidez de los recuerdos placenteros, el techo abovedado cubierto de color: frescos que representaban escenas campestres, como aquella que evocaba la sinfonía *Pastoral*. Recuerdo las luces que escondidas tras grandes barriles alzaban sombras como lenguas que lamían las paredes, creando un clima a la vez misterioso y acogedor. Recuerdo el polvo y la humedad, moderados con auténtico sentido artístico, tratados como un elemento más de la decoración. Y recuerdo los olores a viejo: a alcohol añejo y a madera enmohecida. Te recuerdo a ti, destacando sobre todo y sobre todos, siempre allí donde se movía mi mirada, siempre sonriendo cuando te encontraba... Reinabas en aquel decorado que eran las bodegas de Brunstriech, en aquella colcha de *patchwork* que eran los retales de un imperio: las montañas del Tirol, los lagos de Bavaria, los campos de cereal de Hungría, las granjas de Chequia, los bosques de Transilvania... Reinabas como un príncipe gitano, como el rey de los cíngaros, entre toda aquella multitud disfrazada que había cambiado las sedas por los paños, convirtiendo los atuendos que los campesinos vestían para trabajar en un motivo más de diversión, y que en brazos de un dios hedonista se embriagaba con la fiesta y el alcohol.

Era singular aquella noche de folclore y cerveza, de bailarines de *czardas* y pañoletas de flores, de acordeones y madera... Otra extravagancia de Brunstriech.

Entretanto, yo bailaba con el conde Nikolái Ivánovich Zagoronov, que me demostró tener una conversación y una autoestima tan grandes como su nombre.

—... y aunque a ojos de cualquiera mi éxito pudiera parecer algo sencillo, la realidad es bien distinta. Era deseo de mi padre que yo fuese oficial de la Guardia Imperial y se apresuró a hacerme ingresar en la academia. Ya sabe, él es una especie de noble frustrado por lo que pudo llegar a ser y no es. Se pasa la vida ocultando su insatisfacción por no ser más que un jefe rural a expensas del gobierno del zar. Le diré que poseía inmensas tierras de cultivo en la rivera del Don, una zona cuyo suelo negro la convierte en el mejor lugar de mi país para cultivar... Trigo de primavera y remolacha de azúcar. ¡La fortuna de la familia! ¡El orgullo de los Zagoronov! ¡Bah...! La vida entera se la pasó lidiando con esos condenados *mujiks*, desagradecidos siervos que sólo dan problemas y que le llevaron a la ruina por su incompetencia. Toda la culpa es del zar y su gobierno, por conceder la libertad a los siervos y permitir que se enriquezcan a costa de sus señores. ¡No se creerá si le digo que un maldito *kulak* analfabeto compró las tierras de mi padre!

Creérmelo, no sabía si creérmelo porque para empezar ignoraba lo que era un *kulak* y además tampoco me interesaba mucho aquel monólogo sobre la historia de su vida cargado de soberbia y desdén hacia su padre.

La música había cesado y con ella nuestro baile. Albergué la esperanza de que Nikolái fuese en busca de nueva compañía y me dejase tranquila, dándome la oportunidad de disfrutar de la fiesta. Sin embargo, pude comprobar que no tenía la más mínima intención de privarme del desenlace de su ameno relato sobre sí mismo en cuanto sentí que me tomaba del brazo para que le acompañase por alguna bebida que aclarase su garganta, a bien seguro seca de tanto hablar.

—... Pero ahí sigue —continuaba sin tregua—, aferrado a un pasado suntuoso y a unas tradiciones absurdas, creyendo en el zar como en un dios que vendrá a salvarlo de su decadencia. Afortunadamente yo tuve el acierto de dejar la academia militar, que sin duda no hubiera sido otra cosa que una proyección de la mediocridad de mi familia. Por aquel entonces había heredado algún dinero de un pariente lejano. Por supuesto podía haberlo malgastado en juergas y desenfrenos, como se espera de cualquier muchacho noble acaudalado, mas tuve el sentido común de invertirlo en la industria del acero y en ferrocarriles... ¡Oh, sí! —daba rienda suelta a sus propias reflexiones—. ¡Malditos capitalistas extranjeros que están comprando nuestra riqueza con sus fuertes monedas occidentales! ¡Si el capital ruso abandonase los campos y los trasnochados palacios, mejor nos iría! Y si no, fíjese en mí. Tan sólo unos años después poseo una fortuna que no tendría si fuese oficial de la Guardia Imperial. Llevaría una vida de digna pobreza en honor a mi noble familia. O, a lo peor, habría muerto en la guerra con Japón o sofocando alguna revuelta estudiantil. Ahora en cambio puedo colmarla a usted de joyas como tributo a su espléndida belleza.

Me heló con una mirada azul, digna de la estepa siberiana —justo al sitio al que le habría desterrado—. El relato parecía haber concluido. Yo no pude hacer otra cosa que dibujar una mueca que pretendía ser una sonrisa de cortesía, mientras mentalmente imploraba un rescate oportuno que no parecía llegar.

—¿Ha estado usted alguna vez en la India? —Sin esperar respuesta, prosiguió—. La estaba imaginando vestida con un sari de seda color azafrán...

En el mismo momento en que su voz se volvía ronca y sugerente, casi tan sexualmente ofensiva como su mirada, divisé sobre su hombro mi salvavidas.

—¡Monsieur Illianovich! ¡Borís!... —le llamé, sintiendo una alegría infinita al ver su cara redonda y afable.

Estaba junto a la mesa del bufet, como no podía ser de otro modo, contemplando como un niño goloso los manjares exhibidos para disfrute de la concurrencia: salchichas a la parrilla, codillo asado, guiso de jabalí, fiambre de venado, puré de patatas y chucrut, pastel de manzana y tarta de moras...

—¡Oh, es usted, gitanilla! Cuánto tiempo sin verla. Siempre tan rodeada de jóvenes apuestos... —Acudió a mi llamada empleando el francés como lengua común.

—¿Conoce al conde...? —Una especie de rechazo inconsciente me impedía recordar su nombre.

—Nikolái Ivánovich Zagoronov. Un placer —apostilló el aludido.

—Igualmente, muchacho. Permítanme que les presente a François Dubas, presidente de la Banque Corporative de Lausanne.

No me hubiera resultado difícil adivinar que aquel hombre era banquero antes de que me lo hubiesen confirmado. No puedes negar, amor mío, que su apariencia respondía a todos los tópicos: cincuentón elegante con aire de burgués tradicional al que el peso de la responsabilidad y la carga de sus importantes tareas habían encorvado la espalda.

Tras unas lentes con fina montura de oro escondía unos ojos diminutos y cansados de tanto examinar cifras y cuentas. Pensé entonces que una de las cosas que probablemente compartiría con Borís sería la afición a la buena mesa, manifiesta en la redondez extrema de su figura. De hecho, observé con un pensamiento jocoso que sus pequeños pies (calzados con zapatos caros, probablemente confeccionados a medida por algún zapatero de la londinense St. Jeremy Street y que ofrecían un contraste grotesco con su atuendo de montañés) desaparecían bajo su prominente barriga.

—François, la señorita es la marquesa Isabel de Alsasúa, seguramente la mujer más encantadora de esta fiesta —continuó Borís, sin perder la ocasión de piropearme con caballerosidad.

Hechas las pertinentes presentaciones, nos enfrascamos en una conversación de salón, insustancial, y que paulatinamente nos fue separando en dos grupos. Por fortuna, o tal vez porque yo hice todo lo posible por no caer de nuevo en las redes de Nikolái, acabé formando pareja con el señor Illianovich.

—Hábilmente ha logrado librarse del conde Zagoronov… —recuperó su español de fuerte acento.

—¿Tan evidentes han sido mis intenciones?

—En realidad, no. Pero yo sé que una jovencita no cambiaría a un joven caballero por un viejo gordo panzón, si no tuviera una buena razón para ello —argumentó Borís sonriendo.

—Sólo si la compañía del gordo panzón resultase más agradable, como es el caso.

Borís respondió a mi amabilidad sincera con un gesto de gratitud y complacencia.

—¿Y de qué hablaba con su apuesto joven que tan disgustada está?

—Oh, de él. No ha hecho otra cosa en toda la noche que hablar de él. Bueno… y preguntarme si alguna vez he estado en la India.

—¿Y usted qué ha respondido?

—Lo cierto es que no ha esperado mi respuesta.

—Entonces es en verdad un necio, pues era lo más interesante de la conversación. ¿Ha estado usted en la India, gitanilla?

—No, nunca. Aunque me encantaría viajar allí. Mi padre me contaba historias maravillosas de ese país y casi he podido verlo y sentirlo a través de sus relatos.

—¿Su padre?

—Un marino de mente inquieta y petate mágico que traía de sus viajes cargado de libros, historias y cultura.

—Entonces, siga los pasos de su inquieto padre y vaya a país tan hermoso. Use su nueva libertad para cumplir sus sueños.

—¿Mi nueva libertad? —repetí con un tono irónico—. No es tal. Sigo siendo una mujer débil y timorata, atada a los convencionalismos de la alta sociedad y al prestigio de mi buen nombre. ¡Una dama joven no debe viajar sola, señor Illianovich! Me conformo con mi imaginación y los libros que hurté de la biblioteca de mi padre.

—Pues empiece a hacer uso de sus enseñanzas. El príncipe Alois me dice que usted lee *Bhagavad Gītā*.

—Sí. Es una historia tan hermosa…

—¡Es mucho más que eso! —me corrigió con pasión—. Es toda una filosofía para la vida. Uno de los textos sagrados más importantes del hinduismo. Pero hay que entenderlo en toda su dimensión, más allá de la bonita historia.

—Si somos capaces de superar nuestra existencia material y física, de ir más allá de nuestro ser egoísta y buscar nuestra alma inmortal; si somos capaces de superar la distracción de los sentidos, trascender nuestra propia mortalidad y las ataduras con el mundo material… la recompensa es el ser infinito —recité como si improvisara: una breve meditación en alto; una introspección que quería ser espontánea como si hablara el alma.

Borís permaneció unos segundos sin decir palabra. Había fruncido ligeramente el ceño y entornaba los ojos. Por un momento no estuve segura de haber acertado con mi burdo intento de hacer filosofía de baratillo. Hasta que Borís rompió su silencio inusual:

—Fascinante… Sí, ése es grosso modo el mensaje general… Pero entonces, una mujer tan sagaz como usted, que es capaz de entender esa verdad, debe detenerse en cada uno de los pequeños mensajes que nos ofrece el *Gītā*. Por ejemplo, y al hilo de la situación que nos ocupa, en la batalla de Kurukshetra, Arjuna, nuestro héroe, ve cómo tiene que matar a la gente que ama, sus amigos, sus parientes, sus maestros... Y Krishna, la reencarnación de Vishnu, dice a Arjuna: «Levántate y lucha». ¿Qué es en realidad el mensaje?

—¿Está alentándole a la batalla por su gloria? —me aventuré sin estar demasiado segura—. ¿Es un mensaje belicista?

—*N'est pas*. Esto es una metáforra que representa un momento de la vida. Todos tenemos miedos, confusiones, dudas y conflictos internos. Atravesamos situaciones difíciles, cambios, sentimientos opuestos en un campo de batalla... «Levántate y lucha.» Lucha contra ellos. Afróntalos y vence. Usted, gitana, atraviesa momento de cambio en su vida. Pero debe aprovechar situación y vencer el miedo, los prejuicios. Encuentre su ser inmortal. Y pese a todo, viaje a la India sin temor.

—Increíble... —murmuré asombrada—. Nunca imaginé que fuera tan amplio el mensaje del *Bhagavad Gītā.*

—¡Ah! También dice el sabio: de igual modo que un hombre puede beber de cualquier lado de un tanque lleno, el teólogo hábil puede extraer de cualquier escritura aquello que sirva a sus propósitos —quiso bromear, restándole importancia a su interpretación.

—¿Y su propósito ahora es que yo viaje a la India? —insinué como si hubiera descubierto la trampa del juego.

—En realidad, mi propósito es animarla a superar los prejuicios para que pueda desarrollar todo su potencial. ¿Sabe una cosa? Yo veo en usted a la mujer en estado puro. Usted tiene un don de la naturalesa, para algunos una maldición. Usted es como la Salomé bíblica o la Ofelia shakespeariana, la *femme fatale* de los pintorres del simbolismo, el prerrafaelismo: la sensual *Monna Vanna* de Rosseti, lo femenino devorrador. Yo veo a los hombres revolotear a su alrededor como las polillas revolotean alrededor de la luz, atraídos sin más, sin saber cómo, por una fuerza extraña. «Del mismo modo que un enjambre de polillas arrojándose en raudo vuelo hacia la lumbre de una hoguera —comenzó a recitar otro pasaje del *Bhagavad Gītā* en realidad dirigido al dios Krishna— para encontrar ahí su muerte segura, estos hombres se precipitan raudos entrando en tu fuego; con ímpetu se arrojan hacia su propia destrucción.» Usted tiene el poder de la inocente seducción. Un poder que si cultiva, se tornará peligroso y letal para los indefensos hombres que la desean. A diferencia de la mayoría de las mujeres, usted no ha nacido para satisfacer al hombre, sino para que el hombre la satisfaga a usted y dominarle, aplastarle si quisiera, como Kali aplasta a Shiva y danza sobre él. No tenga miedo de los hombres, no de las mujeres, no de la sosiedad o de su alta clase, de su educación… Que no sean frenos a su inteligencia, a su fuerza, a su libertad… Busque sin temor y encuentre su alma inmortal. Cuenta con un arma muy poderosa: su capacidad de dulce dominio sobre los demás.

Pensé en la *Monna Vanna*… Seguro, amor mío, que conoces el cuadro: el retrato de una mujer con una belleza agresiva, de ojos grandes y labios gruesos y una abundante melena pelirroja, envuelta en pieles y telas de ostentosa riqueza, que sujeta entre sus dedos las cuentas de un largo collar y todo en su postura y en su imagen rezuma erotismo y voluptuosidad. Podía ser tanto una prostituta como una reina; en ningún caso una santa. Para muchos representaba un estilo de mujer, muy de moda hace unos años, que con su belleza y su irresistible atractivo sexual conducía a los hombres a la desgracia y la perdición. Que el señor Illianovich me hubiera llevado a través de aquella imagen a la categoría de mujer letal me produjo un desasosiego difícil de explicar. Nunca nadie había sido tan descarnado al analizarme. Y si por un lado estaba segura de que no había sido del todo certero, por otro me preguntaba por qué me sentía de pronto tan asustada. ¿De verdad podía Borís Illianovich desnudar el alma de las personas?

—Creo que en ese camino me haría daño, señor Illianovich —repliqué para no perder el ritmo de la conversación—. «¡Oh, Krishna!», dice Arjuna, «¿por qué matar a mis propios familiares en el fragor de la batalla? No veo ninguna gloria en ello. No tengo deseos de victoria».

Sé que Borís quedó impresionado cuando me oyó citar aquel versículo del *Bhagavad Gītā*. Lo vi en sus ojos. Y aunque pretendía impresionarle, para lo cual no dudé en dramatizar, también sabía que era la mejor forma de hacerle llegar mis recelos.

—«¡Oh, Arjuna! El mundo de los sentidos nos produce sensaciones de frío y de calor, de placer y de dolor. Todas esas sensasiones vienen y se van, son transitorias. ¡Elévate sobre ellas, alma vigorosa!» Si usted entiende esa verdad, será superior al resto de la gente.

«El que no es afectado por los sentidos; ni por el placer, ni por el dolor, éste es merecedor de la vida eterna», continué yo mentalmente con aquella cita que tan bien me sabía.

Realmente son duras las pruebas a las que nos someten los dioses para otorgarnos su mayor recompensa.

Después de semejante conversación, que tan de lleno había tocado mi ser sin yo pretenderlo; después de sentirme incómoda ante mi propia desnudez; después de que hubiesen alabado como virtudes lo que para mí eran defectos abominables, me sentía cansada y confusa. Necesitaba vaciar la mente de todo pensamiento profundo que fuera más allá de la música popular y las salchichas que con su vulgaridad me reconfortaban; y dejé que el mundanal ruido acallara la voz de la filosofía oriental. Borís hubiera dicho que no había empezado mi camino con buen pie. La realidad era que sólo tenía ganas de «bailar, saltar, brincar y dar vueltas al aire», como rezaba una cancioncilla de mi infancia. En Richard encontré una pareja solícita y dispuesta, el primero y probablemente el más mundano de mis amigos en Brunstriech. Giré una y otra vez en sus brazos hasta rozar el mareo. Sé que desde el otro lado de la pista de baile nos mirabas mientras cumplías con tus obligaciones de anfitrión, conversando con un grupo al que no vi porque tú acaparabas mi mirada.

Cuando el cuarteto de músicos, que debidamente ataviados con sus atuendos ad hoc amenizaban la fiesta con instrumentos regionales, quiso dar un respiro a los bailarines con un vals de Chopin, jadeaba casi sin respiración y podía notar las mejillas ardiendo.

—¿Quiere continuar o prefiere que nos sentemos? —me preguntó Richard.

—Tomémonos un descanso. Estoy agotada.

Lord Windfield me acercó una taza de ponche y nos acomodamos en un banco junto al fuego. Mientras yo recuperaba el aliento, permaneció a mi lado, cabizbajo, girando, sin beber, la taza entre las manos.

—Está muy callado esta noche.

—¿Sí? ¿Usted cree? Es posible… —convino sin variar de actitud.

Clavé en él la mirada. Intensamente. Como si quisiera que sintiese una punzada en el costado.

—¡Está bien! Seguramente reviente si no se lo pregunto —reaccionó por fin, más bien por su propia iniciativa que por el efecto de mi mirada—. Lars la ha llevado al pabellón de caza, ¿verdad?

Asentí.

—¡Todos los años es igual! ¡El trineo de cascabeles, el paseo por la nieve y el almuerzo para dos, con velas, champán y fresas en diciembre!

—¿Es que a usted también le ha invitado? —quise bromear.

—Es usted muy ocurrente.

—¿Y cómo es que conoce todos los detalles?

—Oh, porque se trata de una pequeña tradición de Lars. ¡El gran duque ha llegado y ha escogido a su gran duquesa para estas fiestas! ¡Bah...!

—Richard Windfield —quise amonestarle—, pese al riesgo de parecer presuntuosa, diría que está celoso.

—¿Y qué, si así fuera? —se me encaró envalentonado, como si estuviera más enfadado conmigo que con Lars.

—Pues nada. Está en su pleno derecho. Pero se ofusca sin motivo. Después de todo, sólo he aceptado una invitación a almorzar de mi primo. Si soy o no su gran duquesa es una decisión que debo tomar yo y no Lars.

—Usted no lo entiende. No conoce a Lars.

—Es cierto, no lo conozco. Pero no soy tonta, y sí, sí lo entiendo. Por eso no voy a darle más importancia de la que tiene. Usted lo ha dicho: es una tradición. Y me gustan las tradiciones, además del champán y las fresas en diciembre, eso es todo.

Richard no contestó. Se limitó a mirarme a los ojos mientras dejaba que su expresión pasase de la ira contenida a la astucia sibilina.

—Así que le gustan las tradiciones, ¿eh?... Pues yo también tengo una.

Y sin ofrecer más detalles, me quitó la taza de ponche, me cogió de la mano y me arrastró hasta un rincón apartado, uno de los muchos que había en aquella bodega de arquitectura irregular.

—Estamos bajo el muérdago —anunció, parado frente a mí.

Alcé la mirada: ciertamente, una ramita de muérdago verdiblanco colgaba de un dintel de madera como un adorno más.

—¿Y bien?

No iba a responderme, al menos con palabras. Envolvió mis manos como si cerrara sobre ellas grilletes que me impidieran huir y posó sus labios sobre los míos para besarme. Me cogió por sorpresa, pero no me resistí. Apenas tuve tiempo antes de que se apartase dejándome con la sensación de que su tímido beso, casi infantil de puro casto, me había sabido a poco. Algún que otro muchacho a la puerta de la escuela me había besado con más pasión.

—Ha de saber, lord Windfield, que su tradición resulta a todas luces mucho más audaz que la de su alteza —murmuré sensualmente antes de coger su rostro entre las manos y proceder a besarle como Dios manda.

—Ruego me disculpéis, si interrumpo algo importante —Una voz se alzó insolente apenas habíamos iniciado nuestra particular expedición a lo más profundo de nuestras bocas—. Vengo a reclamar mi baile.

No me sorprendió verte irrumpiendo con tu habitual arrogancia en nuestra escena y convirtiéndote por designación propia en protagonista impertinente. Ya ves que sabía que me mirabas y que tarde o temprano vendrías a mí.

—Como adivino que no quieres bailar con Richard, te concedo el honor de este baile, querido primo —respondí sobreponiéndome al momento no sin cierta ironía que ocultaba un reproche.

Al alejarme, le dirigí a Richard y a su rostro arrebatado por el deseo una mirada de complicidad... Mas aquella mirada, amor mío, iba a ti dedicada.

Fue fácil adivinar que no era precisamente bailar lo que tú querías. De hecho, ni siquiera te molestaste en girar conmigo un par de veces en un gesto de mínima deferencia hacia Richard Windfield. Como si fuese innecesario dar credibilidad a tu pretexto, cruzaste la pista de baile sin detenerte y me llevaste al extremo opuesto del salón, dispuesto a compartir conmigo un trozo de pastel de manzana. Lejos de ofenderme, encontraba divertida aquella pose tuya de chico malo y mi memoria recreó el tópico del matón de escuela: aquel que haciendo uso de su supuesta fuerza, siempre le roba la manzana al más pequeño de la clase.

—Te veo comer con más apetito que esta mañana. ¿Te encuentras mejor? —observaste según yo remataba un último bocado de pastel.

Efectivamente, apenas había podido probar el espléndido almuerzo, preparado con tanto esmero como el cebo que el pescador engancha cuidadosamente en el anzuelo. No es que el faisán estuviera seco, o el vino fuera malo, hasta las fresas de diciembre, como Richard las había bautizado, parecían de mayo. El problema no estaba en el menú, sino en mí, que me había levantado con el estómago revuelto después de tan ajetreada noche. La falta de sueño y el exceso de champán habían sin duda contribuido a descolocar mi cuerpo, que ya estaba alterado por las emociones cuando llegué a la cama. Recordaba con placer el paseo en trineo, casi adormecida por el balanceo, sintiendo en las mejillas el frío del aire de nieve mientras que el resto de mi cuerpo permanecía caliente bajo la manta de piel. Por supuesto, la experimentada compañía había estado más que a la altura: atenta, amable y amena en cada momento. Mas lamentaba no haber podido disfrutar de la comida como broche a una mañana perfecta.

—Siento no haber sido la mejor compañía. Después de todas las molestias que te has tomado.

—Tú eres la mejor compañía que un hombre puede desear bajo cualquier circunstancia. Y si no, piensa en todos los que hoy se han disputado tu conversación, tu baile e incluso… tus besos.

No quise satisfacer tu provocación. Estaba cansada de contemplar a hombres celosos como príncipes destronados. Simplemente, me giré para dejar el plato vacío sobre la mesa.

—¿Te he dicho ya que estás preciosa con esas trenzas?

—Muchas gracias. Pero supongo que no me has separado de los brazos de Richard Windfield, por cierto con falsas excusas, para limitarte a tomar tarta y alabar mis trenzas —comenté sin rencor, sonriendo ampliamente para demostrarlo.

—Tienes razón. Este pequeño secuestro es sólo una treta: yo también me disputo tu conversación y, por supuesto, tus besos.

—Cada cosa a su tiempo, querido —coqueteé contigo, sabía que te gustaba—. Si ésa era la intención, te hubiera agradecido me secuestrases cuando soportaba al conde Zagoronov.

—¿Nikolái? Es un patoso inofensivo —aseguraste con desdén—. Suele aburrir a las mujeres con la historia de su vida. Por cierto, más novelada que real.

—¿Ah, sí? ¿Entonces va a resultar que no puede «colmarme de joyas como tributo a mi espléndida belleza»? Es una lástima.

—Bueno, eso seguramente sí podría. Es verdad que ha tenido suerte en los negocios; pero también te habrá dicho que abandonó la carrera militar por voluntad propia, cuando la realidad es que lo expulsaron por escándalo público: algún asunto turbio relacionado con la hija de un superior. Un incidente que deshonró a toda su familia hasta entonces muy bien considerada en Rusia, en los círculos próximos al zar. Pese a todo, su padre, en lugar de darle la espalda, le ofreció otra oportunidad que él rechazó. Ahora que la fortuna le ha dado la espalda al viejo, Nikolái le trata con desprecio. No sé qué clase de rencor le guarda, ni por qué motivo… En cualquier caso opino que su mente, si bien es brillante, no goza de plena salud. La de Nikolái, me refiero.

Había escuchado las revelaciones sobre el conde Zagoronov con creciente interés, mas no con sorpresa: aquel hombre había despertado en mí el rechazo y la antipatía desde el primer momento.

—¡Y se permite presumir como un pavo real de sus logros! —comenté desairada—. ¡Menudo sinvergüenza!

—Ya irás descubriendo la hipocresía de buena parte de esta selecta sociedad que se alza sin pudor en preceptora de ética y moral del resto del mundo. Detrás de cada uno hay una mancha que ocultar —me aleccionabas—. Por ejemplo, monsieur François Dubas, a quien seguramente te han presentado esta noche como un eminente banquero y cuyo aspecto así le avala, es además de eso… ¿cómo te diría? En su alcoba, la que, por supuesto, mantiene al margen de madame Dubas, que es sólo una tapadera, prefiere recibir a hombres que a mujeres.

Por fin lograste sorprenderme.

—¿Qué me dices? ¡Si parece un respetable burgués!

—¡Ah! Cada uno representa lo mejor que puede el papel que le ha tocado. Y cuanto mejor lo representa es porque más tiene que ocultar.

—«El Gran Teatro del Mundo», decía Calderón de la Barca.

—Así es. Eso es Brunstriech. Pero precisamente por eso es tan divertido.

—¿Y a ti? ¿Qué papel te ha tocado representar? —quise provocarte.

—¿Qué te hace pensar que yo represento algún papel?

—¡Oh, vamos! Al menos conmigo lo haces. Si no, ¿por qué todo el mundo menos yo sabía en qué consistía tu sorpresita de esta mañana? Parece ser que extraoficialmente ya he sido nombrada la gran duquesa de este año.

Sonreíste traviesamente. No parecía importarte mucho que te hubieran descubierto el juego.

—¿Tanto te molesta?

En aquel punto de la guerra de ingenio y carácter que sostenía contigo me encontraba ante una encrucijada. Podía hacerme la víctima ofendida y mostrarte abiertamente mi incomodidad por estar en boca de todos y por saber que así como cada año había una gran duquesa, el año siguiente yo tendría sustituta y que si el juego para mí se habría acabado, para ti sólo continuaría. O bien podría... emplear tus propias armas.

—Yo no he dicho que me moleste...

Parecías intrigado.

—Es más, te diré que yo también represento mi papel.

Y de la intriga pasaste casi a la alarma. Me mirabas fijamente, serio, alerta, como si esperases escuchar algo que no querías oír. Mientras, yo me recreaba con la escena.

—Así es. Como sabes, hace pocos meses que me dejaron plantada en el altar. —Asentiste expectante—. Tengo por tanto un buen motivo para vengarme de los hombres.

Tu expresión reflejaba cada vez mayor inquietud.

—¿Y en qué va a consistir tu venganza?

—Eso, querido primo, es algo que no pienso revelarte... al menos, de momento. Ningún general coloca todas sus armas sobre el campo de batalla en tiempos de guerra. Y yo estoy en guerra con el sexo opuesto.

Como la *Monna Vanna* se hubiera acariciado la sensual melena pelirroja, yo me acaricié aquellas trenzas tirolesas que tú habías encontrado tan atractivas, sintiendo que compartíamos un sofisticado ritual de cortejo que excitaba a tu mente y divertía a la mía.

Entretanto, la tensión había desaparecido de tu rostro. En pocos segundos habías recobrado tu característica seguridad en ti mismo.

—Estaré encantado de ser la primera víctima de tu guerra —declaraste con tal pasión en la voz que supe de inmediato que la primera batalla ya la había ganado yo.

—¿Serías tan amable de concederme un momento?

¿Lo sería?... Cuando la noche y con ella la fiesta se morían, había logrado encontrar un instante de preciada soledad. Casi oculta en un rincón, saboreaba con placer la intimidad lograda y descansaba los sentidos, tan duramente puestos a prueba durante toda la velada. Sin alzar la vista para comprobar quién me requería con tanta gentileza, terminé de servirme un poco de agua fría para aplacar la sequedad de mi boca. Apenas quedaban encendidas unas pocas luces, la estancia estaba en penumbra y un pianista desgranaba en solitario una pieza lenta de Brahms. Tú habías desaparecido... ya no me mirabas desde el otro lado de la estancia.

—¿Karel? —pregunté sin poder ocultar mi asombro: tu hermano era la última persona que esperaba encontrarme al levantar los ojos.

Con sorpresa comprobé que sentí cierto alivio al verle. La indiferencia que desde el primer momento ambos nos habíamos tenido contribuyó a apaciguar mi ánimo: no esperábamos nada el uno del otro. Pero también despertó mi curiosidad. ¿Por qué quería un momento de mí?

—Hola, Isabel —murmuró.

Su voz me pareció entonces cálida y grave como la de los buenos oradores; quizá fuera su susurrar y la acústica de aquella bodega abovedada.

—Hola…

Suponía que no tardaría en romper el hielo con una frase bien meditada. En cambio, durante unos instantes se limitó a mirarme en silencio, mostrándose extrañamente tranquilo. Aquello me desconcertó.

—Empecemos por eliminar barreras —despertó por fin de su ensimismamiento.

La gran mesa del bufet, triste, vacía y desordenada, nos mantenía a distancia. Cumpliendo con su determinación, Karel pasó por debajo de ella, surgió desplegando sus largas piernas, creciendo como el tallo de las habichuelas mágicas. Y por primera vez desde que le conocí dejó de ser un nombre pronunciado por tu madre, la voz que acompañó mi llegada a Brunstriech, la sombra que deambulaba solitaria por la casa. Por primera vez fue alguien en lugar de algo.

—Hola de nuevo —repitió.

Y volvimos al principio.

—¿Te importa si fumo? —preguntó cortésmente sacando una pitillera del bolsillo interior de su chaqueta austríaca de ante gris.

—En absoluto.

Con la llama de una velita cercana encendió un cigarrillo que pendía en curioso equilibrio de sus labios. Una estela fina de humo surcó el aire en dirección al techo. Dio una calada profunda y con un sonoro suspiro exhaló una bocanada: la estela se convirtió en un velo que cubrió sus ojos de gris… ¿o es que eran grises sus ojos? Nunca antes me había fijado. Se apoyó en la mesa, ligeramente recostado hacia atrás. Parecía sereno, ausente, como disfrutando de un singular instante de paz y tranquilidad. Pero me sorprendía que me hubiera elegido a mí para compartirlo. Le miré, ajena y a la vez formando parte de aquella escena, esperando la ocasión que él me hubiera reservado para intervenir mientras disfrutaba de la inacción a la que hasta entonces me había confinado. Le miré y por primera vez le vi: sí, eran grises sus ojos y ocres sus cabellos… ¿Cómo podíais ser ambos hermanos tan distintos? ¿Cómo podía su atractivo pasar tan desapercibido y el tuyo ser tan espectacular? ¿Cómo siendo él más alto, a tu lado parecía más bajo?, ¿cómo siendo su cuerpo más robusto, a tu lado parecía más enclenque?, ¿cómo siendo sus ojos más grandes, a tu lado parecían más pequeños?

Quizá me miraba ahora porque se sentía observado. Yo le contesté con una sonrisa que él no correspondió. ¿Cómo podíais ser ambos hermanos tan distintos?

Volvió a concentrarse en fumar; volvió a prolongar el momento. Intuí que no me iba a dar una charla larga y erudita sobre temas profundos. No me iba a seducir, ni me iba a colmar de lisonjas vanas para ganarse mi favor. Por descontado, no iba a intentar besarme llevándome bajo el muérdago… Quizá por eso yo también me había contagiado de su paz y tenía ganas de disfrutar de aquel momento absurdo que muy probablemente nunca ocuparía un lugar destacado en mi memoria.

Suspiré. Justo entonces me hubiera gustado ser un hombre y compartir con él un cigarrillo, recostada con descaro sobre la mesa.

—¿Tienes un día para mí? —dejó caer de repente, como dejó caer la ceniza del cigarrillo que había sacudido con despreocupación.

Pequeñas escamas grisáceas volaron hasta el suelo.

—¿Un día? Sí, supongo que sí —respondí vacilante ante tan inusual pregunta cuyo sentido no alcanzaba muy bien a comprender.

—Tengo que ir a Viena a resolver unos asuntos. He pensado que tal vez te gustaría conocer la ciudad. ¿Querrías acompañarme?

Mi respuesta no fue inmediata. Y a él no pareció extrañarle. Supuse que era consciente del desconcierto que me iba a causar su propuesta. Lo último que yo podía esperar era que Karel me invitase a pasar un día en Viena con él, y yo no hubiera sido una mujer si no me hubiera preguntado por el verdadero propósito de su peculiar invitación. Lo cierto es que sólo se me ocurrió una forma de averiguarlo.

—Claro. Será un placer —accedí con más educación que entusiasmo.

*27 de diciembre*

Recuerdo, amor mío, el golpe del viento en las mejillas: extrañamente doloroso y placentero a la vez. Era un viento gélido como la soledad en compañía. Y entre el viento, una espesa hilera de árboles desnudos y escarchados, me iba devorando tan rápido que apenas podía distinguirlos en aquella inmensidad blanca. Cerré los ojos, incapaz de soportar el aire, y sentí un total aislamiento: cegada, ensordecida, tan sólo entregada a la sensación de sentir.

Viajábamos bordeando un río estrecho. Sus aguas lamían constantemente la nieve de la orilla hasta hacerla suya de manera inconfundible; agua y hielo, dos cuerpos diferentes en perfecta fusión. El elemento más caliente vencía al más frío... Así debía ser. Miré hacia abajo y desde su posición frente al volante él hizo una curiosa mueca que yo, siempre optimista, interpreté como una sonrisa.

—¡Vas a coger un resfriado! ¡Será mejor que te sientes!

—me gritó para hacerse oír entre el escándalo de aquel vendaval inducido.

Me dejé caer pesadamente sobre el asiento del automóvil, escurriéndome hasta casi desaparecer entre las mantas. El calor reconfortó mi cuerpo. Me sentía llena de energía: *phrana* que colmaba mis pulmones y se extendía por mis venas, como el agua de lluvia que colma la tierra y se extiende por los acuíferos.

Le observé mientras conducía y su rostro no era menos frío que el resto del paisaje. Volví a pensar lo distinto que era de ti, amor mío; mucho más callado y taciturno, menos ocurrente y ameno, en exceso sensato y bastante más aburrido. Tú, sin duda, hubieras viajado con chófer para poder seducir cómodamente a tu acompañante. Él parecía disfrutar del contacto con la ingeniería: la mirada fija en la carretera, una mano sobre el volante y la otra sobre la palanca de cambios... Tenía unas manos bonitas... Con una sonrisa que se reía de mí misma, pensé que eran las manos del nuevo héroe: manos que ya no empuñaban mazas o espadas; manos fuertes y seguras, acariciando los mandos de las sofisticadas máquinas que el ingenio humano había creado: el automóvil, el aeroplano... Aquel placer que él parecía experimentar con la conducción me tuvo intrigada durante todo el viaje. Pensé que el momento y la persona eran propicios para desplegar una ingenuidad infantil y algo de ignorancia femenina, tan extrañamente atractivas para algunos hombres. También para tomarle el pulso a aquel hombre tan enigmático que era tu hermano.

—¿Puedo pedirte algo?

—Puedes hacerlo... Otra cosa es cómo yo resuelva tu petición —contestó con la brusca franqueza que empezaba a darme cuenta que le caracterizaba.

—¿Me enseñas a llevarlo?

—¿No te referirás al automóvil? —inquirió temeroso de su propia insinuación.

—Pues la verdad es que sí. Me ha parecido que disfrutas tanto conduciendo… Nunca he conocido a nadie que sepa conducir. Reconozco que me tiene intrigadísima.

Sin apartar la vista de la carretera, parecía meditar mi solicitud y probablemente maldecía el momento en que me invitó a acompañarle en su viaje. Finalmente, dejó que vencieran la cortesía y la vanidad.

—Está bien —concedió deteniendo el automóvil a un lado de la carretera—. Pero no podemos entretenernos mucho con esto. Tengo que estar en Viena antes de una hora.

—¡Oh, desde luego! Sólo hasta que tú digas.

—Debo de estar loco —murmuró mientras intercambiábamos los asientos.

Me acomodé en mi nuevo sitio con decisión: la espalda erguida, la mirada al frente y las manos sobre el volante.

—¿Cuánta velocidad puede alcanzar esto? —pregunté con la ingenuidad de quien no sabe escoger el momento para satisfacer su curiosidad científica.

—¡Dios mío! ¿Te acabas de sentar delante del volante y me estás preguntando que cuánto corre? ¡Mucho más de lo que sería prudente para ti! Creo que esto no es una buena idea.

—¡Sí, sí, sí! Ya no haré más preguntas. Prometido.

—Veamos… —suspiró—. Tú haz lo que yo te diga.

—Bien.

—Esto es el volante, esto es…

—¡Oh, vamos!

—O me escuchas o no hay trato.

Bajé los ojos con sumisión.

—Sigamos. Esto es el volante, esto la palanca de cambios y esto el freno de mano. El pedal de la derecha es el freno y el de la izquierda el acelerador.

—El hace el ¿qué?

—El «a-ce-le-ra-dor». Sirve para corr… para avanzar más

o menos. Primero pisa el pedal del freno… Ahora quita el freno de mano empujando la palanca… Eso es…Tienes que poner una marcha: tira de la palanca hacia ti y bájala… Hacia ti, no hacia delante. Bien… Levanta el pie del freno y pisa el acelerador despacio.

Seguí sus instrucciones y el automóvil avanzó dando un tirón.

—Más suave. Poco a poco.

—¡Se mueve! —exclamé con un infantilismo propio de quien no sabe contener la emoción ante las cosas sencillas.

—De eso se trata —concluyó él, tan germánico como siempre.

Avanzamos algunos metros de tramo recto, llano y monótono de carretera.

—¿Y ahora?

—Pues ahora si viene una curva, gira el volante.

—¿Eso es todo? Es fácil.

—Depende… Mira, ahora entramos en una pendiente. Levanta el pie del acelerador para mantener la velocidad o si no, avanzarás demasiado deprisa.

Como era de esperar el automóvil adquirió por sí solo y a merced de la inercia mayor velocidad al entrar en la pendiente.

—Pisa un poco el freno.

El freno: el pedal izquierdo, claro. Y así lo hice; pisé el pedal izquierdo, pero no el freno. Ni siquiera lo pisé un poco, tal y como me había indicado Karel, sino a fondo. Entonces, el automóvil comenzó a descender a una velocidad vertiginosa.

—¡¿Qué haces?! ¡El freno! ¡Pisa el freno!

De pronto, traicionada por los nervios, tuve la sensación de haber perdido el control del automóvil, fui incapaz de reaccionar para pisar o dejar de pisar nada. Simplemente miraba la carretera desaparecer bajo las ruedas.

—¡Isabel! ¡El freno!

—¡¿Y dónde está el dichoso freno?! —chillé absolutamente desesperada, soltando las manos del volante y encarándome con él.

Aterrorizado, se abalanzó hacia mí para hacerse con el control de la dirección.

—¡El derecho! ¡El pedal derecho es el del freno! —exclamó dándome una fuerte palmada sobre la rodilla en cuestión—. ¡Písalo de una vez, maldita sea!

Clavé el pie con fuerza, sonó un chirrido agudo y el automóvil se detuvo con una sacudida violenta que nos empujó bruscamente hacia delante. Estábamos a escasos centímetros de un enorme y centenario abeto, con un enorme, centenario y amenazante tronco.

—*Mein Gott*... —murmuró Karel con el hilo de voz que fue capaz de sacar, según se incorporaba en el asiento—. Casi nos matamos...

—Creo... creo que será mejor que vuelvas a conducir tú.

—¡No me digas!

Su tono de voz estaba tan cargado de sarcasmo y de reproches, y yo estaba tan nerviosa y alterada, que mi reacción fue la de saltar como el corcho de una botella a presión.

—¡Un momento! ¡Todo esto ha sido culpa tuya!

—Que... ¡¿Mía?!

—¡Pisa el freno, pisa el freno! ¡¿Por qué no me dijiste que pisara el pedal derecho?! ¡El pedal derecho!

Los ojos de tu hermano se abrieron de par en par.

—¡¿Que no te dije...?! ¡Ogh...! —intentó sosegarse, si bien aún había furia en su rostro—. Será mejor que vuelvas a tu sitio —me ordenó descendiendo del automóvil.

Muy digna, hice lo propio no sin antes dar un portazo con todas mis fuerzas. Fue entonces cuando ante nuestras atónitas miradas el trasto aquel avanzó él solito los pocos centímetros que nos separaban del árbol. Lentamente chocó contra el tronco. Sonó un golpe seco y después un crujir de cristales. El preciosísimo, carísimo e impecable Rolls Royce Silver Ghost tenía ya un faro menos.

Durante unos segundos no nos movimos, ni siquiera hablamos. Embobados, contemplábamos la escena, uno a cada lado de la víctima. Karel avanzó unos pasos lentamente, se agachó, se volvió a enderezar y blandiendo tristemente un pedazo de cristal, resto de su hermoso faro, se lamentó:

—No me lo puedo creer… ¿Es que no pusiste el freno de mano?

—¡¿Es que no lo pusiste tú?!… ¡Además! ¡¿Qué demonios hace aquí este… árbol?! —maldije dando una patada al tronco.

Un montón de nieve se deslizó de una de las ramas y cayó a plomo sobre tu hermano. En el ambiente quedó un crujido y en el cuerpo de tu hermano el abrazo de un manto húmedo.

En un primer momento no reaccionó. Supuse que debido a la impresión era incapaz de pronunciar palabra, además la nieve se colaba por el cuello de su abrigo y descendía por su espalda con un rastro mojado y helado a su paso. Pasados unos segundos se sacudió como un oso. Yo por mi parte, haciendo caso omiso del suceso, rodeé el automóvil y volví a mi sitio, obviando cualquier comentario. Con dignidad, Karel abrió la portezuela, se sentó frente al volante, sintió un escalofrío y puso el motor en marcha; llevaba el ceño fruncido y la mirada era oscura, casi negra.

Pasamos por una iglesia, tres granjas y un puente sin mirarnos ni dirigirnos la palabra. Tampoco creo que alterásemos nuestros gestos. Realmente había llegado demasiado lejos con mi ingenuidad infantil y mi ignorancia femenina; de hecho, no parecían resultar demasiado atractivas para tu hermano. Si lo que había pretendido con tan ridícula escena era suavizar el ambiente de rigidez y desconfianza que como un halo protector le rodeaba... me había salido el tiro por la culata. Decidí hacer un nuevo y más sensato esfuerzo ya no por el bien de nuestra futura amistad (cosa que yo tampoco pretendía), sino porque me quedaba un largo día por delante en su única compañía.

—Está bien. Lo siento. He sido un desastre, lo admito. Lo he hecho todo mal. ¡No volveré a acercarme a un automóvil jamás! Lo prometo.

Tardaba en responder. Demasiado... Con el rabillo del ojo, sin atreverme a hacerlo abiertamente, le miré. Le miré y le vi esbozar una sonrisa que era toda una concesión por su parte.

—La verdad es que no lo has hecho tan mal... para ser la primera vez. Lamento haberte gritado.

—Y yo lamento haber pisado el acelerador en lugar del freno, haber roto un faro, haberte puesto perdido de nieve y, además, echarte la culpa de todo.

Tu hermano silbó en un gesto teatral de admiración.

—¿En serio has hecho todo eso tú sola? Eres realmente peligrosa.

Entonces supe que por lo menos Karel no era rencoroso y allá muy, muy lejos, en lo más profundo de su temperamento, ocultaba algo de sentido del humor.

Llegar a una ciudad. No se me ocurre contraste más desolador. Pasar del verde al gris, de la quietud al ruido, del aire al humo. Atravesar zonas industriales, suburbios de casuchas abigarradas, barrios pobres, descampados convertidos en vertederos... No se me ocurre nada más desolador. Y no me malinterpretes: yo soy urbana. Pero lo primero que nos muestran las ciudades no es precisamente su cara más amable, guardan celosamente sus tesoros en un envoltorio desaliñado.

El automóvil sorteaba a capota descubierta una sucesión

de suciedad, barro, hollín y excrementos de caballo. Había basura acumulada en las esquinas, aguas fecales corriendo por las aceras y niños harapientos y comidos por los piojos jugando en las calles. Casi atropellamos a un gato sarnoso que corría tras una rata y, al esquivarlo, recibimos los insultos de un carbonero por pasar demasiado cerca de su carro. Aquello también era Viena.

—La Ringstrasse —me señaló tu hermano—. Ya puedes volver a respirar.

Dicen que los grandes pensadores del urbanismo moderno, auspiciados por los filántropos del liberalismo, habían derribado aquel vestigio atávico y antiliberal que eran las murallas de Viena y habían construido la avenida Ringstrasse en su lugar. Se olvidaron de que una muralla no es sólo una acumulación de piedras. La seguridad, la limpieza, el alumbrado público, las zonas ajardinadas y la belleza arquitectónica seguían reservadas a los de siempre, con o sin murallas.

Una cosa era cierta: ya podía volver a respirar. Y es que el olor de la opulencia, aun siendo incluso más nocivo que el de la pobreza, resulta al menos agradable.

Absolutamente desorientada respecto al camino que tu hermano parecía recorrer con la indiferencia de quien lo hace por costumbre, me limitaba a disfrutar de las vistas sin preguntar ni el origen ni el destino de nuestro viaje. Aparcó frente a un precioso edificio, uno más de entre tantos, justo a un lado del gran teatro de la Ópera de Viena, cuyo estilo renacentista destacaba discretamente entre tanto edificio barroco más por su tamaño que por su ornato. Bajamos ante una puerta flanqueada por columnas y vigilada por un portero uniformado. Sobre ella, una placa negra con letras doradas rezaba: HOTEL SACHER.

¿Un hotel?…

Una vez dentro hundimos nuestros pasos en una alfombra roja que nos condujo al mostrador de recepción, situado en una sala decorada con el lujo que el local prometía. Karel y el empleado del hotel intercambiaron saludos afectuosos. Este último me miró casi de reojo y me sonrió de manera cortés. Inmediatamente, el hombre, vestido de etiqueta, tomó sin dudar unas llaves: 530. De repente sentí un extraño temor, como si estuviera en el sitio inadecuado, en el momento inadecuado, a punto de hacer algo inadecuado. Karel se volvió hacia mí:

—Tengo que cambiarme antes de ir a palacio.

Y contuve un suspiro de alivio: la habitación era sólo para él. Solventar otra situación hubiera resultado realmente embarazoso.

—¿A palacio? Sí, por supuesto.

—No pienses que te he traído a Viena para abandonarte en un hotel. Sólo será un momento. Luego comeremos juntos y te enseñaré la ciudad.

Más allá de la fascinante perspectiva que me planteaba tu hermano, lo que en aquel momento deduje de su concisa declaración, unido a otros detalles que había observado, fue que no solía dar muchas explicaciones, ni molestarse en tener una conversación explícita o simplemente entretenida. No era en absoluto un hombre de palabra fácil y fluida sino más bien escasa. Eso sí, clara y directa.

De nuevo dirigió al pequeño empleado del mostrador unas frases en alemán y el pequeño empleado del mostrador me dedicó otra sonrisa, asintiendo sin parar.

—Si tienes algún problema, acude a Josef, él te ayudará en todo lo que necesites… Tengo que irme.

Karel permaneció inmóvil unos segundos, esperando algún gesto mío; al no obtenerlo, dio media vuelta y desapareció por la puerta del ascensor. Allí me quedé, de pie frente al mostrador de recepción, rodeada de gente desconocida en un lugar desconocido; con un señor bajito que parecía un pingüino sonriéndome detrás del libro de registros y mostrando una hilera de dientes regulares, bien formados y blanquísimos. Aquello no era precisamente la idea que yo tenía de una visita a Viena. Sin embargo, no estaba dispuesta a seguir perdiendo el tiempo. Me encogí de hombros y dejando atrás a Josef y su agotadora sonrisa abandoné el hotel Sacher, dispuesta a aprovechar la mañana hasta la hora de comer.

* * *

Te confieso, hermano, que desde mi pesimismo observaba con indiferencia y menosprecio tu optimismo vital, como los dioses observan los defectos de los mortales desde sus altares y su perfección. No obstante, te diré en mi defensa —no así en mi descargo pues peco de soberbia— que mi pesimismo no era vital como sí lo era tu optimismo, sino circunstancial. Yo no fui pesimista en la infancia, ni en la adolescencia, tampoco en la juventud. Yo fui pesimista al llegar a la edad adulta, cuando la crudeza de una realidad que no esperaba me sorprendió.

Pesimista como me sentía, me recosté pesadamente en el asiento del carruaje imperial que después de mi encuentro con el emperador me llevaba de regreso al hotel Sacher, y me froté los ojos: solía hacerlo cuando tenía la cabeza cargada. Por aquel entonces mis visitas a palacio resultaban más tensas de lo habitual, era la angustia de la cuenta atrás: la arena de un reloj que se deslizaba grano a grano por el hueco hacia el fondo de la ampolla de cristal… hasta que ya no quedase más arena.

Había recibido instrucciones de mis superiores de entrevistarme con el emperador, de obtener de él información y de, en un gran esfuerzo diplomático por mi parte a la par que un gran derroche de tacto y psicología, intentar suavizar sus posturas cada vez más radicalizadas, y más influidas por las de sus tajantes consejeros. Francisco José era un hombre anciano, maltratado por la vida, acosado por los problemas y cuyo carácter se había debilitado hasta el punto de encontrarse a merced de las ideas cada vez más extremistas y germánicas de sus ministros. No obstante, seguía siendo una pieza clave en el destino de Europa, quizá la más importante, pues todo parecía indicar que el imperio se había convertido en un campo de pruebas para la guerra, una suerte de laboratorio en el que cada día se experimentaba con nuevas fórmulas químicas a cada cual más explosiva. El Imperio austrohúngaro era un mosaico de nacionalidades que convivían en un precario equilibrio, donde proliferaban los nacionalismos. Por otro lado, los nuevos movimientos de masas como el socialismo y el marxismo preconizaban la revolución, el fin del liberalismo que tan asentado había estado en Austria. Nacionalismo y socialismo, aun siendo radicalmente opuestos en sus principios, estaban convergiendo peligrosamente hacia un único fin: la guerra. Una guerra que amenazaba con traspasar las fronteras imperiales, para convertirse en una cuestión de ámbito supranacional: el paneslavismo contra el pangermanismo. Rusia contra Alemania, en otras palabras. Tal vez tú, con tu visión casi cósmica de las cosas, no habías reparado en ello. Estabas equivocado al menospreciarla: la guerra, hermano, no era un concepto que amenazaba a otro concepto; la guerra empezaría en tu casa y amenazaría a los tuyos, a la vida que tú vivías, a la persona que tú eras. No sé cómo nunca te diste cuenta de ello.

Lo cierto era que, ante semejante panorama, intentar aconsejar a Su Majestad era toda una osadía, y podía ser una acción infructuosa o contraproducente. De modo que, a medida que observaba cómo su ceño se fruncía y su talante se volvía esquivo y áspero, decidí desviar el rumbo de mi conversación y terminábamos hablando de sus perros, de la temporada de caza y de los preparativos de mi boda con Nadjia. A veces el mayor acierto de la diplomacia es saber cuándo dejar de tirar de la cuerda.

Abandonaba el palacio, acusando ya el cansancio, cuando se me acercó el secretario personal del archiduque Francisco Fernando, el heredero: su alteza deseaba hablar conmigo. No podía imaginarme que el archiduque considerase que yo tenía tanto ascendiente sobre el emperador como para dirigir a mí sus pretensiones en espera de que intercediese ante él. Pese a lo desprestigiado que estaba en la Corte, yo tenía cierta confianza en Francisco Fernando y veía en él un buen aliado. Se trataba de un hombre transigente y flexible (mucho más que su tío), de ideas cristianas conservadoras, que detestaba a los nacionalistas austro-alemanes, que resultaban tan peligrosos para la estabilidad mundial, ya que podían inclinar la balanza de la política exterior a favor de Alemania.

Mientras conversábamos, lo observaba con algo de lástima, sentía compasión por él. Realmente no estaba hecho para la labor que le había tocado desempeñar. Como él mismo solía decir, sentía como si llevase una corona de espinas. En muchos aspectos me recordaba al zar Nicolás; ambos eran hombres hogareños y familiares a los que los asuntos de Estado resultaban tediosos, que preferían la compañía de su esposa, sus hijos y sus perros a la de los consejeros y hombres de la Corte. En la Corte se decían muchas cosas de Francisco Fernando, pero pocas eran halagadoras. Lo llamaban miserable, bigotudo y niño mimado, la sociedad vienesa le había dejado de lado y se le consideraba el hombre más solitario de la ciudad. Decían de él que carecía de dos de los elementos clave para triunfar en sociedad: encanto y elegancia —precisamente los que a ti te sobraban—. Tampoco se podía afirmar que contase con todas las simpatías y el favor del anciano emperador. De hecho, cuando la sucesión quedó vacante, el monarca mostró su preferencia por Otto, el hermano menor de Francisco Fernando. Su Majestad me confesó una vez que además de que su sobrino había llevado una vida disoluta cuando era un joven oficial del ejército (lo cual disgustaba enormemente al hombre de rectos principios que era), no veía en él el carácter fuerte y enérgico que se necesita para reinar. La gota que colmaba el vaso llegó con su matrimonio con Sofía von Chotkova. El emperador intentó oponerse, mas Francisco Fernando, sacando ese carácter fuerte y enérgico del que se le acusa de carecer, se salió con la suya.

Y es que Francisco Fernando sufría un mal endémico de los Habsburgo: querer casarse por amor. ¿O es que el mismo Francisco José no había pasado por ello cuando se enfrentó a su autoritaria madre para casarse con la bella y romántica pero también rebelde e incluso perturbada Isabel de Baviera? Francisco Fernando conoció a Sofía, hija del caballerizo mayor de la Corte Imperial, en un baile en Praga. A pesar de que Sofía pertenecía a una noble y destacada familia bohemia, Francisco Fernando sabía que el emperador no vería el matrimonio con buenos ojos al no ser ella de sangre real. El precio que pagó por su empeño en casarse fue alto: no sólo ninguno de sus hijos tiene derechos sucesorios, sino que, a mi juicio, a Sofía la humillan públicamente, pues no puede acompañarle en el carruaje oficial, ni sentarse junto a él en el palco real. De hecho, el emperador accedió a la boda porque, en lo que él considera una conspiración internacional, el emperador Guillermo II, el zar Nicolás II y el papa León XIII intercedieron a favor de su sobrino en pro de la estabilidad y la continuidad de la monarquía.

Apuesto a que desde tu visión cósmica de las cosas tampoco habías reparado en este chismorreo provinciano.

No te brindo esta crónica folletinesca con el único objeto de chismorrear, sino para hacerte ver qué sucesos me hacían reflexionar y venían a perturbar mis pensamientos y mis convicciones respecto a mi futuro matrimonio. Tenía muy asumido que no era un matrimonio por amor, pero no descartaba que pudiera llegar a serlo, no descartaba que al menos pudiéramos ser relativamente felices. Incluso, a veces, me costaba entender lo que se pasaba por las mentes de aquellas personas que anteponían los sentimientos a importantes razones de Estado. Quizá es que yo nunca había sentido una pasión tan intensa como para comprenderlo. Las pasiones son sólo debilidades del carácter, peligrosas manchas que nublan nuestro raciocinio. Ni el amor ni el odio son sentimientos recomendables para aquellos que desean triunfar en el propósito de sus vidas. De esa teoría, hermano, estaba plenamente convencido, créeme.

—¡Pare, cochero! —ordené nada más traspasar las verjas del recinto palaciego y adentrarnos en el bullicio de las calles de la ciudad.

Mi dolor de cabeza iba en aumento y antes de tener que enfrentarme a ella, a la entonces insufrible prima nuestra, quise dar un paseo. El aire me despejaría y el ejercicio me vendría bien. Nada más bajar del coche le compré a un chico, que voceaba con el tono asexuado de los niños los titulares del día, un ejemplar del *Neue Freie Presse*, a mi modo de ver, aunque sé que tú discreparías, el periódico más importante no sólo de Viena sino de toda Austria, y también un diario de referencia en todo el mundo. Además, su línea editorial era de corte burgués y liberal: justo lo que a mí me gustaba leer. Demasiada prensa subversiva contaminaba el panorama en aquellos días. Uno sólo podía confiar en las publicaciones serias.

«Sí, todo es subversivo en estos días… —medité ojeando los titulares—. En cambio, Viena sigue mostrándose como una ciudad de espíritu jovial y despreocupado; de gente entregada a la diversión y al placer de la buena vida, al bienestar de una sociedad moderna —pensé según alzaba la vista y contemplaba mi alrededor—. Aún más en Navidad, con todas las calles y comercios decorados, los coros de villancicos, los mercados, el abeto inmenso de la plaza del ayuntamiento…»

Meneé la cabeza y volví la vista al periódico. Viena mentía; era el canto del cisne de una ciudad que agonizaba. Porque mi Viena, hermano, se moría: se moría el imperio y su emperador; se moría la sociedad de las buenas costumbres y de los principios morales; se morían los valores tradicionales, el legado de nuestros padres; se moría el buen gusto y la cordura; se moría la belleza del arte y la armonía de lo estético; se moría la contención y la razón, el sentido común. Llevaban muriéndose desde que se había acabado el glorioso siglo de la razón, de la ciencia y del pensamiento liberal. El nuevo siglo había llegado abanderado de modernismo. Una política moderna: la de la revolución. Una sociedad moderna: la del individuo frente a la familia. Una moral moderna: la de la espontaneidad y el libertinaje.

Parado en mitad de la Michaelerplatz, dominado por mis reflexiones, mi vista chocó con la sastrería Goldman und Salach y sonreí para mis adentros con una amargura que quiso ser sarcástica. También proclamaban un arte moderno: el de la trasgresión y la destrucción. Destruir para construir, proclamaba la intelectualidad. ¡Cuánta necedad! Aquel edificio me puso sobre la pista de una revelación: el arte, como manifestación de un tiempo y una sociedad determinados, era el ejemplo más evidente de que Viena agonizaba en todas sus dimensiones. La sastrería de Adolf Loos, uno más de aquel atajo de modernos que estaban desfigurando mi ciudad… ¿Reparaste alguna vez en su triste singularidad cuando pasabas por delante de ella? A mí se me antojaba un edificio que retaba con su insulsa fealdad a toda la belleza arquitectónica que le rodeaba: una mole, sin ningún tipo de encanto, de granito agujereado por ventanas anodinas, que tenía el aspecto de un enorme queso de gruyer que hubiera caído en mitad de la plaza. En cierto modo me recordaba a la horrorosa torre Eiffel de París, en la que yo no veía otra cosa que una estructura de hierro esquelética que se alzaba insolente por encima de toda la ciudad, mostrando sin pudor sus intestinos vacíos, como si alguien se hubiera olvidado de terminarla. La sastrería Goldman und Salach o la torre Eiffel eran sólo muestras de un sarampión que se extendía con pasmosa virulencia por toda Europa y que en Viena había encontrado un caldo de cultivo especialmente propicio.

Reanudé mis pasos con la idea del arte transgresor amargándome la boca. ¡Bastaba con pensar en la Wiener Sezession! ¿Qué eran sino Klimt y sus secuaces revolucionarios del arte? Transgresores, destructores, inmorales... Bien claro habían dejado su parecer con aquel lema impreso en letras de oro sobre la entrada de su sede: *«Der Zeit ihre Kunst, der Kunst ihre Freiheit».* A cada tiempo su arte, a cada arte su libertad.

Pero ¡¿qué tiempo es éste?!, me pregunté indignado. El tiempo de la *Krisis*, de la ruptura, del individuo por encima de la sociedad, del sentimiento por encima de la razón... Palabras bonitas que para mí sólo significaban la negación de la autoridad paterna; la doble moral; el debilitamiento de la ley y el progreso; el feminismo y la mujer contestataria; la obsesión enfermiza por el sexo y el erotismo; la neurosis, el hedonismo y la ansiedad, tan patentes en todas las manifestaciones culturales desde la literatura de Schnitzler, con su crudo y polémico análisis de la sociedad vienesa, pasando por los angustiosos cuadros de Klimt, Kokoschka o Schiele, hasta la música ecléctica de Gustav Mahler, el director de la Ópera de Viena... ¡Ah, sí! y olvidaba a los científicos, como aquel médico judío, el doctor Sigmund Freud, empeñado en achacar todos los males de nuestra sociedad al individuo reprimido por la moral cristiana y la autoridad paterna. Hasta la ciencia se había contagiado de la perniciosa modernidad.

*Schöpferische Zerstörung*… la destrucción creadora. El paso del hombre racional al hombre psicológico. Qué poco imaginaba el mundo la dramática destrucción que se avecinaba…

¿Cómo no iba yo a ser un pesimista circunstancial y desapasionado? Yo tenía los pies en la tierra. Sólo los que vivíais en el misticismo y volvíais al mundo de los mortales en busca de diversión, como dioses mitológicos, podíais permitiros ser optimistas.

Apoyado en un bastón, que normalmente no era más que un rasgo de dandismo, con el paso cansino, la mirada perdida en la acera y el periódico cargado de malas noticias bajo el brazo, continué mi melancólico paseo.

Aferrado como estaba a mis convicciones, sintiéndome plenamente seguro de mis principios y mis valores, que siempre defendía con absoluta vehemencia, no podía imaginarme la *Krisis* personal que estaba a punto de acontecerme: cómo todo aquello en lo que creía y por lo que estaba luchando iba a dejar de tener sentido para mí; cómo yo, el hombre racional, contenido, moderado, iba a convertirme en el paradigma del hombre psicológico, desenfrenado e impulsivo, cómo iba a sucumbir a mis emociones, a mis obsesiones y a mis debilidades… pues yo también las tenía. Pero te juro, hermano, por lo más sagrado para ti, que lo que jamás hubiera imaginado era cuál iba a ser el catalizador de semejante cambio.

Me detuve ante la fachada del Sacher e inspiré una última bocanada de aire de soledad que espiré como un suspiro. Estar solo era lo único que en aquel momento deseaba, poder continuar mi paseo sin rumbo fijo hasta el anochecer, regresar conduciendo en la libertad de mi automóvil y dormir para olvidar. Tú no podrías entenderlo jamás pero la compañía de una mujer era lo último que necesitaba. Y todavía menos la de aquella mujer: no se encontraba mi ánimo en condiciones de aguantar el exceso ofensivo de energía, el buen humor casi obsceno y la incontenible verborrea impropia de una dama educada de los que entonces me parecía que ella hacía gala. No obstante, me armé de voluntad para cumplir una vez más con mi deber (después de todo, el deber era el motor de mi vida): ella era una mujer extraña que actuaba de forma extraña. Y yo quería —debía— averiguar por qué.

Había empezado a cumplir con mi cometido justo al llegar a Viena y tras dejarla en el Sacher. Decidí esperar para seguir de cerca sus movimientos; presentía que no se quedaría en el hotel. Efectivamente, le faltó tiempo para adentrarse por las calles de la ciudad y yo la seguí. Enseguida observé que obviaba las atracciones que se le ofrecían, las que se esperaba que hubiesen llamado la atención de una muchacha como ella: los palacios, los museos, las tiendas. Su comportamiento se volvió definitivamente extraño cuando la vi preguntar por una dirección concreta que llevaba apuntada en un papel. Supuestamente, ella no conocía a nadie de Viena. ¿Qué era eso tan específico que buscaba? No tardé en averiguarlo cuando lo encontró: una tienda de antigüedades en un barrio obrero alejado de la parte noble de la ciudad. Y no creía que fuesen antigüedades lo que buscaba, pues no entró en la tienda, ni apenas miró el escaparate. Como siempre, procedía de manera cuando menos inusual.

Por fin decidí traspasar las puertas del Sacher. Renovada mi presencia de ánimo, el paso amplio y la mirada al frente, el bastón volvió a ser un rasgo de dandismo.

* * *

Recuerdo, amor mío, con precisión absurda, la hora exacta en la que apareció Karel por el hall del hotel donde yo me encontraba sentada en un incómodo sofá, probablemente de valor incalculable. Eran las doce y veintisiete según el maravilloso reloj *bracket* de madera de nogal firmado por Markwick Markham —hubiera asegurado que de finales del siglo XVIII—, que reposaba sobre una consola, frente a un espejo de marco dorado.

—Lamento el retraso.

Ése fue su escueto saludo. Supuse que no le había ido muy bien su visita al Hofburg, pues su aspecto era cansado y mohíno.

En cuanto tu hermano cambió las galas de visitar personas importantes en palacio por un atuendo informal de pasear primas por la ciudad, abandonamos el hotel en busca de un restaurante para almorzar.

—¿Qué has hecho esta mañana? —me preguntó, seguramente más por mantener viva la conversación que por un interés auténtico.

¿Qué había hecho por la mañana?... Demasiadas cosas en tanto tiempo de libertad. Había querido conocer la ciudad y como aborrecía la frialdad de las guías de viaje, me dediqué a pasear para conocer el cuerpo de Viena, y compré un periódico para conocer su alma: un ejemplar del *Neue Freie Presse*. Sabía que era el más importante de la ciudad, con plumas de la talla de Teodore Herlz, Arthur Schniltzer, Stephan Zweig, el doctor Sigmund Freud... incluso Karl Marx había colaborado con el *Presse* durante su estancia en Londres (si bien era verdad que tales colaboraciones fueron casi anecdóticas pues la mayoría de sus polémicos artículos fueron rechazados por el diario conservador). Un periódico es un recurso valiosísimo para palpar la esencia de un país o de una ciudad. El problema era que el *Neue Freie Presse*, aunque era prensa de calidad, era demasiado convencional, conservador y burgués. Así que también compré un ejemplar de *Die Flacke*, la revista satírica de Karl Kraus. Me gustaba porque ofrecía otro punto de vista, era mordaz en sus ataques al imperio, a los nacionalistas alemanes, a la cultura establecida, a la moral burguesa, a los judíos... Recuerdo que un día nos reímos los dos, tú y yo, comentando alguno de sus artículos. Aún conservo aquel ejemplar...

La cuestión es, amor mío, que con ambas publicaciones en la mano me dirigí a la sede de la Wiener Sezession para contemplar algunas muestras del arte del momento. Sentada en un banco en mitad de una de las salas, me regodeé en la contemplación de aquella pintura tan espectacular, de aquella nueva forma de expresarse tan descarnada y sobrecogedora. Por un momento, rodeada de la obra de Klimt, Schiele o Kokoschka, tuve la sensación de que a través de sus cuadros experimentaba sus emociones: sus miedos, sus deseos; que era capaz de mirar en el interior de sus almas, a veces oscuras y atormentadas, pero que se expresaban sin contención y sin límites. El suyo era un arte sin reglas que me fascinó por su naturaleza transgresora.

Con ayuda de la prensa y el arte fui poco a poco entendiendo que Viena no era entonces sólo una ciudad; era la esencia de lo que le sucedía al mundo; era el reflejo de la sociedad del nuevo siglo. ¿Alguna vez miraste a Viena con esos ojos? Creo que no... Viena sólo era para ti un lugar en el mapa, pues tu mapa era muy grande; demasiado... Yo miré a Viena a la cara y pude comprobar que era una ciudad en tensión. Viena estaba sumida en la tensión entre lo nuevo y lo viejo, entre lo que había sido una generación y lo que deseaban ser las posteriores. Y de tal tensión había surgido un ambiente enormemente enriquecedor en el que el pensamiento, la ciencia y la cultura florecían como nunca.

Después de la visita a la Sezession continué con la lectura de *Die Flacke* mientras paseaba por el Stadtpark: ponía los ojos en el parque y veía la ilusión; posaba los ojos sobre el papel y volvía a la realidad que había palpado en el museo: la violenta contradicción de una farsa mal disimulada al alcance de un paseo atento. Aunque Viena quiere aparentar que sigue siendo la misma ciudad del siglo pasado, anclada a su tradición y a sus costumbres; y aunque perduran los valses, el café con tarta y el paseo en carruaje por la Ringstrasse, en realidad esconde un espíritu en pleno proceso de revolución. Viena es una olla a presión de pasiones a punto de estallar: pasiones liberalistas, socialistas y nacionalistas; pasiones costumbristas y transgresoras; pasiones desenfrenadas y reprimidas; pasiones semitas y antisemitas. Pasiones encontradas, pero al fin y al cabo pasiones que convertían a esta Viena de los albores del siglo en una ciudad fascinante. Pues aunque las pasiones puedan desembocar en desengaños, tragedias y frustraciones, como yo muy bien sabía, renunciar a ellas era morir... como yo muy bien sé.

Lo lamentable de esta situación tan excitante es que las tensiones se han resuelto de forma dramática. Pero esto, amor mío, nadie o tal vez sólo unos pocos podían aventurarlo...

—Isabel...

Karel me devolvió al presente ocupado por nuestro paseo y a su pregunta.

—... pareces distraída. ¿Es que no vas a contestarme? Te preguntaba por lo que has hecho esta mañana.

No iba a contarle todo lo que había hecho, ni nada de lo que su ciudad me había confesado una vez sometida a la tortura de mi análisis. No estábamos preparados para eso; sólo éramos dos desconocidos sin demasiadas ganas de conocerse. Me limité a contarle que había estado buscando una bombonería que me había recomendado Eleanor —¿recuerdas a la joven aristócrata escocesa que estaba invitada en Brunstriech durante la Navidad?—. Le conté que sólo tenía el nombre, pues no había sido capaz de recordar la dirección exacta, y que lo único con lo que había conseguido dar era con una sórdida tienda de antigüedades que al parecer se llamaba igual. Le dije que después me había dedicado a pasear por el centro hasta que, aburrida de deambular sola por las calles, me había sentado en un banco de un parque a compartir un trozo de *Kumpelhof* con los voraces patos del estanque.

—Si quieres bombones, después de comer te llevaré a una buena bombonería —fue su único comentario a mi relato.

Tanta sequedad, rayana en la antipatía, no es que me fastidiase pero sí despertaba en mí a un geniecillo travieso.

—¿Sabes? Me he comprado el último número de *Die Flacke*. Ese hombre… Kraus: es muy ingenioso.

Como suponía, semejante comentario, lanzado con estudiada candidez, despertó su interés: se había dignado mirarme con una ceja alzada y un rictus de desagrado en la comisura de los labios.

—¿*Die Flacke*? ¿Y de qué conoces tú esa basura? Seguro que te la ha recomendado mi hermano. Es muy aficionado a la sátira fácil sin ningún fundamento.

—En realidad, no. Fue en una de las fiestas: un grupo de personas comentaban jocosamente algunos de los artículos de Kraus: «Lo que los padres han construido, es deber de los hijos destruir» —recité pomposamente.

—Ese Kraus no es más que un judío renegado con pretensiones; un majadero con un problema de identidad personal —espetó con desprecio.

Comprobé que no me había equivocado al intuir en qué lado de las pasiones de Viena se situaba Karel… Y no era precisamente el lado que yo habría escogido para mí.

Tras un reconstituyente almuerzo en el Ofenloch aprovechamos las escasas horas que nos quedaban de luz para recorrer (a modo de guía de viaje) lo más significativo de Viena; la ciudad de la música, de los palacios imperiales, de la catedral gótica, de la noria gigante y de los cafés, desde los más frívolos y elegantes hasta los más serios e intelectuales. Precisamente, en uno de ellos terminamos la larga jornada, compartiendo tras una mesita un par de cafés calientes hasta quemar, dulces sin empalagar y rebosantes de espuma de leche espesa como la nata, justo como a mí me gusta.

—Cuando era pequeño solía acompañar a mi padre cada vez que él venía a ver al emperador. Llegábamos al Sacher, pedía la habitación 530 y me dejaba en manos de Helga, una camarera del hotel tan gorda como cariñosa. Helga me llenaba los bolsillos de pastillas de jabón de tocador y como premio a mi buen comportamiento me prometía un par de bombones de aquellos que bajo mi atenta mirada iba dejando sobre las almohadas como obsequio de bienvenida. Ella me enseñó a hacer la cama y a doblar toallas, y subido en el carrito de los escobones he recorrido todos los pasillos del hotel. Después, mi padre venía a recogerme para ir a comer al Ofenloch... Siempre entraba en el comedor silbando una marcha militar, se sentaba a la misma mesa junto a la ventana y pedía un vaso de leche para mí, una jarra de cerveza bien fría para él y *Bauernschmaus* para dos.

Aquella historia que tu hermano relataba con los ojos entornados, en parte por cansancio y en parte por dejar libre la ensoñación, tenía muchas similitudes con nuestro recorrido de aquel día: hasta las salchichas, el cerdo asado, el jamón ahumado y el chucrut con bayas de enebro —sólo entonces supe qué era el *Bauernschmaus*— era lo mismo que habíamos comido. Pensé que aquel apego, tan nostálgico como obsesivo, hacia un pasado irrecuperable no era más que una huida de la realidad. Daba la impresión de que Karel padecía una tortura cotidiana cuyo alivio era el recuerdo: placentero y doloroso a la vez, como aquel viento que por la mañana golpeara mis mejillas. Me pregunté qué podía estar torturando a un hombre al que la vida parecía sonreír.

—Aún hoy, al entrar en el Sacher, me parece ver a Helga trasegar por los pasillos con sus pastillas de jabón y sus bombones, dejando tras de sí un olor inconfundible a desinfectante y a colonia de limón... Y en el Ofenloch me vienen de pronto a la memoria decenas de marchas militares...

—Esa enfermedad se llama nostalgia.

—Tal vez... La infancia es una etapa maravillosa. No hay pasado, no hay futuro; sólo un presente que se mira con inocencia e ilusión...

Karel bajó la vista hacia la taza de café como si fuera a beber, pero no lo hizo; tiró levemente del asa y la giró sobre el plato sin ni siquiera levantarla.

—Y tú, ¿qué recuerdas de tu infancia?

Su repentino interés me cogió por sorpresa y, aunque sabía lo que debía contestar, medité unos segundos antes de hacerlo, no estaba segura de querer contestar lo que debía.

—A mi padre. Lo recuerdo como si lo estuviera viendo. Era un hombre alto y fuerte; o al menos en mi pequeñez infantil así lo idealicé. Tenía una barba espesa y oscura, como un auténtico lobo de mar. Cuando no estaba embarcado, llegaba a casa al caer la noche, se sentaba en su sillón y con un metódico ritual encendía su pipa: sacaba cuidadosamente un poco de tabaco de un bote de madera que había sobre la chimenea, lo empujaba delicadamente dentro de la pipa y lo quemaba varias veces, con un característico chasquido aspiraba el humo aromático. «¿Has hecho los deberes, grumete?», me preguntaba mientras acariciaba a Timón, nuestro enorme perro pastor, que dormitaba a sus pies. «Sí, señor», respondía yo muy seria, como si realmente fuera un grumete. «¿Has cenado?» «Sí, señor.» «¿Todo?» «Todo.» «Entonces, puedes subir a bordo, grumete.» Y yo saltaba sobre sus rodillas, buscando con mimo su abrazo. Después mi padre comenzaba a acariciarme el pelo mientras me contaba historias sobre lejanos mares de aguas transparentes, donde los árboles dan frutos gigantes de sabor exótico y el sol siempre, siempre brilla... Cada noche prometía llevarme a aquellos lugares, aunque murió sin poder cumplir sus promesas. Eso sí, me dejó sus historias, las que yo escuchaba hasta quedarme dormida, y sus libros con hermosas litografías. Él me enseñó a interesarme por otras culturas y otras razas, por otros paisajes. Más allá de nuestro mundo hay muchas cosas que aprender, sólo es necesario abrir un poco los ojos y la mente.

Fue un retal de mi infancia, amor mío. Todo lo que le conté a tu hermano fueron recuerdos vivos y ciertos. Fueron recuerdos a los que yo, como Karel a los suyos, tenía un apego nostálgico, pero que cada día me obligaba a relegar. En mi vida no había espacio para la nostalgia. Sin embargo, que aquella tarde los sacara a la luz me demostró que eran una parte indisoluble de mí, que nadie podía arrancármelos ni hacerlos desaparecer. Estaban allí para recordarme mi identidad. Mis recuerdos me aliviaban como a tu hermano los suyos.

Dejé de hablar para sonreír; una sonrisa que me dediqué después de aquel alivio que me había permitido: tan físico como el calor que calma el frío. Fue un momento de gran intimidad en el que casi olvidé que no estaba sola.

—Si hubiera sido un hombre —continué—, me habría gustado ser marino como mi padre. Cruzar el mar y tener todo el mundo al alcance de la mano, sin límites ni fronteras. Sentir la libertad...

—No creo que sentir la libertad sea algo tan sencillo como subirse a un barco.

Fue el pragmatismo obtuso de tu hermano el que me recordó que no estaba sola. De nuevo recuperé la conciencia sobre dónde estaba y para qué.

—Yo creo que es algo tan sencillo o tan complicado como uno quiera.

Al observar su expresión, decidí ser más explícita:

—Sí. Es como la felicidad. Son conceptos subjetivos; son sentimientos y dependen de cada persona. Tenerlos o no al alcance es sólo cosa nuestra y es en nosotros donde hay que buscarlos, no fuera. Lo que para mí signifique ser libre o feliz, no es lo mismo que lo que pueda significar para ti.

—¿Y qué significan para ti?

Suspiré elevando la mirada al cielo ante la magnitud de la pregunta, asaltada por la sensación de que me estaban poniendo a prueba. Tal vez sólo fuera un recelo.

—Estoy convencida de que si busco la libertad y la felicidad en las cosas sencillas y cercanas de la vida siempre seré libre y siempre seré feliz. Soy libre cuando paseo descalza por la playa, con la falda remangada hasta las rodillas; cuando leo un buen libro tirada sobre la hierba una tarde de primavera; cuando cada noche deshago mi peinado y noto que el pelo cae libremente por mi espalda; cuando dejo el corsé en el armario y puedo respirar a mis anchas...

Sonreí y Karel me acompañó. Aquello parecía un juego. No podía ser otra cosa que yo teorizara sobre la felicidad o la libertad con un hombre desconocido delante de un café. Tenía que trivializar la situación; así me libraba de cierta responsabilidad. Sin perder la sonrisa, continué hablando.

—¿Y sabes cuándo soy feliz?

Tu hermano negó con la cabeza, la sonrisa todavía en los labios, la risa a punto de brotar, y un interés auténtico en los ojos.

—Soy feliz si siento calor cuando hace frío, si puedo dormir cuando tengo sueño, si puedo comer cuando tengo hambre... sobre todo: chocolate —apostillé en mi línea frívola—. Y soy feliz cuando río; cuando me río de verdad, aunque sólo sea unos segundos.

Hice una pausa para remover el café ya removido. En realidad, era una pausa dramática. Una transición del juego a la seriedad.

—La libertad y la felicidad son sensaciones efímeras. Pretender que se vuelvan permanentes sólo nos procura insatisfacción y desdicha. Por eso yo intento concatenar momentos efímeros de felicidad y libertad, pequeños episodios que suceden cada día.

Karel parecía meditar sobre mis teorías, debatiéndose entre el escepticismo y la satisfacción de estar posiblemente ante un nuevo descubrimiento.

—Por ejemplo, ahora voy a disfrutar de un momento de felicidad en cuanto me coma este pastel con tan buena pinta —anuncié con la intención de volver a relajar el tono de la conversación—. Y tú deberías hacer lo mismo.

Como un alumno aplicado que sigue los consejos de su maestro, me obedeció. Observó pensativo las hileras de pasteles brillantes y suculentos, toda una verbena de colores y sabores. Finalmente se decantó por uno de grosellas: una elección agridulce muy acorde con su forma de ser.

—Tu padre debió de ser un hombre único si te enseñó todo eso —consideró después de engullir de un solo bocado, sin disfrutarlo, el pastel: y es que, amor mío, ciertas actitudes frente a la vida no se cambian con una sola frase.

—Sí que lo era.

—¿Puedo hacerte una pregunta?

Asentí con un leve movimiento de cabeza.

—¿Qué son esos ejercicios que haces todas las mañanas en el invernadero?

—¡Oh, Dios mío! ¡No me digas que tú también me has visto! ¡Y yo quería pasar desapercibida!

—¿Tan perverso es que deseas ocultarlo?

—No es que sea malo pero sé que podría escandalizar a algunas personas. Son ejercicios de yoga, otra de las enseñanzas que mi padre me dejó en herencia. Son una serie de ejercicios para mantener el cuerpo ágil y la mente sosegada. Es una disciplina hindú muy antigua que mi padre aprendió en sus viajes a la India. El caso es que desde muy pequeña me acostumbré a practicarlo y ahora me cuesta prescindir de ello… ¡Qué vergüenza! —insistí—. ¿No se habrá enterado tu madre?

A Karel le divertía mi apuro.

—No lo creo. Te confesaré algo: lejos de escandalizarme, a mí me han parecido unos ejercicios muy bellos y armoniosos. Si además resulta que son buenos para la salud, no veo de qué tienes que avergonzarte.

—La verdad es que soy consciente de que puedo resultar una mujer rara en muchos aspectos: mis ejercicios paganos, mis lecturas prohibidas, mi desafortunada vida… Hay cosas de las que prefiero no ir presumiendo.

—Admito que yo te he considerado una mujer cuando menos… atípica.

—No te culpo. El yoga, el *Bhagavad Gītā* y algunas otras costumbres atrevidas son rasgos impropios de una muchacha de la más rancia nobleza rural española. Pero ya ves que la culpa es de un padre marino de mente abierta.

—Sí, el *Bhagavad Gītā* —repitió como si me hubiera adelantado a la siguiente curiosidad—. Desde luego que no es una lectura habitual.

—Pero que, sin embargo, tú conoces.

—Asistí una vez en Londres a una conferencia sobre religiones orientales. Pero lo que me sorprende no es que leas el libro sino la versión que has escogido: la de Annie Besant. Supongo que sabes quién es…

—Sí. Una feminista recalcitrante, atea, que reniega con ferocidad del cristianismo, de vida disoluta y reputación dudosa. Sin embargo, también es una mujer culta e inteligente. Eso nadie se lo puede negar… ¿Sabes? Yo creo que es bueno conocer todos los puntos de vista para poder opinar. Además el *Bhagavad* no deja de ser el *Bhagavad*, no importa quién lo traduzca.

—Sí, ahora lo entiendo —concluyó, y parecía estar refiriéndose a muchas cosas.

Bebimos el café apurando las tazas. Karel volvió a pedir más. Las horas caían inadvertidas en aquel lugar acogedor donde todo era propicio para la conversación: la luz tenue, los asientos mullidos, el olor a café recién molido y a dulces recién horneados… Fuera, la noche vienesa era fría y no invitaba a abandonar el refugio.

—Quería darte las gracias por haberme invitado a venir y haber sobrellevado con dignidad la tarea de entretener a la «sobrina de mamá». Ha sido un día estupendo —dije para saldar con él mi deuda de gratitud antes de caer en un olvido imperdonable.

—No digas eso. Tú sabes mejor que yo que no es necesario que te entretenga. Muchos desean pasar un día contigo. En realidad, yo les he privado hoy de ese placer.

¿Por qué lo has hecho, entonces?, estuve tentada de preguntarle. ¿Por qué, príncipe Karel, me habéis sometido a un hábil interrogatorio disfrazado de conversación de café? ¿Por qué ahora sabéis que me gusta más el vino que la cerveza, la carne poco hecha, el café muy dulce y andar por el lado interior de la acera?... Mas me contuve; sólo hubiera provocado una tensión innecesaria, pues en ningún caso él hubiera sido sincero. Aquellas preguntas, amor mío, se fueron conmigo a la cama, y con ellas, la enigmática personalidad de tu hermano.

* * *

Te confieso, hermano, que en ocasiones entendía ese mal vicio tuyo de buscar siempre compañía femenina. Ya sea porque unas son narcotizantes, otras exasperantes, algunas tranquilizantes, y el menor número de ellas estimulantes, lo cierto es que las mujeres te hacen olvidar todo lo que no se refiere a ellas mismas, con ese sano beneficio que conlleva el olvido de lo trascendental.

Olvidar fue lo que me permitió disfrutar del regreso a Brunstriech: las manos sobre el volante, el rugir del motor imponiéndose a cualquier sonido, la luz tuerta de uno de los faros rompiendo la carretera frente a mis ojos... Por primera vez en mucho tiempo aquella perenne sensación de desasosiego que solía acompañarme parecía haberme abandonado.

Junto a mí, en una intrincada postura para aprovechar la escasa comodidad del asiento, ella dormía, dándome un respiro... Y yo pensaba que era una mujer extraordinaria. Ella no era una mujer como las demás. Ella era la hija de mente inquieta y curiosa de un padre marino importador de culturas lejanas y costumbres extravagantes. Hubo tanta verdad en sus ojos cuando me habló de su padre; hubo tanta nostalgia en sus palabras; hubo tanta dulzura en su sonrisa... que cuando giraba el volante para tomar las curvas, sólo me preocupaba de que ella no se despertase; cuando el automóvil avanzaba recto devorando la noche, sólo pensaba en que a ella le gustaba el vino tinto, la carne poco hecha y el café muy dulce; que era terriblemente golosa, porque había comenzado a leer la carta por los postres; que le gustaba caminar por el lado interior de la acera y que a menudo jugueteaba con el pequeño elefantito que llevaba colgado, acariciándolo con los dedos. Pensaba que ella tenía la noción de libertad y felicidad más asombrosa, vitalista y esperanzadora que había oído nunca; pensaba en que llevaba de regreso a casa, dormida en el asiento del copiloto, a una mujer extraordinaria y que por eso debía tomar las curvas con cuidado.

No pensaba en si había sido o no sincera; no analizaba los detalles de su historia, ni buscaba gestos que la delataran; no me preguntaba por qué no me había hablado de su presencia en los pasadizos de Brunstriech la noche de la reunión... Ningún recelo ocupaba mi mente.

¿Cuánto tiempo duró aquel hechizo que me nubló la razón? No estoy seguro. Lo cierto, hermano, es que se prolongó al menos durante toda la noche.

*28 de diciembre*

Recuerdo, amor mío, el pabellón de caza. Recuerdo la visión de tu espalda mientras me hacías de cicerone, abriéndome camino por el amplio porche de arcos y columnas de granito que lamía el bosque como una lengua de lava. Recuerdo que me acomodaste en el sillón frente a la chimenea de una estancia de campiña inglesa: tapicerías de flores, maderas nobles y porcelana pintada a mano. Recuerdo la mirada disecada del *sable*, los ojos vacíos del *springbook*, el guiño sin vida del *elan*, la caricia muerta del oso a nuestros pies y la vigilancia familiar del venado sobre nuestras cabezas; testigos mudos y convenientes de tu galanteo. En mi memoria siempre habrá un lugar especial para aquel marco romántico y recoleto, rodeado de espesos bosques de cuento, donde el mobiliario acogedor invitaba a intimar frente al calor de la chimenea, justo donde tú y yo habíamos intimado durante nuestra comentada y al parecer tradicional escapada: la de las fresas de diciembre. No recuerdo, amor mío, que hubiéramos hablado de libertad o felicidad... pero eso no me importaba: tú me gustabas.

Estaba claro que el pabellón de caza ofrecía la intimidad y la soledad que no se podía encontrar en Brunstriech en aquella época del año. Aquella mañana, sin embargo, pocos días después de haber estado allí a solas contigo, el pabellón de caza había perdido parte de su encanto de mágico retiro, pues la congregación del castillo se había trasladado en pleno para la jornada de montería. Voces que conversaban en múltiples idiomas y cubiertos que chocaban escandalosamente en la mesa del desayuno habían roto el silencio que yo recordaba; atuendos de *tweed* y *cashmere* verde se repartían por todo el espacio; y el olor del café y el tocino frito, junto con los más variados perfumes y esencias, había manchado el olor a limpia soledad.

—... esos burócratas del gobierno no se dan cuenta de que el país es un hervidero de insatisfacción popular.

Y para colmo, yo sufría la compañía de Nikolái Zagoronov.

Mientras se celebraba el sorteo de puestos, la partida de cazadores, alentada por la emoción de la jornada, soportaba estoicamente el frío helado de la mañana, que se colaba como una lluvia de saetas afiladas por los vanos de la arcada del porche. Los cañones de las armas enfundadas eran compañeros de jornada rígidos e inexpresivos, aunque más admirados, queridos y respetados que cualquier dama o caballero que igualmente sirviera de acompañante; los perros olisqueaban las botas de los presentes sin atender a clases sociales; los caballos resoplaban vaho blanco en una esquina, eran parte de la comitiva; el servicio y los postores, vestidos con elegante uniformidad, no destacaban entre tanta elegancia más que por su actitud discreta y reverente. El aire olía a maleza, a grasa de rifle y a animal, tanto vivo como muerto (no sé muy bien por qué, pues nadie había disparado todavía a matar). La escena de la cacería se me antojaba un cuadro de Oudry.

Había asumido que tendría que desayunar junto a Nikolái, pero me resistía a tener que soportarle también después del desayuno. Por el contrario, él se debía de creer en la obligación de continuar con la perorata sobre su tema favorito, la que había iniciado con el café y que ahora seguía relatándome casi al oído mientras aguardaba el momento de recoger la papeleta con su puesto.

—Las guerras y el hambre son un caldo de cultivo para los intelectuales y sus ideas revolucionarias. Y sin embargo, el zar y su camarilla de nobles apegados al terruño y la buena vida permanecen en sus palacios de cristal, ajenos a una bomba que está a punto de estallarles en las narices. Represión, represión y más represión es la única alternativa. Las reformas son tibias, tan tibias como la falta de decisión y el miedo con el que se afrontan los problemas. Dejar que la *okhrana* acabe con un par de revolucionarios es lo más contundente que se les ha ocurrido. Y si no son capaces de reprimir a esa chusma con aspiraciones intelectuales, los capitalistas no podremos sobrevivir…

Como siempre, Nikolái elaboraba la crónica social y política de su amada patria Rusia, haciendo una crítica feroz y nada constructiva desde el desprecio y la soberbia, lo cual convertía su conversación en abyecta, además de aburrida. Sin prestarle demasiada atención, observaba cómo tú te deslizabas entre la gente transportando un saco de terciopelo que guardaba el revoltijo de papeletas, cada una con un nombre y número de puesto de los muchos en los que se dividía la mancha a montear aquella mañana. Me sentí bien al ver que te acercabas a ofrecernos la papeleta; me gustaba que te acercaras a mí. Y el placer de tenerte cerca se convirtió en deleite cuando me susurraste:

—Me he enterado de que es la primera vez que cazas. Me encantará que me acompañes en mi puesto.

—Muchas gracias, pero ya le he prometido a Richard Windfield que iría con él. —Supe que te decepcionaba, pese a que te había rozado la oreja con los labios al hablar.

—Es una lástima, porque te aburrirás más si vas con él que si vienes conmigo.

—No lo dudo. Pero estoy segura de que él se va a divertir el doble que si fuera solo…

Y te alejaste con una sonrisa traviesa como respuesta a mi audaz comentario.

El acceso a nuestro puesto, situado en lo más alto de la mancha, pasaba por un cortadero empinado que parecía peinar el bosque con raya. La trepada, de por sí larga y penosa, se complicaba aún más con un terreno pedregoso de rocas grandes y afiladas. Si se le sumaba el peso de las armas y los petates, la subida se volvía agotadora, sólo apta para cuerpos jóvenes y en forma.

Richard, tú y yo compartíamos el ascenso a la cuerda de la montaña con un variado grupo compuesto por un jadeante y sudoroso Borís Illianovich, Nikolái, un capitán del ejército húngaro, una dama escocesa precedida por sus hazañas cinegéticas en la sabana africana, el postor y un chucho nervioso y muy dado a olisquear. Todo el camino mortificaste a Richard Windfield con tu actitud solícita y tu flirteo maestro: cargabas con mi escopeta, guardabas mis flancos, cuchicheabas a mi oído, reías cerca de mi cuello; me aislabas del resto del mundo con un muro de encanto y atenciones.

Hasta que en un momento dado el señor Illianovich truncó tu juego. Y es que el pobre tuvo que detenerse y apoyar su cuerpo redondo y pesado, al límite de sus fuerzas, en el tronco de un árbol.

—¿Se encuentra bien?

Entre jadeos para recuperar el aliento, consiguió encontrar un hilo de voz para responderme.

—Sí... Es sólo... sólo que este... este cuerpo es demasiado... pesado para esta cuesta.

El grupo había formado un corro alrededor de Borís y le contemplábamos sin poder hacer gran cosa mientras él reponía líquido con un vivificante trago de agua de la cantimplora.

Fue entonces cuando Nikolái tuvo una idea generosa —lo cual me dejó más que sorprendida no sólo por haber tenido la idea sino por ser tan generosa.

—Señor Illianovich, mi puesto es el siguiente. Apenas deben de quedar unos metros —el postor asintió para corroborarlo—. Me ofrezco a cambiarlo con el suyo.

—¡Oh, no, muchacho! Se lo agradezco mucho, pero no será necesario. Descansaré unos minutos y luego continuaré con calma. Ustedes pueden ir avanzando.

—En realidad, creo que lo más sensato es que acepte el amable ofrecimiento de este joven —opinó la dama escocesa, y todos asentimos a coro.

—Insisto, señor Illianovich —apostilló Nikolái.

—Hágalo, Borís. Es lo mejor —le animé yo con dulzura.

—Está bien —cedió por fin—. Muchas gracias, muchacho. Mi viejo corazón le está eternamente agradecido.

Dicho esto, el capitán húngaro cargó con el rifle de Borís y de nuevo emprendimos la marcha sin más incidentes. Salvo el de tu aparente cambio de humor: ya no cuchicheabas a mi oído, ni reías cerca de mi cuello; quizá porque Richard Windfield había aprovechado para tomarme del brazo y expulsarte de mi órbita. Estaba segura de que aquello te fastidiaba.

Una pequeña placa metálica indicaba la situación del puesto. El de Richard y el mío era el último de la cuerda, en lo más alto de la montaña, donde soplaba un aire gélido muy desagradable, aunque al abrigo de los árboles no se notaba tanto. Al llegar, me sentía algo cansada por la caminata así que solté mi carga y me senté sobre una piedra, dejando escapar un suspiro largo y reconfortante. En el silencio del bosque cubierto de nieve que el ruido amortigua, empecé a identificar los sonidos del entorno: el susurro del viento en las copas de los árboles, el rumor confuso de la maleza, el siseo de los movimientos de Richard preparándose para la espera, los ladridos lejanos de las rehalas... Sabía que debía permanecer muy callada para no alertar a las posibles piezas.

—¿Sabe cómo montar la escopeta? —me susurró Richard Windfield, señalando con la mirada el estuche de cuero que había apoyado en un tronco.

—¡Ah!, ¿es que no viene montada?

A Richard le pareció graciosa mi ocurrencia y ahogó el sonido de una carcajada.

—Lo cierto es que no. Venga, le enseñaré cómo hacerlo.

Levantó la funda de la escopeta y de su interior, con cuidado para evitar que chocaran entre sí, extrajo tres piezas de metal y madera.

—Bien, el cañón se encaja en la culata y con un tirón hacia atrás se cierra. Por debajo se desliza esta pieza pequeña de madera y ya está, listo.

Con rapidez y decisión, un click y un clack, el arma quedó montada y Richard me la mostró con orgullo como si hubiera superado una prueba.

—¡Fantástico, Richard! ¡Ha logrado impresionarme! —susurré en un tono jocoso.

Él hizo una reverencia ceremoniosa para seguirme la broma.

—Ahora, si me lo permite, le enseñaré a disparar.

—Será un placer —accedí poniéndome en pie.

Richard se colocó a mi espalda, rodeándome con los brazos para dejar la escopeta en mis manos.

—Primero ha de cargarla: se abre así y se introducen un par de cartuchos... Ahora, la culata bien apoyada y firme sobre el hombro. Así... para evitar que al disparar el retroceso la impulse a usted hacia atrás.

—Me sentiría terriblemente ridícula —apostillé.

Su respuesta fue una sonrisa.

—La mano derecha en el gatillo —continuó— y la izquierda sosteniendo el cañón. De este modo, puede moverlo para apuntar. Justo antes de disparar, deslice hacia atrás el seguro...

Sin un motivo aparente, Richard interrumpió bruscamente su lección. Cuando le miré, buscando una explicación a su silencio, me encontré con sus ojos clavados en mí, muy cerca de los míos. Sólo entonces comencé a advertir la presión de sus dedos a través de la ropa.

—¿Qué ocurre?

—Vuelvo a tenerla en mis brazos —habló en un tono bastante menos académico— y... recordaba que la otra noche me vi obligado a dejar algo a medias.

Dejé caer el arma y giré sobre mí misma para tener su rostro delante. Sus brazos rodearon mi cintura.

—Usted y sus trucos de colegial... Infantiles pero eficaces.

Apenas pude terminar la frase y ya me había cerrado la boca con los labios, demostrándome en pocos segundos que sabía besar mucho mejor de lo que me había enseñado la otra vez: un beso peculiar el de su labio partido; un roce estimulante el de su cicatriz en mi lengua...

De pronto, un ruido seco de matorrales sobresaltó a Richard. Se separó de mí, dio media vuelta y buscó su rifle para encarárselo. Todo, casi en un solo movimiento.

Los matorrales se agitaron a nuestra espalda y se pudo escuchar un gruñido ronco. Intenté moverme, pero Richard alzó la mano, indicándome que no lo hiciera... Todos los sentidos abiertos, atentos a cualquier señal y... de pronto, una masa informe de color oscuro salió de la maleza y rompió el cortadero en una veloz carrera mientras emitía un gruñido espantoso. Los perros ladraban enloquecidos por el olor cercano de la presa. Richard apretó el gatillo, pero supe que había errado el tiro al ver al animal huir despavorido. Cuando el eco de su disparo resonaba todavía en las cumbres, otro disparo quebró el paisaje. Inmediatamente después, doscientos kilos de jabalí gordo, negro y peludo cayeron a plomo sobre la nieve.

Richard Windfield se volvió hacia mí: su rostro reflejaba el colmo de la sorpresa. Yo todavía encaraba la escopeta. En mi hombro latía el fuerte impacto del arma recién disparada.

—No me ha hecho ninguna gracia que volviesen a interrumpirnos —fue todo lo que se me ocurrió decir en aquel momento.

De nuevo, un par de disparos rompieron el silencio del bosque a lo lejos. Algo más cerca se escuchó el cantar burdo de los cuernos de caza y los ladridos de las rehalas que se afanaban en sacar las piezas. La cacería había comenzado.

* * *

Te confieso, hermano, que te traicioné deliberadamente; que te eché la culpa aunque estaba convencido de que no la tenías. Ni siquiera la compasión que entonces sentí por ti —una rara compasión que nunca habías merecido que sintiese— fue motivo suficiente para dulcificar mi sentencia. Es cierto que evitar males mayores justificaba en parte mi actuación, pero también lo era que no dejé escapar la ocasión de vengarme por todas las veces que tú me sometías a la humillación, al descrédito y al menosprecio. Si tú solías aprovecharte de mi complejo de inferioridad, en esa ocasión fui yo quien saqué ventaja de tu debilidad.

Fue el día de la montería. Harto del frío y de la falta de actividad, había decidido dejar el rifle apoyado en el tronco de un abeto: aquella jornada no dispararía demasiado. El puesto que me había tocado no era en absoluto de los mejores. Pude comprobarlo cuando después de una hora de espera lo único que llegué a ver fueron un par de hembras, las puntas de los cuernos incipientes de un corzo y un conejo despistado. Usando lo que tenía a mi alcance que estuviera seco, encendí un pequeño fuego que devolviese el calor a mis manos y me dispuse a servirme un café.

Apenas había tenido tiempo de desenroscar la tapadera del termo cuando una algarabía inusual de voces mezcladas con los aullidos de varios cuernos de caza me pusieron en alerta. Me asomé con precaución al claro del bosque y vi avanzar a lo lejos a un grupo de postores y rehaleros.

—¡Accidente en la cuerda! ¡Ha habido un accidente en la cuerda!

—¿Qué sucede? —intercepté a uno de ellos.

—La cacería debe interrumpirse, alteza. Ha habido un accidente, arriba en la cuerda.

Inmediatamente pensé en Richard y en ella, que estaban apostados en la cuerda. También tú tenías allí tu puesto. Pero ella era novata y no me hubiera extrañado, dada su alocada forma de proceder, que hubiese cometido una imprudencia.

—Debe regresar al pabellón, alteza. Estamos recogiendo todos los puestos.

No tenía ninguna intención de seguir el consejo del diligente postor. No estaba muy lejos de la cuerda, cruzando el bosque hacia el oeste llegaría enseguida.

—¿Qué ha ocurrido?

En cuanto alcancé el primer puesto me apropié de la escena para tranquilizarme. Tú, sentado en una piedra, estabas pálido y desencajado; entre las manos atesorabas una petaca con cuyo contenido destilado de alta graduación pretendías recuperar el color y la calma a tragos. Ella sostenía un pañuelo manchado de sangre y trataba de limpiar una herida en un lado de la cabeza de un no menos pálido y desencajado Borís Illianovich. Nikolái Zagoronov y el capitán Derhazy observaban sin intervenir, mientras que Richard parecía inspeccionarlo todo como un detective de Scotland Yard.

—Un disparo ha alcanzado al señor Illianovich —me explicó este último—. Ha tenido suerte de que sólo le rozara la oreja. Aparentemente a Lars se le ha escapado un tiro cruzado...

—¿Aparentemente? —señalé, sabiendo que habría revisado concienzudamente todos los indicios y no estaba seguro de lo que parecía evidente.

Richard se quitó el sombrero y se rascó la cabeza, cavilante.

—Bueno, si observas esta muesca en el tronco...

Me mostró en el lateral de un árbol un agujero astillado que lo arañaba de parte a parte, como si la bala hubiera pasado rozándolo. Deslicé el dedo por su interior.

—Está hecha por un disparo —concluí.

—Sí. Pero es imposible que se hiciera desde allí, desde donde estaba Lars. Él jura y perjura que no ha disparado fuera de su área de tiro... Es un cazador experimentado. Además, aún no he encontrado la bala pero esta muesca es demasiado pequeña para haber sido hecha con la munición del rifle de Lars; si así fuera, se hubiera abierto todo un boquete.

Me pasé la mano por la barbilla, inquieto. Las cosas eran más complicadas de lo que a primera vista parecía. Según aquellos indicios, lo que Richard me estaba insinuando era que tú no habías disparado accidentalmente contra el señor Illianovich sino que alguien había atentado contra su vida de forma intencionada.

—¿Estás sugiriendo que no ha sido un accidente?

—Preferiría que lo fuese.

Te miré. Tu estado de abatimiento era impropio de tu arrogante persona. Pero el tuyo no era un abatimiento físico: parecía moral. Con la mirada vacía de expresión, la boca llena de alcohol y el rostro demudado, aparentabas estar abstraído de una realidad que te desbordaba. Mereciste mi compasión; por primera vez en tu vida. Pero no dudé en traicionarte.

—Y un accidente deberá ser… —sentencié con mano firme—. Al menos, de forma oficial.

* * *

Recuerdo, amor mío, que el gran salón de baile estaba en plena ebullición… una vez más. Aquel salón que se encontraba en el ala izquierda del castillo, abierto a la parte más hermosa de los jardines, era sin duda la estancia más barroca de todas, lo que por otro lado resultaba muy acorde a su frívolo destino: la diversión.

Alcé la vista sin mover la cabeza para contemplar furtivamente los techos abovedados, cubiertos de hermosos frescos en los que seres mitológicos se mezclaban con humanos inmortales en toda la gama de tonos pastel. Había ninfas, faunos y caballos alados; centauros y unicornios, el animal de la belleza y la juventud eternas. Angelotes regordetes con alitas diminutas desafiaban la ley de la gravedad en su revoloteo, y pastores y mozuelas retozaban en praderas verdes cubiertas de flores. En cambio, fuera hacía tanto frío...

Moví la vista del techo al suelo y me recreé en el brillo del mármol bajo el intenso fulgor de tres enormes arañas de cristal; un mármol que parecía tener luz propia y en cuya superficie se reflejaba la algarabía multicolor que inundaba el lugar.

Después, volví a buscarte por el salón, aunque ya sabía que no estabas. Pero es que no me acostumbraba a tu ausencia: me faltaba tu velo esmeralda sobre mí, el mercadeo de sonrisas por encima del hombro, las palabras que articulabas sordas para que sólo yo pudiera entenderlas... me faltabas tú. Y me torturaba la imagen de tu abatimiento: la arrogancia que te cuadraba el rostro suplantada por sombras que difuminaban tus facciones, la altivez que erguía tu cuerpo quebrantada a la altura de la espalda... y los ojos hundidos. La cacería me había dejado un amargo sabor de boca: ver tu lado vulnerable. Mas es la debilidad de los hombres fuertes lo que más conmueve a las mujeres...

Suspiré... ¿Quizá lo que me amargaba en la boca era aquel pastel de castaña y naranja? Creí que sabría tan bien como olía. Olía a Navidad, pero sabía a Viernes de Dolores. Perdida en mis propias cavilaciones, me había distraído de la conversación que ocupaba a aquel heterogéneo grupo de intelectuales, políticos, vividores, damas encopetadas, señoritas delicadas y yo, aún por clasificar.

—¡Oh, es un tarambana! Siempre le gustó corretear detrás de las mujeres, lo cual en sí mismo no es censurable, siempre y cuando se trate de mujeres de posición. Pero al muy insensato no se le ocurre otra cosa que dejar en estado a una de las criadas de la casa de sus padres y lo que es peor, ¡se empeña en casarse con ella! No encuentro palabras para describir el disgusto de lord Tremouth quien, como es lógico, le desheredó de inmediato. Ahora dicen que anda por las colonias invirtiendo el poco dinero que tiene en un extraño brebaje de color marrón… ¿Cola Loca puede ser? Algo con un nombre tan obsceno debe de ser pecado o al menos estar abocado al fracaso. ¡Qué vergüenza para la familia!

Entorné los ojos, apenas pude disimular una mueca de disgusto mientras contemplaba la figura alargada y flaca de lady Camilla Banister-Tomkinson. ¿Era ella o era su conversación lo que más me repugnaba? ¿Era su cabello oscuro y de apariencia grasienta, recogido en un moño que —estaba segura— no había deshecho en años, y su rostro de cera derretida y vuelta a solidificar en miles de arrugas; o era su rictus permanentemente soberbio y avinagrado? Era ella en toda su dimensión. Además, lady Camilla olía de forma… extraña; tú no lo habrías notado porque no solías acercarte a mujeres como ella, pero olía como a naftalina, pan quemado y perfume rancio, todo a la vez.

—Ciertamente —intervino un general bigotudo al hilo de la truculenta historia de la mujer—, es una pena. El joven lord Tremouth siempre fue un buen muchacho y un gran cazador.

—El joven ex lord Tremouth, Edgard —puntualizó con su encanto habitual lady Camilla—. Permíteme decirte, además, que en esta vida no todo consiste en ser un buen cazador.

Aquella conversación estaba rebasando el colmo de mi paciencia social y sin esperar aprobación por parte de nadie anuncié formalmente:

—Si me disculpan, voy por más ponche.

—¿Me permite acompañarla? —se ofreció la única persona que parecía haberse percatado de mi retirada.

—Claro, Hervé. Será un placer.

Y tomando discretamente mi brazo, Hervé Dussaud se escabulló conmigo hacia la mesa de las bebidas. Es probable que nunca hubieras reparado en Hervé Dussaud debido a su discreción. Era un joven delgaducho, de tez intensamente blanca, que apenas superaba la veintena. También era tremendamente educado, cortés y de trato agradable, a lo que sin duda contribuía una cara de rasgos tan infantiles que hubiera parecido un colegial de no ser por el cuidado bigotito que sombreaba su labio superior, un mero recurso para dar madurez a su rostro. Monsieur Dussaud provenía de una afamada familia de relojeros suizos. En cierta ocasión que había sido mi compañero de mesa durante la cena, me contó que su padre, Louis Dussaud, había regentado una pequeña relojería en el centro de Ginebra sin otra aspiración que la de continuar con un negocio familiar que acumulaba casi dos siglos de existencia. Sin embargo, un buen día, sus máquinas de precisión cayeron en gracia del emperador austríaco y su fama se extendió como la pólvora por el resto de las casas reinantes europeas. Todos, reyes y reinas, príncipes y princesas, incluso el Papa, querían lucir en las paredes de sus palacios o sacar de los bolsillos de sus chalecos un reloj artesano de la casa Dussaud, fundada en 1726. Así que lo que empezó siendo una pequeña tienda taller, pasó a ser una gran tienda taller, hasta que se convirtió en una gran nave taller a las afueras de Ginebra, donde miles de artesanos trabajaban para proveer a su exigente clientela. Y Louis Dussaud es ahora un caballero adinerado que se codea con lo mejor de la sociedad ginebrina, mientras su hijo Hervé estudiaba ingeniería en Cambridge, hablaba cinco idiomas y jugaba al críquet, al polo o al tenis con lo más selecto de la nobleza europea. Dadas estas circunstancias, resultaba sorprendente que Hervé fuera una persona tratable, mérito atribuible a la innata sencillez de papá Dussaud quien, en el fondo, seguía considerándose un humilde relojero suizo. En más de una ocasión yo había buscado la compañía de Hervé, con quien me gustaba hablar sobre relojería: era un gran coleccionista de piezas antiguas.

Ya junto a la mesa de las bebidas nos acercamos a una atractiva joven que se apoyaba descuidadamente sobre la madera, desatendiendo todas las reglas del buen comportamiento que desde bien pequeña se esforzaron en enseñarle.

—Eleanor, ¿cómo tú sin bailar? —la abordé mientras dejaba sobre la mesa la copa vacía, y sucia de tanto juguetear con ella entre los dedos.

—Estoy observando...

La rebelde aristócrata escocesa sonrió ampliamente sin apartar la vista de un apuesto camarero que, ajeno al examen, pasaba con diligencia una bandeja de rollitos de salmón entre los invitados. Nunca intimaste con Eleanor, pese a ser una mujer muy atractiva. Sólo conociendo a Eleanor puedo explicarme por qué. Tú resultabas demasiado convencional para ella y ella demasiado extravagante para ti. Probablemente, desconocías la naturaleza de su extravagancia: educada bajo los principios de la moral más estricta y puritana de la Inglaterra victoriana, algún diablillo malicioso se había apoderado de su espíritu libre y en una especie de rechazo frontal a todo lo que le habían inculcado, sentía una debilidad casi enfermiza por el amor prohibido, fuera de su clase social y, en ocasiones, de lo que se esperaba de su condición sexual, según ella misma me había admitido, no sin cierto orgullo, un día que la sorprendí besándose con la hija del duque de Queensend. Tales inclinaciones le costaban más de un profundo disgusto a su delicada madre y más de un sonoro arranque de ira a su enérgico padre.

—Guapo, ¿no es cierto? —suspiró—. Creo que voy a desmayarme...

Quizá por su apostura desganada, quizá por su palidez, el caso es que Hervé se tomó demasiado en serio su falsa amenaza.

—¡No, no, por Dios, lady Eleanor! ¡No se desmaye!

—Oh, vamos, Hervé, ¿cómo he de decirte que no me llames lady Eleanor? Pareces mi mayordomo.

Y tras la breve reprimenda recobró su aire de *femme fatale*:

—Se llama Franz, es húngaro, y tengo entendido que es un virtuoso del violín que por algún oscuro motivo ha caído en desgracia. Adoro a los hombres con pasados turbulentos. Suelen tener una personalidad atormentada y un carácter apasionado. Son perfectos para una noche de locura... —vocalizó con sensualidad mientras se estremecía.

—Así que estás deseando probar el virtuosismo de sus dedos —intervine yo acorde al tono de la conversación.

—¡Por supuesto! Largos y firmes sobre mi piel como cuando presionan las cuerdas del violín; suaves y delicados como cuando acarician el arco.

Y mientras las dos nos reíamos abiertamente, contemplé con el rabillo del ojo a un azorado Hervé que hacía rato que había enrojecido.

—Hablando de dedos largos... —señaló Eleanor mirando por encima de mis hombros justo antes de que yo sintiese la presión de unas manos sin pudor sobre mi cintura.

—*Mademoiselle la latine*, por fin la encuentro. Si no fuera porque es imposible, diría que lleva toda la noche huyendo de mí.

Fue una sorpresa muy desagradable descubrir a Nikolái colgado de mí como un mono. Sin ningún miramiento, aparté sus manos ásperas y sudorosas de mi espalda y di un paso atrás, huyendo de un desagradable olor a alcohol y a un perfume que irremediablemente identificaba con él.

—Prometió reservar un baile para mí. ¿O es que lo ha olvidado?

—Oh, no. No podría. Tan sólo esperaba a que usted viniese a recordármelo. Después de todo, no quiero parecerle una mujer fácil.

Nikolái dibujó en su rostro una estúpida sonrisa de complacencia que a mí, por estar tomándole el pelo, me pareció patética.

—Pues aquí estoy: a sus pies.

—En ese caso, será mejor que se levante para que podamos bailar.

Al alejarme hacia la pista de baile con el entusiasmo propio de quien camina hacia el patíbulo, lancé una última mirada a mis contertulios: Eleanor me sonrió maliciosamente mientras agitaba los dedos en señal de despedida.

El baile fue un tormento. Nikolái había bebido y empezaban a manifestarse los efectos del abuso. Su pronunciación era húmeda y espesa pues salivaba en exceso, y arrastraba las palabras tanto como los pies. Tenía los ojos irritados, le apestaba el aliento y no había soltado la copa ni siquiera para bailar. Además, su acoso físico resultaba continuo y obsceno; casi insalvable.

Afortunadamente, en la torpeza del baile, chocamos con otra pareja y el golpe hizo que la copa de Nikolái le resbalara de la mano y se precipitase contra el suelo, el cristal se rompió en miles de pedacitos que rodaron sobre el mármol como una explosión de fuegos artificiales.

Con el rostro inexpresivo, ignorando al resto de las parejas que se apartaban con miradas de desaprobación, el conde Zagoronov observaba impasible cómo el champán yacía derramado en el suelo.

—Iré por otra copa. Espéreme aquí.

Nikolái giró sobre sus talones y se marchó entre la multitud danzante, tambaleándose como un tentetieso.

Aproveché la oportunidad que el destino me brindaba y me apresuré a escabullirme en busca de una improvisada compañía que me sirviese de refugio. Recorrí el salón con la mirada ágil de un lunático, tratando de localizar una cara amiga, pero no había ninguna en el espacio que mis ojos lograban abarcar. Por el contrario, sólo puede identificar a Nikolái mientras regresaba a mi lado con una sorprendente premura. Un escalofrío recorrió mi cuerpo sólo de pensar en su roce pegajoso. De nuevo, amor mío, volví a lamentar tu ausencia. Tú no hubieras dejado que aquel patoso me volviese a tocar.

De pronto, acorralada como una presa por su cazador, atrapada entre Nikolái y la pared, juré por mis ancestros que no reanudaría aquel maldito baile. Sólo podía huir por un portalón semioculto tras aparatosos cortinajes. Me abalancé sobre la manilla de bronce y aliviada comprobé que cedía. Una maniobra rápida y cautelosa, y desaparecí.

La huida había sido corta pero intensa. Suspiré, volví a acomodarme un tirante del vestido que durante toda la noche se me iba cayendo del hombro y me sacudí la falda como si quisiera limpiar las huellas de Nikolái.

Ante mí se abría un gran pasillo flanqueado de puertas, cuadros y espejos en disposición simétrica. Un hombre corpulento y barbudo, ataviado con un imponente uniforme militar, me seguía con la mirada ceñuda allá donde yo fuera desde la inmovilidad de su pintura. Pensé en buscar otra puerta para regresar al salón y a la fiesta y con tal intención encaminé mis pasos por la alfombra del corredor.

Mas algo serpenteaba por aquella alfombra: unas lejanas notas musicales que parecían haberse escapado por debajo de una puerta cerrada. Unas notas que seguí con cuidado y de puntillas para no pisarlas. Unas notas que al girar la esquina dejaron de arrastrarse y comenzaron a flotar, que me llevaron del oído hasta una puerta. «Aquí —susurraban—. Aquí han querido encerrarnos, pero nadie puede encerrar la música.»

En mitad de aquel pasillo oscuro y solitario, aquella música se me antojó sobrenatural.

* * *

Te confieso, hermano, que aun sin pretenderlo no había podido dejar de pensar en ti en toda la noche. Había algo que me inquietaba además de mi propia conciencia manchada. No obstante, quise achacar mi inquietud al imprevisto incidente durante la cacería. Incluso quise negar la necedad de semejante imputación: estaba acostumbrado a ser testigo impasible de sucesos mil veces más desagradables sin alterar el gesto: sortear la imprevisión y adaptarme con agilidad a acontecimientos cambiantes era parte de mi cometido.

Entonces no quería admitirlo pero lo que me inquietaba eras tú. Jamás te había visto tan trastornado. Tú eras siempre la presencia fuerte y sosegada. —¿Sabes que ni siquiera te había visto nunca ebrio; ni una sola vez en toda mi vida?—. Tú siempre mostrabas una integridad inquebrantable. Y esa perfección tuya a mí me fastidiaba, ya lo sabes.

Sin embargo, al recordar tu imagen durante la mañana —aislado y derrumbado en el suelo, con la cabeza gacha y la mirada enterrada, pensando con terror que habías herido y podías haber matado a una persona—, se me removían las entrañas como las remueve el llanto de un niño. Por fin, había descubierto tu debilidad: que tú, que te creías a salvo del mal, que estabas envanecido de virtudes, habías de pronto descubierto que podías ser víctima de los enredos del diablo. Ése era el motivo de tu trastorno. Así lo creía yo: que de repente habías abierto los ojos a la realidad de este mundo despiadado del que ni siquiera tú podías permanecer al margen... Y yo, que pensaba tener pruebas para demostrar tu inocencia, no te quise sacar de tu error; no quise aliviar tus remordimientos infundados; no te quise decir: tranquilo, hermano, tú no has tenido nada que ver en esto. Yo jamás te llamaba hermano.

Y con esta inquietud en mi conciencia, de noche, había huido, me había refugiado en el ensimismamiento como recurso terapéutico contra mi permanente estado de alteración:

el que me tenía vigilante de todo a mi alrededor sin que pudiera encontrar la paz y el sosiego más que cuando buscaba el retiro, el aislamiento físico y espiritual que me procuraban la música o la lectura en la soledad de mi despacho.

Por eso me molestó tanto que ella viniese a profanar mi santuario. Por eso me volví sobresaltado ante el estruendoso ruido de unos aplausos pausados: una impertinente irrupción en mi gabinete, mi música y mi intimidad. No podía ser otra la persona que aplaudía junto a la puerta: ella.

—No te he oído entrar.

—Lo que tocabas... Es precioso. Nunca antes lo había escuchado.

Me quedé mirándola: parecía esperar algún comentario. Pronto debió de adivinar en mí una actitud poco receptiva.

—Lamento haberte interrumpido. Debo volver a la fiesta.

Por una extraña razón me arrepentí de mi descortés proceder. Con la mano la invité a quedarse.

—Ven. Acércate.

No puso objeción. Adentró sus pasos sobre la alfombra y cruzó el gabinete para llegar al fondo, donde estábamos el piano y yo. Zigzagueó entre los muebles y sorteó con habilidad a Rum, aquel basset que siempre buscaba el calor de la chimenea. Pese a su discreción, me di cuenta de que no dejaba escapar un detalle: la tapicería gastada de los sofás, el periódico abierto sobre el sillón, el vaso de whisky a medio terminar y la verbena de papeles sobre la mesa del despacho... Mi guarida.

Di una palmada sobre el asiento de terciopelo de la banca, un gesto para invitarla a que se sentara, y de nuevo me obedeció.

—*Concierto para piano número 2* de Serguéi Rachmaninoff; un compositor y pianista ruso —contesté a su velada pregunta, mostrándole la partitura.

—No he oído hablar de él.

—Cuando yo era adolescente, solía pasar algunas semanas del verano en el palacio de mi tía Olga a orillas del Neva. Mis primos y yo nos divertíamos nadando en el río y jugando a Robin Hood en el bosque. Allí conocí a Serguéi, que por entonces era un joven profesor de piano. Serguéi odiaba dar clase a aristócratas engreídos (supongo que nosotros respondíamos a ese patrón), sólo lo hacía porque necesitaba el dinero. Sin embargo, no tardamos en entablar amistad y desde entonces mantenemos correspondencia. Ahora, ha abandonado la enseñanza y se dedica a dirigir y componer. Suele enviarme sus obras. Su música es apasionante…

—Sí que lo es.

Ella pasó los dedos sobre las brillantes teclas del piano sin arrancarles otro sonido que el leve susurro de un roce.

—¿Quieres tocar?

—No me atrevería —sonrió—. Mi maestra fue la hermana Catalina, una monja regordeta que dirigía con más entusiasmo que destreza el coro del colegio. Tocaba la guitarra, la flauta y el piano, aunque se confesaba admiradora incondicional del órgano, sin duda por su prestancia para la música sacra y los oficios religiosos. Supongo que la hermana Catalina cumplía dignamente con la obligación de todo colegio de señoritas que se precie: educar a sus alumnas en el arte de la música, para que luego se puedan lucir en los salones de sus casas durante las elegantes reuniones de mamá.

—Pues bien —dije rebuscando entre las partituras—, veamos qué te enseñó la hermana Catalina. Tocaremos a cuatro manos.

Creí que se resistiría a tocar conmigo; sin embargo, cuando la vi quitarse los guantes, supe que no tendría que insistir.

Cuando la partitura se transformó en música y mientras contemplaba sus manos volar con destreza junto a las mías sin llegar a rozarlas, pensé que había sacado un tremendo partido de las lecciones del colegio. O eso o su historia no era del todo cierta. Y no es que yo quisiese ponerla a prueba, sólo deseaba escuchar aquella pieza para la que hacían falta dos intérpretes.

—¡Bravo por la hermana Catalina! —exclamé cuando hubimos concluido—. Debiste de ser una alumna muy aventajada.

—En absoluto. Casualmente, me encanta esta obra de Schubert y su romántica historia...

—*Fantasía para piano a cuatro manos.* La compuso poco antes de morir para Carolina Esterházy, la discípula de la que se enamoró locamente —apostillé haciéndole ver que yo también conocía la historia.

—Y a la que nunca confesó su amor debido a que padecía sífilis —añadió ella—. En una ocasión, la hija del príncipe Esterházy le pidió que le dedicase algo...

—No necesito dedicaros nada —la interrumpí, haciendo mías las palabras de Schubert—, pues todo lo escribo pensando en vos.

¿Habría Schubert pretendido rozar con sus manos las de Carolina Esterházy sobre las teclas del piano? Las de ella no habían rozado las mías.

Ella sonrió sin añadir más. Parecía haberse cansado de aquel pulso cultural que habíamos improvisado para medir una vez más nuestras fuerzas y quiso darlo por concluido poniéndose en pie para abandonarnos a mí y a mi piano.

—¿Por qué no estás en la fiesta con los demás? —pregunté mientras la veía deambular por la habitación observándolo todo con sumo detenimiento, como si no quisiera olvidarlo.

—Vengo huyendo de Nikolái y sus manos sudorosas.

—Te acosa sin duelo, ¿no es cierto?

—Sin duelo, sin descanso y sin pudor. Pero voy aprendiendo a esquivarle... ¿Puedo coger uno? —pidió señalando una bombonera de cristal llena a rebosar de bombones que yo solía olvidarme de comer.

—Puedes comértelos todos.

—Gracias. —Sonrió, y fue su primera sonrisa de la noche para mí—. Con uno bastará... Tal vez dos. ¿Hay de mazapán?

—Los cuadrados.

Con una ilusión casi infantil en los ojos, abrió la caja y sacó un bombón cuadrado. Tras llevárselo a la boca, se deleitó con el fundente dulce elaborado por el mejor maestro chocolatero de Viena.

—En el fondo me da un poco de lástima —observó, aún saboreando el chocolate—. Nikolái, me refiero. Después de lo de esta mañana...

—¿Lo de esta mañana? —repetí con mis sentidos, hasta entonces relajados, de nuevo en alerta. ¿A qué se refería con «lo de esta mañana»?

—Sí, ya sabes: el... accidente de la cacería —aclaró, haciendo con los dedos el signo de las comillas mientras pronunciaba la palabra «accidente».

La mención al accidente de la cacería me devolvió a ti y a tu imagen encogida, casi acurrucada: la que por un momento había olvidado entre partituras y anécdotas románticas. Inconscientemente sacudí la cabeza como para alejar de mí aquella visión incómoda y recurrente.

—No te entiendo. ¿Qué tiene que ver Nikolái con eso?

Obviando mi pregunta, volvió a concentrarse en la dichosa bombonera para escoger otro bombón.

—Dije que tomaría tres, ¿verdad?

—Dijiste que tomarías dos —espeté. Aquella mujer tenía una especial facilidad para conseguir algo realmente difícil: sacarme a mí de quicio—. ¿Qué quieres decir?

—¡Oh, vamos! No me digas que Richard no te lo ha contado...

—Veo que a ti sí.

Parecía que Richard se había ido de la lengua. Me costaba creerlo tratándose de él, pero nunca me dejo sorprender por lo que hace un hombre enamorado. Tendría que hablar seriamente con él.

—Creo que he metido la pata...

Como si me hubiese leído el pensamiento, se mordió el labio reflejando apuro.

—No... No, es sólo que... —empezaba a mostrarme dubitativo y debía evitarlo—. Sí, es cierto que Richard cree que podría no haber sido un accidente, pero está claro que sí lo fue. Son cosas que a veces ocurren en las cacerías, no hay que darle más vueltas. ¿Quién iba a querer atentar contra el pobre señor Illianovich?

Lancé la pregunta al aire para reforzar mi actuación. Mas debía andarme con cuidado, pues me sentía como si estuvieran tratando de sonsacarme información con gran sutileza.

—¿El señor Illianovich? Querrás decir contra Nikolái.

Al oír aquello me quedé helado. La miré fijamente sin poder ocultar mi desconcierto.

—Ellos intercambiaron el puesto antes de comenzar la cacería —me explicó antes de que yo le preguntara—. Borís se encontraba en el lugar en el que debería haber estado Nikolái. Quien disparó no podía saberlo.

Afortunadamente, aún no estaba tan aturdido como para intuir que me estaba tendiendo una trampa para que yo admitiese que alguien había disparado deliberadamente y que no habías sido tú el autor de un disparo accidental. Richard hubiese dicho que de nuevo me estaba obsesionando, pero yo no quería añadir ni una palabra más. La conversación debía terminar y yo ya tenía mi trofeo sin haberlo pretendido: había descubierto con gran sorpresa que cabía la posibilidad de que el disparo de la mañana fuera dirigido no a Borís Illianovich, sino a Nikolái Zagoronov.

—En fin —atajé—, creo que debemos dejar el jueguecito de los detectives. Se trata de una broma muy peligrosa y si esto continúa, lo único que se va a conseguir es amargar las fiestas a mi madre con la tontería.

—Oh... vaya. Ni siquiera había pensado que tía Alejandra pudiese disgustarse.

La reprimenda parecía haber surtido efecto. Ella se achantó. Tal vez fuera verdad que sólo creyese estar jugando a un juego divertido e inocente. ¿Qué otra cosa podía pensarse de aquella mujer que devoraba bombones con el deleite de un niño? Todo para ella parecía un juego: un instante de felicidad que concatenar a otro instante de felicidad.

La conversación había llegado a un punto muerto: ella tenía un bombón en la boca y yo la mente en un café de Viena. Un tirante de su vestido se deslizó lentamente, dejando al descubierto un hombro amoratado.

—Veo que esta mañana has tenido ocasión de disparar.

Se llevó la mano al hombro delator y después lo volvió a cubrir con el tirante.

—Sí. Todavía no he aprendido a sujetar bien la escopeta. Llevo toda la noche tratando de ocultarlo con este dichoso tirante que no hace más que caerse.

—¿Te duele?

—Sólo cuando aprieto. Lo peor es lo feo que se ve.

—No debería importarte. Pese a todo, te diré que tienes unos hombros preciosos —me sorprendí a mí mismo pronunciando aquella galantería, me sonó tan prosaica que me avergoncé por haber puesto de manifiesto mi falta de destreza en tales lides.

—¡Vaya, gracias! Viniendo de ti debe de tratarse de una observación sincera, de lo contrario, no la habrías hecho.

—Así es. No suelo prodigarme en adulaciones... ¿Bailamos?

La razón por la cual acababa de hacer aquella insólita invitación la quise buscar una vez más en el cumplimiento diligente e incansable del deber, para lo que ni siquiera mi apatía por el baile debía suponer una excusa. Y al actuar así provoqué en ella una manifiesta estupefacción.

—¿Bailar? Si no hay música.

—Claro que la hay. Escucha.

De lejos llegaba, desde el salón de baile, el rumor de la orquesta que amenizaba la noche con sus interpretaciones.

Ella agudizó el oído.

—Parece un vals.

—Exactamente: *Geschichten aus dem Wiener Wald.*

—«Cuentos de los Bosques de Viena»... He progresado mucho con mis lecciones de alemán... y además —susurró a modo de confesión—, conozco el título de este vals.

—Ya lo veo. Bueno, ¿qué contestas?

—Que apenas se oye. No creo que pudiera seguirlo.

Ante su objeción, corrí decididamente hacia uno de los ventanales y abrí de par en par la salida a la terraza. La noche helada penetró como un cuchillo en mi gabinete. Rum corrió arrastrando las orejas a refugiarse tras el sofá.

—Bailaremos fuera. Se oye estupendamente.

—¿Has perdido la cabeza? ¡Nos helaremos!

—Tus continuas objeciones están a punto de empezar a ofenderme. Lo que tú no sabes es que cuando se me mete algo en la cabeza puedo llegar a ser muy persistente.

Cogí una manta que había quedado tirada en el sillón y se la puse sobre los hombros: una extravagante estola de cuadros para el traje de alta costura que llevaba. Tiré de ella hacia la terraza, y no dejé más lugar a la protesta.

—El baile nos hará entrar en calor.

—¡Mis guantes! ¡No debo bailar sin ellos!

—Vamos, vamos... No me vengas ahora con protocolos.

Y yo, que había escapado del baile buscando un poco de tranquilidad, terminé danzando al compás del un, dos, tres, en el lugar más insospechado, con la persona más inesperada. No obstante, he de confesarte, hermano, que aquello también fue ensimismamiento: sólo entonces desapareciste de mi cabeza; te ahogaste lentamente en el pozo negro y profundo que eran sus ojos.

En la clandestinidad de los pasadizos de Brunstriech, volví a contemplar aquellos ojos. Durante toda la noche (especialmente durante el baile, cuando los tuve tan cerca) me había esforzado en analizarlos con sumo detenimiento para poder identificarlos sin error allá donde volviera a verlos, por muy lejanos u ocultos que se encontraran. Grabé en mi retina su extraordinario tamaño; su forma de almendra, ligeramente curvada hacia arriba como si siempre estuvieran sonriendo; las pestañas largas y espesas que ascendían y descendían con el ritmo sensual propio de un abanico de plumas; y su color intensamente negro, tanto que las pupilas se confundían con el iris.

Podría jurar que eran los mismos ojos que en aquel momento se ocultaban furtivos tras los barrotes herrumbrosos de una vieja puerta de celda, en lo más profundo de las entrañas del castillo, donde era imposible que el azar la hubiese conducido dos veces.

Algo tan hermoso y femenino se me antojaba fuera de lugar, tan rodeado como estaba de sordidez y podredumbre. En aquel ambiente lúgubre, a tono con la reunión que se mantenía, ella no encajaba; su presencia representaba un peligro, una amenaza y, desde luego, una incógnita que, por más vueltas que le daba, no alcanzaba a resolver. Decidí que lo mejor sería esperar, observar sus movimientos y sus reacciones, y confiar en que los demás no la descubriesen, pues en aquel momento me era más útil actuando en libertad bajo vigilancia.

Tomé aquella decisión sin dejar de vigilar los ojos que me distraían del propósito de la reunión, como me habían distraído de todo pensamiento durante el baile; sonó un crujido metálico con la fuerza de un estallido: un espantoso estruendo en la silenciosa complicidad de la fosa que resonó en todos los túneles aledaños.

—¡Mierda! —no pude evitar mascullar cuando me percaté de lo sucedido.

* * *

Recuerdo, amor mío, la sensación de vértigo y de vacío; recuerdo el esfuerzo que tuve que hacer para ahogar en la garganta un grito de horror al notar que me quedaba sin apoyo. La puerta metálica, tan deteriorada y oxidada, había cedido con mi peso, haciendo un ruido de escándalo que delató mi presencia. En cuestión de segundos quedé expuesta a una caída de cinco metros y al acecho de cinco personas.

Con un miedo que se volvía doloroso en las terminaciones nerviosas, hice grandes esfuerzos para volver a enfocar la vista, para no perder el control de lo que estaba sucediendo. Mareada de vértigo, vi cómo los cinco enmascarados interrumpían bruscamente la solemnidad de su reunión. El foso se llenó de gritos de alarma que subían hasta mí como por una chimenea. Sus miradas y sus gestos apuntaban al lugar donde yo estaba, tirada en el suelo tras los restos de la puerta que me camuflaba. Me arrastré como los reptiles sobre el estómago, la cara tan pegada a la tierra que masticaba polvo con sabor a óxido. Quería salir de la luz, poder ponerme en pie para correr por el pasadizo sin mirar atrás; una huida loca y ciega pues la lámpara de gas se había roto. Aparté de mi mente los pensamientos que me paralizaban: el miedo a la oscuridad o a perderme en aquella maraña de pasadizos negros. Dejé que la idea de escapar fuera la única. Y tenía poco tiempo antes de que me diesen alcance. Pegada a las paredes, notando en las manos la sensación gelatinosa del moho y la humedad, intentaba orientarme en busca de la salida.

Pero ¿cómo iba a orientarme y huir en la oscuridad? Era un impulso del deseo de supervivencia, un instinto tan inevitable como necio.

No sabía dónde plantaba el paso ni dónde metía las manos. Tuve que admitir que sin luz, en aquel lugar, no tenía ninguna oportunidad, me alcanzarían sin remedio o me perdería sin llegar a encontrar la salida. Ambas perspectivas me aterraron. El miedo volvió a apoderarse de mí, a agarrarse a mis piernas, a impedirme correr. Me detuve sin aliento.

Cada vez oía más cerca el repiqueteo de unos pasos. El resplandor oscilante de una luz que venía sin vacilar hacia mí se convirtió en mi único punto de referencia.

«Me han atrapado. Todo ha terminado.»

Avancé un poco más y mis manos se toparon con la arista de una esquina. Había encontrado un entrante en la pared, un pequeño corredor sin salida al final del cual escuché el discurrir de un torrente. Al palpar el vano con las manos, miles de hilos pegajosos se enredaron en mis dedos. La entrada estaba cubierta de telarañas, señal de que nadie había pasado por allí en mucho tiempo. Me deslicé en el interior, donde descubrí una pequeña cavidad en la que a duras penas cabía. No tenía muchas alternativas, ni siquiera podía sumergirme en el torrente: mis manos chocaron con una rejilla metálica que resistió mi forcejeo, dejando la corriente de agua fuera de mi alcance. Sólo me restaba ocultarme en aquel entrante, confiando en que mi perseguidor pasase de largo sin verme. Eso, o estaría definitivamente atrapada como un gato al fondo de un pozo.

Al entrar en el estrecho hueco, una rata salió correteando entre mis piernas. Me llevé las manos a la boca para contener un chillido e hice grandes esfuerzos por recuperar el dominio de mis nervios. Una vez agazapada en el interior del escondite, me agaché, me abracé con fuerza las rodillas y oculté la cara entre ellas, tratando de apaciguar mi respiración jadeante, producto de una incontenible tensión: resultaba escandalosa en aquel silencio donde sólo se percibía el eco de una presencia cada vez más cercana.

No tardé en ver una luz atravesar el corredor. Me eché hacia atrás para evitar su impacto y vi los ojos de la rata brillar en la oscuridad. Contuve el aliento y recé... Con los párpados cerrados, sentía los latidos del corazón como martillazos en las sienes.

Transcurrió un lapso de tiempo impreciso que a mí se me hizo interminable. Por fin, creí adivinar que los pasos se alejaban y se perdían al final del pasadizo. Aguardé unos instantes inmóvil, más por miedo que por precaución, hasta asegurarme de que me había quedado sola y volver a escuchar el rumor del agua que el miedo había acallado. Con cautela, empecé a abandonar mi escondite, de nuevo en la más completa oscuridad: daba igual abrir los ojos que cerrarlos. Estaba asustada y no sabía qué dirección tomar ni dónde estaría la salida a aquella pesadilla, permanecí pegada a la pared, deslizándome sigilosamente como una gota de agua sobre un cristal.

De pronto, un bulto en la pared y un tacto de piel humana en mis dedos. Del muro brotaron unos brazos que me rodearon, apretando mi cuerpo con fuerza para inmovilizarlo. No pude reaccionar antes de sentirme apresada. Fue mi propio grito, de sobresalto más que de terror, el que retumbó en las paredes, como si otras mujeres emitiesen sus gritos en los pasillos aledaños.

Instintivamente pateé e intenté liberarme sin lograrlo. Un aliento que parecía humano me golpeaba el oído por encima del ruido de nuestro forcejeo, pero nadie pronunció una palabra. Todo seguía oscuro. No era capaz de ver quién me sujetaba con semejante vigor. Tampoco supe cómo había conseguido volver a encender el candil; cuando me lo aproximó a la cara para identificarme, mis pupilas se contrajeron dolorosamente. Sin embargo, entre parpadeos llenos de arenilla pude ver la mueca espantosa de una de aquellas máscaras hindúes que convertía el rostro de mi captor en una amalgama de ojos saltones, colores estridentes y dientes afilados. Creí percibir la estupefacción de aquel demonio de cartón al mirarme, pues aflojó ligeramente la presión de los brazos.

Supe que ésa era mi oportunidad; la única. Aproveché la ocasión para dar una fuerte patada al candil, que voló por el aire y cayó al suelo, a los pies de mi captor. El petróleo empapó su túnica y de repente el fuego prendió a gran velocidad en la tela, como se prende una cerilla.

Me soltó para poder aplacar la furia de las llamas. Durante unos segundos me quedé frente a él, contemplando la máscara a la luz del intenso resplandor ígneo, pensando en cómo atravesar la defensa de unas llamas que iban a ser su muerte y que podían ser la mía si sucumbía a la tentación de descubrirle el rostro. El calor golpeaba mis mejillas y el humo me picaba en los ojos y en la garganta. Finalmente, me di la vuelta y huí. Huí con la vista puesta atrás y le vi contorsionarse para luchar contra el fuego que le envolvía con rapidez. En el fragor del incendio, me pareció escuchar gritos de angustia.

*29 de diciembre*

Recuerdo, amor mío, la imagen de una pastilla de jabón entre los dedos, un jabón inglés de la casa Woods of Windsor que olía a talco: la imagen del aseo meticuloso de mis manos.

Es una imagen insignificante, lo sé. Pero ¿cómo empezar el relato de lo que nunca le he contado a nadie?

Tú te ausentabas de Brunstriech aquella mañana que había amanecido luminosa, presidida por un sol radiante en mitad de un cielo azul y despejado. El tiempo invitaba a disfrutar del aire libre. Así que un grupo de jóvenes osados e inquietos, según el parecer de tu madre, habíamos decidido ir a patinar al lago e improvisar un almuerzo en el refugio cercano.

Jamás me había calzado unos patines, pero de la mano de Richard Windfield —que había aprovechado tu ausencia para erigirse en mi mentor— no me fue difícil avanzar por el hielo, disfrutando de aquel curioso paseo sin esfuerzo en el que tan sólo hay que dejarse llevar. Fue al intentar hacerlo sola cuando acabé de bruces en un montículo de nieve acumulada al borde de la orilla, exhibiendo una ridícula postura. Cansada, empapada y herida en mi orgullo por unas carcajadas sumamente escandalosas con las que lady Eleanor había conseguido atraer la atención de los que no se habían percatado de mi torpeza, decidí retirarme al refugio a esperar el almuerzo. Además, unas amenazantes nubes grises, que habían permanecido hasta entonces enganchadas en las cumbres de las montañas, estaban empezando a desenredarse de su trampa y se aproximaban al valle cargadas de copos. Tampoco a los demás les va a durar mucho la diversión, me regodeé con malicia.

El espejo del aseo me devolvió la imagen de un rostro enrojecido por el frío pero a Dios gracias libre de las señales que creí habría dejado en él mi violento aterrizaje sobre la nieve.

Mientras me las lavaba, me acariciaba una y otra vez las manos, lubricadas y suaves por el efecto de la cremosa espuma de jabón. En la soledad, como surgidas de entre la espuma, las angustiosas imágenes de la noche anterior volvieron a perturbarme: aquella figura contorsionándose como una antorcha humana, envuelta en llamas que lo llenaban todo, con el fragor de un aullido estremecedor... O tal vez fueran aullidos reales los que hasta mis oídos habían llegado, los aullidos de angustia y pavor de quien se siente irremediablemente devorado por las llamas. Aquélla era la escena dantesca que me había perseguido durante toda la noche y buena parte del día. Tampoco me había librado del olor: de aquel olor nauseabundo a carne quemada y humo negro de petróleo: me parecía tenerlo pegado a la piel. Yo frotaba y frotaba y frotaba pero el olor no se iba, ni la visión se desvanecía, ni los gritos se acallaban...

Oí el chasquido de un pestillo. Ya estaban de vuelta.

Me asomé por el umbral de la puerta del aseo a la salita que iba a acoger nuestro almuerzo y a la que directamente se accedía desde el exterior.

—¡Qué bien que...!

—¿Qué bien que nos encontramos aquí? Lamentablemente no creo que fueran a ser ésas sus palabras. No acostumbra a ser tan efusiva cuando me ve y no alcanzo a comprender por qué.

Nikolái me observaba burlón mientras se deshacía del abrigo y el gorro de astracán, tan rusos ellos.

—A mí, en cambio, me complace volver a verla. Sobre todo encontrarla tan excepcionalmente sola.

Por un momento temí que se me acercara. Sin embargo, dirigió sus pasos al mueble bar.

—He venido a por una copa. ¿Quiere acompañarme?

—No, gracias.

Avancé hacia el sillón frente a la chimenea en el que había estirado la ropa húmeda para que se secase. Empecé a tocarla para comprobar si estaba ya seca; lista para ponérmela y marcharme de allí.

—Le advierto que con este frío no hay nada mejor para entrar en calor que un buen trago de vodka.

De espaldas al ruso, oí cómo apoyaba el cuello de la botella en el vaso, después escuché el borboteo del chorro de licor.

—Un buen fuego también ayuda, claro.

No quería mirarlo, pero supe que lo tenía a mi lado cuando hasta mí llegaron su olor y su voz inconfundibles.

—¿Es que no desea patinar como los demás? —dije cortante.

—Ahora, prefiero... hacer otras cosas. Como por ejemplo, hablar con usted. Tenemos mucho de que hablar —anunció enigmático.

—¿Ah, sí? Yo no lo creo.

Sonrió como respuesta y luego ahogó su sonrisa en un prolongado trago de vodka con el que apuró todo el vaso. Me di la vuelta para huir de su presencia, repugnantemente cercana.

—¿Adónde va tan rápido? —Me lo impidió sujetándome por un codo.

De una fuerte sacudida me deshice de sus dedos como grilletes.

—A sentarme.

Nikolái negó con la cabeza mientras hacía con la boca un sonido irritante: un chasquido de lengua baboso.

—Tendrá frío si se aleja del fuego. Lleva usted tan poca ropa...

—No. No tendré frío —le contradije con acritud.

—Claro que sí. —Volvió a sujetarme obstinado—. Es mejor que no se mueva de aquí. Quiero enseñarle algo.

Comenzó a quitarse los guantes. Hasta entonces no me había dado cuenta de que aún los llevaba puestos. Cuando sus manos quedaron al descubierto, me fijé en que las tenía vendadas. Deshizo el vendaje de una de ellas y me la mostró: el desagradable espectáculo de una mano en carne viva, levantada y ensangrentada, cubierta de tiras de piel como papel rasgado, de ampollas como bulbos supurantes, saltó descarnadamente hasta mis ojos. El estómago se me encogió de pronto.

—¿A que no es capaz de adivinar cómo me he hecho esto?

—La verdad es que no —contesté intentando parecer indiferente.

En realidad, estaba desconcertada, intrigada y asqueada.

—Fue anoche. Alguien me arrojó a los pies una lámpara de petróleo.

Mi estómago encogido quedó entonces petrificado. ¡Era él! ¡Él era el hombre que se ocultaba bajo la máscara!, ¡quien me había perseguido hasta alcanzarme por los túneles del pasadizo! ¡Era Nikolái! Y estaba vivo... La expresión de mi cara habló por mí, pues yo me había quedado sin palabras.

—Sorprendida, ¿verdad? Yo también me sorprendí anoche al encontrarla allí. Nunca lo hubiera esperado... ¿Qué hacía una joven dama, bella y delicada, en aquel lugar? ¿Su presencia era un mero accidente o era deliberada? ¿Quién la envía? ¿Para quién trabaja? Sí, seguro que esto inquieta a los demás. Le confieso que a mí no. Yo soy mucho más pragmático...

Nikolái se aproximaba, me empujó hacia la pared. Miré por encima de su hombro a la puerta y me desesperé al ver que había echado el cerrojo. La casa estaba aislada y yo quedé abandonada a mi suerte. Tenía la esperanza de que los demás estuviesen a punto de llegar. Un paso atrás y luego otro. Finalmente mi espalda chocó con la pared.

—Yo pregunto y siempre obtengo las respuestas. Siempre.

Poco a poco, tal y como él quería, fui presintiendo su cerco psicológico, intuí la amenaza. Y me fui ahogando a medida que intentaba aplacar la ferocidad de mi propia respiración alterada por el miedo.

Sin perderme de vista, Nikolái cogió el atizador de la chimenea y lo metió entre las brasas: naranjas, hirientes. El raspar del hierro contra la piedra, la visión de las chispas volando por el aire… me estremecí de terror. Y él seguía minando mi mente indefensa.

—Todo se reduce a la eficacia del método. No se debe dejar nada al azar o a la improvisación. La técnica ha de ser precisa para que el dolor sea no sólo insoportable sino, también, constante y creciente; es la única manera de someter la voluntad. Y al final, todos se rinden.

Nikolái sacó el atizador de entre las brasas: bajo la fina capa de ceniza se empezaba a vislumbrar el hierro candente. Lo miró con satisfacción y lo volvió a enterrar.

—No hay nada como el fuego. Sencillo pero eficaz: abrasador como un ácido, cortante como una cuchilla, punzante como un aguijón… Yo lo sé bien —concluyó poniéndome la mano ampollada frente a los ojos; cuando los bajé para apartarlos de la visión, él quiso cogerme de la barbilla para alzarme la cara. Lo evité sacudiendo el mentón y le miré asqueada—. ¿Acaso le disgusta? Le aseguro que una vez que uno se acostumbra es un dolor placentero; un placer perverso, como un disfrute carnal prohibido. A mí el fuego me ayuda a dominar el poder de la mente, como a los Hombres de la Luz: teas en la boca y caminos de brasas, nada importuna a la mente fuerte. Ahora bien, imagínese estos gajos de piel arrancados uno a uno… despacio, levantando el velo de la carne oculta. Viendo la sangre brotar, las ampollas supurando. Todo en carne viva… Todo el cuerpo… Los párpados: hasta que el hierro los atraviesa y alcanza los ojos; la boca: los labios abiertos de ampollas, la lengua cauterizada, el hierro en la garganta… por dentro.

Nikolái me acariciaba la cara con la mano dejando sobre ella un rastro viscoso y ensangrentado: el de los líquidos de su carne quemada y rugosa; sus pellejos resbalando sobre mi piel, su tacto de ampollas reblandecidas y acuosas. Cuando llegó a los labios creí que vomitaría.

—Aunque sería una lástima desfigurar un rostro tan bello como el suyo. A veces, me gusta garabatear con el hierro candente los versos del *Yajur Veda*. Quedan impresiones realmente curiosas en la piel: llagas místicas… Pero también sería una lástima destrozar la suavidad de su piel. Tal vez luego…

Había cerrado los ojos para no verle, para mitigar los efectos de su sadismo. Pero ya era inútil: el daño estaba hecho; había quebrado mi fortaleza. Temblaba, sudaba, el mareo apenas me dejaba respirar. La pared me sostenía. Él me inmovilizaba. Las brasas seguían enrojeciendo el hierro, mi imaginación perturbada lo sentía más rojo y candente, más lacerante.

—Para quién trabaja. Eso es todo lo que a los demás les interesa. Una vez que lo sepan querrán que me deshaga de usted. Nunca me he apiadado de nadie… Pero usted es tan bella. Y un bello cadáver es algo tan inútil: un triste desperdicio. Le confesaré una cosa: todavía no le he contado a nadie nuestro pequeño secreto, ¿sabe?

De pronto abrí los ojos. Pero aquella revelación no me alivió. Ya no era sadismo, era lujuria lo que había en su semblante. Empecé a imaginar por dónde iban a ir las cosas.

Nikolái me sujetó por los hombros y paseó por todo mi cuerpo su mirada, sucia como los pensamientos que emponzoñaban su mente.

—Y es que estoy convencido de que podemos llegar a un acuerdo satisfactorio para ambos.

—Suélteme —ordené con el hilo de voz ronca que mis cuerdas vocales, estranguladas de tensión, pudieron sacar—. No conseguirá nada. Los demás están a punto de llegar, ¿cómo piensa explicarse?

La presión de sus manos se volvía cada vez más intensa. Me pregunté cómo era capaz de soportar el dolor de la piel abrasada, supuse que se servía de la misma técnica que los Hombres de la Luz emplean para soportar la tea en la boca y los caminos de brasas... el poder de la mente.

—¿Los demás? ¡Ja! —dejó escapar una carcajada falsa, forzada: no tenía ganas de reír—. Los demás van camino del castillo. Amenaza ventisca y se ha anulado el almuerzo. Ya ve, no creo que se halle usted en disposición de ordenarme nada...

Mascullaba. Sus dientes casi rechinaban al hablar, los mostraba apretados cuando descendió el rostro para acercar sus labios a los míos, tanto que casi podían rozarlos.

—Por el contrario, debería ofrecerme un beso de sincera gratitud en pago a mi clemencia. Si ellos lo supieran... Después de torturarla, la descuartizarían y ofrecerían sus miembros más valiosos a la Diosa: su cerebro, sus ojos, su corazón...

—Apártese —arrastré el aire por la garganta.

«Los demás van camino del castillo...» Dios mío.

—Es una mujer muy obstinada. Sin embargo, en su mirada veo el mismo miedo que veía ayer por la noche.

Nikolái cerró los ojos. El sudor comenzaba a empaparle la frente. Exhaló un gemido y sus párpados se alzaron automáticamente, para descubrir unos ojos casi en blanco que miraban con ausencia.

—No debe sentir miedo... sino placer... —murmuró con voz ronca y desfigurada por la lascivia: se estaba deleitando ante la promesa de lo que su mente enferma de lujuria le ofrecía—. Voy a hacerte el amor hasta desmayarnos...

—¡Déjeme! ¡No me toque!

Gritar era inútil y yo lo sabía. Pero el grito es la expresión irrefrenable del terror y la angustia. Yo tenía que gritar.

Me empujó hacia la pared y apretó su cuerpo contra el mío. Con ambas manos inmovilizó mi cara, obligándome a mirarle. Su aliento golpeaba mi boca.

—¡No! ¡No! ¡N...!

Ahogaron mis gritos sus labios secos. Un torrente húmedo y viscoso con sabor a vodka me empapó la boca. Enseguida noté su lengua luchar por abrirse camino entre mis dientes. Apreté los párpados y dos lágrimas me quemaron las mejillas. No me quedaba otra salida.

—¡Ahhh!

Nikolái se separó de mí bruscamente.

—¡¡Perra!! ¡Me has mordido como una perra rabiosa! —escupió, llevándose el dorso de la mano al labio donde yo había dejado el rastro doloroso de una dentellada.

Cuando creía que le había vencido, alzó la mano y descargó toda su fuerza sobre mi cara. El impacto hizo que mi cuello girase violentamente; escuché un estallido al lado de los oídos y pensé que los tímpanos me habían reventado. Un dolor agudo me nubló la vista durante unos segundos. Después, el dolor se concentró en la boca, como un latido cargado de punzadas. Un hilillo caliente humedeció mi barbilla y en la lengua noté el sabor metálico de la sangre.

Antes de que pudiera reaccionar, me levantó en vilo y me arrojó violentamente contra el sofá. Abalanzándose sobre mí logró inmovilizarme totalmente con el peso de su cuerpo.

—¡¿Para quién?! ¡Dime! ¡¿Para quién de todos los que como a mí calientas la polla reservas tu cuerpo?! ¡Sólo eres una zorrita! ¡Y yo sé cómo tratar a las mujeres como tú!

—¡Déjeme! ¡Apártese!

—...Yo estoy mucho más caliente que todos ellos. Yo te haré disfrutar como nadie.

—Por favor... No... ¡No! —grité, intentando liberarme;

pero cuanta más fuerza empleaba yo, con más fuerza respondía él.

—¡Vamos a disfrutar juntos! Y tú vas a portarte bien porque quiero follarte. ¡¿Me entiendes, puta?! ¡Voy a follarte hasta matarte!

Se desabrochó el cinturón y los pantalones. Agarró mis rodillas y de un fuerte tirón me abrió las piernas. Con violencia me rasgó la blusa y la ropa interior. Enterró la cabeza en mi cuerpo semidesnudo y fuera de sí lo recorrió con los labios y la lengua mientras se buscaba el miembro para excitárselo con las manos.

Le golpeé con los puños, le arañé y le mordí, pataleando y chillando desesperadamente. Sólo conseguía incrementar su brutalidad. Desde el sofá caímos al suelo. Su cuerpo aplastaba el mío y su miembro duro se me clavaba dolorosamente entre las piernas. Cuando noté que iba a penetrarme sin que yo pudiera hacer nada por evitarlo, mis gritos rabiosos de impotencia se mezclaron con sus jadeos y sus gemidos.

Entonces, entre la confusión, la angustia y las lágrimas, vislumbré la botella de vodka sobre la mesa. Mientras él se movía dentro de mí y yo soportaba el terrible dolor de sus embestidas, violentas como golpes que me sacudían las entrañas, alargué el brazo y a duras penas logré alcanzarla. Con toda la fuerza que pude reunir la rompí con saña sobre su cabeza; la hice pedazos con auténtica furia. Inmediatamente dejó de moverse y cayó como un peso muerto sobre mí.

Se hizo el silencio.

Me quedé inmóvil, aplastada por el peso de su cuerpo. Las lágrimas me resbalaban por las sienes y se me metían en los oídos.

No podía soportarlo. No podía seguir debajo de él ni un segundo más. Olvidando el dolor y los cristales que se me clavaban en las manos, conseguí liberarme.

La ventisca había comenzado y el suelo se confundía con el cielo. No había ningún camino que seguir, tan sólo una maleza frondosa que se me enganchaba en la ropa al intentar avanzar. A cada paso, mis piernas se hundían hasta las rodillas en la nieve. Varias veces caí, como si nunca hubiera aprendido a caminar. Manchas de sangre rompieron con virulencia el blanco inmaculado de la nieve, como tinta roja sobre un lienzo virgen. Me sentía mareada; invadida por la más absoluta repugnancia retorciéndose en la boca del estómago. Las náuseas se agolpaban en mi garganta. Tras un violento acceso de tos, empecé a vomitar, a expulsar de las entrañas todo el asco, la suciedad y el miedo acumulados.

No podría continuar; me quedaría allí, tirada sobre la nieve hasta morir de frío. Ya no quería andar. Quería cerrar los ojos y olvidar para siempre.

De pronto, escuché un grito a lo lejos. Confuso, ahogado por la ventisca y el follaje. Tal vez decía mi nombre… Si al menos hubiera sido capaz de incorporarme y continuar huyendo. Pero mis piernas estaban entumecidas y casi no sentía los pies, atenazados por el frío.

Una silueta se dibujó borrosa sobre el blanco que me rodeaba. Avanzaba hacia mí como un fantasma, sin rostro ni identidad. De nuevo escuché mi nombre; esta vez claro y fuerte, cercano.

Creo que me desmayé.

* * *

Te confieso, hermano, que yo no era una buena persona, de costumbres y moral intachables —a estas alturas de mi confesión ya lo habrás adivinado—. Por el contrario, en mi haber contaba con numerosos episodios que si bien no esperaba que me condenasen a consumirme en las llamas del infierno durante toda la eternidad, a buen seguro me harían merecedor de una temporada en el purgatorio. Pese a ello, si había algo que ofendía mi moral y despertaba en mí la mayor repugnancia, era la violencia y el abuso de poder.

Aquel día experimenté una ira inusual, una impotencia angustiosa, un deseo incontenible de venganza despiadada y justiciera, como de héroe enmascarado. Nunca antes había sentido aquellas emociones de una forma tan intensa que era casi dolorosa. Y ella tuvo la culpa de semejante desequilibrio emocional.

Todo aquel proceso de emociones desbocadas comenzó en el momento en que intenté levantarla y ella se desvaneció en mis brazos. Sus ropas estaban empapadas y rotas, tenía sangre en la cara y en las manos y su cuerpo estaba frío como la nieve que pisaba. La envolví en mi abrigo y la llevé hasta el trineo. Una vez allí, despertó, abrió los ojos y me miró.

—¿Qué ha ocurrido?

Mas volvió a cerrarlos y no hubo respuesta.

Dejé volar el látigo sobre el lomo de los caballos para que corriesen hasta el límite de sus fuerzas. Marchaban como desbocados por el estrecho sendero. El azote de la ventisca, los restallidos de látigo y el fragor de cascos y caballos aturdían mis sentidos. Pero yo sólo temía que se muriese de frío en mis brazos.

Cuando llegamos al castillo, me apresuré a bajarla del coche y a meterla en casa. Sin embargo, al calor del hogar pareció encontrar un nuevo hálito de vida y huyó hacia su habitación, dejándome al pie de las escaleras como se deja a los extraños al otro lado de la verja.

No esperaba verla al poco rato aparecer por la puerta de mi despacho. Se había cambiado de ropa y se había limpiado las heridas, pero su rostro seguía pálido y desencajado, reflejaba los efectos de una profunda impresión.

—Necesito… ¿Podrías servirme una copa? Por favor.

Le ofrecí asiento junto a la chimenea.

—¿Coñac?

—Sí, gracias.

Lo serví y se lo acerqué. Ella tomó la copa de mis manos pero apenas se mojó los labios.

—Tienes las manos heladas. Avivaré el fuego.

Dejé un tronco sobre las brasas y lo contemplé hasta que prendió la llama. En realidad, pensaba en qué hacer o qué decir.

Finalmente, me senté a su lado, aunque manteniendo la distancia entre nosotros que me imponía su actitud de retraimiento tanto físico como verbal.

Abstraída de mis movimientos, continuó en silencio, con la mirada fija en las llamas del hogar y la copa casi intacta entre las manos. Su temperamento jovial, su grata conversación y su asombrosa capacidad de llenar con su presencia los lugares en los que se encontraba se habían desvanecido. Me parecía estar contemplando a otra mujer.

—Ese labio no tiene buen aspecto. Quizá deberíamos llamar a un médico.

—No. No es necesario.

—Deberías ponerte hielo para evitar que se inflame.

—Sí…

No parecía tener muchas ganas de conversación. No obstante, estaba seguro de que no había venido a mi despacho simplemente a ocupar una esquina del sofá.

—¿Quieres que hablemos? —me atreví a decir por fin con un tímido susurro.

Nada parecía despertarla de su ensimismamiento. Pero yo tenía un as en la manga.

—Ha sido Nikolái, ¿verdad?

Y tal y como esperaba la revelación surtió efecto: apartó la vista del fuego y me ofreció su mirada sombría. En sus ojos había una profunda tristeza y un gran temor.

—¿Cómo lo sabes? —preguntó con cautela.

La noche anterior había decidido vigilar de cerca sus movimientos. En cambio, por la mañana, la había perdido de vista cuando abandonó el lago, justo después de haberse dejado la cara en la nieve. Y es que una trivial conversación con Nadjia y sus hermanas, Boriana e Ivana, me había impedido seguirla salvo riesgo de mostrarme descortés con mi futura familia política. Una vez que me hube desembarazado de su compañía, fui hasta el refugio, creyendo que la encontraría allí. No tardé en salir de mi error. El refugio estaba desierto. Sin embargo, algunos detalles llamaron mi atención. Me fijé en que Nikolái había olvidado su inconfundible abrigo de astracán. También estaba, primorosamente estirado en un sillón, el abrigo de ella. En el suelo había restos de una botella de vodka rota y en la chimenea, el atizador enterrado entre las brasas.

—Estuve en el refugio. Había cristales por el suelo y…

—¡Dios mío! ¡Le he matado! —me interrumpió angustiada, mostrando por primera vez emoción en la voz—. Yo… Yo le rompí esa botella en la cabeza y… Él se desplomó. Le he matado…

Desde un primer momento me había imaginado lo que pudo haber sucedido en el refugio del bosque. Tratándose de Nikolái y de las señales que ella presentaba, no había que ser un lince para deducir que él había intentado —y probablemente logrado— forzarla.

Imaginarme a Nikolái, a aquel bastardo desequilibrado y

sádico, utilizando la violencia para obtener de ella los favores que tanto obsesionaban a su mente mórbida de sexo, imaginármela a ella asustada, sometida y humillada alteraba mi ser hasta las náuseas.

—No, no has matado a ese desgraciado. Pero te juro que cuando lo tenga delante lo haré yo con mis propias manos —respondí, y encontré un macabro alivio en la idea de tener su cuello entre las manos y apretarlo lentamente hasta que su rostro comenzase a azularse y la lengua le colgase por fuera de la boca.

—Pero él... Él... Cayó sin vida... Delante de mí, él cayó sin vida... ¡Es horrible! —continuaba ella obstinada, reviviendo la pesadilla.

—Escucha. Escúchame —traté de sosegarla sujetándola por los hombros—. Cuando fui al refugio ya no estaba. El muy canalla había huido antes de tener que encontrarse con alguien.

Rompió a llorar, flácida como una muñeca de trapo. La atraje hacia mí ofreciéndole un abrazo de consuelo que ella aceptó sin reparo, y le permití que aliviase sobre mi hombro toda la tensión acumulada.

—Es horrible... Horrible... —repetía entre lágrimas.

Llegó la noche y con ella una copiosa nevada, lenta y pesada después de la ventisca. En los pasillos se escuchaba la algarabía previa a la cena y desde la cocina llegaban aromas de carne asada y pan caliente. Bajo la luz dorada de una lámpara de mesa ella se quedó dormida sobre mis rodillas mientras yo le contaba alguna absurda historia para distraer sus atormentados pensamientos. Si la hubieras contemplado entonces, hermano... Si la hubieras visto como yo la vi, bella pero con el rostro magullado, dormida pero con el semblante contraído de dolor... La ternura te hubiera conmovido tanto como la rabia te hubiese dominado. Tú y yo éramos diferentes, hermano, pero estoy seguro de que entonces te hubieras sentido como yo.

*30 de diciembre*

Recuerdo, amor mío, que me desperté cuando apenas había amanecido y al hacerlo me di cuenta de que tenía el cuerpo dolorido y la boca hinchada. Pasaron unos segundos hasta que hice acopio de memoria y fui capaz de discernir entre lo que había soñado y lo que había sucedido en realidad. Fue un amargo despertar.

Después de desperezarme abandoné las sábanas cansada de dormir. En la chimenea quedaba un rescoldo de brasas moribundas. Miré el atizador. Me quedé mirándolo, inmóvil y sin respirar. No iba a remover las brasas; no iba a tocarlo. El miedo y la angustia seguían allí, hinchados como mi boca.

Me di la vuelta y me acerqué al balcón para correr las cortinas y dejar que la luz débil de la incipiente mañana entrara tímidamente en la habitación. En el horizonte asomaban los primeros rayos de sol, tiñendo de hermosos tonos un cielo totalmente limpio. Lentamente separé los dos ventanales, y permití que el frío intenso tonificara mi cuerpo. Todo estaba quieto y en silencio, aún dormido…

Cerré de nuevo los cristales y me senté delante del tocador, durante unos segundos contemplé el reflejo de mi imagen en el espejo. Al llevarme los dedos a la herida de la boca, sentí una punzada de dolor. Por un momento concentré mi atención en la decena de cremas y afeites encerrados en sus tarros decorativos; luego, volví la vista hacia las filas de suntuosos vestidos que colgaban en el armario, a las sombrereras apiladas junto a los muchos pares de zapatos, a las estolas, los pañuelos, la ropa interior, las joyas… a todas esas cosas que me ayudaban a estar bella. El precio era demasiado alto. Había sido demasiado alto.

Volviendo los ojos hacia la ventana pensé en dar un solitario paseo.

Cuando salí de la habitación, pude comprobar que la casa se preparaba para despertar. En los pasillos olía a cera de pulir madera y a desayuno: a bollos recién hechos y a café. Debía darme prisa si no quería ser retenida por la vorágine que como cada día estaba a punto de comenzar. Ya en el exterior y después de superar la gruesa capa de hielo que convertía los escalones de la entrada principal en láminas resbaladizas, me dispuse a tomar el camino central que se adentraba en el jardín y conducía hacia el bosque. Entonces, alguien chistó por encima de mi cabeza. «Hubiera sido un milagro pasar desapercibida», pensé mientras me volvía para atender a la llamada.

Desde la terraza de sus habitaciones Karel había descubierto mi marcha. En sus labios leí un buenos días al que yo respondí con un gesto de cabeza. Con la mano, me hizo una señal para que le esperase.

* * *

Te confieso, hermano, que me sentí noble y puro de espíritu, como un recién nacido. Te confieso que volví a mirar el mundo con asombro y candidez; con ojos de niño. Te confieso que me maravillé con el descubrimiento no tanto de lo que estaba fuera, como de lo que creí que ya no quedaba dentro de mí.

Fue trágico que la muerte volviese a manchar con su paso sucio aquel cielo despejado y aquella nieve limpia; que me sacase con su bofetada de aquel sueño para recordarme dónde estaba y a quién me debía.

Me había levantado temprano, y acodado en la barandilla de la terraza aprovechaba los instantes previos al desayuno para contemplar el paisaje sin verlo, abstraído como siempre en lo que me pasaba por la mente. Entonces la sorprendí en una de sus habituales escapadas en solitario. Le indiqué que me esperase y en apenas un minuto estuve junto a ella.

No tenía muy buen aspecto con aquellas profundas ojeras y la boca hinchada y magullada que destacaban sobre su pálido rostro. Por primera vez, contemplé en ella una fragilidad que me había pasado inadvertida. Se me antojó tan vulnerable como cualquier otra mujer... «Aunque le arranques los pétalos, no quitarás su belleza a la flor.» No solía leer a Tagore: mis sentidos insensibilizados no entendían ni apreciaban sus palabras. La poesía sólo acude cuando uno la invoca: sólo entonces deja de ser una sucesión armoniosa de frases y se convierte en una experiencia personal. «Aunque le arranques los pétalos, no quitarás su belleza a la flor», recordé aquellos versos mientras miraba sus «ojos de luto».

Me dijo que iba a dar un paseo, y yo me ofrecí sinceramente a acompañarla pues, aun sabiendo que aceptaría por pura cortesía y que yo no era para ella más que un ladrón de su intimidad, no creía conveniente dejarla pasear sola en las condiciones en las que se encontraba. Precedidos por uno de mis perros labradores, nos encaminamos por la carretera hacia el bosque.

Pasear por pasear siempre me había parecido una de las actividades más banales y absurdas a las que se puede dedicar el tiempo. Nunca había logrado entender el placer de andar sin destino, regodeándose en el mero hecho de adelantar un pie y luego otro. Pasear era, a mi modo de ver, un pasatiempo al que podían dedicarse las personas que no tenían nada mejor que hacer; algo propio de mujeres, niños, enamorados y ancianos.

Sin embargo, aquella mañana descubrí cuán equivocado estaba.

Casi sin darme cuenta, despacio, me fui adentrando en un mundo de pequeños detalles que ocultan descubrimientos asombrosos, de paisajes que se pueden desgranar en miles de historias, de cosas que simplemente hay que disfrutar con los sentidos. Aprendí que durante un paseo se puede ver, oler, escuchar y sentir; hacer que lo que está fuera penetre en uno mismo como una medicina milagrosa.

Como inconscientemente había empezado a caminar por la zona de umbría, ella me llevó a la parte más soleada del sendero, donde descubrí el placer de una caricia templada del sol de invierno en las mejillas. Como andaba con la vista fija en el suelo, ella me obligó a levantarla para contemplar el vuelo de las águilas reales, que en pleno cortejo desplegaban sobre nuestras cabezas sus hermosas acrobacias. Y como no había sacado las manos de los bolsillos, deslizó en ellas una rama de pino blanco y las frotó entre las suyas: el pino dejó sobre mi piel un sutil aroma a limón; sus manos sobre las mías, un intenso calor.

Fue una revelación observar que aunque durante el invierno la naturaleza dormía, iba despertando a cada uno de nuestros pasos. Que se podía escuchar el canto del petirrojo y el trepador azul, o el tamborileo rítmico del pico picapinos en el tronco de los árboles. Ella me hizo reparar en que el aire olía a invierno. Jamás hubiera creído que las estaciones tuviesen olor hasta que me di cuenta de que el aire estaba impregnado de una mezcla de aromas de leña quemada y nieve. Según se agachaba a recoger hojas de tomillo y acedera, tuve conocimiento de la existencia de tales plantas aromáticas ocultas entre la maleza. De una simple rama de muérdago que pendía del tronco de un arce surgieron supersticiones mágicas: debes colgarlo de la cuna de los bebés para evitar que las hadas roben a los pequeños; o tendrás mala suerte si lo dejas caer al suelo cuando lo recojas, porque el muérdago no es del cielo ni de la tierra, no tiene raíces ni puede sostenerse en el aire si no es colgado de un árbol. Con todos los sentidos abiertos, yo mismo recordé aquella leyenda celta que nuestro padre nos contaba sobre el Rey Acebo, que reina en la mitad oscura y fría del año, y el Rey Roble, que lo hace en la mitad luminosa y cálida. Y el bosque, aquel bosque de mi casa que tantas veces miré sin contemplarlo, parecía cuajado de estrellas diminutas, como brillantes sobre el escote de una hermosa mujer, que emitían reflejos plateados cada vez que el sol acariciaba con sus rayos el manto de nieve.

Cuando empecé a preguntarme por qué, por qué de pronto habían surgido tantas maravillas hasta entonces ocultas a mis sentidos, me sorprendí mirando a través de los ojos de ella, escuchando a través de sus oídos y tocando a través de sus manos...

Me pareció un momento irreal, casi mágico. Pero la magia no puede durar siempre y el momento se desvaneció en un instante, como en el cuento de las doce campanadas.

Bach, aquel perro labrador que debía su nombre a un atracón de discos de baquelita del genial compositor, había estado haciendo continuas excursiones al interior de la maleza que delimitaba el camino. Al volver de una de ellas, interrumpió mis pasos empeñado en mostrarme algo que agarraba entre los dientes.

Me agaché para sacárselo de las fauces.

—Está bien, chico. ¿Qué tesoro me traes?

El animal abrió la boca y dejó caer sobre mi mano un guante de piel marrón. Lo examiné con detenimiento, sin apenas darme cuenta de que estaba frunciendo el ceño. Se trataba de un guante de caballero, de piel buena y factura impecable; propio de cualquiera de los distinguidos invitados de Brunstriech.

—Espérame aquí —le ordené a ella y, guiado por una funesta intuición, me adentré en la espesura detrás del inquieto animal.

Haciendo grandes esfuerzos para no perder de vista a Bach, que se colaba con facilidad entre los arbustos, me iba abriendo paso a través de las ramas y una nieve blanda que se hundía bajo mis pies. Al llegar a un pequeño claro entre abetos, el perro se detuvo junto a un cúmulo de nieve que se levantaba unos centímetros sobre el suelo y empezó a tirar de algo que había atrapado con su hocico. En pocos segundos quedó al descubierto una bota.

—*Mein Gott*...

Inmediatamente me tiré de rodillas al suelo y empecé a retirar la nieve a base de manotazos atropellados. Poco a poco fui desenterrando horrorizado los pies y las piernas de un cuerpo humano. Con ansiedad mal contenida, busqué un rostro que le diera nombre, atenazado por la incertidumbre y el temor de lo que pudiera encontrar. Al llegar a la cabeza, comprobé que se hallaba boca abajo, con la cara hundida en la nieve. Logré girarlo. Unos ojos muy abiertos, helados y vacíos, rodeados de pestañas escarchadas; unos ojos que parecían bolas de cristal incrustadas en aquel rostro gris se clavaron en mí, congelándome hasta los huesos con su inexpresividad. Con un macabro rictus en los labios, el conde Nikolái Zagoronov me miraba desde el mundo de los muertos.

Seguí retirando la nieve que cubría su cadáver, una nieve suelta y limpia que debió caer la noche anterior. Solamente vestía pantalones y camisa, tenía el cinturón desabrochado y las manos a medio vendar. Un profundo corte enmarcado de sangre reseca le cruzaba la frente. Mas no era eso lo que le había matado, sino el agujero de bala que se abría en su sien izquierda, un orificio de entrada limpio y pequeño donde la sangre se había congelado apenas empezara a brotar y que sobre su piel clara se confundía con una mancha oscura. Había recibido el disparo bajo la helada, probablemente allí mismo. Cuando me disponía a abrirle la camisa para dejar su pecho al descubierto en busca de la marca, escuché a mi espalda el crujido de unas pisadas en la nieve.

—¡Oh, Dios mío!

¡Me había olvidado de ella! La vi clavar horrorizada la vista en el cadáver de Nikolái, absorta en su contemplación, como si no pudiera apartar los ojos de él. Me maldije por haber permitido que ella presenciase aquella escena.

De un salto me coloqué a su lado y rodeándola con mis brazos la aparté de allí. Fue como abrazar a una estatua, su cuerpo estaba rígido, petrificado.

—Está muerto… —murmuró.

Preferí no decir nada y ella continuó:

—Él… él estaba tendido en el suelo… Allí, en la cabaña. Yo…

Creí comprender lo que trataba de explicar con sus torpes frases.

—No fue tu botellazo lo que le ha matado.

Por fin me miró.

—¿Tú?

Aquello me cogió por sorpresa. ¿Qué le hacía pensar que yo…? Entonces, recordé lo que había dicho la noche anterior, incluso lo que me había pasado por la mente.

—¡No! Es probable que anoche estuviera dispuesto a hacerlo, pero alguien se me ha adelantado… Tal vez él mismo.

—¿Se ha suicidado?

—No lo sé —admití mientras pensaba que si fuera así la pistola debería estar junto a su cadáver.

—¿Y qué vamos a hacer ahora?

Aquélla era una buena pregunta cuya respuesta no había podido pensar con detenimiento. Sólo sabía que de momento me hacían falta dos cosas: tiempo y discreción.

—Lo primero será mantenerlo en secreto. Nadie debe enterarse de esto. Yo me encargaré de... todo lo demás.

Como era de esperar, no se quedó muy conforme.

—Pero...

—Es muy importante que me hagas caso, Isabel —la interrumpí, no estaba dispuesto a admitir ninguna réplica. El asunto era demasiado serio—. Debe ser así, por mi madre. Una muerte no encaja en sus Navidades. Lo comprendes, ¿verdad?

*31 de diciembre*

Recuerdo, amor mío, la inquietud que me dominaba aquella noche. Y es que en absoluto comprendía los motivos de tu hermano. No comprendía nada de lo que estaba pasando.

Amén de las misteriosas reuniones ocultas en las entrañas del castillo, los disparos supuestamente accidentales de la cacería y la muerte de Nikolái, todos ellos acontecimientos funestos, en un entorno bello y festivo como era Brunstriech, lo que estaba más lejos de mi comprensión era la frivolidad y despreocupación con la que se abordaban estos asuntos.

Dos veces se me había advertido de la conveniencia de mantener la boca cerrada en pro de lo que parecía ser la mayor prioridad, lo más sagrado: las fiestas de Brunstriech. Nada, ni siquiera una muerte, debía perturbar la ilusión de la gran duquesa viuda ni la diversión de sus invitados. Podía ya no sólo entender, sino alabar el empeño de un hijo por proteger a su madre, pero no hasta el extremo de ocultar la muerte de Nikolái como si su cuerpo hubiese desaparecido en el claro del bosque sin que nadie lo advirtiese. Parecía un espectáculo de circo, no importaba que el domador yaciera entre las fauces del león, la función debía continuar, nada debía interrumpir el aplauso o la risa del público.

El bienestar de una madre era algo lo suficientemente importante como para hacer esfuerzos innumerables, mas todo aquello resultaba sospechosamente exagerado. Así que empecé a pensar que probablemente había otro motivo que explicase el empeño de Karel por mantener aquellos extraños sucesos fuera del escenario público. Si tras el telón de las fiestas, parapetada entre los muros de Brunstriech, se estaba desarrollando una trama de acontecimientos en absoluto fortuitos, sino más bien perfectamente planeados, el único elemento que no estaba previsto, que sobraba en aquella sórdida historia paralela, era yo, y me preocupaba que Karel se hubiese dado cuenta.

Y es que la presencia y el proceder de tu hermano en determinados momentos clave me planteaban muchas dudas. Su invitación a ir con él a Viena ya me pareció extraña. Desde entonces, la cadena de incógnitas parecía interminable: ¿por qué ese interés por mí y mis peculiares comportamientos, desde mis ejercicios matutinos hasta mis lecturas?, ¿por qué su entrada en escena desde la otra punta del bosque, justo después de que disparasen a Borís?, ¿por qué él y no otro fue en mi busca tras el desagradable incidente con Nikolái?, ¿por qué huía del contacto con la gente?, ¿por qué aparecía y desaparecía de Brunstriech?, ¿por qué se mostraba siempre tan solitario, taciturno y misterioso?, ¿por qué nuestros caminos en aquel pequeño mundo que era Brunstriech se habían cruzado en los momentos más lúgubres?... No creía que fuese algo casual.

Todos estos sucesos habían hecho mella en mí y me sentía totalmente ajena a la fiesta que continuaba incansable a mi alrededor. Una fiesta que se me antojaba irreal y fuera de lugar, con una algarabía inconsciente y una diversión pertinaz que contrastaban con mi ánimo y que me parecían casi impertinentes. Y mientras desde una esquina del salón, oscura y apartada, sosteniendo una copa que no me apetecía beber y oyendo una música que no me apetecía escuchar, hilvanaba todos estos pensamientos, tras el cristal de mi opaco estado de ánimo observaba el clímax de las Navidades: la fiesta de Fin de Año; aquella fiesta de disfraces multitudinaria, sonora y fastuosa; una mascarada en el más amplio sentido de la palabra.

Tal vez tú lo notaste, amor mío, tal vez te diste cuenta de que yo no era la misma... Tal vez por eso aquella noche que yo te evitaba tú me lo permitiste: porque sabías que te ocultaba mi rostro herido y mi ánimo abatido. Respetaste mi retraimiento y mi vergüenza, me diste espacio para respirar. Y aquella noche que yo no busqué tu mirada ni tu sonrisa... no sacaste a bailar a ninguna otra mujer.

—«Ataviada con espléndidas guirnaldas y ostentosas vestiduras, despidiendo fragancias de aromas celestiales y luciendo todo tipo de maravillas...»

Cuando me volví para atender a tan pintoresca interpelación, ya sabía que se trataba de Borís Illianovich recitando con pomposidad las frases que Arjuna dedicara a Krishna, la Suprema Divinidad, en un pasaje del *Bhagavad Gītā*.

—«... Como si la deslumbradora luz de mil soles juntos surgiera de repente en medio del firmamento, tal era el refulgente esplendor que desprendía su espíritu supremo.» Está usted espectacular con su atuendo de odalisca. No podía haber escogido nada más apropiado a su exótica apariencia.

Gracias a él recordé que yo también participaba en aquella mascarada, envuelta en sedas orientales y con el rostro oculto tras un sugerente velo que cubría mi boca aún herida.

—Muchas gracias, Borís. Como siempre, sus galanterías son las más originales y refinadas de Brunstriech. A usted también le sienta muy bien su disfraz de prócer veneciano.

Borís sonrió con satisfacción y agradecimiento para después preguntar:

—¿Cómo es que se encuentra usted tan apartada de la fiesta en este oscuro rincón? Es muy cruel privando a sus muchos admiradorres de su compañía.

—Digamos que esta noche mi espíritu no desprende tanto esplendor. Más bien se siente algo apagado —confesé utilizando sus palabras.

—¡Ah, la tristeza nos sorprende en los momentos más insospechados! A veces el exceso de algarabía y diversión representan contrapunto que ayuda a aflorar melancolía. Es curioso observar que lo bello y lo alegre del mundo igual ensalzan espíritu que lo empequeñecen y deprimen, lo abruman con su ostentosidad.

—Es la ostentosidad lo que abruma y agota. La belleza y la alegría de las cosas sencillas nos dan paz.

—Eso bien cierto es. Tal vez eche de menos su hogar...

—Ahora, éste es mi hogar —respondí yo con la mirada perdida, sin ningún convencimiento.

—Permítame entonces mitigar su tristeza con regalo sencillo.

Intrigada, le miré. Una de sus grandes manos abarcaba sin dificultad un par de libros. Al entregármelos, empezó a explicarme:

—Son dos lecturas que le ayudarán a reflexionar. Quizá deba buscar su nido en otro lugar, pues no vale igual al águila el nido del gorrión.

Hojeé los dos libros que Borís acababa de entregarme: un ejemplar en francés de la obra de Nietzsche *Más allá del bien y del mal* y otro, también en francés, firmado por A. Kasha.

—Esta obra de Nietzsche es a mi modo de ver una de las más interesantes. Y tiene un comienzo muy sugerente: «Si la verdad fuera mujer…». Creo que le gustará. El otro contiene unas reflexiones acerca del mismo tema.

No había apartado la vista de ellos, me mostré agasajada y entusiasmada con el regalo.

—Vaya… Muchas gracias, Borís. Acaba usted de animar mi espíritu apagado. Le aseguro que voy a leerlos con sumo interés.

—Y una vez que los haya leído, me gustará conocer sus impresiones. Así mantendremos nuestra joven amistad cuando todo esto haya acabado.

—Le aseguro, Borís, que sería para mí todo un honor poder continuar con nuestras charlas, que tanto me ilustran y me sirven de guía. Sería muy afortunada si pudiéramos seguir cultivando nuestra amistad…

—¡Estimado Illianovich! ¡Le sienta muy bien tanta belleza!

Tu tío, el príncipe Alois, hizo entrada en nuestra escena con su encanto arrollador y su efusiva personalidad, interrumpiendo de este modo mi loa, dejándome sin recoger el fruto que de ella yo había esperado obtener. Llegó ataviado con un uniforme de húsar prusiano que realzaba su atractivo, algo de lo que era plenamente consciente.

—Y usted, mi querida Isabel… —dijo tomando mi mano para besarla ceremoniosamente—, no tengo palabras. La más hermosa del harén, la favorita del sultán, la flor de un jardín de *Las mil y una noches.*

Con una sonrisa en los labios y una leve inclinación de cabeza, le mostré mi agradecimiento por la poesía de sus alabanzas.

Alois dirigió una mirada a los libros que sostenía entre mis manos.

—Veo que comparten la afición por las mismas lecturas —comentó—. Habrá descubierto, Isabel, cuánto saber y cultura despliega el señor Illianovich.

—Me da la impresión de haber descubierto tan sólo una mínima parte.

—Voy a enrojecer —murmuró el aludido con falsa modestia.

—Tengo entendido que imparte conferencias interesantísimas por toda la geografía europea. No debería usted perder la oportunidad de invitar a una dama tan hermosa e inteligente, si es que no lo ha hecho ya —interpeló a Borís—. Yo mismo podría acompañarla. Después de todo, somos prácticamente familia. Los tres podemos constituir un exclusivo club del saber y el conocimiento.

—*Ja!* Un trío peculiar: dos viejos sabuesos y una hermosa jovencita.

Aquella observación indirecta sobre la edad de Alois no fue del agrado de su alteza.

—¿Viejo? ¡Yo me encuentro en la flor de la vida, querido amigo!

Estarás de acuerdo conmigo, amor mío, en que viejo no era el calificativo más apropiado para el príncipe. A mí me parecía más bien un hombre de gran vitalidad y energía, siempre precedido por su fama de Casanova, de conversación tan vivaz como banal y con una altiva apostura bien arraigada en su origen aristocrático. Contrastaba notablemente con Borís, pausado en su proceder, humilde y entrañable, y dotado de una gran profundidad de pensamiento fundamentada en una amplísima cultura y en una vasta experiencia vital. Me pregunté qué podrían tener ambos en común.

* * *

Te confieso, hermano, que pese a acumular años de visiones macabras y cruentas, no había conseguido cauterizar mi sensibilidad. La visión de la muerte, y aún más de la muerte violenta, me seguía produciendo desasosiego. Ya no vomitaba como las primeras veces, pero ante la imagen de un cadáver me hormigueaba el estómago.

En cambio la de aquel malnacido no sólo no me importó un bledo, sino que me produjo casi satisfacción. Lo único que lamentaba era que no se hubiera pegado el tiro él mismo porque su asesinato, si bien me regocijaba en lo personal, representaba toda una inconveniencia profesional.

—Entonces, ¿estás seguro de que no se ha suicidado?

Sin pretenderlo estaba observándola a ella al otro lado de los cristales. Como queriendo demostrarme a mí mismo que en realidad no deseaba mirarla, me giré para apoyarme en la balaustrada de granito que cerraba la gran terraza sobre el patio interior del castillo, encarándome así con el festival que discurría allí abajo. Como todos los años para Nochevieja, nuestra madre había convocado a un grupo de cíngaros que representaban su espectáculo de circo en el corazón del castillo: Nicolás, el oso amaestrado; madame Anoushka, la adivinadora de la fortuna; Pino y Bebo, los payasos malabaristas; Balkan, el hombre que escupía fuego; los hermanos Klawinsky, los equilibristas; Petra, la mujer barbuda… y el sonido de las panderetas, los cascabeles, la cítara y el acordeón.

—Completamente seguro —me confirmó Richard Windfield—. Es verdad que el disparo se hizo con la pistola que encontraste junto al cadáver, pero el agujero de bala está en su sien izquierda y Nikolái era diestro. Además las características de la herida despejan cualquier duda sobre el suicidio.

—No vi ni una huella en la nieve, nadie escuchó el disparo… Quien le ha matado no es un aficionado.

Mientras yo volvía a lamentarme de que las cosas no fueran tan sencillas y de que todo aquel asunto no se pudiese dar por zanjado con un suicidio (algo que a nadie hubiera extrañado tratándose de la mente perturbada y retorcida de Nikolái), Richard parecía hacer también sus propias cavilaciones:

—Eso sí, hay dos cosas que no consigo entender. Ya sabemos que las manos se las quemó cuando se le cayó el candil en el pasadizo, pero no tiene sentido que se quitase las vendas, ni tampoco que se las quitase su asesino, salvo que lo empujase una curiosidad morbosa.

—O para comprobar algo.

—¿Para comprobar algo?

—Sí, como por ejemplo que era Nikolái uno de los que estaba la otra noche en la reunión y que era él quien salió en llamas tras la persecución de la intrusa.

—¿Insinúas que la otra noche había alguien allí?

—¿Además de mi prima? Todo es posible. Si hay algo que he aprendido en estos días es que tal y como se están desenvolviendo las cosas no debemos descartar nada.

Richard pareció estar de acuerdo y continuó con su análisis.

—Luego está el corte en la cabeza. Claramente se produjo antes de su muerte, pues de lo contrario no habría llegado a sangrar. ¿Fue accidental o resultado de un forcejeo previo con su asesino? ¿Intentó primero matarle con el golpe, y al fracasar recurrió al disparo?

Recordé los restos de la botella de vodka en el refugio, los cristales afilados como cuchillos esparcidos por el suelo… Yo tenía la explicación que disiparía las dudas de Richard. Sin embargo, decidí callar; dársela me obligaba a mezclarla a ella en aquel sucio asunto, a referirme al lamentable suceso del que había sido víctima… Si ella había preferido no mencionárselo a Richard, no iba a ser yo el que revelase lo que formaba parte de su intimidad. Aún se me revolvían las tripas de impotencia y me hervía la sangre de ira cada vez que pensaba en la vileza de él y en el sufrimiento de ella. No, yo tenía que respetarla; era mi deber y mi deseo. Después de todo, me constaba que el asunto no tenía relevancia para esclarecer la muerte del bastardo de Nikolái.

Fijé la vista en Richard. Complementaba su disfraz de mosquetero con un ridículo bigotillo postizo que cimbreaba sobre su boca al ritmo de sus palabras hasta que terminó por torcerse, lo que le daba un aspecto cómico, entre descuidado y tristón. De pronto sentí que algo estaba fuera de lugar: o nuestra conversación macabra o su mostacho de pega.

—¡Demonios, Richard, no puedo tomarte en serio con ese bigote!

—Caray, Karel, es parte de mi disfraz —repuso avergonzado, al tiempo que se llevaba la mano a la boca para quitárselo.

Creía conocer a Richard, pero aun así no dejaban de sorprenderme algunas de sus reacciones. Richard era inteligente, en ocasiones, brillante; sensato, intuitivo y con una increíble capacidad de análisis de las circunstancias, sabía sintetizar los problemas en pos de una solución rápida y certera; en el campo de la acción, resultaba frío y decidido. Sin embargo, esta impecable descripción la ensombrecía cierta inmadurez en algunas de sus reacciones y una personalidad débil, a merced de quien quisiera manejarla, en especial si se trataba de alguien a quien él admiraba.

—Sea como sea —atajé volviendo al tema que nos ocupaba—, es evidente que su asesinato no es fortuito. Alguien planeaba matarle y no cesó en su empeño hasta conseguirlo.

—Entonces, ¿piensas que quien lo mató fue la misma persona que disparó por error a Borís Illianovich en la cacería?

Ahora lucía un trazo de piel enrojecida sobre el labio superior, justo debajo de donde había estado el desafortunado bigote.

—Tú fuiste quien cayó en la cuenta de que ocupaba el puesto destinado a Nikolái.

—Ya… —Frunció la boca en una complicada mueca—. Pero hay algo que no acaba de encajar.

Le miré interrogante.

—Borís y Nikolái no tienen precisamente una complexión parecida —continuó—. Sería difícil no distinguirlos, incluso de lejos. Además, quien ha matado a Nikolái es un buen tirador. No hay más que ver el disparo: hecho a distancia con total precisión. Si hubiera tirado a matar, no habría fallado el día de la cacería.

Todo lo que fui capaz de ofrecer tras el análisis de Richard fue un suspiro. Tanta hipótesis criminalista empezaba a aturdirme. De nuevo me acodé en la barandilla regresando al panorama circense que seguía su curso a nuestros pies. El oso Nicolás recibía los aplausos del público y el reconocimiento de su domador en forma de terrón de azúcar: había conseguido subirse sobre dos patas a su pedestal de vivos colores y asir con las otras dos una pelota. Entretanto, Balkan, el hombre que escupía fuego, exhaló una prolongada llamarada hacia la noche negra, emulando a un dragón chino tras una terrible indigestión de salsa picante. El aire se llenó de un olor dulzón a petróleo que llegó implacable hasta mi nariz. Con un gesto de desagrado, volví a dirigirme a Richard.

—Por cierto, ¿tú le comentaste a mi prima lo del cambio de puestos y que el disparo pudo no haber sido accidental?

La pregunta pareció haberle cogido por sorpresa.

—Bueno… En realidad lo del cambio de puestos me lo hizo notar ella. Después nos enredamos en una conversación sobre el asunto y… no sé. No recuerdo bien qué… Desde luego no explícitamente, pero ella pudo haberlo deducido.

—Ya.

—¿Aún desconfías de ella? No entiendo por qué te desagrada tanto.

Las palabras de Richard estuvieron a punto de hacerme reflexionar. Pero al intuir que iba a adentrarme en un terreno enmarañado de sentimientos confusos que prefería no analizar, y menos con Richard por testigo, detuve a tiempo una peligrosa excursión por el mundo de las emociones.

—Es una mujer rara.

Richard tampoco quiso insistir en el tema.

—¿Y ahora? ¿Continuamos con lo previsto? —preguntó.

—Sí. Y esta misma noche. Los acontecimientos se están precipitando y no podemos permitirnos perder el tiempo.

—¿Qué haremos con ella? Hay que evitar que asista a una sola reunión más sin haber sido invitada.

—No te preocupes. Ya me he encargado de esa… contingencia.

* * *

Recuerdo, amor mío, que entré en mi habitación con paso cansino. La fiesta no había conseguido levantarme el ánimo sino más bien todo lo contrario: se había alzado en un símbolo doloroso, aún no sabía si de hipocresía o necedad, pero en cualquier caso disonante, como un instrumento desafinado en una orquesta de acontecimientos que comenzaba a interpretar una suerte de marcha fúnebre.

Adormilada y todavía preocupada, no me percaté al entrar del papel que había tirado en el suelo hasta que lo oí crujir bajo mis pies y hundirse en la alfombra. Me agaché a recogerlo.

NO VUELVA A LOS PASADIZOS DE BRUNSTRIECH.
SU VIDA ESTÁ EN JUEGO.

La frase estaba escrita en español y confeccionada con recortes de periódico, al más puro estilo novelesco. Aquella amenaza era una orden, concisa y sin rodeos.

Con un suspiro de desaliento, aparté el mensaje de mi vista y arrastrando el paso me dirigí al tocador para dejarme caer sobre el asiento. Doblé cuidadosamente la cuartilla, la guardé en un cajón, apoyé los codos sobre la mesa y enterré el rostro entre las manos.

Nikolái me mandaba recuerdos desde el mundo de los muertos. Alguien más conocía nuestro secreto…

Me metí en la cama sin una intención seria de dormir, guiada por la rutina. El cansancio me sumió en un sueño ligero en el que la realidad de la habitación oscura y solitaria se confundió con la fantasía de unas pesadillas caóticas y angustiosas. La noche era fría en ocasiones y en otras se volvía calurosa hasta la asfixia. Temblaba y sudaba, las sábanas se me enredaban entre las piernas, me inmovilizaban como brazos largos y fuertes, crujían con un sonido estridente a merced de mis movimientos convulsos. Creí vislumbrar una procesión de hombres enmascarados prorrumpiendo en la habitación y rodeándome en mi lecho. Entonaban un canto funerario con sus voces de ultratumba; lenguas extrañas y tonos estremecedores. Me pareció ver los ojos casi transparentes de Nikolái, brillando como los de la rata del pasadizo. Sentí sus manos frías recorrer mi cuerpo y un atizador al rojo vivo quemar mi piel. En su sien se abría como un pozo negro y sin fondo un agujero de bala humeante y sangrante. Y sonreía… maliciosamente, mostrando una hilera de dientes tan blancos como su cadáver. Susurrando a voces mi nombre, me perseguía por los pasadizos de Brunstriech que se estrechaban sobre mí hasta aprisionarme con sus paredes de gelatina. En el suelo, cientos de cuerpos descuartizados entorpecían mi huida. Eso era lo que ellos hacían con los curiosos; lo que habían hecho antes con los otros.

¿Quiénes sois? ¿Quiénes sois? ¿Qué ocultáis bajo las máscaras?... Ellos me pagan por saberlo. Mi vida no tiene otro precio que ése... Mi vida está en juego. Ya lo sé. Lo supe desde el primer momento. Ahora, es demasiado tarde.

Me desperté empapada en sudor. Todavía alterada por las visiones de mis pesadillas, la oscuridad se me volvió insoportable y encendí la luz para ahuyentar los fantasmas. Volver a la realidad no me tranquilizó. Abandoné la cama como quien escapa del potro de tortura y dirigí mis pasos hacia el baño. Abrí los grifos del lavabo que chirriaron quejumbrosos, importunados en mitad de la noche. También las tuberías dejaron patente su malestar antes de escupir el agua. La dejé correr, embobada en su contemplación, sin saber muy bien adónde conducir mis pensamientos. Finalmente, la tomé entre las manos y me la lancé hacia el rostro para enjuagarlo. Estaba helada hasta el dolor, pero alivió la angustia.

Cuando me estaba secando la cara, regodeándome en el frote de la toalla sobre cada ángulo y cada recoveco, sobre cada centímetro de la piel a modo de masaje, creí escuchar un golpe sordo, como un portazo fuerte. Salí del baño todavía con la toalla en la mano. Me acerqué a la puerta con el oído alerta pero lo único que me devolvía la noche era silencio. Entonces, según me disponía a olvidar el asunto, tuve la certeza de escuchar unos pasos en carrera por el pasillo, de nuevo algo parecido a un portazo o quizá una ventana cerrarse y la vibración de sus cristales; más silencio; después, el confuso click clack de unos pestillos, y, al instante, el rumor de una conversación. Forcé lentamente el pomo de la puerta y la empujé para entreabrirla y asomarme con precaución. Dos hombres se volvieron inmediatamente para mirarme desde el fondo del pasillo. Uno de ellos, el mariscal Combel, era casi de la familia, unido como estaba a vosotros por una amistad que se remontaba a la infancia de vuestro padre. Ya sabes que se trataba de un hombre anacrónico y, como tal, aparecía grotescamente ataviado de camisón largo, gorro de dormir con borla y escopeta de caza. Entornaba los párpados para intentar reconocerme sin sus anteojos y daba la impresión de husmear el aire con un movimiento continuo de su bigote prusiano, ofreciendo la apariencia de un conejo de cuento incomodado en la paz de su madriguera. El otro eras tú. Te acercaste con dos zancadas a mi puerta.

—¿Estás bien?

En tu voz había agitación.

—Sí. He escuchado ruidos y…

—¿Tú también los has oído? Alguien merodea por la casa.

—Tal vez algún rezagado de la fiesta —apunté yo.

Siempre había alguien que bebía de más y se quedaba dormido en un rincón oculto del salón de baile.

—No. La fiesta terminó hace rato. Los criados ya han limpiado el salón y se han retirado.

—*Voleurs! Delinquants!* —exclamaba el mariscal Combel, mientras asentía con vehemencia, pese a no haber entendido las frases en español que intercambiábamos.

Miré a los dos lados del pasillo como esperando que las puertas que permanecían cerradas se fueran abriendo y cada uno de los moradores de las habitaciones saliese tan alertado como yo. Mas no fue así. Enseguida comprendí que, por un lado, el sueño profundo al que induce el exceso de champán o los somníferos y, por otro, el pudor que ocasiona una cabeza llena de bigudíes o una cara cubierta de crema eran poderosas razones para que nadie más fuese a asomar la nariz.

—Iré a echar un vistazo. Habiendo estado esos gitanos por aquí no me quedo tranquilo.

Me imaginé que te referías a los cíngaros que habían ofrecido el espectáculo de circo en el patio del castillo. Sin tener nada que aportar, me limité a asentir como lo hacía el mariscal Combel, quien sólo cuando vio a su alteza dirigirse hacia la escalera entendió sus propósitos y quiso sumarse a ellos.

—*Oui, oui. Allons. J'emporte mon fusil à tout hasard...* —proclamaba, mientras te seguía escaleras abajo.

Me quedé en el umbral de mi dormitorio esperando el regreso de la improvisada expedición cuando, casi inmediatamente después de su partida, la puerta de enfrente se abrió tímidamente; por ella asomó indecisa la figura rechoncha de la baronesa Von Wacher, envuelta en una bata de franela muy poco aristocrática pero que la mantenía envidiablemente abrigada. Supongo que la bata de franela obedecía a un desliz propio de su origen —se decía que era la séptima hija de unos granjeros de Cloppenburg a quien el barón había seducido en un pajar de camino hacia sus propiedades—. Lucía además gorro de volantes del que sobresalían dos trenzas y, como hacía escasos momentos yo había predicho, tenía la cara cubierta de una generosa capa blanca de crema.

—¿A qué se debe tanto revuelo? ¿Ha ocurrido algo?

Me encogí de hombros.

—No estoy segura. Se han escuchado unos ruidos raros.

—Sí. Yo también los he oído. Estaba leyendo. Cuando no puedo dormir me pongo a leer. Normalmente algo muy aburrido para ver si acude Morfeo en mi rescate... No soy partidaria de los somníferos. Esas drogas no son buenas, no.

—Ya —asentí; no tenía mucho más que añadir a sus comentarios—. Han ido a investigar.

—El barón duerme —apuntó ella como queriendo excusar su presencia en una aventura tan arriesgada—. Tiene un sueño muy profundo, ¿sabe?

Por un momento pensé en lo absurda que puede resultar una conversación de pasillo a las cinco de la madrugada entre dos personas que apenas se conocen. Entonces, como escuchando el ruego mudo de que aquella situación no se prolongase más de lo necesario, el sonido alarmante de algo que se hacía pedazos subió desde el piso de abajo. Inmediatamente después le siguieron las confusas exclamaciones en francés casi arcaico del mariscal Combel. Al tiempo que la baronesa Von Wacher, oliendo el peligro, cerraba presurosa la puerta para parapetarse en la seguridad de su habitación, me precipité escaleras abajo: los pies desnudos y mi déshabillé indecorosamente desabrochado.

La planta baja del castillo estaba oscura y desierta. Tras un primer vistazo, avisté una luz al fondo del pasillo de la izquierda, justo desde donde provenían las voces. Lo cierto, amor mío, es que la escena que encontré resultaba grotesca a aquellas horas de la madrugada: estabas recostado en el suelo con la cabeza cubierta de sangre, entre los restos de un jarrón chino de alguna sonora dinastía, seguramente valiosísimo; junto a ti, el mariscal Combel, que seguía aferrado a su escopeta, sostenía en la mano derecha un pedazo de jarrón y su vista vagaba alternativamente del objeto a tu cabeza, dudando hacia qué dirigir sus lamentos: si a la antigüedad perdida o a la noble testa herida.

—¡Cielo santo! ¿Qué ha ocurrido? —pregunté, mientras me arrodillaba a tu lado, solícita con la víctima.

Tú, que en vano tratabas de contener la hemorragia con las manos, encontraste fuerzas para responderme con voz débil y entrecortada:

—Alguien me ha golpeado con este jarrón cuando salía... Debía de estar escondido esperándonos... Ha desaparecido como una sombra.

—*Il s'est échappé par là! Je l'ai vu courir et il a disparu comme un fantôme!* —El mariscal dio su versión de los hechos, mostrándose bastante más agitado y vigoroso que tú.

Te examiné la frente y entre una capa viscosa de sangre creí adivinar un corte bastante profundo. Entretanto, apareció el mayordomo en representación de un servicio alertado por tanto movimiento. Pese a vestir camisón largo y tener el cabello ligeramente despeinado, no había perdido un ápice de su habitual hieratismo y circunspección. Ambos intercambiasteis algunas frases en alemán de las que deduje que le habías mandado a por el encargado de la guardia del castillo.

—Vamos a tu habitación —te propuse—. Hay que curar esa herida. Ayúdeme a levantarlo, por favor, excelencia.

—Puedo hacerlo solo.

No quise contradecirte. Como había supuesto, tú mismo tuviste que rendirte a la evidencia después de tambalearte por culpa de un mareo.

El mariscal Combel te tomó de un brazo, yo de otro y entre los dos te ayudamos a superar los peldaños de la escalera. Una vez arriba te condujimos hasta tu habitación. Al atravesar el pasillo, de nuevo volvió a entreabrirse la puerta de la baronesa Von Wacher. Cuando observó la jugosa escena, un ataque de morbo le hizo olvidar a la baronesa el pudor que mantenía su bata de franela rosa en secreto y, abandonando el parapeto de la puerta, se incorporó a nuestro séquito mientras se interesaba, entre interpelaciones a toda la corte celestial, por lo que le había sucedido a su alteza.

—Quédese tranquila. Sólo ha sido un pequeño accidente, un tropiezo —mentí a la curiosa baronesa que miraba de reojo y con desconfianza la escopeta del mariscal mientras se preguntaba si la gravedad del asunto recomendaba interrumpir el pesado sueño del barón—. Nada que no pueda solucionar un poco de tintura de yodo y un par de gasas.

Una vez que estuviste acomodado en el diván de tus espaciosos aposentos de gran duque empujé a los dos carcamales y su verborrea incoherente hacia la salida.

—Ahora será mejor que todos nos retiremos a nuestras habitaciones y dejemos a su alteza que descanse. Buenas noches, señores.

Zanjé los conatos de resistencia con un portazo leve pero firme y si en algún momento temí que se organizara un corrillo de chismorreo en el pasillo, fue porque olvidé la bata de franela rosa; en cuanto la baronesa se percató de su atuendo, siendo una dama (supuestamente) de tan alta alcurnia y elevadas virtudes sintiose como desnuda frente al mariscal y regresó deprisa a su dormitorio.

Percibir de nuevo el silencio fue un alivio. Apoyé la espalda sobre la puerta cerrada y suspiré.

—Te has deshecho de ellos sin ningún miramiento —susurraste desde el fondo de la estancia, como queriendo recordarme que tú todavía estabas allí.

—Estarás de acuerdo conmigo en que lo último que necesitas ahora son dos cotorras martilleando tu cabeza dolorida con exclamaciones en francés.

—Totalmente de acuerdo.

—Te limpiaré un poco esa herida y yo también me marcharé para que puedas descansar. Ya ha habido bastante fiesta por hoy.

—En eso ya no estoy tan de acuerdo —replicaste, haciendo resurgir de tu aturdimiento una capacidad de seducción incombustible, casi perenne en tu mirada de color verde—. Ahora que te tengo en mi territorio no te voy a dejar marchar tan fácilmente.

Intenté hacer caso omiso de tu incorregible a la par que adorable defecto para concentrarme en el examen de la herida. Como medida preventiva me abroché el déshabillé antes de acercarme.

—Esto no tiene muy buena pinta —dictaminé. El corte parecía profundo y la hemorragia no cesaba. Seguramente harían falta puntos para cerrar la herida—. Deberíamos llamar a un médico.

—Descuida, apuesto a que el eficiente Fritz se está encargando de ello —aseguraste refiriéndote al mayordomo—. Lo peor es que a estas horas de la noche de Fin de Año lo único que podrá conseguir es al médico del pueblo, que tiene más de veterinario que de galeno en condiciones y que, además, seguramente estará borracho. Se me ponen los pelos de punta sólo de pensar en que me ponga las manos encima...

Unos golpes discretos al otro lado de la puerta interrumpieron tu diatriba.

—¡Adelante!

En un instante apareció Fritz, aún ataviado con el camisón. Le seguía el jefe de la guardia del castillo, en contraste, impecablemente vestido con un uniforme de opereta, atuendo un tanto grotesco que tu madre se empeñaba en conservar como residuo nostálgico de una casa reinante que apenas era la sombra de lo que un día fue. Tras un golpe de tacón y un saludo que quería ser militar, intercambió unas cuantas frases respetuosas en alemán con su señor.

La guardia no había advertido nada inusual que perturbase la aparentemente tranquila noche. Según los miembros de servicio, nadie había salido o entrado del castillo. No obstante, se había organizado una patrulla que registraría todo palmo a palmo y se había doblado la vigilancia de los accesos. Por su parte, el mayordomo, tal y como habías adelantado, informó de que se había tomado la libertad de mandar llamar al médico del pueblo, de que ya había puesto todo en orden, de que se ofrecía a despertar al ayuda de cámara de su alteza y de que quedaba a la disposición de su alteza para cualquier otra cosa que necesitase. Después de haber dejado claro que no era necesario perturbar el sueño del ayuda de cámara, su alteza el gran duque les concedió su permiso para que se retirasen, y lo hicieron con el mismo respeto con el que habían entrado.

—¿Qué te había dicho? —te dirigiste a mí una vez hubieron desaparecido tras la puerta—. Fritz ya ha llamado al médico.

—Y ha hecho bien. Vas a necesitar puntos y yo no puedo dártelos. De momento voy a limpiarte un poco esa herida —anuncié levantándome para ir al baño en busca de agua y algunas toallas.

Mientras me ponía en pie, me detuviste agarrándome por el brazo con una fuerte presión de tu mano.

—Te quedarás conmigo hasta que llegue el médico, ¿verdad?

Me encogí de hombros y te sonreí.

—Supongo que a estas alturas mi reputación ya no tiene ninguna esperanza. Mañana a la hora del desayuno todo el mundo sabrá que me quedé a solas con el gran duque en sus aposentos, indecentemente ligera de ropa. Ahora que has visto el color de mi déshabillé y has contemplado mis pies provocadoramente desnudos ya no tiene sentido intentar conservar las formas.

No me hubiera mostrado yo tan segura de que al día siguiente iba a estar en boca de todo el castillo de haber sabido que de mi particular audacia sería de lo último que se hablaría a la hora del desayuno. Pero entonces yo no podía ni imaginar qué terrible acontecimiento iba a eclipsar mi aventura.

Tú, por tu parte, parecías divertido con el enfoque cargado de sentido del humor que le había dado a la situación.

—Lo único que siento es no encontrarme en plenitud de forma ante tan tentadora ocasión —replicaste.

Observándote recostado sobre el diván, con la camisa blanca de tu disfraz desabotonada, dejando al descubierto un torso fuerte salpicado de sangre; el rostro malherido como resultado de tu valentía y, pese a todo, la mirada cálida y chispeante, yo también me lamenté, aunque me obligué a mostrarme fría:

—No seas descarado. Si me asustas con tus insinuaciones me acabaré marchando —te amenacé, zafándome de tu mano para esconder mi deseo tras la puerta del baño.

Me sentí tentada de aplacar el acaloramiento con una ducha de agua fría, pero desestimé la idea para centrarme en mi improvisado trabajo de enfermería. Pronto reaparecí en el dormitorio con lo necesario para la cura. Emulando a Florence Nightingale, me coloqué junto a ti y en resuelta actitud comencé a limpiarte la sangre con un frote suave de toallas empapadas en agua templada. Tú te recostaste entre los almohadones y te dejaste hacer sin rechistar.

—¿Te duele?

—Me duele tenerte tan cerca —murmuraste con un dolor auténtico en la voz, sin apartar los ojos de mi rostro.

Yo continué impasible con mi tarea.

—Reserva tus galanterías para el salón de baile, conmigo son baldías y en tu estado resultan de poca consideración.

—Eres extremadamente dura con este pobre herido.

—Tomo mis precauciones. Esto va a escocerte un poco —te advertí antes de verter junto al corte unas gotas de alcohol.

Te estremeciste y emitiste un sonido que pretendía ser un lamento. Soplé un poco sobre tu piel y después te miré a esos ojos que no había conseguido quitarme de encima.

—Me duele la cabeza —te rendiste al fin.

—Ya me lo imagino. Así que no sigas forzándola con frases ingeniosas y seductoras, que si te portas bien, te traeré un analgésico. Sujétate esto —dije llevándote la mano hacia una toalla que taponaba la herida que no dejaba de sangrar—. Voy a mi habitación a por Aspirina. Te calmará el dolor.

—¿Aspirina?

—Tu duda evidencia que no sueles padecer dolores.

—Ya ves que soy un hombre sano. Cuando era niño, mi madre solía darme ácido salicílico cuando estaba enfermo.

—Pues es como la salicina pero sabe mejor y no te hará daño al estómago.

—En ese caso, no tardes.

Los pasillos de Brunstriech estaban a media luz y habían recuperado la quietud propia de tan altas horas de la madrugada. Mi habitación apenas estaba a cuatro o cinco puertas de la tuya, justo a la vuelta de una esquina. No me llevó mucho tiempo encontrar Aspirina entre los escasos medicamentos que solía llevar conmigo, más por prevención que por necesidad. Tenía un frasco de polvo y una caja de tabletas. Cogí una tableta porque era la dosis más fácil de administrar. Aproveché para calzarme las zapatillas, pues comenzaba a sentir los pies fríos. Abandoné sigilosamente la habitación para evitar volver a alterar los oídos más susceptibles del castillo, después de una noche tan agitada. Entonces, inmediatamente después de girar la esquina, escuché a mi espalda el roce de una puerta que se abría. La maniobra fue tan sutil que quienquiera que la hubiese abierto trataba, al igual que yo, de actuar con discreción. Sin embargo, en el silencio de la noche, hasta el deslizar más lento de un pestillo en el cerradero resultaba escandaloso. Asomé los ojos con cautela por la arista de la pared: una sombra se movía por el umbral de una puerta al final del pasillo y la cerraba tras de sí. Con aire furtivo avanzó por el corredor en dirección a las escaleras. Pese a mis esfuerzos por identificarla, la luz era tan escasa y su proceder tan hábil que no fui capaz de vislumbrar su rostro. Cuando el fantasma alcanzó el borde del primer escalón y yo empezaba a convencerme de que me iba a quedar con las ganas de saber quién protagonizaba semejante correría clandestina, algo, tal vez la intuición de mi presencia, le hizo volver el rostro, que quedó ligeramente iluminado por la luz blanquecina de la luna que entraba a través de una de las ventanas; apenas un velo de claridad que definía un contraste de luces y sombras borroso y, sin embargo, suficiente para reconocer al príncipe Karel, a tu hermano. Tan sólo permaneció inmóvil unos segundos, alerta, con el hocico levantado como un sabueso cazador; exactamente el mismo tiempo durante el que yo contuve la respiración para evitar que me descubriera. Finalmente, reanudó su huida escaleras arriba.

¡La noche aún me tenía reservadas más sorpresas! ¿Qué hacía Karel por allí cuando ya todo parecía haber vuelto a la calma? ¿Perseguía lo mismo que tú o quizá era él el perseguido? No sabía quién ocupaba la habitación que él había abandonado con tanto secretismo, pero supuse que se trataba de un asunto de alcoba. Antes de que las luces rosadas del amanecer acariciasen el cuerpo de su amante, abandonaba el lecho con el alma y el cuerpo henchidos de placer, me recreé con sorna en la poesía de su aventura al tiempo que sonreía para mis adentros con cierta maldad, pues estaba casi segura de que la habitación de Nadjia se encontraba en la otra ala del castillo.

Por fin, alcancé tus habitaciones. Al llegar calladamente a tu lado, comprobé que te habías quedado dormido. Sin pretenderlo, me detuve para mirarte. Eras con toda seguridad el hombre más atractivo que había visto nunca. Poseías ese tipo de belleza ideal que debería estar reservada a las mujeres, pues no es virtud de los hombres ser bellos, les basta con ser viriles y bien proporcionados, sin deformidades y, según el saber popular, bien plantados. Puesto que la belleza se considera patrimonio femenino, nadie espera de un varón que sus facciones sean de una perfección casi arquitectónica, que sus gestos resulten tan armoniosos como una melodía bien compuesta o que todo el conjunto goce de ese misterio que convierte a una obra de arte en inmortal. Mas así eras tú. Ni siquiera los cortes, las contusiones o la palidez del rostro te robaban un ápice de atractivo. Eras un hombre del que resultaba ya no difícil sino prácticamente imposible no enamorarse a primera vista. Pero el auténtico peligro residía en que, tras ese primer sueño de ebriedad, el sentimiento se pudiera llegar a convertir en una enfermedad crónica y que la herida de Cupido, el flechazo inofensivo, se volviera incurable. Por ello, para una mujer como yo, a quien las vicisitudes habían llevado a una renuncia consciente y explícita al amor; que consideraba que el amor romántico era una maraña de sensaciones efímeras que elevan el espíritu hacia el cielo para luego dejarlo caer —primero un cúmulo de irracionales pasiones y después un sentimiento doloroso de dependencia y vulnerabilidad—, haberte conocido era toda una maldición. Cuando se llega al convencimiento de que el amor romántico es engañoso, egoísta, individualista y adictivo y de que, como si de una droga se tratase, crea un espejismo de felicidad que a la larga sólo conduce a la muerte del alma, vislumbrar la más mínima inquietud en un corazón deliberadamente encerrado provoca temor y rechazo, a la par que la necesidad de vencer una continua tentación: la que experimenta el adicto ante la perspectiva de volver a sentir la misma droga correr por sus venas y envenenar su cerebro. Sin embargo, renunciar a la pasión de hombres como tú era igual que morir… como yo muy bien sabía.

Y mientras reflexionaba así, como si mi cuerpo se guiase por sus propios dictados al margen de la razón, me agaché para besarte en la frente, esperando que fuese por un impulso meramente sexual más que por ternura.

Tú levantaste los párpados, me miraste y sonreíste.

—¿Por qué has hecho eso?

—No se me ocurría una manera mejor de despertarte.

—Yo diría que es porque me quieres —te atreviste a replicar con esa vanidad tan tuya que en otro hubiera resultado detestable.

Me pareció que habías estado escuchando mis pensamientos hasta tal punto que por un momento creí que los había recitado en voz alta. Aquello me dejó helada.

—Si no me quisieras —continuaste—, me habrías besado en la boca como a Richard Windfield.

Mi inquietud se acrecentó. Era cierto que yo, por prevención, sólo besaba a los hombres de los que sabía a ciencia cierta que no podía enamorarme. Pero tú no podías saberlo, no debías saberlo.

Me giré hacia el mueble bar y saqué, nerviosa, la tableta de Aspirina de su envoltorio de papel. Tenía que volver a recuperar el dominio de mí misma y de aquella situación que se volvía cada vez más peligrosa.

—Será mejor que dejes de decir tonterías. Ese golpe te ha trastornado —concluí sin mirarte, mientras te servía un vaso de agua—. Ahora tómate esto y descansa; el médico debe de estar a punto de llegar.

Cuando me volví, tus ojos se me clavaron en el pecho como un dardo envenenado.

—¿Qué tiene tu rostro que no puedo dejar de mirarlo? ¿Qué tiene que no puedo cerrar los ojos ni siquiera para dormir? ¿Por qué a menudo me sorprendo embelesado contemplándote, hurtando sin que tú lo sepas unos instantes de tu imagen? ¿Qué clase de veneno eres?

¡Cómo me asustaste con tus palabras, amor mío! ¡Cómo me tocaste con ellas como si me hubieras acariciado la espalda con las manos heladas! A punto estuve de dejar caer el vaso de agua a mis pies. Y es que en tu frase no había rastro de la frivolidad ni la ironía habituales, tus palabras rezumaban la desesperación y la angustia de quien se sabe víctima de una maldición.

La fortuna quiso que aquellas preguntas quedasen sin respuesta. La respuesta quedó sepultada bajo la conmoción de un brutal estallido; milagro que abortó cualquier dicho o gesto del que luego me hubiera podido arrepentir. El sonido estridente que rasgó la noche con violencia, golpeando con su eco cada uno de los rincones de la casa, era el sonido inconfundible de un arma al dispararse; fue un ¡bam! que agitó mi cuerpo, apretó mis párpados y me encogió el cuello; que me dejó en los nervios un incómodo hormigueo de temor. Casi no tuve tiempo de reaccionar antes de que tú abandonases como un rayo el diván y te precipitases corriendo fuera de la habitación. Siguiendo tu estela, giré la esquina e irrumpí en la habitación al fondo del corredor. Frené mis pasos de golpe y casi escuché chirriar mis pies. Ante el horror que se me mostraba, tuve que ahogar un grito en la garganta.

Inerte sobre la cama estaba el cuerpo de Borís Illianovich con un agujero en la cabeza del que manaba un hilillo de sangre que parecía negra sobre su rostro gris y abotargado. Su mano derecha estaba agarrotada en forma de garra, parecía como si la pistola en el suelo hubiese caído de ella. Cuando logré apartar la vista de la terrible escena que ya miraba sin ver, me volví hacia ti: estabas petrificado a mi lado. Tenías el color de la cera y parecías sumido en un estado de hipnosis del que sólo te despertó un amago de arcada. Te llevaste la mano a la boca y corriste en dirección al baño.

Consciente de que disponía de poco tiempo, agucé los sentidos para captar los máximos detalles del suceso: la habitación perfectamente ordenada, la ventana cerrada, un frasco de Veronal y un vaso de agua con restos de medicamento encima de la mesilla de noche, un fuerte olor a pólvora, un sutil aroma a tabaco y una pluma blanca sobre la alfombra persa. Quise acercarme a examinar el cadáver pero ya se había formado a mi espalda un tumulto de personas. En aquella ocasión, ni el más eficaz de los somníferos, ni la más profunda de las borracheras, ni el más estricto de los pudores nocturnos había logrado que el disparo pasase desapercibido, y en un crisol de idiomas se sucedieron la estupefacción, la conmoción y los desmayos.

Sólo cuando la multitud se rompió para abrirle paso a los propietarios de la casa, representados en el príncipe Karel (lo cierto es que tú no estabas en condiciones), caí en la cuenta de que era precisamente aquella misma habitación la que le había visto abandonar en la clandestinidad hacía tan sólo unos minutos.

* * *

Te confieso, hermano, que yo que era un hombre de mente fría y difícil de impresionar, que solía asistir impasible a lo que para otros eran poderosos estímulos o conmovedores acontecimientos, recibí aquella noche el impacto de su belleza con tal violencia que todos mis sentidos quedaron trastornados. Fue como la muerte de una estrella: un estallido fugaz y potente tras el que queda una nube de polvo que dura millares de años.

De aquella noche, hermano, salí impregnado de polvo de estrellas...

Todo comenzó cuando escuché un revuelo en los pasillos. Yo ya sabía exactamente qué había alarmado a la concurrencia, qué les había obligado a abandonar sus habitaciones en mitad de la noche. Lo que no imaginaba era que el descubrimiento se fuese a producir tan pronto: apenas unos minutos después de que abandonara yo la habitación de Borís Illianovich y cuando acababa de llegar a mis dependencias en el piso de arriba.

Ni siquiera había tenido tiempo de ponerme el pijama, me cubrí mis ropas negras con una bata y me calcé los pies con zapatillas antes de salir del cuarto para incorporarme al gentío cuyo descanso había sido interrumpido bruscamente por el sonido de un disparo. Cuando llegué a la última habitación del corredor en el piso de abajo, ya se había formado una barrera humana que taponaba la puerta y de cuyo corazón brotaban, como el burbujeo del agua hirviendo, exclamaciones de estupor y espanto. Me abrí paso entre la multitud, presto para descubrir, como por primera vez, una escena que ya conocía: la del señor Illianovich muerto en la cama, con un agujero de bala en la cabeza.

Justo al llegar a la primera fila de lo que se había convertido en un macabro espectáculo recibí la mirada suspicaz de ella. Quizá porque todo lo demás ya lo había visto antes, lo que en aquel momento atrajo poderosamente toda mi atención, con una fuerza casi magnética, fue su esbelta figura plantada como por accidente en el centro de tanto horror: era una flor —con el magnífico espectáculo de todos sus pétalos abiertos— en mitad de un vertedero. Aparecía envuelta en una ligera bata color blanco que alimentó mi voluptuosa imaginación. Su negra melena suelta le caía desordenadamente sobre los hombros y su rostro libre de maquillaje y afeites mostraba todo el esplendor de su belleza natural. Clavaba en mí sus increíbles ojos de azabache, sosteniendo desafiante mi mirada sin mostrar el menor atisbo de rubor. Erguida. Altiva. Ella era una diosa… Mil diosas a un tiempo: Venus romana, Afrodita griega, Isis egipcia, Ishtar babilonia, Ashtart fenicia… Kali hindú.

Tan sólo tu entrada en escena fue capaz de distraerme de su visión. Salías del baño: blanco como la pared, con el rostro desencajado, los ojos hundidos, casi desaparecidos, y una brecha todavía sangrante cruzándote la frente. Tu estado era realmente lamentable, no recordaba haberte visto así en ningún otro momento. Cuando llegaste junto a ella, te tambaleaste hasta el desmayo. Al contemplar cómo la diosa se volvía humana para sostenerte maltrecho entre sus brazos, el calor de algún sentimiento oscuro fue el revulsivo que despabiló con vigor mi ser dominado por ella, y decidí hacerme con el control de aquella situación. En cuanto vi al mayordomo, le mandé llamar a la policía.

## 1914

*1 de enero*

Recuerdo, amor mío, que tras el dramático comienzo del año en Brunstriech el castillo bullía en una especie de catarsis donde el horror, la histeria y la conmoción habían aplastado brutalmente al hedonismo y la fiesta habituales. Como si de una tragedia griega se tratase, el violento final de Borís había originado todo un debate sobre el destino fatal del hombre; sobre el poder, el heroísmo, la religión y la muerte. A su modo, aquella sociedad decadente y vacía había vuelto a crear su particular circo de la desgracia, había convertido el suceso acaecido en otro acto de la obra llamada Navidad.

Más que nunca el castillo era un hervidero de actividad. Entre los muchos salones se distribuían los coros de plañideras o los grupos de debate, mientras la casa se llenaba de policías, jueces y otros representantes de la autoridad.

—¡Dios mío, qué tragedia!

Hundida en un sofá tu madre ocultaba el rostro tras una mano de la que colgaba un pañuelito primorosamente bordado. Y, arropada por un nutrido elenco de damas que se veían en la obligación de acompañarla en tan espantoso trance, se lamentaba.

—¡Nunca había sucedido nada igual en Brunstriech! No al menos desde que el gran duque Constantino matara a su mujer y se colgase de la torre norte. Pero aquello fue en la Edad Media y todo el mundo era muy bruto por aquel entonces —gimió.

El corrillo de almas caritativas que la acompañaban en la desgracia asintió compasivamente. Mientras, yo le acerqué una taza de té de la que se limitó a dar un par de sorbos desganados antes de continuar con su perorata lastimera.

—¡¿Qué vamos a hacer ahora?! Con todos esos horribles policías merodeando por la casa... Encerrados aquí sin poder salir, como si todos fuésemos vulgares delincuentes. ¡Qué ofensa! ¡Qué deshonor! Tendré que decirle al ama de llaves que le diga a la cocinera que hay que preparar más comida... ¡Y se pone de un humor de perros cuando hay que cambiar los menús! El servicio ya no es lo que era...

Aquellas damas compasivas negaron en pleno a coro, fue su única aportación a tanta incoherencia. Todas, salvo la condesa María Tatiana Nevanovich, la abuela de Nadjia, quien considerándose ya prácticamente de la familia, se atrevió a dar un paso más y le dirigió a tu madre unas palabras reconfortantes acompañadas de unas no menos reconfortantes palmaditas en la mano.

—No te preocupes, Alejandra, a Dios gracias, estamos todos aquí para ayudarte a superarlo. Y si hace falta, mando llamar a mi cocinera.

—¡Por supuesto! Y yo a la mía.

—¡Faltaría más! Y a un par de doncellas.

—No tienes más que decírnoslo, ya lo sabes.

Aproveché aquel instante de exaltación de la amistad y de comunión en la desgracia para abandonar discretamente el salón japonés en el que se desarrollaba un momento tan emotivo y generoso, convencida de que al carecer de personal a mi servicio que poder prestar a la gran duquesa viuda, poca cosa más podía yo aportar.

La noche había sido larga y agitada. No había vuelto a dormir con todo el ajetreo y mi cuerpo empezaba a acusar el cansancio. Decidí que me retiraría a mi habitación a intentar descansar un poco. Después te haría una visita, al fin y al cabo tú habías acabado la noche bastante peor parado que yo: con la impresión de quien contempla por primera vez la escena de una muerte violenta agarrada a la boca del estómago, algo menos de sangre corriendo por tus venas y ocho puntos de sutura en la frente milagrosamente aplicados por un médico rural empeñado en paliar una descomunal resaca de Año Nuevo a base de cerveza.

Mientras me acercaba al primer piso percibí la actividad policial. Al llegar al distribuidor, antes de encarar el pasillo que llevaba a mi habitación, me detuve un instante junto al cerco policial interesada en contemplar una escena tan inusual. Varios agentes se distribuían entre el corredor y la habitación del señor Illianovich; tomaban huellas, examinaban diversos objetos, comprobaban las entradas y salidas, parecían recoger aire del suelo... Como hormigas obreras, se concentraban afanosos en su centímetro cuadrado, ajenos a todo lo demás.

Llevaría allí sólo un par de minutos cuando del interior de la habitación del señor Illianovich asomó un grupo de tres personas conversando de manera confidencial: el inspector de policía a cargo del caso acompañado por Richard Windfield y tu hermano Karel, estos dos como siempre se dejaban ver juntos, igual que un dúo cómico de vodevil. Al advertir mi presencia, Karel me dedicó una mirada de soslayo sin distraerse demasiado de la conversación. En cambio, nada más verme, Richard me saludó con un movimiento de cejas y se apartó del grupo para acercarse hacia donde yo estaba.

—¿Cómo va la investigación?

—Bueno... Aquí siguen —dijo Richard sin añadir nada más.

—¿Todavía no han averiguado nada?

Richard se encogió de hombros. No parecía sentirse cómodo hablando del tema.

—Aparentemente, podría haberse suicidado... No hay más huellas que las suyas en el arma, no hay señales de violencia, las ventanas estaban cerradas, por la puerta no pudo haber escapado nadie, y hay una nota de suicidio.

Aquel último detalle que Richard había mencionado como de pasada fue lo que más llamó mi atención.

—¿Una nota de suicidio? —repetí visiblemente extrañada—. No me pareció verla...

Richard se rascó la cabeza mostrando cierta inquietud e intentó balbucear alguna excusa.

—Pues... ellos tienen una. Tal vez no se fijase bien. Con la impresión y todo lo demás... ya sabe.

Tuve la sensación de que Richard estaba haciendo grandes esfuerzos por ocultarme algo. Por eso decidí lanzarle otro anzuelo.

—Lo que sí me llamó la atención, a pesar de la impresión y todo lo demás, ya sabe —ironicé repitiendo sus palabras—, fue una pequeña pluma blanca que había en el suelo. Me imagino que a la policía no se le habrá escapado un detalle tan peculiar.

—Pues es posible... La verdad es que no lo sé. No dan mucha información sobre su trabajo.

—Ya.

—Iba a bajar a tomar una taza de té, ¿desea acompañarme? —Richard atajó así una conversación que parecía resultarle sumamente comprometedora.

Intuí que poco iba a conseguir de un hermético y esquivo Richard Windfield, y tampoco me apetecía en aquel momento compartir con él una taza de té como dos viejos amigos; no podía ser. Probablemente, Richard Windfield era la única persona en todo Brunstriech que además de estar conmocionado por la muerte de Borís Illianovich, se creía objeto de una traición: la de una mujer que le ofrece sus besos pero pasa la noche en las habitaciones del gran duque. Su ídolo se había caído del pedestal; o más bien, lo había tirado él mismo antes de que pudiera hacerle más daño.

—Richard, yo... —intenté explicarle lo que él nunca querría entender.

—No, está bien. Tal vez en otra ocasión.

Richard se retiró, distante y cortés, como si yo fuera una desconocida a la que acababa de encontrarse en un pasillo. Le miré alejarse, lamentándome de que a veces los hombres se empeñasen en estropear una bonita amistad con amor.

Antes de marcharme, dirigí una breve mirada hacia Karel y el inspector Franke. Seguían enfrascados en su conversación. Quizá fuesen las muchas explicaciones que el policía, a buen seguro de naturaleza discreta y cautelosa, se afanaba en darle, o que juntos parecían conspirar, el caso es que algo en su actitud me hizo pensar que aquellos hombres no era la primera vez que se veían.

Recuerdo que nada era especialmente destacable de la apariencia del inspector Heinrich Franke, jefe de la policía local encargada del caso: cincuentón, más bien de pequeña estatura y aspecto robusto, ojillos pequeños pero chispeantes a los que no parecía escapárseles detalle alguno y boca levemente sombreada por un fino bigote, de la cual pendía, como una prolongación de su anatomía, un cigarro puro (para él un lujo que no siempre podía permitirse encender). Nada salvo un detalle que tú me hiciste notar de inmediato: una piel demasiado oscura para lo que se estilaba en una jerarquía básicamente aria y un cabello (o lo que de él quedaba, pues ya sólo le brotaba ralo por encima de las orejas) negro como el carbón. Después me contaste que ambos rasgos habían llevado a la gente a especular sobre su origen gitano, extremo que si bien nunca había sido probado, a la larga suponía un obstáculo para el ascenso en el escalafón policial de un hombre que, por otra parte, se empeñaba en demostrar día a día su valía. Yo, por mi parte, especulé con la teoría de que se trataba de un hombre solitario. No había más que fijarse en su atuendo de clase media: no sólo ofrecía un contraste desafortunado al lado de aquella concentración de uniformes reglamentarios o de los impecables trajes a medida de los aristocráticos moradores de Brunstriech, sino que además aparecía un tanto descuidado y raído por el uso extremo, una evidencia de que el inspector Franke carecía de la compañía de una buena mujer, dispuesta a coserle ese botón de su chaleco que comenzaba a flojear o a lavarle y almidonarle cuidadosamente el cuello arrugado y ennegrecido de la camisa.

A media tarde el inspector me abordó con la orden, camuflada de ruego respetuoso, de interrogarme como testigo del suceso. Me condujo al salón de armas, improvisado cuartel de operaciones policiales, y me ofreció asiento en una cómoda butaca, iniciando así lo que daba toda la impresión de ser para él un procedimiento rutinario.

—Vaya tomando nota, sargento —ordenó el inspector Franke al joven policía que nos acompañaba y que se debatía entre fijar la vista en la libreta o en las formas que imaginaba bajo mi vestido—. Bien, Fräulein, ¿podría relatarme cómo vivió usted los sucesos acaecidos esta pasada noche?

—Por supuesto. Después de la fiesta, me retiré a mi habitación, cuando en mitad de la noche…

—Disculpe —me interrumpió—, ¿podría precisar las horas?

—Creo que sí. Me acostaría sobre las dos o dos y media y en torno a las cuatro y media o cinco oí ruidos.

—¿Qué clase de ruidos?

—Golpes y carreras por los pasillos. Como si se cerrasen puertas o cayesen objetos pesados al suelo.

—Bien, continúe.

—Me asomé a ver qué sucedía y me encontré a su alteza el gran duque y al mariscal Combel en idéntica situación: ellos también habían oído los ruidos y con el temor de que fueran ladrones decidieron ir a echar un vistazo por la casa.

—¿Por qué no avisaron a la guardia del castillo?

—No lo sé. Quizá ellos puedan responderle a esa pregunta.

Sin más comentario, me hizo un gesto para que prosiguiese.

—Bajaron al primer piso y como a los cinco o diez minutos volví a escuchar otro golpe... Bueno, antes había salido la baronesa Von Wacher igualmente alertada por el ajetreo. Entonces, bajé yo también y encontré a mi primo en la puerta del salón de armas con la cabeza abierta. Le habían golpeado con un jarrón: había trozos por todas partes.

—¿Vio usted a alguien?

—No, a nadie. Seguramente escapó en otra dirección antes de que yo llegara.

—Bien, siga.

—En breve llegó el mayordomo y su alteza le envió a buscar al jefe de la guardia. Después acompañamos al gran duque a sus habitaciones para curarle la herida.

—¿Usted y el mariscal?

—Sí. Luego el mariscal se retiró y me quedé yo sola para atender a su alteza hasta que llegase el médico. Al poco tiempo oímos el disparo.

—¿Recuerda a qué hora exactamente?

Me detuve unos instantes para pensar.

—Aproximadamente a las cinco y media; las seis como muy

tarde. Por cierto, momentos antes tuve que abandonar las habitaciones de su alteza para buscar un analgésico. Al salir, vi al príncipe Karel salir de la habitación del señor Illianovich.

—¿Está completamente segura de que era esa habitación y esa persona a quien usted vio?

—Completamente.

—Pero si eso fue antes, él no pudo haber disparado.

—Yo no he dicho que lo hiciera. Sólo que le vi salir.

—Ya. ¿Qué sucedió entonces?

—Nada. Regresé a las habitaciones del gran duque y a los pocos minutos se oyó el disparo. Cuando llegamos al dormitorio del señor Illianovich, descubrimos que le habían asesinado —afirmé deliberadamente, considerando que había llegado el momento de tomar las riendas de aquel interrogatorio.

Mi observación produjo el efecto que esperaba; por primera vez, el inspector Franke escuchó algo digno de interrumpir el rutinario proceso.

—Parece muy segura de que fue asesinado.

—Lo estoy. No había nota de suicidio y sí un frasco de Veronal abierto sobre la mesilla. Nadie que se va a suicidar se toma antes un somnífero.

—Sin embargo, la víctima tenía una pistola en la mano.

—No —negué rotundamente mientras me preguntaba por qué el inspector daba por seguro algo que él sabía no era así, como si quisiera ponerme a prueba—. La pistola estaba tirada en el suelo; parecía que se había caído de su mano. Cualquiera pudo colocarla de esa forma.

El inspector Franke me miró con cierto recelo. Obviamente, se había formado una idea sobre mí antes de interrogarme y con mis observaciones me estaba saliendo de lo que él esperaba de una mujer como yo. Empezaba a intrigarle, pero era un buen policía: cauteloso, reservado, de pocas palabras siempre concisas y directas al grano. Su trabajo era preguntar y no dar información. No iba a caer en mi trampa. Al contrario, iba a devolver el interrogatorio a su cauce y además iba a tratar de asustarme.

—Cuando usted llegó a la habitación del señor Illianovich, ¿cómo estaba la ventana?

—Cerrada.

—Así es: cerrada por dentro. ¿Cómo cree entonces que pudo escapar el asesino sin toparse con ustedes?

—No lo sé. Averiguarlo es trabajo de la policía.

—Efectivamente. Por eso la policía podría pensar que el asesino o asesinos no tuvieron necesidad de escapar. Podría pensar que el gran duque y usted, encubiertos por el hecho de ser los primeros en descubrir el cadáver, fueron los que efectuaron el mortal disparo. Todos los testigos coinciden en que cuando llegaron a la habitación del crimen ustedes dos ya estaban allí.

Tras exponer su provocadora teoría, el inspector Franke hizo una pausa dramática para observar mi reacción. Yo permanecí impasible, desafiándole con la mirada, haciéndole ver que yo no era el tipo de mujer a la que podía amedrentar con su autoridad y su placa de latón.

—No obstante —continuó—, por fortuna para usted, la policía sí ha encontrado una nota de suicidio. Tal y como están las cosas, Fräulein, yo que usted no me empeñaría en insistir en la teoría del asesinato. Corre el peligro de que se vuelva en su contra.

Justo como esperaba, allí estaba la confirmación oficial de lo que Richard me había adelantado, acompañada, además, de una velada advertencia: una especie de no meta las narices donde no la llaman. Me pregunté a quién estaba tratando de encubrir el inspector Franke; por quién estaba dispuesto a corromper la labor policial... Y por qué.

—Bien, Fräulein, si no tiene nada más que añadir, ya no

será necesario que sigamos molestándola. Muchas gracias por su colaboración.

Tras el tenso interrogatorio con el inspector Franke, intenté descansar. En la soledad de mi habitación no fui capaz de dejar de martirizar mi cabeza con el asunto de la muerte de Borís. Creí que sería una buena idea hacerte una visita. Y es que, además de cumplir de este modo con el catequético precepto de visitar a los enfermos, lo cierto era que te echaba de menos. Estaba segura de que tu naturaleza jovial y seductora distraería mis negros pensamientos.

—¡Maldito policía de tres al cuarto!

Cuando al acercarme a tus habitaciones me crucé con el inspector Franke, intuí que quizá no había escogido el momento adecuado para valerme de ti como distracción. El policía había estado interrogándote y las consecuencias del intercambio estaban plasmadas en tu ira. Plantado en mitad de tu gabinete, proferías a viva voz maldiciones contra el representante de la ley.

En absoluto había esperado encontrarte quejoso y convaleciente en la cama; no iba con tu forma de ser postrarte en el lecho, cual débil damisela, a causa de una brecha de diez centímetros en plena cabeza. No obstante, aquel despliegue de energía consiguió sorprenderme.

—¡El muy necio, inepto, osado y…! ¡Sucio! ¡¿Cómo se atreve a insultarme en mi propia casa?! ¡¿Puedes creerte que me ha acusado a mí, a mí, de haber matado a ese señor… yo qué sé?!

Tu indignación dejaba claro que el inspector Franke te había dedicado la misma acusación y las mismas amenazas que a mí. Lo que también estaba claro es que tú no te las habías tomado con la misma templanza que yo.

—Vamos, tranquilízate... —traté de aproximarme a ti con gesto apaciguador, mas no dejabas de moverte de un lado a otro, casi ignorando mi presencia—. Si no te calmas se te abrirán los puntos.

—¡¿Calmarme?! ¡¿Cómo voy a calmarme después de lo que acabo de escuchar?! ¡Pero si ni siquiera sé quién era ese demonio de, de...!

—Borís Illianovich.

—¡Borís como sea! ¡Ni siquiera sé qué hacía en mi casa!

¿Cómo era posible que el anfitrión no conociera a uno de sus invitados?

—¿Es que no le invitaste tú?

—No —respondiste de forma rotunda, como si fuera evidente.

—Entonces, ¿quién le invitó?

Te encogiste de hombros, mostrando no sólo ignorancia sino también indiferencia.

—Mi madre no lo hizo; ella siempre me manda su lista de invitados para que la revise. Tal vez fuera Karel. O puede que se incorporara a última hora; de comparsa de alguien. Brunstriech empieza a parecerse a una casa de p... a un lupanar —te corregiste antes de que tu ofuscación te hiciese olvidar los buenos modales y tu exquisito lenguaje—: cualquiera entra y sale de aquí a su antojo.

Yo, sin embargo, no le di mucha importancia a aquel cuasi desliz lingüístico, pues mi atención se había quedado atrapada en un dato mucho más revelador: Karel había invitado al señor Illianovich a pasar las Navidades en Brunstriech. ¿Por qué?

—Y desde luego —proseguiste—, que no hubiera consentido que nadie le invitase si llego a saber que ese viejo gordo iba a tener el mal gusto de morirse en mi casa durante mis fiestas y estropearlo todo.

Acepté aquella negra ironía, tan poco considerada, porque

en el fondo deseaba que recuperases tu habitual sentido del humor.

—No seas cruel. Era un buen hombre.

De pronto, pareciste haber aplacado tu furia. Inmóvil frente a mí, me miraste con un mensaje extraño en los ojos.

—Seguro que lo era... Tal vez quisiese algo de ti. ¿O es que todavía no te has dado cuenta de que todos los hombres se esfuerzan en ser buenos contigo?

Aquel comentario no me gustó. Era como si, sin motivo aparente, estuvieras aliviando tu mal humor con un reproche hacia mí que estaba totalmente fuera de lugar.

—Ya —respondí secamente—. Bueno, será mejor que me marche.

Me di media vuelta en busca de la puerta, pero de inmediato detuviste mi retirada.

—No, espera. Te has enfadado, ¿verdad?

Antes de responder y muy lentamente, haciéndote ver así que me resistía a atender a tu requerimiento, me giré para mirarte.

—No —negué cabizbaja—. No. Es... Es sólo que estoy cansada —alegué, mostrándome en cambio herida.

—Lo siento, princesa. ¡Es que estoy tan furioso que no sé lo que digo! ¡Y además soy un idiota!

Por fin te concedí una sonrisa y una mirada de clemencia.

—Sí que lo eres.

—Todavía no te he dado las gracias porque esta noche has sido la mejor enfermera que un hombre puede desear.

—Pues la verdad es que tú has sido el enfermo más indisciplinado y atrevido que una enfermera... puede desear. De hecho, ahora mismo, deberías estar en la cama.

Entornaste los ojos y sonreíste, diste un par de pasos para salvar la distancia que nos separaba y buscaste mis manos para retenerlas entre las tuyas.

—Sí, lo sé. Lo que sucede es que detesto irme solo a la cama…

Puede que tus palabras escondieran una invitación sincera; o quizá sólo se trataba de una frase procaz sin mayor trascendencia, como la mayoría de las tuyas. Fuera como fuese, no iba a quedarme a averiguarlo.

Alzándome de puntillas para alcanzar la altura de tus mejillas, dejé en ellas, cerca de tus labios, un beso no menos procaz que quería herirte más que agradarte. Te vi cerrar los ojos y te oí tragar saliva mientras lo hacía; entonces, supe que había triunfado.

—Buenas noches, alteza. Que descanséis —concluí con un susurro en tu oído antes de desaparecer por la puerta.

*7 de enero*

Recuerdo, amor mío, que una vez diseccionado, analizado y estudiado desde todos los puntos de vista médico-forenses, el cuerpo de Borís Illianovich recibió civil sepultura en el cementerio central de Viena, lo que le valió, aun después de la muerte, la crítica y el rechazo de los que habían compartido con él algún momento de su vida: aquellos que hacían una profesión ostentosa de fe cristiana se vieron consecuentemente ofendidos por tal ceremonia atea. Por mi parte, tuve la sensación de que los presentes acudíamos a la llamada de un mero acto social; sin viuda a la que acompañar, sin amigos con los que llorar, sin familia con la que padecer la tragedia.

Borís Illianovich, que en vida se había definido como un ciudadano del mundo y había llevado a cabo un proselitismo propio de esa condición, cuando llegó la hora de su muerte resultó ser un hombre sin una patria dispuesta a recibir sus restos. El azar señaló la tierra que le vio morir como la que había de abrazar su cuerpo frío. Allí donde sus huesos encontrasen un lugar para descomponerse era algo que no importaba probablemente ni al mismo Borís, porque su espíritu ya estaba muy lejos de cualquier lugar.

Una nieve fina y constante, como un soplo divino de polvo, había sido nuestra compañera, salpicando de blanco hombros y cabezas, en tanto contemplábamos impertérritos el sobrecogedor ritual, envueltos en una brisa húmeda y gélida que se colaba traicionera entre la ropa hasta congelar los huesos. A nuestro lado, las esculturas teutónicas (recuerdos de quienes nos habían precedido en el viaje por la laguna Estigia), las ramas desnudas de los árboles como artríticas manos suplicantes, las flores marchitas sobre el granito frío y la mirada severa del viejo ciprés contribuían sobremanera al ambiente lúgubre y desolador; como el atrezo de una obra de teatro, parecían haber sido previamente diseñadas y estratégicamente colocadas para crear tal efecto en el espectador. Después de todo, ¿qué es un cementerio sino la puesta en escena de la muerte?

Ningún llanto, gemido, sollozo, ni cualquier otra muestra sonora de dolor quebró el silencio luctuoso. No hubo responsos. No hubo elegías. No hubo lágrimas, ni siquiera las que se derraman por inercia en tales actos como se derraman los aplausos en los espectáculos, ya sean buenos o malos. Los rostros eran sombríos y serios, pero pétreos y carentes de emoción, como si el viento los hubiera convertido en esfinges de hielo. Tampoco el enigmático criado que siempre acompañaba al señor Illianovich, cuya raza y origen habían sido en más de una ocasión motivo de controversia, mostraba ninguna emoción.

Con la mirada fija en el suelo contemplé manchas negras de tierra que salpicaban el blanco de la nieve, querían imponer un luto riguroso en torno a la sepultura. Y empecé a sentir una extraña angustia.

No era la primera vez que asistía a la muerte, pero sí a aquella muerte tan peculiar de quien vive como un líder de masas pero muere solo; de quien crea opinión pero es abandonado al final; de quien, por vivir en la oscuridad, muere en la oscuridad.

Vivir y morir solo. La angustia iba en aumento.

Nunca me había planteado el final del camino. Yo había estado demasiado ocupada en sobrevivir. Llevada por una existencia llena de sinsabores y desengaños, me había empeñado, quizá por revanchismo o puede que por desesperación, en la búsqueda y en el ejercicio de una libertad que no era más que un espejismo, un ideal sin contenido ni sustancia. Creyendo que la libertad sólo estaba al alcance de las almas solitarias, independientes y autosuficientes, me había convertido en una isla en mitad de un mar al que creía desdeñar desde mi individualismo superior, pero al que en realidad temía por saberlo dañino y peligroso.

Yo había escogido la soledad como refugio y como escudo. ¿Cómo era posible que de pronto me encontrara atrapada en ella como a Borís le iba atrapando la tierra en su agujero? Ver aquella tierra caer sobre su ataúd me produjo tal angustia que tuve la sensación de que caía sobre mi cuerpo, cubriéndome hasta enterrarme por completo.

La noche en la que llegue la dama negra para llevarte con ella… tal vez mañana… te hallará sola. Morirá contigo tu legado, pues no tendrás a quién legar. Morirá contigo tu memoria, pues no tendrá en quién quedar. Nada de ti quedará en este mundo tras tu paso por él. Ésa es la auténtica muerte, la muerte del alma solitaria: la tuya… Así me amenazaba la angustia.

Fue miedo. Un miedo silencioso y contenido, de esos que no ves llegar porque se manifiestan desde dentro. Un miedo que erizó mi piel bajo las gruesas ropas de abrigo. Tuve miedo y te miré. Estabas en primera fila: los pies al borde de la tumba; la mirada lejos de ella; la frente, altiva. El aire agitaba tu abrigo y despeinaba tu cabello... Tuve miedo y te miré.

Y la tierra seguía cayendo sobre la tumba de Borís; el único ruido que animaba aquel lugar inanimado. Un ruido rítmico de paladas que alimentaban mi angustia.

Quise correr a que me abrazaras, a que me sacaras de aquel lugar opresivo y amenazador, a que acallaras mi miedo con palabras de consuelo. Pero tú ni siquiera me mirabas...

—¿Te encuentras bien?

Algo en mí me estaba delatando. El miedo se asomaba por las ventanas de mi cuerpo. Karel insistió:

—¿Te encuentras bien?

Asentí, tratando de recobrar la compostura. Fue entonces cuando me di cuenta de que me había encorvado, porque me erguí; de que estaba sudando, porque sequé el sudor de mi frente con dedos temblorosos; de que me había tambaleado, porque tu hermano me sujetaba.

—Tal vez desees sentarte...

Le miré. Severa y orgullosa. Yo nunca me mostraba débil ante los hombres.

—No, gracias.

Y me aparté de él un paso para demostrárselo.

Con la vista de nuevo puesta en la tumba ya cerrada, me aseguré con un ímpetu cercano al enojo, que quería matar el miedo:

¡Yo no quiero llantos de plañideras en mi funeral, ni caretas sombrías de pretendida tristeza!; ¡no quiero que la gente vista de negro como visten las novias de blanco!; ¡no quiero cantos fúnebres, ni trompetas de la muerte!; ¡no quiero alabanzas vacías sobre mi mortaja, ni coronas de flores enviadas por gente que nunca conocí! ¡No es eso lo que quiero!

Mi ira se aplacó.

—¡Todo lo que yo quiero es que alguien deje una flor sobre mi ataúd y vuelva a casa con un millón de recuerdos gratos! —dije en un susurro que apenas despegó mis labios.

Tal vez no debí hacerlo, pero adelanté el paso y dejé una flor sobre la tumba de Borís. Mientras me agachaba, tuve la vaga sensación de que decenas de ojos como alfileres se clavaban en mi espalda.

—Ha sido tan triste… —murmuré al tiempo que recibía de manos del príncipe Alois una taza de té.

En el calor de una de las salitas del castillo de Brunstriech, Alejandra, Alois, tú y yo nos recuperábamos del frío y el cansancio; del amargo sabor de boca que dejan los entierros, incluso uno tan peculiar como el de Borís Illianovich.

—Desde luego, querida. No hay nada comparable a la solemnidad de un entierro religioso, como Dios manda. Si seguimos así, con tanto ateo y anarquista suelto por el mundo, no sé adónde vamos a llegar —renegó tu madre mientras espantaba de su regazo al mullido gato persa gris que momentos antes había trepado hasta allí en busca de una caricia.

No hubo más comentarios; ni el tema ni el foro lo requerían. Tu madre terminó a sorbos rápidos el té y se puso en pie trabajosamente.

—En fin, yo me retiro a mis habitaciones a ver si puedo descansar un poco antes de la cena. Estoy exhausta.

—Te acompaño, Alejandra. Tampoco a mí me vendrá mal un descanso —anunció tu tío dejando sobre la mesa su taza casi sin tocar.

Besé a la gran duquesa viuda en sus mejillas suaves cubiertas de polvos de arroz y volví al abrigo del sillón junto al fuego. Tú también despediste a tu madre con un beso para después regresar a la contemplación del paisaje a través de la ventana.

Rodeada de silencio reconfortante, me abandoné a un disfrute inconsciente de sonidos sutiles, a menudo olvidados por su discreción: el tictac del reloj, el crepitar del fuego en la chimenea, el murmullo del viento tras los cristales... el susurro intermitente de una respiración pausada. Casi olvidé que no estaba sola. Costaba creer que tú, tan silencioso que parecías desaparecer, fueras mi compañía.

—Lars... —te llamé en voz baja, temiendo romper la magia del silencio.

—¿Mmmmm?

—¿En qué estás pensando?

Tardaste unos segundos en responder, como si te hubiesen sacado de un sueño y ahora tratases de recomponer el sentido de la pregunta.

—En nada.

En nada que te pueda contar. En nada que tú puedas saber. Algo así es lo que suele ocultarse detrás de tan sencilla respuesta.

—¿Quieres más té?

Por fin te volviste y miraste el reloj que había sobre la chimenea. Yo lo miré contigo. Y si tú viste la hora, yo jugué a catalogarlo: era un reloj francés de bronce chapado en oro, estilo Luis XVI, montado en porcelana biscuit azul y blanca, y firmado por la casa Gavelle de París, probablemente a finales del siglo XVIII.

—No, gracias. He de reunirme con el administrador dentro de unos minutos.

—¡Pobre niño rico!

Con una leve sonrisa, me hiciste ver que aceptabas mi burla con elegancia. Abandonaste la ventana, dejaste la taza de té vacía sobre una mesa y te acercaste a mí. Permaneciste en pie para demostrarme que tu presencia no se iba a prolongar. Desde la perspectiva de mi asiento, a poca altura, tu silueta resultaba aún más imponente de lo habitual.

—Y tú, ¿qué vas a hacer?

Con tu pregunta caí en la cuenta de que no tenía previsto cómo pasar la mañana.

—Pueeeees... podría bordar junto al fuego... si supiera bordar. O escribir poesía melancólica con la mirada perdida a través de los cristales... pero nunca he escrito un solo verso. Jugaría un solitario con una baraja francesa... claro que los solitarios me aburren soberanamente. No sé, creo que yo también iré a descansar un poco. Tal vez aproveche para escribir un par de cartas.

Una vez hube reconocido que carecía de cualquiera de las habilidades exigidas a una señorita de buena posición, me envolviste en una mirada enigmática que podía haber sido de admiración de no ser porque juzgué imposible que sintieses admiración por mi falta de refinamiento.

Cuando creí que me aclararías tu parecer con palabras, lo que en realidad hiciste fue inclinarte hacia mí y, sin mayor preámbulo, dejar sobre mis labios un beso prolongado que con su adictivo tacto de terciopelo y su agradable calor de primavera me sometió sin dejarme espacio para que replicase. Al separarte de mí, sentí frío y abandono; me dolía que el momento de placer fuese tan breve.

—Tengo que marcharme —exhalaste en un suspiro al incorporarte.

Tienes que marcharte... Entonces, ¿por qué? ¿Por qué calmas mi sed y luego arrancas la copa de mis labios? ¿Por qué sacias mi hambre y luego me arrebatas el alimento de la boca? ¿Por qué alivias mis heridas y luego retiras el bálsamo de mi piel? ¿Por qué caldeas mi alma helada y luego alejas el fuego de mi lado?

—Y recuerda: no has sido tú quien me ha besado, sino yo quien te ha besado a ti —quisiste dejar claro, como si fuese algo crucial, antes de desaparecer por la puerta llevándote contigo una parte de mí.

*9 de enero*

Suicidio.

Recuerdo, amor mío, el momento preciso en el que mi ira estalló. Contenida mucho tiempo como la lava de un volcán dormido, voló por los aires cuando tuve acceso al informe policial sobre la muerte de Borís Illianovich. Un informe grotesco, plagado de crasos errores de investigación y de evidentes manipulaciones y falsedades, al que se adjuntaba una autopsia que más bien parecía el resumen de una disección de lagartija redactado por un escolar. No se había comprobado la propiedad del arma, no se habían cuantificado las balas que había en el cargador ni si se correspondían con los disparos realizados, no se mencionaba la ausencia de tatuaje o halo alrededor del orificio de bala, no se habían medido la distancia ni la trayectoria del disparo; aparentemente, en el cadáver no habían encontrado restos de barbitúricos, ni se destacaba que la víctima los consumía habitualmente o que se había encontrado Veronal en su mesilla de noche, etcétera, etcétera, etcétera. Todo era tan chapucero que resultaba imposible creer que no hubiera mala intención.

Hecha una furia, sin pararme a pensar en las posibles consecuencias, recorrí los pasillos del castillo con un destino y un objetivo muy concretos.

* * *

Te confieso, hermano... Mejor dicho: te aseguro que aquel día la detesté. Ella hizo que me sintiese débil y vulnerable. Yo, que con el paso del tiempo y con la voluntad necesaria había logrado fortalecer mi ánimo, dominar mis emociones y limar las aristas de mi temperamento, me consideraba un hombre firme, moderado e inquebrantable. Sin embargo, ella alteraba aquel equilibrio: me hacía saltar por los aires, me enfurecía, me desquiciaba... Ella abría mi caja de Pandora con la pericia de un ladrón de guante blanco.

—¡¿Qué demonios está ocurriendo aquí?!

Aquella mujer insolente y descarada había entrado como una marabunta en mi despacho. Ni llamó a la puerta ni la cerró una vez estuvo dentro, se limitó a plantarse delante de la mesa y a espetarme aquella frase cargada de indignación y ajena al decoro.

Sorprendido en mitad de mi trabajo, levanté la vista de los papeles y le dirigí una mirada con la que quise transmitirle mi desagrado. Pensé que lo mejor sería conservar la calma ante tal explosión de ira, por lo que con cierta parsimonia intencionada me puse en pie, me acerqué a la puerta para cerrarla y, mostrándole una silla, fui amable con ironía:

—Buenas tardes, Isabel. ¿Quieres tomar asiento?

Sin escuchar mis palabras, que le trasladaron velados reproches por su grosería, continuó con su fogosa intervención.

—¡¿Qué clase de mascarada es ésta?! ¡¿A quién pretendéis engañar?! ¡Cualquier aficionado de tres al cuarto a las novelas policíacas baratas sabría que esto tiene de suicidio lo que yo de obispo de Calcuta! ¡Ni siquiera el asesino ha querido que parezca un suicidio, por Dios!

Tanto Richard como el inspector Franke ya me habían avisado de que ella estaba hurgando en el asunto de la muerte del señor Illianovich y que iba a acabar dándonos más de un problema. Tomé el firme propósito de no alterarme ante sus acusaciones.

—No estoy seguro de saber a lo que te refieres, pero si es a la muerte del señor Illianovich, creo que deberías hablar con la policía. Me temo que yo no puedo ayudarte.

—¡Tonterías! —me interrumpió como si en vez de escuchar mis explicaciones, quisiera soltar sus exabruptos—. ¡Tú eres quien está detrás de todo esto, no lo niegues! ¡Tú echaste tierra sobre el cadáver de Nikolái y ahora has mentido sobre la muerte de Borís! ¡¿Por qué tienes tanto interés en ocultar la verdad?!

Sin perder la compostura, pero empezando a entrar en el juego, solté desafiante:

—¿Y tú? ¿Por qué tienes tanto interés en que se sepa la verdad?

Mi hábil pregunta la dejó sin réplica, con su violenta verborrea atrapada entre los labios. Noté que el calor le subía a las mejillas cada vez más arrebatadas. Sin embargo, aunque creí que le había dado jaque mate, me mostró que no iba a consentir que yo dijera la última palabra.

—Te advierto que esto no va a quedar así. Seguro que hay alguien, además de tus corruptos policías, a quien le interesa saber lo que hacías en la habitación de Borís la noche de su muerte.

Y así pulsó el resorte adecuado para hacerme saltar. Aquella mujer empezaba a ir demasiado lejos con sus amenazas. Con ella no valían la templaza ni las buenas maneras. Necesitaba una demostración firme de autoridad: con el gesto deliberadamente severo y la mirada sombría, di un paso hacia delante para encararme con ella y dar por zanjado el asunto.

—Y yo te advierto que no voy a tolerar que una niñata con pretensiones criminalistas entre en mi despacho gritando como una verdulera y me amenace en mi propia casa. Así que, por tu bien, te aconsejo que vuelvas al salón a chismorrear con el resto de las mujeres y te olvides de unos asuntos que no son de tu incumbencia.

Una vez pronunciadas estas duras palabras, me dirigí a la puerta y la abrí mostrándole la salida.

—Ahora, te ruego que te marches. Tengo mucho trabajo.

No le di opción a que se resistiera, y ella atendió mi orden no sin antes dedicarme una última mirada de furia. Cerré la puerta y volví a mis papeles. Pero ya no podía concentrarme en ellos. Me reconocí absurdamente alterado: sudaba y me temblaban las manos. Nada se escapaba nunca de mi control, y de pronto todo parecía descontrolado. ¿Qué clase de mujer perteneciente a la aristocracia rural española, que jamás ha visto nada más allá de los límites de su pueblucho, sabría distinguir un suicidio de un asesinato? Richard diría que volvía a ver fantasmas donde no los había, pero de nuevo algo o, mejor dicho, alguien no encajaba: ella era la pieza sobrante que estaba estorbando al buen funcionamiento de mi, creía, bien engranada máquina. Y no iba a consentirlo.

* * *

Recuerdo, amor mío, que llegué a mi habitación con la tensión apretándome en el pecho y lágrimas de rabia quemándome en los ojos. Empezaba a ser consciente de lo que acababa de hacer: me había dejado llevar por mis emociones, había dejado que mi temperamento me traicionase. Tal vez, al contrario de lo que otros habían creído, yo no fuera la persona adecuada para el cometido que se me había asignado. Tal vez no sería capaz de soportar la tensión y me desmoronaría, poniendo en peligro la misión.

Me senté frente al espejo del tocador, buscando en mi reflejo el consuelo de un confesor. No iba a llorar, no iba a permitir que mi temperamento volviese a traicionarme. Puede que no tuviera la sangre tan fría ni los nervios tan templados como se suponía debía tener, pero poseía amor propio y decisión: tenía un trabajo que terminar e iba a terminarlo.

De un cajón de la cómoda, extraje un sobre con matasellos de España. Contenía la nota que había encontrado en el libro que intentaron robarme en París. Cuando la leí por primera vez su contenido aparentemente anodino me hizo sospechar que estaba en clave. La envié a que la descifraran y un par de semanas atrás me había llegado la respuesta con el aspecto de una carta convencional, enviada por una amistad inexistente desde España. Clavé los ojos en aquellas letras, eran mi punto de referencia para recobrar el control de mí misma, y me concentré en dar el siguiente paso.

*10 de enero*

## DIE KLEINE SPIELDOSE

*Wien*
*10. Januar 1914*
*9.00 abends*

Recuerdo, amor mío, que levanté los ojos de la tarjeta que sostenía en mi mano para posarla en el sucio cartel con las mismas tres palabras mareadas por el aire: DIE KLEINE SPIELDOSE.

Estaba algo nerviosa y me detuve unos instantes delante de aquel cartel recordando la primera vez que había estado allí: aquel 27 de diciembre que viajé a Viena con Karel y en el que aproveché el tiempo que me dejó sola para buscar La Cajita de Música. Ya entonces, en previsión de que alguien me estuviera vigilando o siguiendo, inventé que lo que me interesaba era una bombonería con el mismo nombre y ésa fue la explicación que le di al propio Karel. Siempre había tenido que tener previstas las respuestas a sus preguntas. Para aquel segundo viaje, había decidido que lo mejor sería recurrir a un cómplice inocente: lady Eleanor fue la elegida. Ella entendería a la perfección la necesidad incontenible, el deseo fervoroso de acudir a una cita clandestina con un apasionado, secreto y sórdido amante. Y eso fue lo que alegué para que accediese a cubrir mi aventura. Acompañadas de su madre, acudiríamos a una representación en la Ópera de Viena. Una vez allí, yo me escabulliría para reunirme con el presunto trasgresor de mis virtudes. Llegada la hora de regresar, lady Eleanor le diría a su madre que me había encontrado con uno de vosotros, quienes, como solícitos primos que erais, me habíais acompañado de vuelta a Brunstriech. A lady Eleanor le encantó la idea, así que dicho y hecho. Por lo demás, contaba con una ventaja imprescindible a mi favor: lady Jane Stantton, la madre de Eleanor, que tenía la costumbre de ahogar las frustraciones de su vida en algo más de media botella de ginebra justo antes de irse a la cama. Era muy probable que a la mañana siguiente no recordase nada de lo sucedido la noche anterior, pues, por descontado, yo no habría vuelto a Brunstriech con ninguno de mis primos.

Concluido con éxito el plan de fuga, no tuve mayor dificultad para llegar hasta Die kleine Spieldose, que no era otra cosa que una chamarilería con pretensiones de anticuario situada en una de las callejuelas más angostas del distrito de Ottakring, un barrio obrero de Viena. Estaba encajada entre dos viviendas de vecinos ruinosas, con las fachadas desconchadas y negras por efecto de la humedad del Danubio. Toda la calle olía a la carbonilla de las estufas y a orín de gato: el aliento pestilente que exhalaban los portales, sucios y oscuros como bocas de borracho. Por fin me decidí a cruzar la calzada solitaria y mal iluminada, y el crujido de mis pisadas sobre la nieve resonó en el silencio de la noche. Miré a los lados: el único movimiento que percibí fue el del polvo de nieve arremolinándose en las esquinas por efecto del viento. La tienda estaba cerrada, pero haciendo pantalla con la mano pude ver, a través del cristal incrustado de óxido y suciedad, una multitud de objetos apilados que parecía imposible que nadie quisiese comprar. Más que de antigüedades se trataba de trastos viejos sin ningún encanto ni valor: telas sucias y apolilladas, cubiertos herrumbrosos y descabalados, cuadros de escaso interés artístico, cajas de latón descascarilladas, porcelanas rotas y recompuestas de entre cuyos bordes sobresalían pegotes ocres de pegamento reseco…

Me pregunté qué clase de cita podría estar teniendo lugar en aquel rincón abandonado. Empecé a considerar la posibilidad de que hubiera interpretado mal el sentido del mensaje. Tal vez no hacía referencia a una cita secreta, como había pensado, o podía ser que Die kleine Spieldose no fuese la tienda cochambrosa ante la que me encontraba, sino otro sitio u otra clave. Por otro lado, también era cierto que si se trataba de una reunión secreta, no me la iba a encontrar delante de las narices… Fijé mi atención en los dos portales que flanqueaban el local: quizá en uno de ellos hubiese una entrada a la trastienda. Escogí primero el de la derecha y al empujar la puerta, cedió sin dificultad. En el interior, el nauseabundo olor de la calle se volvió más desagradable al mezclarse con el de las patatas y el repollo que se cocían para la cena. Frente a mí se abría una escalera de peldaños de madera estrechos y agrietados; a mi derecha, unos cuantos buzones abollados, todos ellos con las cerraduras forzadas; y a mi izquierda, una puerta. Miré en los buzones y me felicité a mí misma al leer: «Die kleine Spieldose. Bajo izquierda». La puerta del bajo izquierda estaba asegurada con una cadena y un candado, pero no me costó franquear la barrera descerrajando con unos alicates, parte de mi equipo, el candado herrumbroso y más bien endeble.

Detrás de la puerta se abría un pasillo oscuro del que no pude apreciar su final. Encendí mi linterna y me dispuse a recorrerlo. Mientras avanzaba iba percibiendo un calor húmedo cada vez más sofocante, al tiempo que comprobaba que el lugar estaba limpio y cuidado, libre de polvo o telarañas, como si estuviese más transitado que la roñosa tienda de la calle. No obstante, las bombillas que colgaban del techo estaban frías y en el suelo no había rastro de la humedad que deja el calzado manchado de nieve. Aparentemente, hacía tiempo que nadie pasaba por allí; por algún motivo alguien se preocupaba de mantener el pasadizo en buenas condiciones de uso, lo cual despertó aún más mi interés por saber adónde conduciría.

De repente, un ruido sutil, similar a un roce de telas, me puso en alerta, esa clase de ruidos sutiles que delatan presencias sutiles y furtivas…

Apagué la linterna.

Agucé el oído y contuve la respiración.

Traté de percibir algún otro sonido delator.

Sin embargo, el silencio era absoluto. Ya ni siquiera llegaban hasta mí los murmullos del vecindario que escuchara momentos antes en el portal. Llegué a la conclusión de que en aquel lugar no había nadie más que yo y quizá alguna rata, así que continué mi andadura, confiando en alcanzar pronto el final de aquel pasadizo.

Por fin, vislumbré que el túnel desembocaba en un espacio amplio. Al aproximarme, el corazón me dio un vuelco. Entre las sombras se dibujaban, fantasmagóricas, dos figuras humanas. Estaban en el centro de la estancia y parecían conspirar en una voz tan baja que ni siquiera había podido oírlas. Rápidamente, apagué la luz, aun sabiendo que ya sería tarde. Con el alma encogida, esperé a que, alertadas por los disparos luminosos que lanzara mi linterna, se volviesen y me descubriesen husmeando. Instintivamente me llevé la mano al bolsillo, donde sentí el frío y tranquilizador acero de mi pistola, y me preparé para defenderme.

Pero nada sucedió.

Las figuras permanecieron inmóviles, ajenas a mi presencia. Con cautela avancé unos pasos casi ciegos por la falta de luz. Sin soltar la pistola, aguardé un movimiento que seguía sin producirse. Era como si una imagen que debería estar viva, se hubiera congelado. Era tan inquietante como irreal. Finalmente, me decidí a encender de nuevo la linterna. Bajo el haz de luz amarilla y mortecina se revelaron las formas humanas de dos maniquíes de sastre. Suspiré, aflojé la mano que apretaba el arma y después me sentí idiota por la confusión.

En cuanto mis nervios se sosegaron llevé a cabo una primera inspección visual del lugar. Deduje sin problemas que me hallaba en el almacén de Die kleine Spieldose. Grandes cajas de embalar y otros bultos se apilaban contra las paredes. Una sucesión de libros dispuestos en torres que desafiaban la ley de la gravedad, de hileras de viejas muñecas tuertas que me miraban con una sonrisa satánica, lienzos agujereados y carcomidos con retratos de personas desconocidas, espejos rotos que me devolvían mi propia imagen negra y descompuesta, cacharrería variada, sucia y desportillada… Según pasaba los dedos por todos aquellos objetos polvorientos, me invadía una sensación incómoda: como si desde el pasado, sus dueños anónimos me observaran profanar los restos de sus vidas; la parte de ellos mismos que allí había quedado, relegada al olvido de un sórdido almacén.

Una vez más creí que había llegado a un callejón sin salida, a una pista falsa, fuera lo que fuese lo que estuviese buscando. No obstante, llevada por una especie de intuición seguí revolviendo entre aquellos despojos del tiempo y mi tenacidad tuvo su recompensa. Algunas de las cajas de debajo, ocultas a simple vista, eran más nuevas que las demás y estaban perfectamente selladas. Tiré de una de ellas para desenterrarla de entre los trastos y con ayuda de un viejo utensilio de cocina hice palanca para abrirla. En su interior hallé montones de paquetitos rectangulares, bien envueltos y ordenados para aprovechar al máximo el espacio de cada caja. Sostuve uno entre mis manos; calculé que pesaría entre doscientos y trescientos gramos. Rasgué el papel y descubrí una inconfundible resina marrón, grasienta y pegajosa: hachís. Allí había almacenadas grandes cantidades de hachís listo para su consumo. Estaba cerca de mi objetivo.

Me puse en pie y observé cuidadosamente toda la habitación. Proyecté la luz de la linterna sobre las paredes para buscar otra entrada o salida de aquel lugar. Aunque a simple vista no encontré ni el más mínimo hueco, no tardó en llamarme la atención que una de las paredes parecía distinta de las demás; los ladrillos estaban enteros y brillantes, y el cemento entre ellos, un poco más blanco. Además, había menos trastos apilados frente a ella. Los aparté para dejarla casi al descubierto y empecé a palparla en busca de alguna grieta, agujero o resorte. En un momento dado de mi cuidadosa exploración mis dedos toparon con un ladrillo suelto: lo empujé con fuerza. Se oyó un estruendo como de piedra de molino, un crujir de mecanismos y un chirriar de bisagras que llenó la habitación, después una sección de la pared comenzó a desplazarse dejando al descubierto unas escaleras que ascendían en espiral. Lo primero que percibí fue una corriente de aire fresco que penetró en el ambiente enrarecido y mohoso de aquel lugar. Después, percibí el rumor monótono y grave de un canto colectivo; un murmullo constante parecido a un oleaje suave de mar o al viento en las copas de los árboles, sin altibajos ni interrupciones. Un indicio de vida humana.

Decidida a llegar hasta el final de aquella aventura que parecía no tenerlo, puse el pie sobre el primer peldaño y comencé el ascenso, únicamente guiada por el hipnótico canto. Al alcanzar el último escalón, me topé con una pared cóncava en cuyo centro brillaban dos círculos de luz de unos treinta centímetros de diámetro que eran como los ojos de buey de un barco. Me asomé por uno de ellos y ante mi mirada atónita se abrió una estancia de proporciones gigantescas tanto en planta como en altura; completamente cubierta de paneles dorados, y que brillaba con intensidad cegadora a la luz de unas antorchas que se distribuían por las paredes. El techo estaba surcado de telas de gasa de un rojo vivo, largas y vaporosas. Desde el suelo de mármol negro, brotaban como grandes troncos de secuoya dos hileras de columnas profusamente decoradas con dibujos e inscripciones en oro y grana, que dividían la planta rectangular en tres naves, la central era la más ancha de las tres. Al fondo, se levantaba sobre una escalinata flanqueada por dos enormes cobras negras lo que parecía un altar cuyo centro estaba marcado por una pila de llamas que se alzaban más de un metro hacia el techo. Detrás, presidiendo el impresionante escenario, una colosal estatua, mitad figura humana femenina, mitad serpiente, con dos pares de brazos que brotaban de su torso como las ramas de un árbol, parecía dedicarle una mueca terrorífica a quien la mirase. La piel azul, la lengua larga colgando de sus labios, el collar de calaveras... Era la diosa Kali en una extraña versión.

Cientos de congregados se arrodillaban ante ella. Vestían con túnicas de color azafrán y cubrían sus rostros con máscaras de inspiración hindú. Al pie de la escalinata formaban en fila una decena de personas con túnicas púrpura y, sobre el altar, otras cuatro personas más, ataviadas igualmente con máscaras y túnicas cada una de ellas de un color —marrón, blanco, azul y rojo—, rodeaban a una quinta vestida de negro. Inmediatamente acudieron a mi mente las imágenes de las reuniones secretas de Brunstriech con sus cinco congregados.

La recreación grandiosa de un templo y la celebración de una ceremonia religiosa. ¡Todo ello en mitad de Viena! Aquel descubrimiento me puso los pelos de punta, me trasladó a las selvas de Bengala, a los cantos de los brahmanes, al sonido del gong, al calor sofocante, al olor de los *sadus*... Sin embargo, me encontraba en medio de Viena.

Desde mi posición privilegiada en lo alto de la estancia, envuelta en el peculiar olor dulzón del hachís que ardía en las piras llenándolo todo de un denso humo blanco, observé a los fieles ponerse en pie, arengados por el sacerdote. Los cantos se exacerbaron y la multitud comenzó a moverse en convulsiones frenéticas, al ritmo de aquel son embriagador. Yo misma empezaba a sentirme mareada por efecto de la droga y el runruneo de aquella canción repetitiva, de aquel mantra que parecía martillear mis sienes. Hice grandes esfuerzos por mantener la concentración y no dejar escapar ni un solo detalle. Entonces entraron en escena dos fieles más que empujaban una mesa con una caja encima que parecía un ataúd. La llevaron al centro del altar ante el primer sacerdote y una vez allí levantaron la tapa y sus cuatro paredes cayeron, como si se tratase del artilugio de un mago, dejando al descubierto un cuerpo humano: el de un hombre completamente desnudo, con la piel tatuada por completo. El sacerdote se aproximó a él. El ritmo de los cánticos se aceleró. Se sacó un puñal de entre las vestiduras y lo alzó sobre el cuerpo yacente. La multitud entró en un silencio expectante.

Frente a aquella imagen congelada como un fotograma y ante la perspectiva de lo que iba a suceder, mis nervios se crisparon. Sabía que el sacerdote iba a descargar el puñal, a clavarlo con fuerza en aquel cuerpo. Apenas podía respirar de la tensión. Abrí la boca en busca de aire para mis pulmones ahogados... De pronto, recibí la fuerte acometida de alguien que se abalanzó sobre mí. Sin darme tiempo a reaccionar, me inmovilizó y cubrió mi nariz y mi boca con un pañuelo. En cuanto noté en las fosas nasales un olor agradable y cálido, que sin embargo parecía a punto de asfixiarme, quise dejar de respirar; pero ya era demasiado tarde. Sin poder evitarlo, me sumí en un profundo abismo negro...

Recuerdo haber abierto los ojos sin ver. Sueños extraños en los que mi pasado desdichado acudía a mí como una advertencia premonitoria sobre mi futuro incierto. Voces desconocidas que me rodeaban, que me susurraban palabras que no lograba entender. Punzadas de dolor por todo el cuerpo, mareo, náuseas y dolor de cabeza. Nada más.

*12 de enero*

Recuerdo, amor mío, que al levantar los párpados, percibí como un fogonazo en las pupilas la luz tenue de una lámpara de mesa. Intenté incorporarme y tuve la sensación de que el cerebro me rebotaba dentro de la cabeza, hinchado como una esponja, y que mis piernas y mis brazos entumecidos eran sordos a mi voluntad. Desde el lecho fotografié cuanto me rodeaba, tratando de situarme en la realidad.

Me hallaba en una habitación amplia y lujosamente decorada, con dos balcones cubiertos por aparatosos cortinajes de damasco color mostaza y sendas puertas blancas de cuarterones. El mobiliario lo componían un gran armario, un escritorio, la cama en la que me tumbaba, dos mesillas, un diván y una mesa baja con dos silloncitos frente a la chimenea, todos ellos con aspecto de cotizada antigüedad y seguramente apellidados con el nombre de un rey inglés o francés. Lo cierto es que yo no soy experta anticuaria y confundo los estilos Luis XVI, Isabelino, Imperio y demás. Lo que sí identifiqué inmediatamente fue un precioso reloj barroco estilo Le Roy, del siglo XVIII, que descansaba cantando impasible su tictac sobre la chimenea. Y es que ya habrás notado que yo soy una entusiasta del mundo de la relojería de coleccionista con su fascinante mezcla de belleza artística y precisión técnica.

Incapaz de saber dónde estaba, dejé descansar mi cabeza dolorida sobre la almohada y con la vista fija en el techo blanco ornado de escayolas, hice acopio de mis recuerdos confusos. Una calle de Ottakring, la tienda de antigüedades, Die kleine Spieldose… Kali… un templo hindú… miles de fieles… los cinco sacerdotes… un sacrificio humano…

¡Tenía que informar enseguida de todo aquello!… Si hubiese podido…

Intenté de nuevo incorporarme, ahora con más éxito, y decidí beber un poco del agua que había sobre la mesilla de noche para tragar aquel estropajo que parecía tener en la boca y que era mi lengua áspera y reseca por la falta de uso. Aquel simple trago me dio fuerzas y pese a tambalearme, abandoné la cama con la vista fija en las salidas. Forcejeé con las manillas de las dos puertas que tenía la habitación: una cedió al instante, mas daba a un baño, y la otra resistió la acometida con firmeza. Los balcones colgaban de una fachada lisa, a una altura de tres pisos sobre lo que semejaba el amplio patio interior de una residencia palaciega. No parecía haber muchas opciones de escapar por allí. Apenas había visibilidad para intentar descolgarse.

De vuelta al interior de mi jaula de oro, empecé a tomar consciencia de la situación. Estaba encerrada, mis ropas de abrigo habían desaparecido y con ellas, mi equipo y mi pistola. No era capaz de precisar cuánto tiempo llevaba allí, aunque tenía la sensación de haber estado sedada e inconsciente al menos durante horas. Desde luego que aquella habitación no pertenecía a ninguna de las austeras viviendas obreras del Ottakring, y era probable que ni siquiera estuviera en Viena. Obviamente, me habían secuestrado, pero no podía permitirme perder los nervios si quería escapar de aquella difícil situación. Mis opulentos —porque sin duda lo eran— captores no tardarían en aparecer y debía actuar con rapidez. Lo primero que me vino a la cabeza fue intentar forzar la cerradura de la puerta con una de las horquillas de mi moño, si conseguía salir ya decidiría sobre la marcha lo que haría. Sin embargo, no pude poner en práctica mi improvisado plan. Mientras buscaba una horquilla en mi pelo la manilla de la puerta descendió, el pestillo chasqueó y la hoja de madera se deslizó, para dar paso a un hombre.

—¡Vaya! No esperaba encontrarte levantada.

—Tú… —fue lo único que acerté a decir, en parte porque me debatía entre el estupor y la ira, en parte porque mis cuerdas vocales, que llevaban tiempo sin pronunciar palabra, no dieron para más.

—He traído un poco de café y un analgésico. Supongo que te dolerá la cabeza. Son las cosas del cloroformo.

En realidad, no me dolía: parecía a punto de estallar. Pero me había quedado tan pasmada que incluso había olvidado el dolor.

Karel cerró la puerta. Como si aquello fuese una cita para

el té de las cinco, se aproximó a la mesa baja frente a la chimenea y depositó allí una bandeja con el servicio.

—¿Qué significa esto? —le pregunté intentando parecer tranquila.

Tardó unos segundos en responder, concentrado en verter un poco de café dentro de una taza; la habitación se llenó de un agradable aroma. Por fin, sin dejar de darme la espalda, contestó:

—Ya habrá tiempo de explicaciones. Ahora, tómate esto. ¿Estás mareada?

Mi primer pensamiento fue abalanzarme sobre la puerta y escapar de allí. Pero dejé de un lado el instinto y, después de apelar a la razón, llegué a la conclusión de que no llegaría muy lejos dentro de aquella casa enorme que desconocía. Entonces, como iluminada por la memoria, recordé un importante detalle. Aprovechando que Karel continuaba de espaldas disolviendo concienzudamente un analgésico en agua, me levanté discretamente la falda y con alivio comprobé que allí, sujeto por la liga a mi muslo derecho, seguía mi cuchillo.

—Quiero azúcar, por favor. Y leche —pedí para mantenerle entretenido mientras me acercaba a él por la espalda—. ¿Está tu madre al corriente de este secuestro?

—No te preocupes por mi madre. Ella no diría que estás secuestrada. Sabe que estás conmigo y está tranquila. Ha caído una gran nevada y la carretera a Brunstriech está cortada.

—Ya veo que lo tienes todo muy bien pensado. ¿Cómo sé que no vas a envenenarme con esos polvos?

—Sería absurdo. Sólo es Aspirina. De momento me eres mucho más útil viva que muerta...

Se interrumpió bruscamente, enderezándose como una vara al notar el repentino pinchazo del cuchillo en los riñones.

—Bien. Ahora, tú y yo nos vamos a marchar de aquí. Tú primero, si eres tan amable —le invité con sorna.

Empezó a girarse, pero no me iba a ser tan sencillo dominarle. Al volverse, me lanzó con un rápido movimiento la taza de café que olvidé tenía entre las manos. Conseguí esquivarla y vi cómo la taza y su contenido se precipitaban sobre la alfombra sin llegar a rozarme, mas él aprovechó el descuido para intentar hacerse con el cuchillo. Forcejeamos durante unos segundos. Se cortó el dorso de la mano, pero ni se inmutó. Y, finalmente, haciendo un alarde de fuerza realmente humillante para mí, me inmovilizó el brazo detrás de la espalda, y lo retorció hasta que el dolor me hizo soltar el arma.

Con la boca justo detrás de mi oído y su aliento caliente golpeándome el cuello, murmuró con voz grave y furiosa:

—¿Quién demonios eres?

Y yo, desafiándole hasta la inconsciente temeridad, repliqué:

—¿Quién eres tú?

Tiró de mi brazo con violencia para obligarme a mirarle. En sus ojos grises como el acero había fuego. Los clavaba en mí, larga y detenidamente, como queriendo quemarme con su odio.

Repentinamente, me pasó la mano por detrás del cuello. Temí que fuera a rompérmelo. Sin embargo, tiró de él y me besó con furia en la boca. Parecía querer morderme, traspasarme con los labios, hacerme daño. Aquello no era un beso, era una agresión.

Empecé a sentir que una ola de calor invadía mi cuerpo, que el aire llegaba con dificultad a mis pulmones. Un acceso de placer tensó mis nervios y después los relajó. Nuestras respiraciones entrecortadas se confundían hasta el punto de que creí que nos ahogaríamos juntos. Al corresponder a su beso, actué impulsivamente, como un animal que compite por la mayor embestida: con la misma furia y la misma pasión que si tuviera que dejarle malherido para sacarle de mi territorio. Yo no quería besarle y acariciarle, deseaba morderle la garganta y arañarle la espalda.

Abandonó mi boca y dejó en ella un eco de dolor, un escozor ligero como el roce de una ortiga. Y sus labios me quemaron el cuello y el escote, se hundieron entre mis pechos turgentes y abiertos al placer. De un tirón hizo saltar los botones de mi blusa. Yo le respondí forzando su camisa hasta dejarla caer por sus hombros y con los dedos busqué su torso y le pellizqué los pezones...

Karel gimió. Se detuvo jadeante; casi sin respiración. Sujetó suavemente mis manos contra su pecho y me miró a los ojos. Noté su corazón latir con fuerza bajo mis manos y sus pulmones buscando el límite de su capacidad. Creí que iba a hablar, pero no encontró ni el aliento, ni las palabras; parecía al borde del desmayo cuando cerró los ojos. Entonces, como si en mis pupilas hubiese encontrado el catalizador que necesitaba para pasar del desenfreno a la calma, manso como las aguas de la orilla después de una caída turbulenta y vertiginosa por la cascada, soltó una a una las horquillas de mi peinado y se regodeó en la contemplación de las ondas de mi pelo deslizándose libremente sobre mis hombros, enredándose entre sus dedos que eran como las púas de un peine. Me alzó en brazos y me llevó hasta la cama.

Cuando me dejó sobre el colchón para seguir desnudándome mientras me besaba cuidadosamente todo el cuerpo, la melodía de un tal Rachmaninoff sonaba insistentemente en mi cabeza.

Así fue, amor mío, como sucedió. Fue una tormenta de verano que me sorprendió descalza sobre la hierba disfrutando del sol; sin embargo, dejé que las gotas de lluvia refrescaran mi piel sudorosa. Y tú... tú no estabas allí para protegerme del aguacero.

* * *

Te confieso, hermano, que me hallaba dominado por la obsesión. La obsesión de tocarla, de poseerla, de sentir su cabello enredarse entre mis dedos temblorosos; de hacer el amor hasta desfallecer de placer junto a ella. Y te aseguro que estaba convencido de que, una vez satisfecha, la obsesión desaparecería como desaparece una enfermedad con el tratamiento adecuado.

Todo comenzó aquella noche inquieta en que la encontré en mitad de la habitación del crimen, nacida como Venus de una concha. Aquella noche, su imagen se convirtió en una obsesión que abotargaba tenaz mi mente; que como un hongo invasivo se alimentaba de todos mis pensamientos. Allí donde los dirigiera siempre estaba ella: su rostro altivo, su melena suelta, su cuerpo desnudo. Y yo me excitaba, me acaloraba, me sentía fuera de mí... No comprendía muy bien cómo había llegado hasta aquella pérdida total e irracional de control sobre mis apetitos sexuales. El caso es que yo, que no frecuentaba los prostíbulos, no importaba cuán lujosos fueran, por exceso de escrúpulos, me encontraba en aquel instante acostado junto a una mujer desconocida, con el cuerpo y el alma borrachos de un placer que ni los mismos dioses habían experimentado jamás. Yo, que reconvertí la razón y el autocontrol de las emociones en mi forma de vida, que consideraba el sexo como una necesidad más del hombre, que había que satisfacerse de manera ordenada, como la higiene o la alimentación, me había dejado arrastrar por una riada de locura a los brazos de aquella misteriosa mujer.

Y después no había podido dormir... Todavía era de noche y la luz plateada del exterior se colaba indiscreta por las rendijas de las cortinas mal cerradas. Nevaba. El crepitar del fuego en el hogar me recordaba que estaba resguardado del frío; la respiración pausada de ella, que me encontraba cerca del cielo.

Mientras ella dormía, yo la observaba detenidamente, obcecado con la idea de volver a poseerla. Me recreaba en aquel mosaico de curvas que era su cuerpo, rememorando el viaje que había realizado con los labios, adquiriendo la convicción de que en ella la curva alcanzaba la mayor armonía y perfección geométrica de la naturaleza: había curvas en sus talones redondos y aterciopelados, también en las plantas de sus pies, almohadilladas como las de un felino; sus piernas eran una sucesión de curvas, un hermoso recorrido de ascensos y descensos hasta la cima de unas caderas que yo hubiera deseado tornear con mis propias manos; una delicada curva era la ensenada de su cintura, profunda como el lecho de un viejo río; la curva de sus senos despertaba mis instintos más salvajes; sus preciosos hombros se redondeaban con la suavidad de una pincelada y formaban con su cuello la curva de la hermosa bahía a la que el mar acude a morir; era perfecta la curva de sus pronunciados pómulos y la de sus pestañas, que descansaban dormidas sobre las mejillas; su oreja era un laberinto de curvas y su carnoso lóbulo un pequeño y redondo bocado que me había deleitado en mordisquear; dibujaba miles de curvas su pelo sobre la almohada... Pero de todas aquellas curvas, había encontrado mi preferida, el lugar en el que desearía apoyar la cabeza y morir, en el valle donde desembocaba su espalda y comenzaban sus glúteos, prietos y firmes, suaves y cálidos.

Hacia allí llevé la mano con el deseo de acariciarla una vez más y sentí que la sangre se me agolpaba en la entrepierna y me latía con furor, que mi mente y mi cuerpo se excitaban una vez más con la promesa del placer. Que el fuego me quemaba, que el alcohol me emborrachaba, que me envenenaba... Ella se volvió con sus enormes ojos rebosando deseo y sensualidad y me besó en la boca, encendiendo de nuevo una pasión que nunca creí que sentiría.

¿Dónde estabas tú entonces, hermano? ¿Dónde estabas mientras ella era mía? ¿Dónde estabas que no te sentía; que no me herías con tu menosprecio, ni me degradabas con tu vanidad? ¿Dónde estabas que ya no estabas en mí, cuando ella estaba conmigo?

Lizka era la heroína de un cuento. De Lizka me enamoré siendo un niño y de nadie más me había vuelto a enamorar. Lizka era la mujer perfecta porque en su existencia irreal había yo volcado todos mis deseos, todos mis anhelos.

Lizka era Isabel en ruso.

*15 de enero*

Recuerdo, amor mío, el despertar de una noche extraña; la acidez del poso del placer culpable. Abrí lentamente los ojos en una transición casi imperceptible del sueño a la consciencia. La habitación estaba a oscuras, plagada de sombras y siluetas confusas. Las cortinas ocultaban los balcones y apenas un delgado haz de luz blanca se deslizaba por una rendija que alguien olvidó cubrir. Aquel haz, brillante como el filo de una espada, se proyectaba sobre el suelo y la cama y desplegaba en el aire un sutil velo de motas de polvo.

Volví la cabeza sobre la almohada y confirmé mis sospechas: estaba sola. Ya había notado las sábanas frías e intuido el vacío en mi espalda. Tan sólo ha sido sexo, murmuré para tranquilizar a mi mente inquieta, con la mirada perdida en la almohada arrugada y vana. Te aseguro, amor mío, que entonces deseaba que sólo hubiera sido sexo.

Antes de que pudiera indagar más sobre mis emociones, sonaron un par de golpes secos y desconsiderados en la puerta. Mi primera reacción fue cubrir mi desnudez. A mi lado, hallé mi blusa hecha un guiñapo y me la puse con premura.

—¡Adelante!

—Buenos días, Fräulein.

—Buenos días —contesté por cortesía a una figura desconocida que mal distinguía entre las sombras.

La figura atravesó el dormitorio con paso seguro, depositó una bandeja sobre la mesa, alimentó las brasas de la chimenea con un poco de leña y, con un vigoroso tirón de cordel, abrió las cortinas. La luz suave del invierno pintó de colores mórbidos el dormitorio. Guiñé los ojos cuando una invasión luminosa hirió mis pupilas. Al volver a abrirlos, me enfrenté a una mujer alta y delgada como un viejo ciprés, de porte solemne. No era una doncella, pues no vestía como tal; más bien parecía un ama de llaves. Iba uniformada con un vestido negro sin otro adorno que un camafeo prendido en el cuello. Era difícil precisar su edad, pero las arrugas finas en torno a sus ojos y sus labios, así como los mechones grises que peinaba en un moño perfecto, la situaban en la madurez.

Destapó los platos de la bandeja y un agradable aroma a café y a comida recién hecha inundó la habitación, excitando los jugos de mi estómago, vacío desde hacía demasiado tiempo. Dejó a los pies de la cama una bata y se presentó con acento marcado y voz grave:

—Mi nombre es Bertha, Fräulein. Soy el ama de llaves de

su alteza. He pensado que tendría hambre y me he tomado la libertad de traerle un ligero desayuno.

Además, era resuelta y expeditiva. No iba a juzgarme porque no entraba dentro de su cometido evaluar a lo que su alteza se dedicase. Por otro lado, la situación no parecía ser inusual para ella.

—Gracias, Bertha. ¿Qué hora es? —le pregunté haciendo curiosos malabarismos para ponerme la bata sin salir de entre las sábanas.

—Pasan dieciséis minutos de las doce, Fräulein.

No hice ningún comentario, pese a que la hora lo merecía; me limité a posar los pies desnudos en el suelo agradeciendo que la alfombra los mantuviese a salvo del frío. Me acerqué a la mesa en la que esperaba el desayuno y, conservando una distancia prudencial, propia de mi estado de permanente recelo, observé el café, las tostadas, los huevos revueltos con jamón cocido y la ensalada de tomate, además del zumo de naranja recién exprimido. ¿Las doce? Aquel ligero desayuno sería mi almuerzo. Sin mayor preámbulo, me senté frente a la plata y la porcelana, dispuesta a devorar.

Bertha había desaparecido por el baño desde donde hacía unos segundos se escuchaba el ruido del agua correr por los grifos.

—Deseará tomar un baño —afirmó como si no tuviera ninguna duda—. En el armario encontrará ropa limpia.

Según escuchaba a Bertha, deleitándome con la perspectiva de un baño caliente lleno de espuma, descubrí bajo la servilleta un sobre sin nombre. Levanté cuidadosamente la solapa y saqué de su interior una nota:

Te espero a las cuatro en el café Sperlhof

K.

—Bertha...

—Sí, Fräulein.

—¿Dónde está el café Sperlhof?

—En Grosse Sperlgasse. No muy lejos de aquí. Si desea ir a algún sitio, el chófer la acompañará.

—Avísele de que necesitaré el coche para estar allí a las cuatro.

—Sí, Fräulein. Con su permiso me retiro. Si me necesita sólo tiene que llamarme —advirtió, señalando con la mirada un cordón que pendía junto a la cama, después desapareció detrás de la puerta.

Sus vagas explicaciones sobre la situación del café Sperlhof no me habían dado ninguna pista acerca del lugar en el que me hallaba. «Bertha, más que un ama de llaves, parece un carcelero bien aleccionado; eso sí, de una cárcel de lujo», pensé mientras miraba con avidez mi opulento desayuno. Era evidente que Karel se había asegurado de que no abandonaría aquel lugar sola, ni por mi propia iniciativa.

Mientras mordisqueaba una tostada, volví a la nota:

Te espero a las cuatro en el café Sperlhof

K.

K de Karel...

K de Kali...

K de KaliKam.

«No hagas por la noche nada de lo que puedas arrepentirte al amanecer.»

Mi madre solía repetirme ese sabio consejo cuando íbamos a comprar pescado al puerto de Marsella. Allí, cargados de promesas exóticas, aguardaban dormidos los grandes buques mercantes; amarrados hoy, huidos mañana. Tal vez, si hubiera hecho más caso a mi madre, las cosas habrían sido de otra manera.

Seguía en Viena. Ésa era mi única certidumbre cuando abandoné, sentada en el asiento trasero de un lujoso automóvil negro, el palacete neoclásico de la calle Habsburguergasse que había sido mi prisión dorada. Atravesamos el centro de Viena y sus aristocráticas calles en las que se sucedían hermosas fachadas, lujosos comercios y mujeres envueltas en pieles y joyas. Cruzando el Danubio, suerte de linde geográfica, y con la noria del Prater al frente, nos sumergimos en un laberinto de calles de apariencia totalmente distinta: una yuxtaposición de austeros bloques vecinales, libres de todo ornato, a cuyos pies se apretaban en hilera las librerías, los estancos, las casas de empeño, las sastrerías de medio pelo y las tiendas de comida *kosher*. Por las aceras deambulaban hombres de barbas pobladas, rulos largos cayendo en cascada por delante de las orejas y cabezas cubiertas con la *kippa*. En las esquinas, los buhoneros ofrecían la mercancía insignificante de sus cestas: jabón, tirantes, botones. Se trataba del Leopoldstadt, uno de los distritos judíos de la ciudad. El automóvil quebró con su presencia ruidosa la rutina del lugar.

A nuestro paso, la gente que invadía la calzada se retiraba hacia las aceras y los niños nos perseguían con algarabía y con los cordones de sus botas desgastadas flotando en el aire. Tan curiosa escolta nos acompañó hasta un local abierto a la calle por dos escaparates acristalados y cubiertos de visillos blancos que tamizaban la luz cálida de su interior. Impreso en grandes letras verdes se leía: CAFÉ SPERLHOF.

El chófer, que con su pomposo uniforme y sus botas brillantes y altas hasta la rodilla atrajo inmediatamente las miradas de los transeúntes, me abrió la puerta y me tendió la mano para ayudarme a bajar. Al posar los pies en el suelo, la nieve gimió bajo las suelas de mis zapatos y el aire del invierno me arañó la cara. Una mujer pequeña y vieja logró llegar hasta mi lado sorteando hábilmente la protección del chófer. De su codo colgaba una cesta de mimbre en la que bailaban una decena de manzanas; con sus dedos huesudos, cubiertos de unos sabañones que los mitones agujereados que llevaba no alcanzaban a cubrir, me ofreció una de aquellas manzanas rojas y brillantes como una luz de alarma entre tanto blanco y negro. La tomé con una sonrisa. El chófer, cuyo nombre nunca supe, se apresuró a lanzarle unas monedas para después apartarla de mi camino con un empujón desabrido. Me volví para mirarla por encima del hombro: había fijado la vista en mi espalda y su cara arrugada se contraía en lo que parecía la mueca de una sonrisa mellada. Sin saber muy bien por qué, aquello me puso nerviosa.

Dentro del local, todo era un universo de terciopelo verde desgastado, madera vieja y bronce opaco por efecto de la pátina del tiempo. Pero el aroma del café y el calor me resultaron reconfortantes. La parroquia era más bien escasa: dos viejos que jugaban a las cartas, un hombre que fumaba en pipa delante de una cerveza, un joven que leía la prensa y los sonrientes camareros.

Me sobresalté al sentir que alguien deslizaba la mano por mi cintura.

* * *

Te confieso, hermano, que aquella mujer me tenía fascinado, embelesado, enajenados los sentidos y la razón.

Supongo que el misterio que rodeaba su identidad, que las incógnitas que planteaba su comportamiento y que las sorpresas que intuía que me tenía reservadas, contribuyeron a aumentar mi fascinación por ella hasta límites insospechados.

Nunca como entonces había aguardado con tanta ansiedad una entrevista. Nunca antes se había detenido el tiempo como cuando ella entró, cada detalle parecía suceder con la cadencia de un recuerdo perezoso. Nunca antes me había deleitado así de un instante: el roce de mi mano en su cintura, el conmovedor sobresalto de ella y el golpe seco sobre el suelo de una manzana roja y brillante que cae de sus manos y rueda hasta perderse por debajo de las mesas. Ella estaba tensa. Yo también lo estaba.

Sin mediar palabra, la conduje hasta un reservado en el piso superior. Una vez allí, eché las cortinas para asegurarnos algo de intimidad. Al tenerla de nuevo frente a mí, en el estómago acusé su cercanía, la saliva se me atascó en el paso de la garganta y tuve que reprimir aquellos deseos irracionales de hacer el amor con ella que constantemente me asaltaban con suma inoportunidad.

—¿Quieres tomar algo? —le ofrecí mientras la ayudaba a quitarse el abrigo, aprovechando para aspirar clandestinamente el aroma a melocotón de sus cabellos.

De nuevo me maldije porque detalles tan absurdos me excitaran.

—Un café, por favor. Con leche.

Llamé al camarero y le pedí un café con leche para ella y un whisky para mí. Cuando se marchó dejándonos solos, la invité a tomar asiento en un banco tapizado de terciopelo tras una mesa de mármol. Desoyendo mi invitación, soltó sin mayor preámbulo:

—¿Eres uno de ellos? ¿Eres kamaísta?

—No.

—Pero ¿por qué? ¿Por qué me sacaste de allí… de la ceremonia? ¿Por qué me encerraste en tu casa?

—Te saqué de allí para protegerte. Ibas a gritar.

—¡No iba a gritar! Iba a respirar.

—¡Tú siempre apareces en el sitio más inoportuno y peligroso! En los pasadizos de Brunstriech, en el templo de Ottakring... Tenía que saber por qué.

Ella me miró: fue más insistente su mirada de lo que hubieran sido sus palabras al pedir una explicación. Y yo me encontré, tal y como había previsto, ante la encrucijada de seguir ocultándole mi identidad o de, violando el más elemental de los protocolos de mi profesión, revelarle la verdad. Lo cierto era que si yo quería saber quién era, debía ofrecerle algo a cambio; ella no iba a admitir ninguna historia que yo pudiera improvisar a modo de excusa.

—Trabajo para el Secret Intelligence Service... —confesé finalmente, deliberadamente escueto para estudiar su reacción y así poder actuar en consecuencia.

—El gobierno británico.

Asentí mientras me parecía ver en su expresión, que quería ser hermética, un atisbo de alivio; el mismo que entonces sentí yo. Pocas personas sabían qué era el Secret Intelligence Service y aún menos, que pertenecía al gobierno británico. Que ella fuera una de ellas me pareció una buena señal.

—¿Y tú? No eres mi prima Isabel de Alsasúa, ¿verdad?

—No —negó con una leve sonrisa, como si la hubieran descubierto robando chocolate en la cocina—. Tu prima Isabel vive en Argentina, felizmente casada con su novio de toda la vida, Fernando Ocón. Tienen dos hijos y un enorme rancho...

En aquel momento entró el camarero, interrumpiendo su relato. Dejó las bebidas sobre la mesa y en un plazo breve (aunque a mí el lapso se me hizo eterno) se marchó.

Tras la pausa, daba la sensación de que había perdido el hilo de la historia, de que no sabía por dónde continuar. Siguió en pie, en mitad de la pequeña estancia, observando indiferente el café sin probarlo.

—Lizka... —murmuré sin saber por qué.

Ella alzó los ojos para mirarme con extrañeza.

—¿Por qué me llamas así?

«Porque quiero llamarte como nadie te llama. Porque quiero ser diferente a los demás.»

Me encogí de hombros y le respondí sin ser del todo sincero:

—Me gusta. Dime, ¿cómo te llamas? —le pregunté con toda la dulzura que fui capaz de reunir para huir del frío interrogatorio.

—Mi nombre es Isabel Du Faure.

—¿Eres francesa?

—No. Española... Du Faure es el apellido de mi marido.

¡¿De su marido?! ¡¿Estaba casada?! ¡No era posible que estuviese casada! Tal revelación era desesperante, brutal... para mí suponía desposesión, frustración, adulterio.

—¿Estás casada? —apenas acerté a balbucear.

Me miró sin contestar. Después se giró y se acercó a la ventana para perder la mirada a través de los cristales. Me daba la espalda. Y yo me angustiaba cada vez más, sometido a la tortura de su indolencia; asfixiado en la indiferencia y la desconsideración de la que me sentía objeto. Dime, dime si estás casada, por favor... ¡Dímelo!

Cuán necio fui al no darme cuenta, en la ceguera y el egoísmo de mi desazón, que aliviarme no era el objeto de su descargo. Iba a iniciar una confesión, sí, pero no para mí. Tenía que haber advertido que el dickensiano relato que estaba a punto de comenzar era una forma de recordarse en voz alta su propia vida, de devolverse su identidad; la que durante todo aquel tiempo había mantenido oculta a costa de grandes esfuerzos.

—Lo estuve. Robert murió hace ya casi cinco años.

Esa breve declaración fue mi bálsamo. Sólo entonces sentí que sudaba y me dolía la cabeza; los síntomas del miedo. El miedo de no tener derecho a poseerla, a tocarla, a desearla. El miedo de haber pecado por ello. «No cometerás actos impuros. No desearás la mujer de tu prójimo.»

Ella hizo una pausa como si estuviese escogiendo las palabras con las que continuar. Pausa que me sirvió para recuperar el equilibrio de mis emociones tras el duro castigo al que las había sometido mi ser posesivo y mojigato —yo era un pecador con una peculiar conciencia del pecado: yo era un pecador victoriano que antes mataría al prójimo que seduciría a su mujer.

No me preguntes ni cómo ni cuándo empezó a hablar. No me preguntes si se movía o estaba quieta; si me miraba o me daba la espalda; si sonreía o estaba seria... No me preguntes nada pues sólo recuerdo el relato de su historia. Y cuando pienso en ella acude su voz, resonando en cada esquina de mi mente con palabras que una a una la fueron gestando, como se gesta una vida dentro del vientre de una madre.

—Yo nací en un pequeño pueblo pesquero de Cantabria, al norte de España, donde mi madre regentaba una pensión para los viajeros que cada vez con más frecuencia acudían a la zona, atraídos por el reciente descubrimiento de las pinturas prehistóricas de Altamira. Mi padre era marino mercante y apenas pasaba en casa unas cuantas semanas al año... Sin embargo, parte de lo que soy creció al amparo de su sombra, al abrigo de su recuerdo. La imagen de mi padre, magnificada por la niñez, nació en sus libros, en las fotografías de sus viajes, en los peculiares objetos que sacaba de su petate... y probablemente nació de forma póstuma: durante mi adolescencia, cuando las huellas de su vida adquirieron sentido para mí. Y es que yo sólo tenía diez años cuando el mar se lo llevó y ya no nos lo devolvió más. Todo lo que de él dejó fue su gorra; nos llegó una mañana dentro de un sobre con el membrete de un armador griego. ¡Cómo lloré aquel día junto a muchos otros entre los que no estaba mi madre! Ella no lloró porque para ella la vida era un suceder de acontecimientos guiados por la mano de Dios; y la mano de Dios es una mano benevolente, decía ella... La mano de Dios se había llevado a mi padre y había traído al caballero francés... O, quizá, fuera al revés. Nunca he sido capaz de recordar la disposición exacta de ambos hechos en la línea del tiempo. Nunca he sido capaz de recordar cuándo comenzó la amistad de mi madre con el caballero francés, que aparecía por la pensión con la asiduidad de un amante y el pretexto de ser un aficionado al arte prehistórico de Altamira. Aquel al que mi madre, con la devoción de una amante y el pretexto de un empleo de ama de llaves, siguió después de enviudar hasta su suntuosa mansión a las afueras de Marsella: una maleta en una mano y una niña de once años en la otra.

»Aquel monsieur Marcel, bajo cuya protección acabamos viviendo en Francia, era un burgués acaudalado que había hecho su fortuna con la importación de caucho desde Extremo Oriente. Monsieur Marcel era un hombre bueno; guardo de él un grato recuerdo, familiar, cercano y cariñoso. Como no tenía hijos, monsieur Marcel volcó en mí todo el cariño y la dedicación de su paternidad frustrada. Me trató como a la hija que nunca tuvo. Mientras él vivió, no me faltó de nada: me dedicó todas sus atenciones y sus preferencias, me consintió todos los caprichos y, por desgracia para mí, me envió al mejor colegio de Marsella, donde fui víctima de la extrema crueldad con la que las muchachas de clase alta tratan a quienes no consideran de su condición —independientemente de quien apadrinara mi causa, yo no dejaba de ser la hija de un ama de llaves—. También fui objeto de la crueldad, en este caso sibilina por ser tan soterrada como sofisticada, de madame Marcel, la esposa deshonrada. Ella fue cruel conmigo, pero sobre todo lo fue con mi madre. Y mi madre cayó en la trampa de su crueldad: se fue hundiendo, ahogando en aquel damero de adoración y desprecio que era el matrimonio Marcel. Aunque, en realidad, yo creo que lo que finalmente la mató fue su propia conciencia obtusa de pecadora que le fue desgastando la salud, ese dedo tieso que a todas horas la apuntaba: tú, tú, tú calientas la cama de un hombre casado en su propia casa. Ser demasiado buena acabó por matarla. Me gustaría preguntarle dónde vio ella entonces la mano benevolente de Dios... Quizá en el hecho que madame Marcel también recibió la visita de la Parca a los pocos meses y, por cierto, de una forma realmente grotesca: murió tras un atracón de ostras de Cancale por las que la mujer perdía el sentido. He de confesar que los tres años posteriores los recuerdo como algunos de los más felices de mi vida. Monsieur Marcel me sacó de aquel horrible colegio y nos dedicamos a viajar. Estuvimos por toda Francia: Burdeos, Lyon, París... Luego, Italia: Venecia, Florencia, Roma... En cada ciudad visitábamos los museos, acudíamos al teatro y a la ópera, paseábamos por sus calles y en cada tienda me colmaba de regalos. Teníamos previsto ir a Grecia y a Egipto. Sin embargo, una noche le sorprendió la muerte mientras dormía. Tenía un libro en su regazo de entre cuyas hojas asomaba una foto de mi madre y mía frente a la pensión. Sonreía porque supongo que sabía que iba a encontrarse con ella. En aquel momento no se me ocurrió mejor forma de morir para un hombre bueno...

»Sólo cuando se leyó el testamento de monsieur Marcel entendí por qué nunca llegó a dejar a su esposa para vivir con mi madre: toda la fortuna pertenecía a madame Marcel, cuyos herederos aparecieron raudos a tomar posesión, empezando por la residencia familiar, la cual fui amablemente invitada a abandonar, generosamente compensada con una recomendación para trabajar de señorita de compañía de unas damas de París y una inscripción a un curso de mecanografía (¿qué buen católico querría dejar en la calle a una muchacha sin oficio, ni beneficio, ni porvenir alguno?). Con tal equipaje, emprendí rumbo a París para entrar al servicio de las señoritas Claire y Beatrice Blanchard, dos hermanas solteras que rondaban los setenta y que vivían prácticamente solas, con la única compañía del servicio y una ruidosa cacatúa, en una enorme casa de tres pisos en los Champs Elysées. El tiempo que trabajé para ellas transcurrió con tranquilidad entre paseos por los jardines de Luxemburgo, tertulias a la hora del té, escapadas a Deauville en verano, lecturas frente a la chimenea en invierno y, por supuesto, mi curso de mecanografía, al que siguió uno de inglés y después otro de alemán; estos últimos, eso sí, por cuenta mía.

»Las señoritas Blanchard tenían un sobrino nieto que estudiaba antropología en la Sorbona y quien, ocasionalmente y casi como una obra de caridad hacia las solitarias ancianas, las visitaba a la hora del té. De pronto, en extraña coincidencia con mi llegada a la mansión, las visitas ocasionales del muchacho se convirtieron en mensuales, después en semanales, hasta que no tardaron en volverse diarias. Y es que el pobre se había enamorado de mí como el colegial que era. Al principio, su presencia discreta y anodina me resultó bastante indiferente. No se puede decir que fuera un hombre de físico irresistible y personalidad arrolladora. En realidad, no se puede decir que fuera un hombre: era un niño de aspecto más bien enclenque y desgarbado. Su pelo dorado y ensortijado le daba el aire aniñado de un querubín y sus gafitas redondas te empujaban a catalogarle a primera vista como un intelectual. Por lo demás, era de ánimo encogido y de pocas palabras; ni siquiera él mismo se tenía en mucha estima. Con el paso del tiempo y sus visitas asiduas, llegué a cogerle cariño. Después de todo era, además de la cacatúa, el único ser de menos de sesenta años que pisaba aquella casa. Empecé a acostumbrarme a su charla tímida, a sus atisbos de sentido del humor y a sus miradas de devoción hacia mí; incluso, echaba de menos todo aquello si alguna vez me faltaba. Aunque nunca llegué a sentir por él lo mismo que él sentía por mí, nunca le quise del mismo modo... Un buen día, terminados sus estudios, le surgió la oportunidad de realizar una investigación sobre tribus indostánicas y del sudeste asiático patrocinada por la Royal Society. Se marcharía a Indochina y estaría viajando por la zona durante tres años. Sabiendo que la distancia es el olvido, Robert se armó del valor que nunca tuvo y me pidió que me casase con él. Por aquel entonces, yo ya llevaba más de dos años en París con las señoritas Blanchard. Mi vida se desarrollaba conforme al horario, el régimen y el ritmo de dos ancianas y el París que yo vivía llegaba hasta donde llegaban los paseos de dos ancianas; podría haber seguido aprendiendo idiomas, pero aquello ya no tenía nada de excitante. Cuando Robert me habló de Indochina, mi mente, alborotada en la infancia por las historias exóticas de mi padre y alimentada en la adolescencia por los viajes y la biblioteca de monsieur Marcel, se excitó ante la tentadora perspectiva de semejante aventura por tierras lejanas. Supongo que cuando acepté la proposición de Robert lo hice más por el deseo de escapar de la rutina que por auténtico amor hacia él. La madrugada del 23 de octubre de 1907 sacamos de la cama al párroco de la iglesia de San Vicente de Paul, en Marsella, para que nos casase, por supuesto a espaldas de la familia de Robert, que nunca hubiera consentido tal matrimonio. Apadrinó nuestra boda un sereno de nombre Pierre y la mujer que cuidaba del anciano párroco, Marie. Ya marido y mujer, partimos a bordo del *Tonkin*, el barco que cubría la línea Marsella-Saigón-Yokohama.

»Aquel viaje fue una vivencia fascinante. Recorrimos Vietnam, Camboya, Laos y Siam, estudiando el modo de vida y las costumbres de las tribus indígenas asentadas en las montañas y las mesetas. Nos acompañaban otro antropólogo irlandés llamado James O'Connor, un biólogo alemán, Hans Kreutzer, y un médico inglés, Ian Shutter; constituíamos un grupo heterogéneo al que sin embargo la convivencia convirtió en inseparable. No podría resumir la cantidad de culturas, lenguas, formas de vida y razas que conocí, ni cómo me sentí cautivada por aquel mundo tan diferente que desde la soberbia de nuestras sociedades civilizadas desdeñamos por primitivo. Además, durante aquel viaje, accedí a otro tipo de experiencias más allá de las intelectuales... James O'Connor era el exótico resultado de un militar irlandés y una mujer hindú. Era un hombre intrépido, decidido, aventurero, de labia resuelta y encanto particular. Físicamente, James era la mezcla perfecta de dos razas tan distintas como eran las de sus progenitores. De hecho, con su porte atlético y su apariencia exótica, era el polo opuesto a Robert. Además, James era galante conmigo y trataba de seducirme con unas atenciones que iban minando mi determinación. Finalmente, me enamoré; finalmente, admití que lo había estado desde el principio; finalmente, comprendí cómo se había sentido mi madre. Yo, que siempre la había juzgado a ella como si fuese el verdugo y mi padre la víctima... Pero entonces, yo no era la esposa, era la hija; y mi padre, una magia que entraba a ráfagas en casa, cargada de sonrisas, afecto, mimo y regalos. Si él mereció la deslealtad de mi madre, no podía asegurarlo, de lo que sí estaba plenamente convencida era de que Robert no merecía mi deslealtad y si no podemos luchar contra los sentimientos que irrumpen en el corazón sin ser llamados, en ocasiones, tenemos el deber de ocultarlos, relegarlos allí donde no puedan hacer daño a nadie. Robert me amaba, me respetaba, me cuidaba, me idolatraba; yo me había convertido en su razón de existir y por nada del mundo le iba a causar el más mínimo dolor, su cuerpo ya estaba bastante dominado por el dolor. Y es que Robert había contraído la malaria; una enfermedad que probablemente todos padecíamos de un modo u otro, pero que en Robert y en su frágil salud se manifestó agresiva y despiadada. Tras meses de fiebres, un día dejó de pronunciar mi nombre en sus delirios... Había entrado en coma. Tres largos días de coma hasta que murió en la choza de un pueblo karen en mitad de la selva de Birmania, entre las salmodias cadenciosas y los bailes convulsos del chamán de la tribu. Yo sostenía su cabeza entre mis brazos e intentaba secar el sudor que empapaba su rostro... ¿Qué otra cosa podía hacer? Ya apenas puedo recordarlo; apenas recuerdo su rostro... Pero ¿sabes?, él murió feliz, haciendo lo que más le gustaba, en el lugar que él escogió y junto a quien amaba. Y mientras vivió, jamás le traicioné. No lo hice. Si algo me remuerde aún la conciencia es que aquel desenlace a mí me supo agridulce: sobre las cenizas de Robert construimos James y yo nuestro camino; la historia de una tórrida relación de amor, pasión y sexo.

»La expedición continuó con su cometido por Nepal, Bután y parte de la India. Allí, de la mano de James y su ascendencia hindú, disfruté de tres años de vivencias intensas que transformaron mi mundo y mi conciencia: aprendí sánscrito, me inicié en el hinduismo y el budismo, me envolví en un sari, garabateé mis manos con gena y pinté un *bindi* sobre mi *ajna chakra*. Olvidé que existía Occidente y que yo venía de allí. Creí que mi vida había empezado en las laderas del Himalaya. Pero fue una ilusión: todo se desvaneció. La expedición y el trabajo de investigación llegaron a su fin; y mi relación con James llegó al punto crucial de tomar una decisión: cuando él se vio en la tesitura de tener que dar un paso más, ocurrió lo que nunca hubiera imaginado. James me confesó que en Irlanda le esperaban su esposa y tres hijos. Estaba casado desde hacía quince años y su mujer, católica, jamás le concedería el divorcio. Al amanecer de una noche cargada de reproches, ira y lágrimas desperté sola en un pequeño hotel de Gangtok, en la parte india del Himalaya. James se había marchado, dejándome junto a la almohada un sobre con doscientas libras y ni una sola palabra de despedida. No sólo me sentí engañada, traicionada y desilusionada, sino que además me hizo sentir sucia y miserable, como si hubiera tenido que pagarme por el tiempo que pasó conmigo. Esa misma mañana, quemé el sobre y su contenido inmundo en un templo hindú, frente a una imagen de Shiva. Decidí volver a Francia y buscar un trabajo con el que subsistir.

»En París fui saltando de empleo en empleo: de dependienta, mecanógrafa, secretaria... De todos me acababa marchando porque el patrón me acosaba, la dueña me odiaba o el compañero de turno me metía mano por debajo del mostrador. Mi único consuelo lo encontré en los estudios sobre culturas asiáticas que realizaba en la universidad. Era una forma de mantener vivo el vínculo con aquellos países que me habían transformado... Cuando llevaba casi tres años en París, harta y desesperada de tanto cambiar de empleo, me surgió una oportunidad caída del cielo. El doctor Pinault, que era el responsable de la cátedra de lo que en la Sorbona llaman *Indiologie* y que había seguido con gran interés mi carrera, admirado de mi dedicación, me ofreció trabajar para él como ayudante. Lo que yo no sabía era que el profesor Pinault formaba parte de una comisión que asesoraba al gobierno en asuntos asiáticos. Por eso no fue extraño que cuando el Ministerio del Interior solicitara a tres expertos en la materia, yo fuera una de las seleccionadas por el profesor. Sí fue una sorpresa para los responsables del ministerio que el aventajado estudiante I. Du Faure fuese una mujer. Todavía recuerdo la expresión de sus caras cuando me presenté ante ellos; aquella curiosa mezcla de sorpresa y decepción mientras se debatían entre clavar sus ojos en los papeles o en mi busto. El caso es que cuando estaban a punto de echarme de allí, pese a admitir que no sólo mi expediente era el mejor de los tres, sino que además hablaba cinco idiomas, entre ellos sánscrito y alemán, uno de los sesudos caballeros, el que parecía mayor, con su enorme barba blanca, apuntó que tal vez de mi condición de mujer pudiera obtenerse una ventaja, teniendo en cuenta la naturaleza de la misión para la que se me iba a reclutar. "Ella puede convertir su capacidad de seducción en un arma muy poderosa. Mírense ustedes mismos, caballeros, ahora se encuentran bajo su influjo... Desean que ella se quede", dijo. Es curioso que más tarde el señor Illianovich advirtiese exactamente lo mismo de mí... Fuera como fuese, la cuestión es que finalmente acabé trabajando para el gobierno en una operación secreta contra una secta inspirada en tesis hinduistas que estaba llevando a cabo actos delictivos en territorio francés. Tras seis meses de entrenamiento, mi misión consistiría en infiltrarme en la secta y obtener la máxima información sobre ella. Estaban al corriente de que uno de sus miembros estaría en Brunstriech durante las Navidades, así que inventaron y orquestaron toda esta mascarada, me hicieron pasar por Isabel Alsasúa para que me fuese más fácil entrar en el círculo de invitados sin levantar la más mínima sospecha.

De golpe cesaron las palabras. Recuerdo que entonces sentí ansiedad; como si se hubiera agotado la tinta de mi pluma en mitad de una carta o se hubiese desvanecido la luz de mi lámpara a media lectura.

El silencio me hizo caer desde lo alto de aquel sueño; me devolvió al reservado en el café y a ella. Lizka seguía mirando por la ventana. Mientras, yo trataba de recuperarme del impacto que su relato había tenido en mí; mientras, ella trataba de volver a la realidad tras la ensoñación. En el momento que ella escogió, en mitad de un silencio que no me atreví a quebrar con ningún comentario que hubiera resultado banal, se dirigió a la mesa y se sentó junto a mí sin dedicarme ni una mirada, ni una palabra... Confirmé que aquel repaso de su vida había sido no tanto una explicación para mí, como un alivio para ella. Yo no había sido más que un oyente de piedra. Lizka dio un sorbo al café, seguramente estaba ya frío. Entonces, le acerqué mi vaso de whisky y ella se mojó los labios. Después se pasó la lengua por ellos para apurar los restos del dorado licor. Me pregunté si sería consciente del erotismo que rezumaban todos aquellos gestos que con tanta naturalidad hacía; de la sensualidad que se filtraba por cada uno de los poros de su piel como si de uno de sus humores corporales se tratase.

—Tú mataste a Borís Illianovich, ¿verdad? —rompió por fin su silencio, y me dio la entrada en su mundo.

—No.

—Pero yo te vi salir de su habitación...

—Es cierto, estuve en su habitación aquella noche. Pero cuando entré ya estaba muerto.

Mi revelación la desconcertó. Algo no encajaba en el planteamiento de la muerte de Borís Illianovich que ella se había hecho.

—¿Antes del disparo? ¿Ya estaba muerto antes del disparo?

Asentí y la dejé asimilar la información durante unos segundos, y añadí:

—Borís Illianovich era...

—Otto Krüffner, ya lo sé. El fundador de la secta kalikamaísta, su ideólogo, su sumo sacerdote y mi puerta de entrada a ella... si no lo hubieran matado antes.

—¿Ibas a entrar a través de Krüffner? Apuntas muy alto, ¿no crees?

—Tal vez. Pero estaba a punto de conseguirlo. Jamás hubiera sospechado de una mujer. Yo sólo era para él una muchacha con inquietudes, una especie de tábula rasa sobre la que volcar su tutela, un trozo de arcilla que modelar según su criterio... Toda una tentación para un hombre proselitista como él, para un Pigmalión. Además, ¿para qué entrar por la base e invertir un tiempo inútil en llegar hasta la cúpula que es donde está la información? Podría haberme quedado por el camino.

Eso era exactamente lo que les había pasado a los agentes que el Secret Intelligence Service había infiltrado: se habían quedado por el camino. Puede que su estrategia fuera más acertada y puede que, efectivamente, sólo podía tener éxito siendo mujer.

—Pero entonces... Tú manipulaste a la policía para que concluyese que era un suicidio. Ellos eran tus marionetas. Si no era para encubrirte, ¿por qué?

—Pues porque el caso tenía que salir lo antes posible de la esfera pública y pasar a nuestras manos. El suicidio era la forma más rápida y limpia de hacerlo. Y, desde luego, nosotros no teníamos interés en acabar con Krüffner, al menos de momento. Nos era más útil vivo que muerto.

—¿Y adónde se supone que os iba a conducir el Krüffner vivo?

—A...

Todas mis alarmas saltaron. Todas las normas de comportamiento y todos los códigos de conducta. Todas aquellas reglas elementales que el capitán Cumming había convertido en instintos me impidieron seguir hablando. Me detuve. Dudé. Y ella lo notó.

—Es evidente que esta conversación no puede continuar —suspiró antes de dejarse caer en el respaldo del asiento. De pronto parecía cansada—. Creo que lo mejor es que vuelva a París.

—No. No puedes volver.

Fui categórico. Fui impulsivo. Fui lo que yo no era. Incluso ella se mostró desconcertada con mi efusiva reacción. Tratar de enmendarlo fue como corregir una falta de ortografía con un tachón: chapucero.

—¿Qué diría mi madre si desapareces sin más? Quiero decir... quiero decir que ¿cómo volverás a Brunstriech si te marchas ahora?

Sabía que si se marchaba ahora jamás volvería a verla. Ni siquiera tendría la certeza de que todo lo que me había contado fuese verdad. No podía dejarla marchar.

—Podemos trabajar juntos —insinué, mi propuesta era una treta, más que un ofrecimiento sincero.

Lizka se puso en pie y caminó hacia la ventana. Me di cuenta de que lo hacía siempre que deseaba huir de mí, siempre que necesitaba que hubiera una distancia entre los dos, siempre que quería sentirse un poco más sola.

—No sin el permiso de nuestros superiores y tú lo sabes. Puede que me estés ofreciendo otra cosa, pero no trabajar juntos. Esto nuestro es un asunto de Estado y nosotros no podemos tomar decisiones.

—Un asunto de Estado... —medité en voz alta—. ¿Sabes? Mi jefe dice que el espionaje es un juego de caballeros. Va a llevarse una gran sorpresa cuando descubra que hay una dama en juego.

Los hombros de Lizka se agitaron levemente: había sonreído.

—De caballeros o no, es posible que sí sea un juego. Un juego en el que la desconfianza es el comodín del ganador. No debemos culparnos por ser precavidos. Es nuestro deber.

—¿Qué es lo que quieres?, ¿una prueba de confianza? —pregunté, arrepintiéndome al instante de la sensación de acoso que transmitían mis palabras.

Ella se volvió. No parecía sentirse acosada. Se mostraba tranquila, casi condescendiente con mi actitud.

—No. En realidad no quiero nada. No me hacen falta pruebas de ningún tipo. No necesito que me digas que Krüffner te iba a conducir hacia unos documentos, porque ya lo sé y yo también los quiero. No necesito que me digas que la noche que te sorprendí saliendo de su habitación habías estado buscándolos, porque para qué otra cosa ibas a estar tú allí si no lo mataste. Y no necesito que me digas que no los has encontrado, porque si así fuera no me habrías ocultado que los buscas. Ya ves que no necesito ninguna prueba de confianza, porque no necesito que confíes en mí.

Su perspicacia me había dejado asombrado. Su discurso, desarmado. Y lo más vergonzoso de todo es que bajo la armadura me sorprendió desnudo y me vi obligado a aceptar con elegancia mi desnudez.

—Quédate, por favor. Iremos los dos a París y así no se habrá roto la baraja.

—¿Por qué? Mi misión consistía en infiltrarme. Krüffner era mi contacto y ahora está muerto. Mi misión ha terminado. ¿Por qué habría de quedarme?

—Porque en Brunstriech está la clave.

*16 de enero*

Te confieso, hermano, que por primera vez en mi vida antepuse el placer al deber. Fue al insistirle en que se quedara, cuando no tenía otro argumento a favor que mi propio deseo de que lo hiciera.

Y es que, siendo del todo sincero conmigo mismo, no tenía ninguna prueba que me permitiera confiar plenamente en ella; no tenía ninguna seguridad de que fuera una agente de la inteligencia francesa, sólo tenía su palabra; ni siquiera tenía la certeza de que estuviera de mi lado. Aun así, me había ofrecido a trabajar con ella: eso suponía revelarle información confidencial y compartir con ella parte de la investigación. Todo para evitar que se marchase. Era probable que el capitán Cumming me colgase de la lámpara de su despacho en Whitehall en cuanto tuviese conocimiento de mi proceder.

Sólo hubo un extremo en el que fui absolutamente riguroso: no iba a desenmascarar a Richard Windfield. Revelar la identidad de un agente era poner en peligro su vida. Y eso sólo podía hacerlo con su consentimiento.

—Así que inteligencia francesa…

Nada más llegar a Brunstriech me reuní con él. Necesitaba compartir con alguien parte de la responsabilidad que pesaba sobre mis espaldas. Después de comer, frente a la chimenea y con un par de vasos de whisky, fui dándole cuenta de lo sucedido y del giro que habían dado los acontecimientos. En cierto modo lo que buscaba era su complicidad.

Richard había escuchado sin pestañear todo el informe: cómo la había sacado del templo de Ottakring, cómo la había retenido en mi casa, cómo ella me había revelado su verdadera identidad y cómo la había presionado para quedarse. El resto de los detalles preferí obviarlos.

—Entonces, tú tenías razón; no eran obsesiones tuyas. Y yo que pensé que estabas empezando a volverte loco con todo esto.

—La realidad es que ahora me encuentro ante un dilema que no sé cómo resolver. Si la dejo marchar y me ha mentido, no volveré a saber de ella. Si se queda y la involucro en la investigación, tendré que revelarle más datos.

No solía hacerlo, pero en aquella ocasión le pedí a Rum que trepara hasta mi lado en el sofá. Cuando el perro se acomodó en el almohadón, comencé a acariciarle detrás de las orejas.

—Retenla en contra de su voluntad. Ya lo has hecho antes —sugirió Richard medio en broma antes de llevar los labios al vaso de whisky.

—Si lo hago y termina siendo cierto que trabaja para el gobierno francés, despídete de la colaboración conjunta. Si lo hago y finalmente es cierto que es quien dice ser, entonces me ha revelado cosas que son parte de su intimidad; en cuanto sospeche que no confío en ella, se sentirá tremendamente defraudada. Te juro que no sé qué hacer.

Richard se incorporó trabajosamente para dejar el vaso sobre la mesa. Después se quedó acodado sobre las rodillas, mirando fijamente al suelo.

—Dime una cosa, Karel: ¿te has enamorado de ella?

Poco faltó para que se me atragantase el whisky. ¿Es que acaso daba yo muestras de estar enamorado? Mi conversación era aséptica, indiferente, profesional. En ningún momento creía haber dado muestras de nada.

—No. Claro que no.

Richard continuó con la vista puesta en el suelo. En silencio. Parecía esperar más de mí.

Yo sabía mentir. Lo hacía bien: con aplomo, con seguridad, creyendo mi propia mentira. Fui consciente de que mis palabras no tenían ni aplomo ni seguridad. El problema era que no estaba mintiendo, estaba tratando de ocultar otra verdad, sin conseguirlo: a veces me daba la impresión de que el sexo deja marcas visibles en la piel, como una exposición prolongada al sol.

—Pero me he acostado con ella —descargué por fin mi conciencia.

Richard parecía el pensador de Rodin. Su inacción me desesperaba. ¡Vamos!, ¿a qué esperas para romperme la cara?, ¡me lo merezco! Por fin se volvió a recostar en el sofá. Su expresión denotaba malicia: sabía que me estaba torturando.

—No te culpo. Yo también lo habría hecho en tu lugar. Pero te diré que no merece la pena ese placer si ahora te vas a sentir mal. ¿Que eres un maldito traidor? Eso ya lo sé. Nadie es perfecto, salvo yo. Y tratándose de mujeres los pecados siempre son veniales. Te voy a ser sincero, Karel. Creo que ella es una mujer increíble, magnética, apasionante. Pero ¿tú me ves a mí presentándome ante mi madre (tú ya conoces a mi madre) y diciéndole: «Madre, ésta es la mujer a la que haré mi esposa: la señora Du Faure, viuda, amante y espía»? Como ves, en realidad no me has traicionado. Ahora sírveme otro whisky, es lo mínimo que me debes por mi comprensión.

Agradecí a Richard que me hubiera exculpado con tanta elegancia y sentido del humor. Al pasar a su lado para coger el vaso, le miré y con los ojos le dije todo lo que puesto en palabras me hubiera parecido almibarado. Entre nosotros había complicidad, más de quince años de complicidad, y Richard supo interpretar mi mirada.

—Creo que has hecho bien en animarla a volver a Brunstriech —empezó a decir mientras yo reponía nuestras bebidas—. Y creo que lo que debemos hacer es llamar hoy mismo a Londres para concertar una reunión urgente con París, eso puedo hacerlo yo si te parece bien. Además, podría aprovechar para indagar sobre ella. Hablaré con nuestro contacto en Francia.

—Yo entretanto intentaré ganar tiempo. Pero hay una pega: si quieres colaborar, tendré que revelarle tu identidad. Otra opción es que permanezcas en la sombra hasta que tengamos la confirmación oficial de París. No es necesario que los dos nos arriesguemos a quedar al descubierto.

—¿Permanecer en la sombra? ¡Ni mucho menos! Ningún riesgo, ni siquiera el de muerte, justifica que yo me pierda semejante diversión.

* * *

Recuerdo, amor mío, que en aquel momento yo sólo deseaba huir. Pero mis deseos de fuga no tenían nada que ver con la misión. La verdad es que deseba huir de tu hermano. No quería tener que trabajar con quien me había acostado antes.

Sin embargo, me dije que era cierto, que si me marchaba ahora ya no podría regresar a Brunstriech; yo misma habría roto la baraja de aquel juego que tanto tiempo había llevado preparar.

También era cierto que en Brunstriech estaba la clave. Y digo la clave porque en todo aquel asunto sólo había una: el paradero de los documentos, el asesinato de Krüffner y el corazón de la secta kalikamaísta estaban conectados a una misma clave. Era algo que tanto Karel como yo intuíamos.

Toda la tarde la pasamos en su despacho intentando encajar las piezas del rompecabezas. Era como cuando de niña volcaba sobre la mesa una caja de mil piezas: había que darles la vuelta a todas, buscar las esquinas y los bordes, ordenarlas por tonos. El problema era que en aquella ocasión yo me había guardado una pieza muy importante en el bolsillo sin que nadie lo supiera. Y si falta una pieza es imposible completar el rompecabezas.

* * *

Te confieso, hermano, que me sentía incómodo con aquella situación. Había acordado con Richard que intentaría ganar tiempo sin despertar los recelos de ella, pero me estaba resultando extremadamente complicado. Admitir que sólo la estaba entreteniendo cuando la miraba a los ojos y sus bellos ojos me devolvían una mirada que me evocaba su cuerpo y su cuerpo me excitaba… me hacía sentirme miserable y desleal.

Al principio puse sobre la mesa lo que sabía con la plena certeza de que era conocido por ambos: hechos, ninguna conjetura; evidencias, ningún secreto.

Nuestra conversación fue fría y distante; palabras escuetas, frases cortas. Fue un esquema de conversación; una libreta con un listado de cosas; un punto tras otro sin suspiros, sin sonrisas, sin miradas:

—La cúpula tiene cinco miembros, enmascarados e individualizados por colores: marrón, blanco, azul, rojo y negro.

—Es un *Panchabhuta*: los cinco elementos que componen toda la naturaleza. *Prithvi*, *Vayu*, *Apas*, *Agni* y *Akasha* —apuntó ella.

—Tierra, Aire, Agua, Fuego y Éter —me limité a traducir yo.

—Krüffner era el líder.

—El Éter. *Akasha*.

—La túnica negra —añadió ella, no yo.

—Krüffner ha muerto.

—Lo han asesinado. Y no hemos sido nosotros.

—Alguien tenía una cuenta pendiente con él —conjeturó ella, yo callé.

—El asunto de Nikolái...

—También está muerto —quiso zanjar ella la cuestión, yo, en cambio, la quise explorar.

—Nikolái está muerto. ¿Suicidio? ¿Asesinato? ¿Casualidad? ¿Relación con la secta? ¿Relación con la muerte de Krüffner?

Ella no respondió a ningún interrogante. No hubo conjeturas ni datos ni conclusiones; su aportación fue un silencio categórico.

La tarde había sido larga y fue perezosa para convertirse en noche. Cada minuto que pasaba yo temía que ella se diese cuenta de la vaguedad de mis palabras. Llegada la hora de la cena y frente a un ligero tentempié que había ordenado que nos sirviesen en el despacho, decidí ser un poco más audaz en mi estrategia, ir más lejos a la hora de averiguar lo que ella sabía y hasta qué punto.

—Krüffner era el líder, eso es todo lo que tenemos. Si pudiéramos saber quiénes son los demás…

Le tendí una pequeña trampa, de manera que mientras pronunciaba aquellas palabras se me antojó que mi lengua era bífida y siseaba como la de una serpiente.

—Además de Nikolái, quieres decir —respondió ella como si fuera evidente, como si asumiera que yo lo sabía pero que tal vez me había despistado.

La inocencia de su reacción me animó a dar un paso más.

—¿Por qué dices que Nikolái era uno de ellos? ¿Cómo lo sabes?

De pronto su inocencia devino en suspicacia. Dejó pendiente el mordisco de un sándwich y me miró con el ceño fruncido.

—Del mismo modo que tú: Nikolái llevaba la marca en el pecho.

—Los miembros de la cúpula no van marcados por seguridad… Lo cual no excluye que pudiera haber accedido después en sustitución de otro miembro. —Abrí la mano en vista del cariz que tomaban las cosas—. No debemos descartar ninguna posibilidad.

—Nikolái era uno de ellos. Y tú lo sabes. ¿A qué estamos jugando, Karel?

—A un juego de caballeros —respondí yo jocosamente para suavizar su humor cada vez más crispado.

Pero Lizka me devolvió una mirada oscura que no tenía

nada de suave. Se puso en pie con brusquedad y tiró la servilleta sobre la mesa: los cubiertos golpearon el plato.

—¡Esto es ridículo!

—¿Qué? ¿Por qué tengo yo que saber nada de Nikolái? —alegué ante su arranque de ira en un intento desesperado por excusarme.

—¿Me tomas por idiota? Tú mismo has admitido que me sorprendiste en los pasadizos de Brusntriech. Tú presenciaste las reuniones como yo. Tú observaste la túnica marrón de *Prithvi* consumirse bajo las llamas. Y tú viste las manos quemadas del cadáver de Nikolái...

Abrí la boca para pronunciar mi alegato, pero ella me dejó con la boca abierta.

—¿Crees que no me he dado cuenta de lo que estás haciendo? Lo tuyo es un interrogatorio de guante blanco, no una colaboración. ¡No me interrumpas, por favor! Ayer me ofreciste una prueba de confianza, no creo que pudieras dármela.

Yo también me puse en pie. Me daba la sensación de que sentado a la mesa, con una servilleta sobre las rodillas, me hallaba en inferioridad de condiciones en aquel enfrentamiento que yo pretendía atajar ondeando bandera blanca.

—No es así. Yo, personalmente, confío en ti. Pero tú debes entender mi posición: no estoy solo en esto; recibo órdenes, como tú. Y detesto tener que cumplir órdenes que van en contra de mi voluntad, pero así debe ser para que la máquina funcione.

—Lamento no poder comprenderte. Mi máquina funciona de otra manera. Hay cuestiones que sólo yo decido, como haber vuelto a Brunstriech.

—Si no me entiendes, al menos créeme cuando te digo que confío plenamente en ti. Sé que puedo hacerlo; te conozco y sé que...

—¡No! —saltó por los aires con la fuerza de una explosión—. ¡Tú no sabes nada! ¡¿Dices que me conoces?! ¡¿Crees que haber hecho el amor conmigo te da derecho a conocerme?! ¡Pues te equivocas! ¡Tú no sabes nada de mí! ¡No tienes ni la más mínima idea!

—Escúchame, Lizka, yo...

—¡Escúchame tú a mí! ¡Tú sólo quieres saber! ¡Eso es todo lo que a ti te importa! ¡¿Quieres saber más?! ¡¿Quieres saber de mí?! ¡Pues ahí tienes la verdad!: ¡Yo! ¡Yo maté a Nikolái Zagoronov!

—¿Qué?

Una bofetada no me hubiera causado mayor impresión. Una bofetada no me hubiera paralizado el cuerpo y la mente.

—¡Ya no necesitas seguir fingiendo que elucubras sobre su muerte! ¡Ya no necesitas apuntar en tu libreta lo que no sabes y lo que sabes como si no lo supieras! ¡Ya no necesitas tenderme más trampas! ¡Fui yo! ¡¿Te queda suficientemente claro?! ¡Yo apunté el arma directamente a la cabeza de ese bastardo mal nacido! ¡Yo apreté el gatillo y acabé con la vida de esa escoria que me había violado! ¡Yo le cerré su sucia boca para siempre!

Mientras la escuchaba bramar como un animal enloquecido, destilando rabia entre los dientes, pasaban por mi mente imágenes deslavazadas como cartas lanzadas sobre un tapete: ella empuñando el arma, tal vez con mano firme, tal vez con mano temblorosa; ella apretando el gatillo, tal vez decidida, tal vez aterrorizada; ella contemplando el cadáver, tal vez indiferente, tal vez trastornada; Nikolái subyugado por el arma de una mujer a la que había subestimado; Nikolái medio desnudo como testimonio vergonzante de su infamia; Nikolái arrodillado en pusilánime súplica, sollozante y tembloroso; o tal vez Nikolái erguido y frío, soberbio hasta el final, retándola con sus pupilas heladas... Aquellas imágenes me trastornaban.

Ella no. Ella no podía ser. Matar es el peor de los pecados. Yo soy un pecador, pero ella… ¡Lizka era mi heroína!

—¡¿Y sabes lo que sentí?!

De pronto, Lizka se quebró sobre el sofá como un árbol viejo y rompió a llorar. Fue un llanto histérico y desconsolado. Fue un llanto purgante, emético, lavativo. Era como si llorase lo que debería haber llorado al tener que ocultar su identidad, al tener que adentrarse sola por túneles estrechos y negros, al sentirse perseguida en la oscuridad, al ser violada y amenazada de muerte, al verse secuestrada… al tener que matar.

Me acerqué a ella lentamente y posé la mano sobre su espalda agitada por las convulsiones con la misma delicadeza con la que hubiera tocado un objeto volátil. Lizka buscó mi abrazo, un refugio en el que hacerse un ovillo y temblar; temblar de miedo y de vergüenza.

Sí. Lizka era mi heroína.

El eco de un disparo. El golpe seco de un cuerpo al desplomarse. El silencio estremecedor que le sucede. Entonces supe que aquello la atormentaría el resto de su vida tanto como a mí me atormentaba. Entonces pude comprender sus pecados.

Probablemente, ella no me escuchaba, pero yo me encontré susurrándole mientras la acariciaba repetidamente con caricias que eran más bien friegas:

—Lo sé. Sé exactamente cómo te sientes… Está bien. Hiciste lo que debías. Hiciste lo que debías.

Aquella noche la acompañé hasta su habitación. El paso lento, la mirada baja, la palabra ausente.

Al llegar al umbral volvió a abrazarme: apoyó la cabeza sobre mi pecho y con la mano lo acarició, como si quisiese palpar algo bajo mi camisa.

—Tú tampoco tienes la marca en el pecho.

—Como el noventa y nueve coma nueve por ciento de las personas del mundo —respondí porque tenía que responder.

En realidad, su observación no me había importado, estaba demasiado excitado por el simple roce de su mano, como un muchacho que en plena pubertad descubre el mundo de los placeres carnales.

—Es la desconfianza el comodín del ganador, no lo olvides.

Palabras, palabras y más palabras que resonaban lejanas en mis oídos, carentes de significado y de oportunidad. Aquel roce estaba anulando poco a poco mis sentidos. Era un frote de astillas, un choque de piedras, una manera de hacer fuego.

Ardiendo la besé en los labios.

—Déjame quedarme esta noche contigo —le rogué.

Lizka se dio media vuelta, se adentró en la habitación y dejó la puerta abierta.

* * *

Recuerdo, amor mío, que aquella noche mi conciencia dejó de susurrarme al oído como hiciera otras noches cada vez que me veía cerrar los párpados. Por fin aquella noche, después de muchas de vigilia, mi conciencia se durmió conmigo. Y si alguna vez quería despertarse, yo buscaba el abrazo de tu hermano.

—¿Estás bien? —me preguntaba él.

—Ahora sí —le respondía yo, y luego me volvía a quedar dormida.

—Me gustaría volver a la habitación de Krüffner —recuerdo, amor mío, que le pedí a tu hermano a la mañana siguiente.

Con la mente más fría y descansada, me aseguré a mí misma que tenía una corazonada.

El dormitorio de Otto Krüffner —alias Borís Illianovich— en Brunstriech seguía exactamente igual que estaba la noche en que lo asesinaron: sus pertenencias no habían sido retiradas de los armarios; la cama estaba deshecha, tal y como había quedado tras levantar el cadáver de entre las sábanas; el baño sin limpiar, el polvo sin quitar y el suelo sin barrer; incluso olía a su loción... Por lo demás, era una habitación similar a las del resto de los invitados. Amplia, con una cama grande junto al balcón, una mesilla de noche, un escritorio, un armario, un tocador, un par de sillones y una mesa frente a la chimenea. Decorada con detalle y exquisitez y provista de luz eléctrica, agua corriente, calefacción y flores del día.

Sabía que a Karel se le empezaba a agotar la paciencia. Llevábamos cerca de una hora allí encerrados, tiempo que yo había empleado en tomar medidas, experimentar con las distancias y las trayectorias de un disparo, inspeccionar el armario, el escritorio, los cajones, el baño, debajo de la cama...

—Todos esos datos los tienes en el informe de la policía y el forense. Lo mejor será que lo veamos con Richard; él es el experto en criminología —me dijo tu hermano.

Me subí a una silla para comprobar el alto del armario. Estaba limpio como el resto de la habitación. Bajé de la silla ayudándome de la mano que él me tendía. Me concentré para no caer en la desesperanza, parecía estar invocando a la suerte o a la inspiración.

—Una antiquísima leyenda hindú —comencé a relatar en voz alta— cuenta que al principio de los tiempos todos los hombres eran dioses…

Karel me miraba entre intrigado y escéptico, sin acertar a comprender por dónde iban los tiros.

—Sin embargo, abusaban de su divinidad. Es por ello que Brahma, el señor de todos los dioses, decidió quitarles su poder divino. El dilema surgió a la hora de decidir dónde esconderlo. «Escondámoslo en lo más profundo de la tierra», sugirió uno de los dioses menores. «No. El hombre cavará y lo encontrará», objetó Brahma. «Entonces, habrá que ocultarlo en el fondo del mar», dijo otro de ellos. «No. El hombre es listo. Tarde o temprano, se sumergirá y lo encontrará.» Los dioses, desesperados, concluyeron: «No hay lugar en el mar ni en la tierra donde podamos esconderlo, pues a todos sitios el hombre llega». Entonces, el sabio Brahma dijo: «Hay un lugar en el que el hombre no buscará jamás: dentro de sí mismo…». Dentro de sí mismo —repetí meditabunda, rumiando las últimas palabras.

Durante unos segundos de silencio, que incluso Karel respetó dando una tregua a sus advertencias, le di vueltas a aquella frase en mi cabeza con la esperanza de obtener alguna pista a partir de ella.

—¿Cuál es la manera de mirar en el interior según la tradición hinduista?

—¿La meditación? —apuntó Karel no muy convencido.

—Exacto: la meditación. Y el camino de la meditación es el Yoga. «Ha de encontrar un lugar puro y calmo, procurándose un asiento cómodo, ni muy alto ni muy bajo, teniendo como firme apoyo un terreno con hierba, o bien una piel, o si no, algún tipo de tejido para poner debajo» —cité el *Bhagavad Gītā* mientras deambulaba por la habitación—. Esa alfombra… en mi dormitorio está junto a la cama para poner los pies descalzos al bajar. Aquí, alguien la ha movido para pegarla a la pared.

—Nadie ha cambiado nada en esta habitación desde la noche del asesinato.

Me coloqué sobre la alfombra y, subiéndome las faldas para que no me estorbaran, empecé a adoptar la postura del loto.

—Ésta es la *asana* de meditación en yoga: las piernas cruzadas con las rodillas apoyadas en el suelo; la espalda erguida y la barbilla a noventa grados del cuello; las manos sobre las rodillas, con las palmas hacia arriba, índice y pulgar unidos en *chin mudra* para mejorar la concentración... Los ojos cerrados y la mirada interna en el *ajna chakra*, el entrecejo —murmuré antes de retomar el silencio.

Al cabo de unos segundos, levanté lentamente los párpados: mi vista chocó con una pared lisa y vacía. Alcé los ojos hacia donde apuntaban mis dedos en *chin mudra:* un techo liso y vacío.

—¡Esto es absurdo! —protesté desesperada.

Desvié la mirada hacia Karel, esperando de él cualquier tipo de reproche. Estaba dispuesta a admitir que se cebase en mi autocrítica, que hiciese leña del árbol caído, que se burlase de la intrincada postura en la que me había quedado clavada.

Tu hermano permanecía erguido, casi firme. Me miraba fijamente, pero no parecía prestarme atención, ni escuchar mis palabras. Adelantó un par de pasos con el ritmo pausado de quien toma medidas para dejar los pies entre mis rodillas, abiertas como alas de mariposa. Desde su altura seguía contemplándome: sus ojos casi cerrados de tan abajo que miraban; los míos muy abiertos de tan arriba que lo hacían. Él parecía serio, incluso enfadado. Yo parecía asombrada, asustada. Sólo era la posición de nuestros ojos. El silencio ralentizaba aquella contemplación mutua, invitaba a prolongarla más y más en un extraño deleite: el de nuestras mentes que se excitaban como por telepatía.

Karel se arrodilló: mis ojos reflejaron el deseo y la lujuria que brillaban en su iris de acero. Posó sus grandes manos sobre las mías y deshaciendo el *mudra* de mis dedos los entrelazó con los suyos. Con un roce de labios me besó dulcemente, regodeándose, acalorándose. Poco a poco deslizó las manos sobre mis muslos, apartando todo obstáculo de ropa en el camino. Enseguida noté sus dedos palpar con toques ligeros el centro de mi *culotte;* sus suaves pulsaciones llegaron hasta mi piel y sacudieron como descargas eléctricas todo mi cuerpo. Dejé escapar un gemido de placer que fue una rendición: sin remedio me entregué vencida a un delirio sexual enloquecido en el suelo de la habitación del crimen.

No pretendo torturarte, amor mío. No es mi intención herirte sino mostrarte que aquello era un juego para mí; un juego de detalles eróticos, de placeres físicos, de deleites corporales... Un juego que hubiera jugado con cualquiera porque jugarlo era lo que me satisfacía. Así empezó todo, amor mío... Un juego. Mas no me preguntes cuándo el juego dejó de serlo. No tengo la respuesta.

* * *

Te confieso, hermano, que llegué a asustarme. Aunque por aquel entonces no adivinaba el alcance de mis sentimientos hacia ella, ya empezaba a dar muestras de los primeros síntomas: aquella excitación permanente, provocada por su mera presencia, aquellas muestras somáticas de algún desorden de naturaleza mental: el hormigueo, los temblores, el vértigo, los ahogos, el dolor... Los síntomas de una adicción que yo nunca antes había padecido: el despertar de un alcohólico, el padecer de un morfinómano.

Y es que ella era como una droga, te lo aseguro. Me sumía en un estado de semiinconsciencia tranquilizante; me llenaba de la dicha y la lasitud propias del primer estadio de embriaguez; era balsámica y terapéutica... aunque nociva en su esencia adictiva. ¿Por qué ella se había convertido en una obsesión? ¿Por qué no podía dominar mis impulsos cuando la tenía delante? ¿Por qué aquel doloroso síndrome de abstinencia cuando no la sentía cerca?

Yo, que siempre había sido exageradamente escrupuloso en cuestiones amatorias; yo, que preveía mis encuentros, escogía concienzudamente las mujeres y no consentía más escenario que una cama con las sábanas limpias, me encontraba entonces sumido en un torbellino de pasión en el que todo lo que no fuera hacer el amor con ella, donde fuera, cuando fuera y como fuera ya no tenía sentido. Era un tormento, un desvarío, un frenesí sexual inmoderado, impropio de un hombre como yo.

Pero es que estaba tan preciosa en aquella postura del loto. Más que nunca parecía una diosa con su rostro increíblemente bello erguido en todo su esplendor; los ojos apagados y la expresión serena; las manos en una elegante postura y las piernas abiertas, que me mostraban el camino hacia ella... No pude contenerme. Yo, ¡yo!... no pude contenerme.

Algo tan inquietante no podía ser amor, y tal evidencia —tan profiláctica como engañosa— aportaba cierto sosiego a mi perturbación.

Su voz me devolvió a la realidad de mi cuerpo junto al de ella, tendidos medio desnudos sobre la alfombra, mientras yo le acariciaba suavemente la espalda para saciar mi sed de su piel.

—Tu matrimonio con Nadjia...

—Es de conveniencia —me apresuré a decir sin esperar a averiguar si era eso lo que ella quería saber.

Ella no hizo ademán de indagar más. En cambio, yo sí quise continuar.

—Es la parte fundamental de un tratado secreto de no agresión entre Austria y Rusia; es el sello, la prueba de confianza entre ambas naciones que entregan en matrimonio a dos de sus hijos predilectos. Se firmó hace dos años en Escocia. Yo mismo estuve allí. Yo mismo lo propuse…

Recordé aquella noche de lluvia en el castillo de Brechin en la que desde mi anonimato fui testigo de cómo los ministros implicados estampaban su firma en aquel documento que yo mismo había redactado. Entonces estaba muy seguro de lo que hacía, de que aquello era lo mejor.

—Nadjia está emparentada con el zar Nicolás y yo con el emperador Francisco José. Con este sencillo gesto, Rusia muestra su voluntad de no intervenir en las relaciones de Austria con sus vecinos balcánicos y, por su parte, Austria se mantendrá al margen en la cuestión polaca. Tras el matrimonio, ambos seremos coronados reyes de Polonia bajo el auspicio de Moscú.

Levantó su rostro, que plácidamente descansaba sobre mi pecho y clavó los ojos en mí.

—¿De veras crees que eso evitará lo que ya es inevitable?

—¿La guerra, te refieres? No lo sé… —confesé.

Si hacía dos años había tenido la certeza de que mi sacrificio no caería en saco roto, ahora ya no estaba tan convencido. La guerra se había convertido en una especie de promesa de circo para unos pueblos envenenados de patriotismo y nacionalismo. Quizá ya no hubiera marcha atrás y mi insignificante gesto fuera en vano. Pero si algo se podía hacer para que el conflicto durara semanas en lugar de meses, entonces aún valdría la pena seguir adelante.

En una época en la que ser pacifista era considerado el deshonor de los pusilánimes, algunos me hubieran tachado de pacifista sin dudar. Tal vez lo fuera... sabía que por mis venas corría la sangre de una casta de valientes guerreros... pero también de hábiles diplomáticos. Reconocía el noble arte de la guerra cuando la veía tomar forma sobre mapas cosidos de banderitas en las cancillerías de gobierno... pero también había tenido ocasión de mirar de frente la negra faz de la guerra: niños huérfanos y desnutridos, mujeres viudas o ultrajadas, hombres mutilados para los que la muerte hubiera sido mejor opción. Admiraba el valor y la nobleza de espíritu del guerrero, que no temía empuñar la espada para luchar por sus ideas, su patria o su familia... pero también aborrecía al vil mercenario, ave de carroña que hace de la guerra y sus despojos un negocio lucrativo. Incluso abogaba por la guerra como ejercicio de legítima defensa allí donde otros mecanismos habían fracasado... pero también había adquirido la triste convicción de que la guerra es, en la mayoría de los casos, el precio más alto que el pueblo paga por el honor de sus gobernantes.

* * *

Recuerdo, amor mío, que iba a hablarle de sacrificio inútil. Sin embargo, ¿por qué había dado por hecho que para él era un sacrificio casarse con Nadjia? Ella era una mujer hermosa, culta, aristocrática, dócil y discreta; la esposa perfecta. ¿Acaso debería sorprenderme que Karel estuviera enamorado de ella?

Y, en cualquier caso, nada de aquello debía importarme. Nunca me habían importado la vida, la intimidad o los sentimientos de los hombres con los que me había acostado.

No es que odiara a los hombres por ser hombres, pero sí era cierto que desde mi regreso de la India había entablado contra ellos una cruzada personal. Era cruel y despiadada en todas mis relaciones y tenía mi ración de venganza al contemplar sus rostros resquebrajados por el desamor. Yo sólo pasaba la noche, me divertía y me despedía con la esperanza de no volver a encontrarnos jamás. Sin compromisos, sin preguntas... Ése era mi juego. Así debía ser. Así quería creer que debía ser.

Huyendo de cualquier tipo de introspección me volqué en la contemplación banal de lo que me rodeaba y disfruté de aquel momento de paz inusitada en medio de la vorágine. Solos los dos, sin nada mejor que hacer que jugar a acompasar el ritmo de nuestras respiraciones, que dejarme mecer por el vaivén de su pecho al subir y bajar suavemente, que dejar reposar mi mente y mi cuerpo con la caricia de sus dedos sobre mi espalda...

Sin embargo, la distracción es breve para la mente inquieta. De pronto, mis músculos se tensaron y me incorporé bruscamente.

—¿Qué ocurre? —preguntó Karel alarmado.

—El espejo.

—¿El espejo?

Me puse en pie, me dirigí hacia un espejo de medio cuerpo que colgaba de la pared junto al armario, mientras mecánicamente me abrochaba los botones de la blusa.

—¡¿Cómo he podido ser tan tonta?! Dentro de sí mismo... ¡Está claro!

Me coloqué frente al espejo y recibí de él una imagen ligeramente arrebatada por la excitación. A mi espalda, Karel también se había levantado y me observaba desconcertado.

—Aquí estoy yo misma; y tú mismo; y Krüffner mismo cuando se miraba en este espejo. Y en su interior... —anuncié mientras lo levantaba por uno de sus lados mientras Karel se apresuraba a ayudarme a levantarlo por el otro.

La parte de atrás estaba tapada con un papel grueso, como de papiro, hacía poco que lo habían pegado al marco. Sin pensármelo dos veces, lo rasgué.

—... en su interior... hallamos el tesoro de la divinidad escondida.

Triunfal contemplé un libro de tapas rojas adherido a la parte de atrás del espejo entre los bastidores del marco.

—¡Demonios! —murmuró Karel.

—Ayúdame a descolgarlo, ¡corre!

Con cuidado, bajamos el espejo de la pared mientras que tu hermano no cesaba de mostrar su sorpresa.

—¡Cientos de veces se ha revisado esta maldita habitación! ¡Yo mismo he levantado este espejo! Pero cómo iba a pensar que... bajo este papel...

—Sólo hay que buscar dentro de uno mismo. Ya lo predijeron los dioses: el hombre nunca mirará allí.

—Los dioses no contaron con que la mujer sí lo haría. Es vicio vuestro mirar en todos lados.

Con el espejo tendido boca abajo en el suelo, extraje el libro tan bien guardado. Tenía tapas gruesas de cuero rojo repujado con la K y la serpiente. Pasé las manos por el cuero suave, limpio y brillante, y miré a Karel como buscando su aprobación para abrirlo. Él me devolvió un gesto de aquiescencia impaciente.

Tras la primera página en blanco, aparecieron hileras de hermosos garabatos impresos en tinta negra.

—Es sánscrito —murmuré. Después, comencé a recitar al ritmo torpe de mi traducción simultánea—. «Reunido el sagrado Panchabhuta, en el vigésimo día del noveno mes del trigésimo año del advenimiento de KaliKama, loado sea Tu Divino Nombre...»

Me detuve ante lo que parecía mera retórica. Antes de continuar con la lectura, quise tener una visión general del documento, de manera que empecé a hojearlo. Al llegar más o menos a la mitad, algo llamó mi atención.

—Mira. Algunas páginas están arrancadas —observé pasando los dedos por el interior donde estaban cosidas unas con otras las hojas. Había restos de papel rasgado. En su lugar alguien había dejado una cuartilla cuidadosamente doblada por la mitad—. Una nota… También en sánscrito.

—¿Qué dice?

—*Oh, Aryaman*: *Yadyapyete na pashyanty lobhopahatachetasah; Kulakshayakritam dosham mitradohe cha paatakam.*

Karel me miraba anonadado. Con las cejas arqueadas esperaba que yo continuase para sacarle de su ignorancia.

—¿Y bien?

—Es una frase del *Bhagavad Gītā*.

—¿Te lo sabes de memoria?

—Casi —contesté con una sonrisa de vanidad mal disimulada—. Es algo así como: «Ellos con sus mentes obcecadas por la codicia no tienen ningún reparo en destruir una familia, ni en traicionar a sus propios amigos». Va dirigido a *Aryaman*, mi amigo íntimo.

Karel se quedó pensativo.

—A Borís… A Krüffner, le gustaba utilizar citas del *Bhagavad Gītā* para ilustrar lo que decía. Esto era típico de él —añadí yo.

—Supongo que esta frase tendrá algún sentido para la persona a la que va dirigida…

—¿Y las páginas que faltan? —pregunté acariciando las barbas de papel rasgado.

—Tal vez esa persona se las llevó o tal vez lo hizo el propio Krüffner, dejando a cambio esta nota, como una especie de burla. Incluso puede que vaya dirigido a nosotros; yo mismo he buscado este libro.

—Pero habla de traición… A lo mejor el resto del documento arroja algo más de luz sobre este asunto. Todavía quedan unas horas hasta que nos veamos con Richard —dije, echando una mirada de reojo al reloj de la pared—. Podemos ir a mi habitación e intentar traducirlo. Voy a necesitar el diccionario.

Reunido el sagrado Panchabhuta en el undécimo día del noveno mes del trigésimo año del advenimiento de KaliKama, loado sea Tu Divino Nombre, recibimos de Ti, oh, hermosa KaliKama, dadora de vida y mensajera de muerte, principio y fin de todas las cosas, tu bendición y rogamos tengas a bien concedernos sabiduría para concluir nuestra sagrada misión y determinación para no desfallecer en el camino, largo y tortuoso.

El día del gran holocausto está próximo. La era oscura, Kali Yuga, toca a su fin.

Llegado es el momento de, en cumplimiento de tus divinos designios, liberar a la humanidad de sus cadenas. Los por Ti elegidos renaceremos a un nuevo amanecer de pureza espiritual. Porque no hay vida sin muerte ni muerte sin vida, he aquí el tiempo de completar el ciclo; de vivir en Ti, amadísima Diosa, la vida eterna.

Tus devotos fieles estamos preparados, oh, KaliKama, para entregarnos a la muerte definitiva y revivir en la plena purificación del alma.

Tú que posees la sabiduría infinita y dominas la naturaleza; Tú que controlas los vientos y las mareas; Tú que alientas las tempestades y doblegas el rayo; Tú que riegas los campos con la lluvia o los resquebrajas con la sequía; Tú que irradias el calor del sol y desprendes el frío de la nieve ilumínanos con Tu luz divina para superar los obstáculos que todavía nos atenazan.

A Ti entregamos el arma del holocausto, el arma del renacer después de la muerte; el arma que lleva Tu Santo Nombre de destrucción, oh, todopoderosa KaliKama. He aquí el fruto de Tu divina inspiración, tómalo y extrae de nuestras humildes e insignificantes mentes la sabiduría que necesitamos para completar el ciclo y cumplir con Tu voluntad.

A Ti nos encomendamos, bendita seas KaliKama. Ten a bien acoger el ruego de Tus humildes siervos. El fin de Kali Yuga está cerca. Así sea.

¡Om, Om, Om… KaliKama!

En la intimidad del despacho de Karel, con la única presencia de Rum que como siempre dormitaba frente a la chimenea, ajeno a la índole del asunto que allí se trataba, la lectura de Richard, con su tono inevitablemente jovial y su acento británico lleno de Tes escupidas, resultaba más cómica que solemne. Cuando detuvo la declamación, sin levantar los ojos de los papeles, murmuró:

—Están como cabrones…

Ante tal enredo del lenguaje yo contuve la risa mientras Karel le corregía.

—Como cabras. Se dice «están locos como cabras». Lo otro es distinto…

—Lo siento.

Richard se disculpó un tanto azorado por haber ofendido sin pretenderlo mi oído femenino.

—El resto del documento se pierde en una serie de divagaciones sobre la materia, la energía, partículas de nombre enrevesado que interactúan unas con otras… Parece un tratado de física o de química más que otra cosa —aclaré volviendo al asunto que nos ocupaba.

—Pero ¿y el arma de la que habla? —quiso saber Richard.

—Tal vez esté especificada en las páginas que faltan. Desde luego, no parecen arrancadas al azar.

—Probablemente el mismo Krüffner, al sentirse amenazado, decidiera sustraerlas y ocultarlas en un lugar más seguro —añadió Karel exponiendo así la hipótesis que antes habíamos discutido.

—Entonces, estamos como al principio. Seguimos sin tener nada en concreto —comentó Richard con aire de derrota.

—Bueno, no del todo —corrigió Karel—. Ahora sabemos que podrían estar trabajando en un arma de tal poder destructivo que les permita hablar del holocausto de la humanidad. También sabemos que el arma no está terminada (de otro modo no rogarían a la Diosa ayuda para completarla). Tales circunstancias nos dejan un margen de maniobra para actuar.

—Yo iría más lejos —me atreví a apuntar, dejando mis palabras en el aire para crear un efecto dramático de expectación.

Los dos hombres se volvieron, dispuestos a escuchar mi teoría.

—Este documento, tal y como lo hemos encontrado, incompleto y con una nota en forma de mensaje en su interior, nos da muchas pistas sobre quién mató a Krüffner. Si apostar no fuera un vicio reservado a caballeros, me apostaría algo a que Krüffner ha sido traicionado y asesinado por uno de los suyos. Pensadlo bien. Lo que Krüffner persigue es un holocausto total que muy posiblemente incluya su propia inmolación y la del resto de sus sectarios. Tal vez, alguien no está de acuerdo con llevar su fe hasta ese punto de sacrificio personal, alguien muy próximo a Krüffner. Incluso me atrevería a decir que pertenece a la cúpula, pues conoce los planes del maestro. Digamos que ese alguien ha mostrado su disconformidad pero sus objeciones no han sido tenidas en cuenta. Entonces decide tomarse la justicia por su mano; se deshace de Krüffner e impone su propio criterio. Es alguien con la suficiente autoridad dentro de la secta. Krüffner (que por lo que yo sé de él no era tonto y además se las daba de vidente) sospecha de la trama de traición. Oculta el documento pero sin gran celo, de modo que sea más o menos fácil de encontrar, arranca las páginas con el diseño del arma y las esconde en otro lugar mucho más intrincado. Además, deja un mensaje de advertencia: «sé quién eres y no te saldrás con la tuya». De hecho, la frase del *Bhagavad Gītā* se refiere a los que *obcecados por la codicia destruyen a su familia* (la secta) *y traicionan a sus amigos* (el propio Krüffner).

—Pero nadie, salvo nosotros mismos, ha encontrado el documento —objetó Karel.

—Quizá nadie haya tenido ocasión de buscarlo o... puede que ni siquiera le interese. Imaginad que ya tiene en su poder lo que Krüffner pensó que buscaría.

—¿Te refieres al arma?

—Sí.

—Eso no me tranquiliza —comentó Richard.

—Si el asesino de Krüffner es la clave... —meditó Karel en voz alta— me temo que el caso entra en el terreno de lo policial.

—Pero tú no vas a dejarlo en manos de la policía —aseguró Richard.

—Por supuesto que no. Tendremos que hacerlo nosotros; esto es un asunto de la inteligencia secreta, ¿no? Que se arreglen los de ahí arriba con sus conflictos de competencias. Lo último que ahora quiero es a la policía y sus burocráticos procedimientos metiendo las narices en mi caso. ¿Qué es lo que tenemos hasta ahora? —Se volvió hacia Richard después de haber dejado bien claras sus intenciones.

—No mucho más que un montón de datos inconexos que en lugar de arrojar algún tipo de luz, consiguen complicar aún más las cosas.

Richard abrió su portafolios y sacó algunos papeles: el informe de la policía, el del forense, sus propias anotaciones... Karel acercó su silla. Antes de hacer lo propio, no pude evitar mirar al hombre que una vez besé: ¿qué sabía de mí?; ¿qué pensaba de mí?; si una vez le defraudé por flirtear contigo, ¿qué pensaría ahora que me acostaba con su mejor amigo? Tal vez, ni siquiera estuviese al corriente… Richard me devolvió una sonrisa en la que yo creí ver muchas cosas. Yo ya no era la muchacha inocente que le había cautivado en París. Yo ya no era el tipo de mujer de la que él se enamoraba. Eso era todo: ahí quedaba nuestra historia. Yo no le había rechazado; él me rechazaba a mí… Tal pensamiento le permitía ofrecerme su amistad y a mí aceptarla porque consideré que su reacción era noble y desinteresada. Richard me hizo un gesto con la mano que yo atendí acercándome a su lado.

—¿Qué es lo más chocante del caso? Primero, cuando tú, Karel, entraste en la habitación, Krüffner ya estaba muerto: le habían disparado. Sin embargo, el disparo se oyó después. Segundo, las señales que el disparo ha dejado en el cadáver.

Richard hizo una pausa y con una estilográfica y un papel (era de los que tienen que garabatear mientras hablan) se dispuso a darnos una explicación.

—Según a qué distancia se haya efectuado el disparo aparecen diversas señales sobre el cuerpo. El disparo a bocajarro, o sea, con el cañón del arma totalmente pegado a la piel, el habitual en caso de suicidio, presenta anillo de Fisch (partículas de grasa, aceite, polvo, pólvora, llamado halo de enjugamiento, y un hematoma, llamado halo de contusión), signo de Benassi (un anillo de ahumamiento en el plano óseo) y una contusión circular ocasionada por el calor de la boca del cañón. En caso de disparo a quemarropa, a menos de cinco centímetros, se ve el anillo de Fisch, ahumamiento, quemadura…

—¿Qué había en el cadáver de Krüffner? —preguntó Karel un tanto impaciente o tal vez incómodo con tanto dato forense.

—Nada. Tan sólo el halo de contusión: el hematoma por el impacto de la bala al entrar en el cuerpo.

Me quedé pensativa, tratando de asimilar la información que Richard acababa de darnos y de cruzarla con aquel último dato.

—¿Eso significa que el disparo fue hecho a bocajarro?

—No. En principio excluiría toda clase de disparo.

Karel y yo le miramos sin decir nada. Nuestros rostros le pedían una aclaración.

—En todos los disparos, ya sean a bocajarro, a quemarropa, a corta o a larga distancia está presente el anillo de Fisch completo, es decir no sólo el halo de contusión, también el halo de enjugamiento.

—Pero… ¿cómo es posible? —seguía impaciente Karel.

—Sólo hay tres excepciones. Una, en disparos post mórtem, en los que al no haber riego sanguíneo no se produce el hematoma del halo de contusión. No es nuestro caso, pues el cadáver de Krüffner presentaba halo de contusión. Dos, cuando el arma ha sido cuidadosamente limpiada y está libre de cualquier resto que pueda arrastrar la bala. Y tres, cuando el orificio de entrada de la bala en el cadáver es secundario, es decir, cuando la bala ya ha atravesado previamente a otra persona u otro objeto. Estos dos últimos casos que no presentarían halo de enjugamiento pero sí de contusión, coinciden con lo que encontramos en el cuerpo de Krüffner.

Se abrió un momento de silencio en el que cada uno de nosotros parecía estar meditando sus propias conclusiones antes de compartirlas con el resto.

—La policía no encontró ningún otro impacto de bala en toda la habitación, lo que excluye que se trate de un orificio de entrada secundario. En realidad, el arma estaba bien limpia, de hecho, no se encontraron ni siquiera huellas dactilares en ella…

—¿Bastaría para explicarlo?

Richard no parecía muy conforme.

—Podría, pero... No sé, hay algo que no me convence. Supongamos que se trata de un disparo a larga distancia, hecho a más de cincuenta centímetros. Y eso no tiene mucho sentido. La habitación estaría en penumbra y Krüffner inconsciente, profundamente dormido por una sobredosis de Veronal que tú mismo, Karel, le administraste y que la autopsia ha confirmado. ¿Por qué nadie iba a separarse más de medio metro para disparar a matar a una persona inmóvil e inconsciente? No se trata de jugar a hacer puntería sino de matar sin riesgo. Y desde luego, el disparo es certero: entre ceja y ceja.

La teoría de Richard tenía sentido. Pero las evidencias apuntaban a que el arma debió dispararse a distancia. Nos encontrábamos en un callejón sin salida, así que decidí centrarme en el otro punto anómalo del crimen.

—Cuando tú entraste en la habitación aquella noche, ¿qué viste exactamente? —pregunté dirigiéndome a Karel.

Tu hermano, escéptico sobre mis conocimientos, se resistió a repetir otra vez su testimonio sin antes averiguar las razones de mi curiosidad.

—¿Por qué lo dices?

—¿Viste claramente el disparo?

—Pues sí. Estaba muerto y junto a él estaba la pistola.

—Ya, pero ¿viste el agujero en la cabeza de Krüffner? —insistí con crudeza deliberada para tratar de ser más precisa.

—Sí. Sí, creo que sí —respondió un tanto perplejo ante mi perseverancia—. Pero ¿adónde quieres ir a parar?

—Estaba pensando que tal vez al entrar en la habitación sorprendiste al asesino en plena acción. Puede que ni siquiera hubiese llegado a disparar a Krüffner, que tan sólo hubiese dejado allí el arma para simular el suicidio y después se ocultase apresuradamente para evitar que le descubrieras. Entonces tú, al ver el arma en el suelo, supusiste que Krüffner ya estaba muerto.

—Creo que sabría distinguir una persona muerta de una dormida y más si tiene un tiro en plena cabeza —replicó Karel ofendido por la duda.

—Bien, pues ya le había disparado —admití—, pero no tuvo tiempo de salir de la habitación antes de que tú llegases. Se ocultó y desde su escondite vio cómo tú descubrías el cadáver de Krüffner. Entonces se le ocurrió sobre la marcha una forma de complicar el crimen. Cuando tú te fuiste, hizo otro disparo asegurándose de que todos lo escuchábamos y salió corriendo de allí.

—Puede que incluso el disparo lo hiciese una vez lejos de la escena del crimen, a salvo de sospechas —apuntó Richard.

—No, no lo creo —negué—. Cuando yo llegué, la habitación olía a pólvora. El disparo se hizo allí mismo. También está la pluma…

—¿La pluma? —repitió Karel con un eco de extrañeza mientras desviaba la vista hacia Richard en busca de una explicación.

—Sí. En el informe oficial no figura, pero la policía recogió una pluma blanca del escenario del crimen. No se ha mandado a analizar.

Después Karel volvió a mirarme. ¿Y bien?, parecía decir, ¿qué pasa con la dichosa pluma?

—En mi opinión es un detalle importante. ¿Cómo llega una pluma blanca hasta la habitación?

—Otto no tenía pájaro —apuntó Richard jocosamente.

Karel le fulminó con la mirada. Aquella disertación detectivesca estaba colmando su paciencia y no estaba de humor para bromas.

—Si la policía no le ha dado más importancia, no veo por qué nosotros…

—Puede ser la prueba de que quien le mató venía de fuera de la casa —alegué en defensa de mi argumento—. Ya sabéis que alguien merodeaba aquella noche por los pasillos y que incluso agredió a Lars. El asesino pudo traer la pluma enganchada en la ropa, en los zapatos... Era una pluma blanca, como de ave de corral: una oca, un ganso... ¿Podría el asesino haber estado en el pueblo? Alguien tuvo que haberle visto.

—O puede que el propio Krüffner la llevase enganchada. O tú mismo, Karel.

—Yo no estuve en el pueblo —respondió secamente el aludido. Después se frotó los ojos; parecía cansado—. ¿Sabéis lo que os digo? —Karel alzó levemente la voz para atraer nuestra atención—. Creo que lo único que estamos haciendo es enredarnos en nuestra propia tela con demasiadas conjeturas y pocas evidencias. Al final, lo que a mí me parece verdaderamente esclarecedor es la nota del libro de Krüffner y su velada acusación. Su asesino es alguien de la propia secta.

—Pero ¿quién? La organización tiene cientos de miles de miembros —intervine para dejar claro cuál era el quid de la cuestión.

—*Aryaman*... Se me ocurre algo —empezó a exponer Karel con mirada astuta—: hay que volver a sacar el asunto a la luz pública. Mañana mandaré una nota a los principales periódicos del mundo. Publicaremos que la policía ha encontrado nuevas pistas y ha decidido reabrir el caso. Incluso revelaremos que la auténtica identidad de Borís Illianovich es Otto Krüffner, el líder de una importante secta criminal, y apuntaremos directamente a uno de sus colaboradores como principal sospechoso. Después, esperaremos a ver qué pasa, cómo reacciona, si se siente acorralado... si estamos en lo cierto.

Karel, que alentado por la brillantez de su idea se había

puesto en pie para su exposición, nos miraba desde lo alto. Richard y yo intercambiamos miradas de asentimiento pero a eso se limitó nuestra aportación. Sin esperar de nuestra parte la más mínima consideración, Karel dio por zanjado el tema.

—Necesito tomar una copa, ¿queréis acompañarme?

Reinaba la tranquilidad en Brunstriech después del tumulto de las fiestas y las tragedias acontecidas. Sólo diez personas nos sentábamos a la mesa aquella noche. Además de la gran duquesa viuda, Karel, Richard, tú y yo, completaban la concurrencia un par de matrimonios de procedencia aristocrática y un hombre de la Iglesia, de alto rango a tenor de su edad avanzada, su atuendo púrpura y el sello en el dedo anular.

Durante toda la cena compartí conversación contigo; agradable y distendida, ajena totalmente al turbio asunto que se había apoderado de mi vida. Abstraídos de la acalorada charla a la que se entregaban el resto de los comensales sobre la última obra de Schnitzler —una de tantas otras que había escandalizado a la sociedad vienesa por la crítica certera de sus costumbres ya caducas (no hay flecha que más hiera que la que acierta en pleno corazón)—, nos habíamos dedicado a un intercambio de frases sin mucha trascendencia sobre quehaceres cotidianos, preferencias gastronómicas y alguna que otra historia con una anécdota divertida. Poco a poco, el resto de la mesa fue dejando de existir.

«Es agradable volver a casa y tener la sensación de que hay alguien esperándote.» De tu conversación recuerdo esta frase. Como recuerdo que yo pensé que sería agradable estar en casa y tener a quien esperar. Mas de inmediato alejé un pensamiento tan convencional, impropio de la mujer en la que había decidido convertirme hacía ya mucho tiempo. Después de la cena llegó el café, que se sirvió en la sala japonesa contigua al comedor. En una esquina recoleta y apartada, entre paneles lacados en negro con pinturas de cerezos en flor y ruiseñores, continuamos con nuestro *tête-à-tête*. Apenas puedo recordar de lo que hablamos, sólo que hubo risas y que en un momento dado tú me susurraste: «Me gustaría volver a besarte». Y yo pensé que a mí también me gustaría que me volvieses a besar. Salimos a la terraza silenciosa y plateada en una noche de luna llena y nieve. Hacía frío para besarse a la intemperie. El frío era el precio de la intimidad. Pero tú eras un caballero que siempre se hacía cargo de la cuenta: me envolviste en tu chaqueta, me acercaste contra tu pecho y me hiciste sudar con un beso. Un beso en el que pareció que te dejabas parte del alma.

Aún lo saboreaba, como si fuera una delgada capa de miel sobre mis labios, cuando buscaste en el bolsillo interior de la chaqueta un paquete que me entregaste con enigmática condición: «Ábrelo cuando me eches de menos», musitaste con palabras que eran besos en mi oído mientras cerrabas entre tus manos calientes las mías, más frías, y entre éstas, tu regalo.

*20 de enero*

Recuerdo, amor mío, que sólo me sentí totalmente libre de sospecha cuando se hubo fijado la fecha de la reunión entre los representantes de los gobiernos de Gran Bretaña y Francia. Sé que también Karel se sintió aliviado: aquello significaba la confirmación oficial de mi historia.

Por otra parte, la reunión era indispensable. La coincidencia de dos agentes en el mismo lugar, tras el mismo objetivo y en la misma misión había generado un conflicto de competencias entre ambas naciones cuya solución habría de pasar necesariamente por un acuerdo de colaboración o bien por una escisión definitiva; en cuestiones de política nunca se sabe qué derroteros pueden llegar a tomar las cosas, no importa lo absurdos que parezcan.

Aquella mañana viajamos a París Karel, Richard y yo. Mi coartada era una supuesta visita a una amiga que vivía en dicha ciudad, un viaje al que ellos se habían ofrecido amablemente a acompañarme en su camino hacia Londres, ciudad que visitaban por motivos profesionales. Eso me dejaría vía libre para estar allí el tiempo que fuera necesario o incluso, llegado el caso, desplazarme a cualquier otro lugar sin tener que dar más explicaciones. Después de todo, yo seguía siendo oficialmente Isabel de Alsasúa, sobrina de la gran duquesa viuda Alejandra de Brunstriech.

En el taxi que desde la Gare de l'Est me llevó a mi apartamento, y mientras recorría las calles de aquella vieja amiga que era mi hogar, me obligué a tomar conciencia del mundo del que provenía, tan distinto del que había frecuentado el último mes. La realidad de mi verdadera existencia, solitaria e independiente, austera y vulgar, se hizo más palpable al poner el pie en la acera del callejón del Quartier Latin en el que se encontraba mi casa. Se trataba de un pequeño ático de alquiler, sin lujos pero limpio y luminoso, decorado con muebles de rastrillo que yo misma me entretenía en restaurar y con las telas y los objetos que había traído de mi exótico periplo por el sudeste asiático; sedas de la India, ratán de Birmania, bronces de Siam y teka de Indochina. Tenía una terracita cuajada de macetas desde la que se disfrutaba de una hermosa vista de la ciudad con las torres de Notre Dame a lo lejos, sobresaliendo sobre los tejados de París. Los días soleados de primavera me gustaba salir a desayunar allí, envuelta en el aroma de los *croissants* recién hechos que subía de la *boulangerie* de Pierre, sintiéndome acompañada por el bullicio del mercado que todas las mañanas se instalaba en la plaza trasera: aquel mercado en el que encontraba la fruta, la verdura y el queso, y en el que a primeros de mes, cuando cobraba, me gustaba comprar flores frescas para adornar el dormitorio.

Tuve una extraña sensación al entrar por la puerta, de alivio y desasosiego a la vez, de pertenencia y desarraigo al mismo tiempo, de ser una extraña en mi propia casa. En el recibidor, las maletas del mejor guarnicionero de París, y sobre la cama, el abrigo de marta cibelina, resultaban tan disonantes con el resto de la casa como yo misma. Empecé a sentir que yo ya no era de ningún lugar, que nunca lo había sido. Yo era un gato que deambulaba por tejados y callejones, que en una casa recibía caricias y en otra escobazos, pero que en ninguna se quedaba. De repente, no encontré sensación más desagradable que la de saber que fuera donde fuese siempre sería una extraña.

Deliberadamente había rechazado la cena en Maxim's y la noche de pasión en el Ritz donde Karel se alojaba. No tenía la más mínima intención de aparecer en público como la querida de nadie, compartiendo local con las parejas de coristas y marquesones y soportando el reojo de pícara complicidad del botones del hotel. Mi vida privada, pese a ser la que yo me había buscado voluntariamente, no era precisamente modélica, por lo que nunca me había dedicado a airearla y no iba a empezar entonces. Mi determinación dejó a Karel en el bar del Ritz, intentando aplacar su hambre de sexo con un whisky seco, y con una larga noche por delante.

A las ocho de la mañana, cuando las primeras luces del día asomaban por las rendijas de la contraventana de mi dormitorio y ya subía por el patio el aroma de la bollería recién horneada por Pierre, el panadero, sonó el timbre de la puerta. Me levanté de la cama, sentí en los pies descalzos el frío penetrante de las baldosas y en el resto del cuerpo el desagradable abrazo matutino de una casa sin calefacción, para acudir a tan intempestiva llamada. Lo hallé en el umbral de la puerta, con una sonrisa y un escueto «hola» en los labios. De inmediato supuse que no había podido contener las ganas de cama caliente y que acudía a mí en busca de acogida, como un *clochard* que en las noches de invierno se refugia en la boca del metro al amor del aire templado. A punto de dirigirme casi sin pensar al dormitorio, presta a satisfacer su arrebato, frené mis pasos al ver que él, por el contrario, buscaba la diminuta cocina. Dejó sobre la mesa una bolsa de papel de la que sacó una *baguette* aún caliente, un tarro de mermelada de melocotón y un ramo de gerberas naranjas como el que yo solía comprar en el mercado del barrio. Se quitó la chaqueta, se remangó la camisa y empezó a preparar café ante mi presencia atónita y silenciosa.

Desayunamos junto a la estufa de carbón y su calor, y además del café, las tostadas y la música de Mozart en el gramófono compartimos una conversación trivial sobre las cosas sencillas de la vida, plagada de silencios y momentos contemplativos que, lejos de resultar incómodos, eran producto de la confianza y la intimidad. Abstraído del fantasma del SIS y de Brunstriech, Karel revelaba una personalidad moderadamente divertida, afable y sorprendentemente sencilla. Cuando se levantó a recoger la mesa y se metió en la cocina a fregar las tazas, no pude contener el impulso de acercarme a él y besarle en la nuca... después en las mejillas... después en los labios... y por último, arrastrarle hacia la cama, donde tuvimos tiempo de hacer el amor antes de acudir a nuestra reunión en el ministerio.

El resto del día me lo pasé intentando alejar de mí un par de preguntas inquietantes: ¿qué es lo que mueve a un hombre a buscar compañía en lugar de sexo? y ¿qué es lo que mueve a una mujer a ofrecer sexo después de compañía?

En el despacho del Hôtel de Brienne, un precioso palacio del siglo XVIII que albergaba el Ministerio de la Guerra francés, el aire estaba en exceso cargado: la densidad del humo de habano y la pesadez de la política me requemaban en el entrecejo: el *chakra* que en la teoría tántrica del *Shakta* simboliza la actividad mental; de hecho, la mía empezaba a estar aturdida. Hacía ya casi una hora que su excelencia el señor ministro de la Guerra, monsieur Joseph Noulens, y su otra excelencia el secretario de Estado británico para la Guerra, sir Bernard Seely, se habían enzarzado en una discusión absurda sobre el origen y la principal área de influencia de la organización criminal encubierta de secta religiosa que se hacía llamar Kali-Kam.

Entretanto, el resto de los concurrentes observábamos silenciosos, sin el menor deseo de intervenir y arriesgarnos a dilatar tal disertación sin sentido. Tanto Roland Quercy, el responsable de mi misión y a la sazón mi superior, como el capitán Mansfield Cumming, el jefe del SIS británico, y, por supuesto, Karel y yo, éramos todos personas de acción, con un sentido mucho más práctico de las cosas y una orientación bastante más expeditiva de los asuntos. En realidad, saber si la intención de la organización criminal era vender el arma a Alemania —cuestión que preocupaba a los franceses por razones obvias—, o utilizarla para desestabilizar la situación en la India —asunto de extrema importancia para los ingleses—, era algo que no tenía mucha relevancia, habida cuenta de que por ahí había un arma con tal poder destructivo que la denominaban arma del holocausto y que podía utilizarse en cualquier lugar y en cualquier momento, ya fuera por alemanes, por independentistas hindúes o por quienquiera que la tuviese en su poder.

Así de necia era en ocasiones la política.

La reunión había comenzado a las tres de la tarde con la exposición por parte de Karel y mía del desarrollo de la misión y del estado de las cosas. Lo cierto es que una vez que descubrí que el interés de los presentes, en especial de ambos ministros, se había desviado desde la atención a mi relato hacia el cálculo mental del grosor de mis tobillos, dejé la voz cantante a Karel, sin intención de sentirme menospreciada, pues no era yo de espíritu rebelde ni feminista. No te ofendas, amor mío, pero el tiempo y la experiencia me habían enseñado a no molestarme con tales comportamientos propios de la débil naturaleza masculina, dominada la mayor parte de las ocasiones —y al hilo de la teoría *Shakta*— por el *Swadhisthana Chakra* o el *chakra* del impulso sexual, situado más o menos en la entrepierna.

Karel habló de la supuesta arma y de la guerra; esa guerra que a él y sólo a él parecía preocuparle. Para los demás (los políticos allí presentes, los ausentes y el pueblo) la guerra, lejos de ser una amenaza, era una oportunidad, un deber. Desde mi llegada a París me había sorprendido el notable aumento de la propaganda belicista en forma de proclamas en los periódicos y de carteles de exaltación patriótica en la calle. Próxima está la hora de la venganza, se regodeaban los franceses, humillados desde 1871 por un conato de Alemania que había osado usurparles vergonzosamente los territorios de Alsacia y Lorena. Sólo había que esperar que alguien encendiese la mecha del conflicto y Francia se lanzaría a los campos con sus tropas; en unas cuantas semanas todo estaría resuelto. El káiser y su soberbia quedarían aplacados por la gloriosa República. Al menos, eso pensaban los franceses.

Por su parte, los ingleses observaban desde su balsa en mitad del océano el devenir de la turbulenta política continental, interviniendo cuando lo estimaban necesario sólo en aquello que estimaban necesario. La amenaza de guerra en Europa era como una disputa entre criados: mientras no se lancen la vajilla, ni alteren el buen funcionamiento del hogar, es asunto de ellos cómo la resuelvan. Haciendo gala de una soberbia muy británica, su postura era que mientras nada ni nadie amenazase su hegemonía marítima, su próspero comercio, su dominio colonial y su sagrada hora del té, no había por qué mesarse los cabellos. Pero los indicios apuntaban que estas parcelas empezaban a estar amenazadas.

Sea como fuere, ante semejante escenario, lo último que nadie deseaba era una organización criminal y un arma desconocida crispando aún más las cosas.

En un momento dado, el capitán Cumming decidió que los políticos ya habían tenido su dosis de intercambio de frases grandilocuentes y tomó las riendas de la reunión. Lo más provechoso para los intereses de ambas naciones era la creación de una misión conjunta anglo-francesa de inteligencia cuyo objetivo sería dar con la supuesta arma y desbaratar la cúpula kalikamaísta, llevando a sus responsables ante la justicia.

Mientras el capitán Cumming entraba en detalles, un discreto secretario se coló por la puerta de la sala y se acercó a Karel, susurrándole al oído una frase que llegó hasta mí, que estaba sentada a su lado, con nitidez:

—Lo siento, señor, pero es muy urgente.

Después de rogar a los presentes que le disculpasen, Karel se levantó y abandonó la reunión.

No tardó más de unos minutos en volver. Cuando se encaró a los reunidos y reclamó su atención, me pareció ver que, pese a que su rostro carecía de expresión como el de una estatua, un atisbo de emoción brillaba en sus ojos, justo en ese punto gris que era el único que traslucía sus emociones, su talón de Aquiles.

—Lamento interrumpir, caballeros, pero me acaban de comunicar noticias de suma importancia relativas al asunto que nos ocupa.

*21 de enero*

Recuerdo, amor mío, que abandonamos la reunión precipitadamente y que aquella misma noche Karel y yo, acompañados por Richard, tomamos el tren hacia Lyon y desde allí fuimos a Ginebra donde nos esperaba, previa recomendación directa de los embajadores en Suiza de Francia e Inglaterra, el inspector jefe de la Brigada Criminal de la Policía Cantonal de Ginebra.

Y es que uno de los informadores del SIS que trabajaba para Karel había tenido noticia de un peculiar crimen acontecido en un palacete a orillas del lago Leman. Se trataba de la muerte de cuatro hombres, de los cuales uno se había suicidado, mientras que los otros tres habían sido brutalmente asesinados —todo ello aparentemente, claro, como corresponde a un caso criminal todavía abierto—. Lo que atrajo la atención del informador era que uno de ellos había pasado las Navidades en el castillo del gran duque de Brunstriech. Se trataba del banquero François Dubas.

Cuando Karel me lo contó, no me fue difícil ponerle cara a François Dubas: el hombrecillo que me presentó Borís Illianovich y al que recordaba no por su particular encanto, sino porque tú lo habías tachado de homosexual, una inclinación que no encajaba con aquel personaje bajito, calvo y regordete con pinta de burgués adinerado y financiero sesudo.

Durante buena parte del trayecto me dediqué a leer el informe sobre la secta que la inteligencia británica nos había cedido: ciento cincuenta páginas de informe con todo tipo de detalles sobre el ámbito de actuación, la forma de financiación, la filosofía y la organización interna de los kalikamaístas.

> Los miembros integran una sociedad paralela con estamentos claramente definidos y una jerarquía rígida, todo ello basado en conceptos de la filosofía hinduista. La secta abarca un radio de acción mundial. Sólo admite seguidores muy bien seleccionados: personas con un nivel cultural medio-alto y un elevado coeficiente intelectual. Suelen someter a los posibles candidatos a una prueba de selección antes de convertirse en lo que internamente se denomina *Zaiksa* o neófito, un alumno que va a iniciar su período de formación; se trata del más bajo de sus estamentos. Seguidamente, tras un rito de iniciación (véase página 89) pasan a ser *Shishya* o iniciados, alumnos que han sido públicamente aceptados por el líder, continuando así con su formación a un nivel más profundo. Los *Shishya* más destacados también empiezan a ser entrenados para participar en las actividades criminales que contribuyen al sostenimiento financiero de la secta (para más información sobre financiación, véase el apartado «Financiación», página 51). Los *Shishya* se organizan en subgrupos al frente de los cuales rige un maestro o *Bodhaka*, nivel que se puede alcanzar habiendo demostrado un alto grado de purificación espiritual y destacada participación en las acciones en beneficio de la secta. En todo el mundo se pueden contabilizar aproximadamente un millar de *Bodhaka*, también organizados en grupos según criterios territoriales y bajo la supervisión de un preceptor espiritual o *SatGuru*. Así, por ejemplo, está el *SatGuru* de Alemania, el *SatGuru* de Inglaterra, de Norteamérica, etcétera. El último estamento, la cúpula de poder, el máximo órgano de gobierno, lo componen los *ParamaGuru*, aquellos que han alcanzado *Jnana Pada*, el estado de sabiduría. Los *ParamaGuru*, o preceptores mayores, están liderados por el *GuruDeva*, el divino y radiante preceptor, y son elegidos por su libre designación…

Más o menos hacia la mitad del informe abandoné la lectura entre aparatosos bostezos. Me estaba aburriendo solemnemente. Quizá sólo estaba cansada, así que lo guardé para una ocasión mejor y después de apoyar la cabeza en el asiento traté de dormir un poco.

En una habitación espartana de la Jefatura Superior de Policía en Ginebra atendíamos a los detalles sobre el suceso que nos facilitaba el inspector Lescaut. Sentada en una incómoda silla de madera que después de doce horas de tren y una noche sin dormir parecía aún más incómoda, observaba una tras otra las fotografías de la escena del crimen, intentando parecer indiferente ante unas imágenes tan desagradables y explícitas. Sin embargo, por algún motivo que a mí se me escapaba, mi actitud de pretendida indiferencia no debía de resultar del todo convincente, de modo que Karel apremió:

—Bien, gracias, inspector. Ya nos hacemos una idea. No será necesario ver más... material. Recapitulemos entonces: se han hallado cuatro cadáveres en una habitación de la casa que corresponde al despacho del señor Dubas. La muerte de uno de ellos, en concreto la del identificado como François Dubas, el propietario, se produjo según los primeros indicios por suicidio. Él mismo se disparó con un arma de su propiedad, muriendo en el acto...

—Así es, señor. Presentaba un orificio de bala de entrada en el paladar y de salida en la región frontal superior del cráneo. El recorrido de la bala es el clásico de los disparos con el cañón del arma dentro de la boca —intervino el inspector Lescaut.

—Ya... Bien, los otros tres hombres fueron estrangulados...

El inspector Lescaut, que en diligente cumplimiento de su

labor no estaba dispuesto a dejar que se pasase por alto ninguno de los detalles más escabrosos del crimen, precisamente esos que Karel prefería evitar, volvió a intervenir:

—Exactamente. En concreto se utilizó un pañuelo para cada caso; amarillo para más señas. Todos los cuerpos estaban maniatados, tendidos sobre el suelo y presentaban diversos signos de violencia: amoratamiento, quemaduras, cortes... No sólo fueron estrangulados, señor, además fueron torturados y mutilados de forma cruenta.

—Ninguno de ellos ha sido identificado —interrumpió Karel viendo que la descripción se hacía cada vez más florida.

—Todavía no. Los rostros están muy desfigurados y ninguno de ellos llevaba encima ninguna identificación. La única particularidad es que cada uno vestía una túnica.

—Según el informe, las túnicas eran cada una de un color: azul, blanco, marrón y negro. También aquí se menciona que junto al cadáver de monsieur Dubas se ha hallado una nota manuscrita.

—Cierto. Pero todavía no hemos sido capaces de descifrar el contenido; está escrita en una lengua poco corriente.

—¿Tiene la nota? ¿Podríamos verla?

—El original está aquí —afirmó el inspector abriendo la carpeta del caso—. Hemos mandado algunas copias a la universidad para que nos ayuden a traducirla... Aquí la tiene.

Karel tomó el sobre que le entregaba el inspector Lescaut. Tras abrirlo, sacó la nota, la miró brevemente por encima y me la pasó. Se trataba de una cuartilla de papel grueso, de buena calidad, sobre el que se había escrito con trazos rápidos y descuidados una frase en unos caracteres que inmediatamente reconocí como sánscrito.

—*¿Bhagavad Gītā?* —preguntó Karel discretamente, casi en un susurro a mi oído.

Asentí y leí en voz alta.

—*Akeertim chaapi bhootaani Kathayishyanti te'vyamyaam Sambhaaritasya chaakeertir maranaad artirichyate.*

El inspector Lescaut, tras dirigirme una primera mirada de asombro, lanzó otra asertiva a Karel. No hubiera sabido decir qué era lo que más intrigado le tenía: que yo hubiera sido capaz de leer lo que ellos aún no habían conseguido o el significado de las extrañas palabras que salían de mis labios. Casi inmediatamente traduje:

—«Los hombres hablarán de tu deshonor tanto ahora como en tiempos venideros. Y para un hombre noble, el deshonor es peor que la muerte.»

—Una peculiar nota de suicidio —concluyó Karel.

El inspector Lescaut asintió estupefacto mientras recibía de mis manos la nota para que la reintegrase al informe. Convencido de que su papel era prestarnos ayuda e información y no a la inversa, me solicitó con cierto reparo:

—¿Podría... podría apuntar eso, por favor? Le estaría muy agradecido.

—Sí, por supuesto. De todos modos, también puede añadir a su informe que no se trata de una cita original de monsieur Dubas en un momento de inspiración previo a su muerte, sino de un párrafo de un texto religioso llamado *Bhagavad Gītā*.

—¿Y por qué escogería monsieur Dubas una forma tan original de justificar su criminal actuación? —pensó en voz alta el inspector Lescaut.

Karel, Richard y yo intercambiamos miradas de complicidad; no íbamos a dar muchas explicaciones pues no era procedente implicar también a la policía suiza en aquel asunto.

—¿Podría ver el informe de la autopsia? —pidió Richard como si así quisiera contribuir a desviar la atención del inspector.

—Sí... sí, claro —concedió un inspector aún atónito, que rebuscó entre los papeles del dossier para entregarle el informe solicitado—. Es un informe provisional. El definitivo aún tardará un par de días.

Richard pasó la vista rápidamente por cada una de las páginas sujetas con un clip.

—Aquí dice que todas las víctimas tenían una gran concentración de THC en el hígado y de barbitúricos en la sangre...

—¿Qué es THC? —quiso saber Karel.

—Es un componente del cannabis. Esos hombres habían consumido hachís o marihuana. Y por el grado de concentración de THC que presentan, diría que eran consumidores habituales.

Karel asintió. Ya había comprendido el posible alcance de ese dato: el hachís era una droga habitualmente consumida por los seguidores kalikamaístas.

—Lo que parece evidente es que se trata de una matanza colectiva de carácter ritual —retomó el inspector el hilo de la conversación—. Monsieur Dubas narcotizó a los demás para que no ofrecieran resistencia, después los maniató y los estranguló. Esto lo hizo en distintas habitaciones. Una vez muertos, trasladó todos los cuerpos a su despacho, los colocó en fila sobre el suelo, les quemó el pecho, les extrajo los ojos y les desfiguró el rostro con un cuchillo. Nada de esto se hizo al azar o de forma casual, todo parece seguir un método, un proceso que tenía una finalidad determinada. Por último, como parte del rito, se tumbó junto a los cadáveres de sus víctimas y se suicidó. El caso presenta todas las características de un asesinato ritual, probablemente llevado a cabo en el curso de una ceremonia pagana. Lamentablemente, el ocultismo, las sectas y las sociedades secretas proliferan con rapidez pasmosa en nuestros días.

Tras un breve silencio, en el que Karel parecía repasar las anotaciones del informe, preguntó:

—¿Sería posible visitar el lugar del crimen?

—Ya los tenemos... ¿Os fijasteis en la estatuilla que había junto a los cadáveres, como presidiendo la escena? Se apreciaba claramente en una de las fotografías.

De camino al palacete de Dubas, a orillas del lago Leman, aprovechamos la intimidad del automóvil para intercambiar impresiones. Aunque el inspector se había ofrecido a acompañarnos, nos precedía en el automóvil oficial de la policía.

—Sí. La imagen de KaliKam —respondió Karel a la observación de Richard—. Tiene razón el inspector, se trata de un crimen ritual.

—Y lo que él probablemente no sepa es el significado de muchos de los ritos —añadí—. Por ejemplo, los cadáveres estrangulados con el paño amarillo. En la India así asesinan a sus víctimas los Thugs.

—¿Los asesinos de Kali? —apuntó Karel—. Algo he oído al respecto pero no estoy muy al corriente.

—Se trata de una facción religiosa bastante desconocida cuyo origen parece estar en una antigua leyenda. En los Puranas, los antiguos textos sánscritos, se narra el enfrentamiento entre la diosa Kali y un gran demonio devorador de hombres. En su combate Kali infligía terribles heridas al demonio, pero de cada gota de sangre que derramaba surgía un nuevo monstruo devorador. Entonces, Kali creó de su propio sudor a dos hombres, los primeros Thugs, a los que entregó un paño sagrado de color amarillo, el *rumal*, con el que ayudaban a la diosa estrangulando a los demonios para no derramar su sangre. Todavía hoy, los Thugs atacan las caravanas de mercaderes, asesinando a todos los testigos con el siniestro *rumal*. Tras el asesinato, desfiguran los cuerpos, los abren en canal y los entierran en fosas con ayuda de sus piquetas sagradas. Después de esta matanza sangrienta inician un macabro ritual, llamado *Tuponee*, en el que todos los asesinos Thug danzan sobre las tumbas en homenaje a su diosa.

—Son un auténtico quebradero de cabeza para las autoridades británicas en la India. Amenazan todas las rutas comerciales —corroboró Richard—. Lo que está claro es que nos hallamos ante la inmolación del resto de los miembros de la cúpula kalikamaísta, incluido el que mató a Krüffner. Las túnicas de colores, el texto del *Bhagavad Gītā*, la muerte ritual... La noticia que difundimos en los periódicos ha tenido su efecto: el asesino se ha sentido acorralado y como un escorpión acosado por el fuego se ha clavado el aguijón.

—Podría ser —matizó Karel, mucho más moderado a la hora de extraer conclusiones—. Aunque me pregunto por qué Dubas mató a cada uno de los miembros en habitaciones separadas y los sedó previamente... Si era un crimen ritual, en arrepentimiento por haber conspirado para matar al maestro, ¿por qué parece que los mató en contra de su voluntad?

El automóvil continuó su trayecto por las calles de Ginebra bajo una intensa nevada que volvía más oscura la tarde que se moría. Sobre el lago flotaba una bruma fina y una capa delgada de hielo aprisionaba los barcos que en él dormían. Arrullada por el traqueteo del automóvil y animada por la oscuridad y la falta de sueño, empecé a sentir una modorra invasiva. Un bostezo tímido que acabó en suspiro escapó de mis labios.

—Estás cansada, ¿verdad? —me preguntó tu hermano con la dulzura con la que se habla a los niños al tiempo que deslizaba su mano sobre la mía para apretar mis dedos en un confortante gesto.

La calidez de su tacto y de su voz, la ternura y el mimo que parecía dedicarme me hicieron estremecer, mil mariposas cosquillearon con sus alas mi estómago vacío. Aquello me asustó porque me hizo sentir vulnerable. Pero lo que más me asustó es que ni siquiera me esforcé en disimular mi vulnerabilidad. Por el contrario, giré la mano para encontrar y estrechar nuestras palmas.

—Me imagino que como tú.

—Deberías haberte quedado en París.

—¿Y perderme tanto detalle macabro, gentileza del inspector Lescaut? —bromeé—. Además, ¿quién os habría contado la reveladora historia de los Thugs?

El palacete de François Dubas era una magnífica mansión de estilo renacentista italiano cuyos jardines, dormidos bajo la nieve, acariciaban las aguas heladas del lago Leman. Las antigüedades de toda época y origen que lustraban con su pátina las estancias, las pinturas de reconocidos maestros de varias escuelas que adornaban las paredes, la suntuosidad de los suelos de mármol y la carpintería de maderas nobles, entre otros muchos detalles de opulencia, daban testimonio de la posición acomodada que en vida disfrutara el banquero suizo. Ante tanta belleza, costaba imaginar la escena truculenta que encontró la policía hacía tan sólo unas horas; que sobre las suaves alfombras persas, con sus brillantes colores intactos, yacieran cuatro cadáveres, mutilados y desfigurados.

Después de la actuación de la brigada criminal, en aquel lugar no quedaban más que los restos del cordón policial en torno a unas estancias inmaculadas y exquisitamente exornadas, que habían sido testigos de tan brutal masacre. Por lo demás, nosotros, tras rebuscar en un par de sitios muy concretos, orientados por una finalidad muy específica, reparamos en algunos detalles que a la policía se le habían pasado por alto al ser en cierto modo irrelevantes para su investigación. Fundamentalmente, concentramos nuestros esfuerzos en el dormitorio y en el despacho de Dubas. En el primero Karel halló una túnica roja cuidadosamente doblada al fondo de uno de los armarios del vestidor; la túnica que faltaba para completar el quinteto de la cúpula kalikamaísta; la túnica de *Agni*, el fuego.

Además, en uno de los cajones de la mesa del despacho, descubrimos un fajo de cartas fechadas en diferentes momentos de los últimos cuatro años. Eran cartas dirigidas a «mi *Aryaman*», mi íntimo amigo, y firmadas por *GuruDeva Akasha*, es decir, cartas que Krüffner le había enviado a Dubas como si éste fuera su mayor consejero y el confidente de la organización. Las hojeamos allí mismo pero su contenido era muy general: reflexiones de Krüffner sobre diversas materias de carácter trascendental, como la vida, la muerte, la religión; recomendaciones sobre cómo proceder ante determinadas situaciones bastante cotidianas; intercambio de pareceres sobre alguna noticia puntual... Nada especialmente revelador, salvo el hecho, ya de por sí crucial, de ser una prueba clara de que «mi *Aryaman*», el hombre de confianza, había asesinado a Krüffner. Aquel hombrecillo encorvado, de enorme barriga y gafitas redondas de niño empollón, aquel banquero respetable, depositario de la confianza de inversores adinerados, aquel personaje cuya inconfesable homosexualidad hubiera llevado a tacharle de débil, resultó ser un hábil conspirador, un brutal criminal, un fanático sectario y un frío asesino; el usurpador de la túnica negra de *Akasha*... *Akasha*... *A-ka-sha*...

—Lizka..., ¿en qué piensas?

Una voz como un arrullo me sacó de mi ensimismamiento y me devolvió al asiento en el vagón del tren. De pronto, volví a escuchar los ruidos del ferrocarril y ante mí recuperé la visión de mi propia imagen en el cristal, nítida sobre el fondo de la noche negra en la que me había perdido meditabunda.

—En *Akasha*... Ese nombre... Tengo la sensación de haberlo oído antes.

—Bueno, *Akasha* es el éter, el quinto elemento del *Panchabhuta*. Seguro que de eso te suena.

—Ya. Es posible —admití, sin gran convencimiento.

Karel se agachó, me tomó de la barbilla y me besó suavemente en los labios con aquel ademán protector que últimamente tanto alteraba mi ánimo.

—Vamos a comer algo. Richard ya se ha adelantado a coger mesa.

*22 de enero*

Te confieso, hermano, que te había visto besarla. Y aquella visión me desquiciaba como una pieza átona de Schoenberg: trompetas estridentes, violines chillones y percusiones desacompasadas que me enfurecían y me deprimían sin solución de continuidad. En vuestro beso comenzó mi cruzada en pos de lo que consideraba me pertenecía. Sentirme un cruzado me ennoblecía más que aceptarme como Caín. Aunque es cierto que ella fue la noble causa que abanderara mi lucha, no lo es menos que en el trasfondo de tal contienda yacía una rivalidad aviesa: la que siempre hubo entre nosotros, una pugna continua por destacar, en la que tú siempre vencías. Salvo entonces; no estaba dispuesto a dejarte ganar. Era ella lo que estaba en juego y ella tenía que ser mía.

¡Cuán necio, pretencioso y ciego fui!

Y es que había olvidado que ella no era ni podía ser de nadie. Ella no era la presa de una cacería: ella no se cobraba, se entregaba voluntariamente. Ella era una diosa, bien lo sabes tú; y los dioses te escogen, no les escoges tú a ellos. Me olvidé de eso al enamorarme de ella.

Había vuelto a insistir para que se viniera conmigo al Ritz.

Le había propuesto registrarnos en habitaciones separadas. Pero una vez más ella había rechazado mi propuesta y había decidido ir a su casa. Prefería su pequeño ático, con su acogedor y particular aire bohemio, con su olor a incienso y su luz dorada, pero tan frío y solitario por las mañanas, a las comodidades del lujoso hotel y a mi compañía. Aquello me torturaba tanto como la perspectiva de tener que pasar una noche sin ella. Y no era sólo sexo lo que yo ansiaba y echaba en falta. Era algo más: una necesidad ya no física, sino espiritual. Necesitaba tenerla a mi lado. Necesitaba amanecer junto a ella. Necesitaba estirar el brazo en mitad de la noche y sentirla allí. Necesitaba abrir los ojos por las mañanas y que su bello rostro dormido fuera lo primero que contemplasen. Ella se había convertido en mi luz entre tanta oscuridad, mi esperanza entre tanta desesperación y mi arco iris entre tanto gris. Gracias a ella me atrevía a mirar con optimismo el futuro incierto. Por ella era fuerte ante la adversidad y deseaba sonreír cada día.

Sin embargo… ¡Maldita sea! Ella era también mi dolor y mi angustia; mi desvelo y mi añoranza; mi miedo, mi ansiedad… Pensando en ella descubría sentimientos que no conocía: la pérdida, la desesperación, la ausencia. Descubría mis debilidades, me sentía vulnerable, se tambaleaban mis convicciones y mis principios; todo en lo que había creído y por lo que había luchado dejaba de tener sentido.

¡Dios mío, hermano, mi vida era ella, sólo ella y nada más que ella!… En cambio, ella no era mía y sentía que era más difícil poseerla que meter el mar en un vaso, o encerrar el viento en una caja. Ella era como un espejismo bello y efímero, como un copo de nieve sobre la palma de la mano o el perfume de una flor recién cortada. Ella era la luz del atardecer en el horizonte, la espuma que alborota la cresta de la ola. Ella era un espíritu libre que no se sometería a ninguna atadura, ni siquiera a la dulce atadura del amor.

Y ella… te había besado.

—¡Eso es! ¡Ya lo tengo! —exclamó Lizka de pronto, alterando el silencio del taxi en el que la acompañábamos a su casa y rompiendo así el hilo de mis meditaciones.

—¿Qué ocurre? —preguntó Richard adelantándoseme.

—¡*Akasha*! ¡Ya sé dónde he visto yo ese nombre! ¡*Akasha*! ¡Tenéis que subir conmigo a mi apartamento! Tengo una corazonada.

* * *

Recuerdo, amor mío, que escalé precipitadamente los peldaños irregulares y empinados que ascendían a mi ático, con Karel y Richard escoltándome, intrigados. Rebusqué en el bolso las llaves, esperaba escuchar su característico tintineo; las saqué y las introduje en la cerradura para abrir la puerta. Olvidé las más elementales normas de urbanidad y dejé a mis acompañantes en el rellano de la escalera, entré como un torbellino en la casa y fui derecha al dormitorio. Cuando al llegar de Brunstriech deshice el equipaje, los guardé bajo la mesilla de noche, donde me gustaba tener los libros de cabecera, esos que hojeaba al irme a la cama hasta que el sueño me vencía.

—¡Aquí están! —exclamé triunfal asomando la cabeza por la puerta de la alcoba.

Karel y Richard me miraron desconcertados. Me acerqué a ellos y los reuní en torno a la mesa de la salita que también hacía las veces de comedor. Sobre un bonito y colorido tapete bordado por la tribu Magar del Himalaya dejé dos libros.

—Me los dio Borís Illianovich… vamos, Krüffner, la noche antes de morir —expliqué—. Éste no tiene nada de particular: es un ejemplar en francés de *Más allá del bien y del mal* de Nietzsche. Pero observad este otro… Fijaos en el autor.

Karel tomó el pequeño libro encuadernado con sencillez en un cuero marrón oscuro. Levantó la cubierta sin título, tan sólo bordeada de un delegado filo dorado, y leyó las dos primeras líneas de la primera página.

—*La philosophie de Nietzsche. Une étude de A. Kasha*... ¡A. Kasha! ¡*Akasha*! ¡El éter!

—¡Otto Krüffner! —coreamos los tres.

—Este libro está escrito por el propio Krüffner y apuesto a que al dármelo no sólo me estaba haciendo un regalo.

—¿Qué quieres decir? —quiso saber Richard.

—¿Recuerdas el libro que intentaron robarme en las Tullerías?

Richard se retrotrajo al momento en el que nos conocimos accidentalmente en el parque, cuando pensaba que yo era una frágil dama que había sido víctima de un intento de robo; cuando creyéndose mi paladín intentó flirtear conmigo como un cadete. Con una expresión indefinible que no me permitió adivinar si aquel recuerdo le resultaba dulce o amargo, o quizá ambas cosas a la vez, se limitó a asentir.

—¿Y recuerdas dónde hallamos la pastilla de hachís?

—Sí, claro, en el int... ¡en el interior del libro! ¿Crees que...?

—Creo que Krüffner, al entregarme el libro, estaba ocultando sus documentos allí donde nadie buscaría jamás, como los dioses de la leyenda.

—Entonces, ¿piensas que hay algún mensaje cifrado en este libro? —apuntó Karel quien, al no haber presenciado nuestro affaire parisino, estaba un poco desorientado.

—No. Creo que los documentos están dentro del libro.

Me volví en busca del costurero de donde saqué unas tijeritas.

—Adelante, Richard —invité acercándoselas—. Tú tienes más maña.

Richard Windfield levantó la cubierta delantera del libro y cuidadosamente, ayudándose de la punta de una de las hojas de las tijeras, fue levantando el papel que estaba pegado por dentro. Cuando terminó la operación dejó al descubierto una tapa hueca en cuyo interior, ocultas con destreza, todos pudimos ver lo que parecían un par de hojas dobladas.

Noté que estaba conteniendo la respiración y a juzgar por el silencio absoluto de la habitación y por sus miradas de entusiasmo refrenado por la cautela supuse que ellos también habían dejado de respirar. Por fin, Richard se atrevió a sacarlas; lentamente, como si temiera romperlas. Las desdobló: uno de sus bordes estaba roto; habían sido arrancadas de un libro.

—Las páginas que faltaban del documento… —murmuró Karel tratando de dominar su excitación.

Richard se las pasó y por encima de su hombro las observamos. Estaban sembradas de números y fórmulas, pocas palabras y muchos símbolos, como un extraño tapiz. Aquello parecía la pizarra de una clase de química o de física y a nuestros ojos inexpertos resultaba más incomprensible que cualquier mensaje cifrado que siguiese un complejo código, pues al menos para descifrar mensajes habíamos sido instruidos.

—Partícula n… U92… ¿radiación?… U238… ¿Qué diablos es esto? —murmuró Karel.

—Mirad aquí. —Señalé una fórmula que parecía destacar sobre las demás.

Karel leyó:

—1n + U235 = Cs140 + Rb93 + 3n…

—Yo diría que se trata de una fórmula química. U de uranio, Cs de cesio, Rb de rubidio… Son elementos químicos y sus correspondientes valencias, pero nunca había visto nada parecido —añadió Richard.

—¿Podría ser su arma del holocausto? —pregunté.

Karel meneó la cabeza.

—No lo sé... No lo sé...

*27 de enero*

Te confieso, hermano, que me costaba concentrarme en mi trabajo. Lo que hasta entonces había sido el objeto de mi existencia se había convertido de pronto en una distracción fastidiosa, que sólo podía soportar porque ella estaba conmigo. Reconozco que emprendí viaje a Manchester animado no por la perspectiva de avanzar en la resolución del caso, sino por otra perspectiva más personal y estimulante: me disponía a dar un paso decisivo.

Encontradas por fin las páginas perdidas, nos vimos obligados a solicitar el asesoramiento de uno de los comités de apoyo al gobierno francés para resolver el jeroglífico físico y químico que nos planteaba el legado de Krüffner. A través del comité acudimos a la profesora Curie de la Universidad de París, una experta física galardonada con un premio Nobel, que estaba trabajando en el fenómeno de la radiación. Cuando la profesora Curie examinó la documentación que le llevamos, aparte de mostrarse asombrada con su contenido por razones que prefirió no adelantarnos, nos redirigió al profesor Ernest Rutherford quien según ella era la persona más indicada de todo el panorama científico para ayudarnos, pues estaba especializado en física de la materia que era acerca de lo que versaban los documentos.

Ernest Rutherford era profesor de física en la Universidad de Manchester, hacia donde emprendimos viaje Lizka y yo con los documentos.

El profesor Rutherford era un hombre jovial, de algo más de cuarenta años, al que encontramos en su laboratorio enredando con curiosos aparatos. Precedido por su fama como eminente físico y químico, de lo que daba testimonio el premio Nobel que al igual que a Curie le había sido concedido hacía tan sólo un par de años, me pareció contra todo pronóstico un hombre sencillo y cercano.

—¡Oh, la profesora Curie! Es una mujer extraordinaria, verdaderamente extraordinaria. —Para ella fueron sus primeras palabras después de presentar nuestras credenciales—. Me hace un gran honor recomendándome como experto. Eso es algo de lo que me gustaría presumir, se lo aseguro, pero les advierto que sólo soy un hombre corriente. Siéntense, por favor, siéntense. ¿Les apetecería tomar una taza de té?

—No, muchas gracias —contestamos ambos a coro al tiempo que nos contorsionábamos para poder sentarnos en una silla de aula con la mesa incorporada a un brazo.

—Pues bien, ¿y qué es lo que desea el gobierno de Su Majestad de un hombre corriente como yo?

—Quisiéramos mostrarle algo, profesor Rutherford —le expliqué mientras sacaba de mi portafolios una copia traducida al inglés del contenido del libro rojo de Krüffner, incluyendo las dos hojas separadas, pero sólo entregué al profesor Rutherford estas últimas con su colección de fórmulas y símbolos.

El profesor Rutherford se concentró en su lectura. Paulatinamente fueron desfilando por su rostro concentrado diferentes rictus que iban desde el asombro hasta la incredulidad. Frunció el ceño y arrugó la comisura izquierda de los labios con un peculiar movimiento de su espeso bigote negro. Por fin, suspiró como preámbulo a un dictamen que iba a ser breve.

—Esto es asombroso —murmuró sin levantar la vista de los papeles, magnetizado por su contenido.

—Entonces, ¿sabe qué es lo que significan todas esas fórmulas?

—Hasta donde yo sé, señorita, estas fórmulas son un imposible.

—Pero...

Como buen docente que era, había previsto que su sentencia causaría en nosotros desconcierto. Se trataba de una especie de efecto dramático que parecía perseguir deliberadamente, como si con ello se divirtiese. Con una sonrisa condescendiente, se dispuso a aclararnos algo más sus primeras impresiones.

—Verán. Esto, señores, está más allá de la ciencia que yo conozco. Creo que les será muy ilustrativo si les digo que ahora mismo me siento como si ustedes viniesen directamente del futuro con conocimientos que están muy lejos de las posibilidades del presente. Aquel o aquellos que hayan elaborado este documento están en un estadio de la investigación física y química mucho más avanzado que el de la comunidad científica a la cual me enorgullezco de pertenecer. —El profesor detuvo su discurso y devolvió la vista a los papeles—. Aún no salgo de mi asombro.

Entretanto, nosotros guardábamos prudente silencio, sin atrevernos a hacer comentario alguno sobre la estupefacción de un genio de la ciencia. Cuando Lizka me miró, como esperando de mí alguna reacción, adiviné en su rostro la misma expresión de perplejidad que yo debía de tener.

—¿Puedo preguntar cómo ha llegado esto hasta ustedes?

—Lamento tener que decirle que se trata de información confidencial que no estamos autorizados a facilitar. No obstante, puedo revelarle que tememos se trate de un arma que pueda ser utilizada contra Gran Bretaña y sus aliados en caso de conflicto.

—Ya veo.

—Nos gustaría saber si cree usted que es un arma y si podría decirnos de qué tipo —insinué, esperando que el profesor se decidiese a dar por fin una explicación más clarificadora.

—Sinceramente, no me atrevo a emitir ningún juicio. Necesitaría un tiempo para examinar este documento con detenimiento —declaró rascándose la barbilla.

—Lamentablemente, el tiempo es un recurso escaso en nuestra situación. Comprenderá usted que la urgencia del caso...

—Sí, sí, lo comprendo. Déjenme al menos esta noche. Me gustaría intercambiar impresiones con algunos colegas y...

—¿Colegas? —atajé alarmado—. Entienda que el asunto es muy delicado y de la máxima confidencialidad. Está en juego la seguridad nacional.

—Claro, claro, por supuesto. Pero el profesor Bohr y el profesor Geiger son grandes expertos...

—¿El profesor Geiger? ¿Hans Geiger? Si no me equivoco, es alemán.

—Así es —asintió con seriedad el científico, quien a pesar de su comprensión y su talante colaborador empezaba a sentirse molesto con tanta pega.

—No sería prudente, profesor. No pongo en duda la competencia del profesor Geiger, pero teniendo en cuenta la actual situación política no podemos arriesgarnos.

El profesor Rutherford guardó silencio. Ya no parecía tan jovial como al principio. Se estaba poniendo en entredicho la lealtad de uno de sus colaboradores y eso lo enojaba. Por un momento pensé que se iba a negar a prestarnos su ayuda. Entonces, aquella ventaja femenina que en su día uno de los superiores de Lizka había advertido en ella volvió a entrar en escena en el momento más oportuno. La bellísima mujer se incorporó hacia delante, con las palmas abiertas sobre la mesa y la voz suave, todo en su postura y en su actitud destilaba afabilidad y confianza y compensaba el recelo y la rudeza que yo había mostrado.

—Consúltelo con el profesor Bohr. Seguro que entre los dos pueden ayudarnos a resolver este asunto. Realmente la situación es desesperada. La mitad del mundo civilizado necesita de sus conocimientos, profesor.

Lizka le miraba con suplicante dulzura hasta que tras unos tensos segundos de silencio él venció su resistencia.

—Está bien. Vuelvan mañana por la tarde. A las cuatro en punto.

*28 de enero*

Recuerdo, amor mío, que al día siguiente de nuestro primer e infructuoso encuentro el profesor Rutherford nos reunió en una de las esquinas de su laboratorio, frente a una pizarra que ocupaba toda la pared. Le acompañaba el profesor Niels Bohr, un joven físico danés, no mucho mayor que Karel, que había trabajado con Rutherford en la definición del modelo atómico.

—Les adelantaré, señores, que nos encontramos ante un grandioso descubrimiento científico. En estas dos páginas están resumidos años de investigación, conclusiones que no estoy seguro de que se hubieran podido demostrar aunque las intuyéramos y que parecían reservadas a científicos que todavía están por nacer. Un documento que supone el máximo refinamiento de nuestra ciencia y al mismo tiempo está cargado de destrucción.

La palabra «destrucción» en labios de aquel hombre sabio logró ponerme la piel de gallina. Rutherford tomó una tiza y se acercó a la pizarra.

—Intentaré ser lo más ilustrativo y divulgativo posible en mi explicación, pero les advierto que es un tema complejo. Todo se basa en la materia. —Golpeó con los nudillos el marco de madera de la pizarra—. La materia se compone de elementos químicos. Tales elementos se componen a su vez de partículas invisibles que llamamos átomos. Hasta ahora, sabíamos que los átomos estaban a su vez compuestos de partículas aún más pequeñas con carga eléctrica negativa a las que llamamos electrones. El profesor Bohr les expondrá el modelo que con los conocimientos que hasta ahora poseíamos habíamos elaborado.

El profesor Niels Bohr se puso en pie y mientras dibujaba círculos concéntricos en la pizarra explicó:

—Así es. Simplificando, les diré que el átomo se compone de un núcleo y una corteza. En la corteza, alrededor del núcleo, están los electrones que giran en órbitas circulares específicas según los niveles de energía que emiten. Según el documento que nos han traído, el núcleo que creíamos único está también compuesto de otras partículas de dos tipos diferentes: unas, que han llamado *protones* por ser su carga eléctrica positiva, y otras, que han llamado *neutrones* por ser su carga eléctrica neutra. Ambas varían en su número según el elemento de la naturaleza de que se trate. Así, van desde el elemento más simple, el hidrógeno, que tiene sólo un protón, hasta el más complejo, aún por descubrir aunque se intuye su existencia.

—¿Cómo es eso posible? —quise saber.

—Porque si hemos descubierto un elemento con, digamos, 53 electrones y otro con 55, forzosamente tiene que existir en la naturaleza uno con 54, aunque no se haya descubierto.

—¿Electrones o protones? —preguntó Karel.

—Ésa es una pregunta muy interesante. Según este documento, todo átomo de un mismo elemento tiene el mismo número de electrones que de protones. Sin embargo, el de neutrones puede variar.

—¿Aunque se trate del mismo elemento?

—Sí. Es lo que han llamado *isótopos*[1] de un elemento: con las mismas propiedades químicas pero diferente masa atómica, es decir, la suma de neutrones y protones.

Al ver que no había más preguntas, ya que el tema nos tenía desbordados, el profesor Rutherford retomó el uso de la palabra.

—Lo más asombroso de todo esto es que quienes elaboraron este documento afirman haber conseguido partir un átomo, dividirlo. O lo que es lo mismo, hacer que un elemento se convierta en otro... Alquimia, señores.

—¿Alquimia? ¿La piedra filosofal? ¿Pueden transformar cualquier objeto en oro? —quiso aclarar Karel, algo escéptico.

—Sí, algo así. Estos señores han descubierto la manera de que un elemento se transforme en otro. Y lo han conseguido aislando y empleando los neutrones. Al lanzar un neutrón contra un átomo de un elemento, en ocasiones éste se ha dividido dando lugar a otros elementos. En concreto, han experimentado con el uranio, un elemento con 92 electrones y 92 protones. Han golpeado un átomo de uranio con un neutrón y sorprendentemente lo han conseguido dividir en dos elementos: el bario, con 56 electrones, y el kriptón, con 36; entre ambos suman 92, el número de electrones del uranio.

El profesor Rutherford iba recorriendo la pizarra con signos y números, fórmulas y letras... Entonces se detuvo y nos miró.

—Pero lo más increíble (y aquí es donde ustedes, el gobierno y todos los hombres de paz deberíamos empezar a

1. Aunque términos como «neutrón», «protón» o «isótopos» aún no habían sido acuñados en 1914, me tomo la licencia de ponerlos en boca de los profesores Rutherford y Bohr para facilitar sus explicaciones.

preocuparnos) es lo que afirman podrían llegar a conseguir, gracias al mágico neutrón.

El eminente científico volvió de nuevo a la pizarra y trazó nuevos signos.

—Según el documento, el uranio tiene tres isótopos (recuerden, átomos del mismo elemento con diferente número de neutrones) pero sólo uno de ellos, el U235, es fácilmente divisible en una reacción que ellos han enunciado de la siguiente manera.

De espaldas a nosotros, el profesor Rutherford reprodujo en la pizarra la fórmula de los documentos...

1n + U235 = Cs140 + Rb93 + 3n

... y la subrayó con un sonoro trazo de tiza.

—Es decir, al golpear el núcleo de un átomo de U235 con un neutrón, se divide y se transforma en un átomo de cesio más otro de rubidio y sobran tres neutrones. Esto, que han denominado fisión nuclear, genera una gran cantidad de energía, de modo que si este proceso se lleva a cabo con un solo gramo de U235, se produciría una liberación de energía equivalente a la explosión de 30.000 kilos de dinamita.

El profesor Rutherford se volvió para confirmar que nuestros rostros tenían la expresión de perplejidad y espanto que esperaba.

—Ahí es donde tienen su arma, señores —sentenció.

—Pero... pero eso... ¿eso puede hacerse? —balbuceó Karel, aún bajo los efectos de la impresión.

—Teóricamente sí. Afortunadamente, aún no lo han conseguido. Parece ser que se han enfrentado a dos escollos. Uno, extraer el U235 (el único divisible) del U238, que es el más frecuente en la naturaleza, un proceso caro y difícil. Y el otro es conseguir la reacción de división, ya que para producirla hace falta generar más energía que la que se libera. Éste es un problema que podría solventarse con una reacción en cadena a partir de los tres neutrones sobrantes, es decir, que cada uno de éstos golpease a su vez otro átomo de U235, liberando así otros tres neutrones por átomo, es decir, nueve, que éstos golpeasen a su vez nueve átomos y así sucesivamente. Pero sólo puede conseguirse en instalaciones dotadas de un instrumental avanzado y muy costoso. Los bocetos de estas instalaciones, tal y como ellos las imaginan, se encuentran detallados en el anexo final del documento.

—¿Cree usted que podría llegar a conseguirse esa reacción?

—Lamentablemente creo que sí. Lo que no puedo aventurar es el tiempo ni el presupuesto que haría falta. Pero piensen en el potencial explosivo de un solo kilo de U235.

Karel hizo un cálculo mental rápido.

—Treinta mil toneladas de dinamita —murmuró lentamente, como si estuviera atragantado con esa monstruosidad.

—Suficiente como para reducir a escombros una ciudad del tamaño de Londres —concluyó con solemnidad el profesor Bohr.

El aula quedó en silencio. «Ha pasado un ángel», solía decir mi madre. En aquella ocasión debió de tratarse de un demonio, la lengua se me quedó pegada al paladar, las mandíbulas apretadas, el estómago contraído y la barbilla encogida contra el pecho... Mi maestro de yoga habría dicho que todos mis *bandhas* estaban cerrados. No podía imaginarme la capacidad de destrucción de treinta mil toneladas de dinamita. No quería imaginarme la escena dantesca de una ciudad como Londres arrasada, convertida en cenizas, calcinada, exterminada... ¿Qué mente enferma podría haber ideado una atrocidad así? ¿Cómo era posible que el afable Borís Illianovich que yo había conocido fuera la misma mente criminal, despiadada y monstruosa que conocíamos como Otto Krüffner? Por primera vez, sentí que su muerte era justa. Presa de la ira me dije que yo misma le hubiera matado.

Aquella misma noche Karel y yo emprendimos regreso a Londres para comunicar a nuestros superiores el escalofriante resultado del encuentro con el profesor Rutherford. Hicimos el viaje en silencio, habíamos quedado conmocionados.

—*Kundalini* —pensé en voz alta—; *Kundalini* es la conexión de la secta con la física atómica. El *Kundalini* habla de la existencia de los átomos seminales: las partículas ardientes del sol y de la luna que moran en nosotros y que cuando son liberadas nos convierten en seres terriblemente poderosos, casi divinos.

Karel se limitó a asentir sin quitar la vista de la carretera; parecía ausente.

Continué pensando en silencio. ¿Por qué el hombre sólo aspira a alcanzar la dimensión destructiva de la divinidad y no su dimensión creadora, colmada de bondad y benevolencia? ¿Tan atrayente es el mal para el ser humano? Yo sabía que sí. ¿A quién no le ha seducido el mal en algún momento? Como todo el mundo yo también tenía mi parte oscura y había cruzado varias veces la delgada línea que separa el bien del mal. ¿Cómo podría yo juzgar a nadie, amor mío? Y hoy, después de todo lo que ha ocurrido, todavía me atrevería menos.

Tres horas después, cuando llevábamos recorridos la mitad de los trescientos kilómetros que separan Manchester de Londres, la noche se cerró sobre las estrechas y retorcidas carreteras. El cansancio acumulado y el frío de la húmeda campiña británica colándose en pleno invierno por las rendijas del automóvil nos empujaron a hacer un alto y pernoctar en el camino.

Escogimos una posada sencilla, situada en el centro de la antigua localidad de Lichfield, en cuya fachada de ladrillo y vigas de madera se abrían como grandes ojos unos ventanales iluminados de luz dorada que dejaban ver unos salones acogedores. Nos registramos como el señor y la señora Smith.

Recuerdo que el comedor era pequeño, apenas tenía cinco o seis mesas. Recuerdo vagamente su tosquedad de madera y piedra y una colección de jarras de cerveza sobre la chimenea. Allí, junto a un fuego vigoroso que desprendía aromas de alcornoque y resina quemados, devoramos con fruición una cena tan sencilla como deliciosa, elaborada con productos frescos de las granjas del lugar: sopa de pollo y fideos, jamón asado con patatas, pudin de manzana y un poco de *stilton* con oporto.

Silenciosa y abatida, dejé aquel momento en manos de Karel mientras mis oídos aturdidos de ruido de vajilla y cubiertos atrapaban en el aire sus palabras para hallar alivio en su voz; mientras mis manos destempladas de frío reptaban por encima del mantel para buscar la calidez de su tacto; mientras mis ojos velados de sueño trepaban por el borde de la copa para escudriñar su rostro amable... En la embriaguez del agotamiento y el vino, me pareció que la dureza de sus rasgos arios se veía suavizada por unos ojos grises de mirada cálida; las ventanas de su alma.

Karel hablaba y yo callaba y escuchaba, mientras mi mente abotargada por la confusión penetraba en la esencia de su ser: dominante pero respetuoso; moderado en sus reacciones; analítico y observador; sensible ante la injusticia y el abuso de poder; de ánimo protector; vanidoso; independiente; reservado... La palabra frente a la espada; la desconfianza como tarjeta de presentación; el orgullo y la soberbia disfrazados de autosuficiencia; la sensibilidad ahogada en prejuicios pero luchando cada día por salir a flote... Una lectura en el sofá, un solo interpretado al piano, el volante de un automóvil, un whisky al caer la noche; la soledad voluntaria de las almas solitarias... En la embriaguez del agotamiento y el vino, me pació que la dureza de su temperamento ario se veía suavizada por un corazón cálido; la esencia de su alma.

Únicamente al final de la cena, cuando nos repantingamos en un sofá del pub —Karel delante de un vaso de whisky; el final de su día—, me di cuenta de que él también estaba cansado, de que entre bostezo y bostezo luchaba por mantener los ojos abiertos hasta que finalmente el sueño le venció, sorprendiéndole con la cabeza recostada en el respaldo del sofá y el vaso entre las manos. Entonces, por primera vez, su imagen de hombre duro y frío se desvaneció en un plácido sueño y aquella sencilla derrota de su fortaleza aparentemente imbatible logró enternecerme. Con un beso le saqué de su sopor para que nos retirásemos al amor de la cama en nuestra habitación... En la embriaguez del agotamiento y el vino, me pareció que le quería.

*29 de enero*

Recuerdo, amor mío, que me desperté en mitad de la noche al sentir su mano bajo el camisón reptando subrepticiamente hacia mi pecho con una caricia estremecedora. Cuando me volví, comprobé que estaba dormido; seguramente sumido en un dulce sueño cargado de delirios eróticos. Sin embargo, mi respuesta a su llamada inconsciente acabó por despertarle, y se encontró con el torso cubierto de besos y deseo.

Después de hacer el amor, ya no pude volver a conciliar el sueño. Como la habitación se había quedado fría, me levanté para resucitar el fuego muerto con un tronco que dejé caer sobre la cama de brasas de la chimenea. Al prender la llama, la habitación se tiñó de una luz anaranjada y el calor acarició mi cuerpo apenas cubierto con una sábana a la cintura. Me senté frente al espejo del tocador, cogí el cepillo y comencé a pasármelo una y otra vez por el pelo, disfrutando del suave masaje; con los ojos cerrados y la mente vacía de cualquier perturbación…

Volví a abrirlos y a través del espejo le vi incorporado sobre las almohadas, con la mirada absorta en mí. Le sonreí. Se levantó de la cama y se cubrió con una bata, atándose despreocupadamente el cinturón. Tomó el cepillo de mis manos y me relevó en la tarea. Pero lo suyo no era un simple cepillado, sino una delicada caricia llena de sensualidad. Karel pasó los dedos por debajo de mis pechos desnudos, como si fueran suaves pinceles que trazaban su curva sobre mi piel. Me estremecí.

—No voy a casarme con Nadjia —anunció de pronto.

No me atreví a abrir los ojos ni a pronunciar palabra alguna. Se hizo un silencio que se me antojó tenso y amenazador por lo que intuí que presagiaba.

—No quiero pasar el resto de mi vida con ninguna persona que no seas tú.

Medí el tiempo de silencio —otro silencio— con mi respiración: inspira… espira… inspira… espira… inspira, espira, inspira, espira…

—Te quiero.

… inspira.

El asalto llegó en forma de amor, como otras veces. Pero entonces logró herir mi fortaleza, debilitar mis defensas y amenazar mi independencia.

Le miré como una víctima mira a su verdugo. Hubiera dicho que su expresión era la propia de quien acaba de confesar un pecado; quizá porque la mía era la de quien se siente ofendida por un pecado.

—Sabes que eso no es posible. Tienes que casarte con ella. Es tu obligación —alegué aun sabiendo que el problema no estaba en Nadjia, sino en mí.

—Las cosas han cambiado. Mi vida ha cambiado. Ya no es una vida vacía que vale la pena sacrificar. ¡Al diablo los hombres necios con sus apetitos de guerra! Si eso es lo que quieren, eso es lo que van a tener y yo ya no puedo hacer nada por evitarlo; ya no quiero hacer nada por evitarlo. Porque yo también he cambiado, Lizka. Ahora quiero un hogar, un lugar al que ansiar volver; quiero formar una familia y tener hijos. Pero, sobre todo, quiero despertar a tu lado todos y cada uno de los días de mi vida. Eso es lo único que tiene sentido para mí.

Me volví en mi asiento y busqué sus ojos. ¡Era terrible! ¡Se había enamorado de mí! Y una vez más, yo no estaba segura de quererle, del mismo modo que nunca había estado segura de querer a nadie... salvo aquella vez que el amor me costó una dolorosa enfermedad que juré no volver a contraer. Con un agrio sentimiento de culpabilidad y tristeza, le tomé de las manos y le hice agacharse junto a mí. Como si se sintiese agotado, enterró la cabeza en mi regazo.

—Tú y yo somos iguales —empecé a decir mientras acariciaba sus ondas del color de la miel—. Por eso se han cruzado nuestros caminos. Los dos valoramos nuestra independencia y nuestra libertad por encima de todo; nos hemos convertido en dos seres solitarios y egoístas. Ése es el precio que pagamos. Pero al menos hemos consagrado nuestras vidas a una causa que creemos superior. Ahora es demasiado tarde para echarse atrás.

Karel levantó la cabeza y me miró. Me desafiaba con sus ojos cargados de amargura y dolor.

—Yo ya no, Lizka. Y no es cierto que sea tarde. No para mí. Pero tú... Es por él, ¿verdad? Te has enamorado de Lars.

Oír tu nombre de sus labios fue como una sacudida, como un temblar de vísceras. Me produjo la sensación que producen las blasfemias, los improperios, las palabras descarnadas.

—Os vi besaros la otra noche.

—Yo he besado a muchos hombres en mi vida —me defendí—, pero me he enamorado de muy pocos.

Aquella tibia respuesta sólo logró empeorar las cosas y de la desesperación pasó a la ira.

Se puso en pie y se alejó de mí para lanzarme unas frases llenas de acritud.

—¡Entonces eso es lo que soy yo! ¡Un número más en tu lista! Ahora entiendo…

—No sigas por ese camino. Sólo conseguirás hacerte más daño —murmuré con dulzura.

—Eso ya es muy difícil.

—¿Qué haces? —pregunté al ver que se ponía precipitadamente el abrigo sobre la bata.

—Necesito tomar el aire.

Se marchó. Y me dejó mirando aquella puerta cerrada con la cabeza y el corazón enzarzados en una discusión llena de miedos y dudas.

Regresó al cabo de una hora. Despierta, pero fingiendo que dormía noté el frío a mi espalda cuando su cuerpo helado se metió entre las sábanas.

*31 de enero*

Recuerdo, amor mío, que tumbada sobre la cama fijé la vista vacía en el techo. Hacía frío pero no me molestaba; al contrario, parecía tonificar mis nervios destrozados.

Abandoné Lichfield, su posada y a él cuando las luces del amanecer empezaban a recortar sobre el cielo los perfiles de la ciudad. Huía de un despertar hostil, de un desayuno amargo y de un viaje largo. Pero de lo que no pude huir fue del acoso de mis propios fantasmas. Después de casi dos días en los que se sucedieron tres trayectos en tren y uno en ferry hasta el paso de Calais, llegué a mi ático en la calle Saint Sulpice físicamente cansada, moralmente agotada. Sentía que estaba perdiendo las riendas de mi vida, que estaba cometiendo los errores que juré que jamás volvería a cometer, que me estaba volviendo a enamorar.

La flaqueza, el desconcierto, la soledad... fueron mis pretextos para recordar aquel peculiar regalo que me hicieras antes de mi partida de Brunstriech. «Ábrelo sólo cuando me eches de menos», me habías advertido. No estaba segura de que aquél fuera el momento adecuado, aunque lo abrí. Una caja empaquetada con esmero guardaba un pequeño frasco de cristal de roca tallado y gollete de plata del que colgaba una cinta de raso azul. Junto a él, un papel grueso cerrado con lacre. Dejé a un lado el frasco y me concentré en el papel. Roto el lacre, desdoblé la nota: unos párrafos de cuidada caligrafía en tinta negra atrajeron mi lectura.

> Cuenta una vieja leyenda del bosque que las gotas de rocío que al amanecer brillan sobre los pétalos de las flores son las lágrimas que las hadas derraman por cada noche que muere.
>
> Abre este frasco y en su perfume hallarás las lágrimas que yo derramo por cada noche que muere sin ti... Toma una gota. Déjala caer en ese hueco al final del cuello en el que tantas veces he perdido mi mirada. Siéntela rodar por tu escote, descender por tu pecho y llegar a dormir en el valle de tu ombligo, allí donde yo sueño con apoyar la cabeza y descansar...
>
> Cierra los ojos. Piensa en mí. Yo pienso en ti cada minuto de mis días, cada segundo de mis noches.
>
> Lars

Con tus palabras, amor mío, me acariciaste la piel, que se erizó; me irritaste los ojos, que se nublaron de lágrimas; y me besaste en los labios, que comenzaron a temblar. Con tus palabras, amor mío, malditas hermosas palabras, despertaste mi sensiblería tanto tiempo aletargada. Dejándome llevar por ella, me desnudé, me volví a tumbar sobre la cama e hice exactamente lo que decías. Mas cuando envuelta en aquel suave perfume de jazmín que caldeó mi habitación con el aroma del verano cerré los ojos, simplemente me dormí, sin poder pensar en nada ni en nadie.

Pronto el sueño devino en pesadilla. Una pesadilla en sangre y oro en la que una imagen burlona de Kali, con su rostro azul, su collar de calaveras, sus ojos desorbitados y su larga lengua colgándole de la boca, me perseguía por un túnel angosto y oscuro. Hallé refugio en la habitación de la posada de Lichfield. En la cama, incorporado sobre las almohadas, me esperaba tu hermano, pero cuando quise acercarme para tocarle no era él, sino tú. Sintiéndome helada de frío, me metí en la cama y al tumbarme, me di cuenta de que me hallaba dentro de una caja de madera a modo de ataúd. Entonces, cinco hombres enmascarados se asomaron, y de sus bocas congeladas en una mueca espantosa brotaban cánticos ceremoniales. Eran cinco hombres que me miraban, cinco hombres que me amenazaban, cinco hombres…

Me desperté de repente entre escalofríos y empapada en sudor. Cuando fui capaz de deshacerme de la pesadilla y volver a la realidad, cinco hombres enmascarados aún permanecían en mi mente, fijos en mis pupilas dilatadas por el miedo.

—¡Cinco hombres!… ¡En la ceremonia del templo de Ottakring no había cuatro, sino cinco hombres!

* * *

Te confieso, hermano, que yo, que era un hombre sensato, moderado y racional, desde el primer momento había intuido que ella me rechazaría; desde el primer momento había luchado por mantener la mente fría y la boca cerrada. Pero el lado más irracional de mi personalidad había estrangulado con las garras de la pasión la sensatez; cuando me quise dar cuenta, ya estaba enamorado de ella sin remedio. Enamorado como nunca pensé que lo estaría de nadie, me sentía incompleto, quebrantado, inseguro y solo si ella no estaba. Aquella dependencia enfermiza acabaría por matarme, estaba seguro.

Porque me estaba muriendo lentamente desde que ella me había abandonado en la cama de aquella posada, dejando una nota helada sobre la mesilla de noche: «Vuelvo a París». Destrozado, enterré la cara en la almohada no para llorar, sino para buscar el último rastro de su olor.

Pocas veces una velada en casa ajena me había resultado tan tediosa. Pocas veces había encontrado la comida tan insípida, a la anfitriona tan insufrible y a la comitiva tan aburrida. Teniendo en cuenta mi estado de ánimo, jamás debí haber acudido a aquel compromiso que se me presentó al llegar a Londres. Al finalizar la cena y alegando un falso malestar de estómago, excusé mi presencia y me marché a casa.

Aunque la noche era fría y una niebla espesa envolvía las calles, no llovía, por lo que decidí volver caminando. Necesitaba pensar, aclarar mis ideas; maldecir mi suerte y regodearme en la autocompasión. Quería ir tras ella porque me sentía miserable, enfermo, porque yo no era nada sin ella. Pero no lo hice porque la rabia, el orgullo y el rencor me lo impedían.

Y de tal modo anulaban aquellas miserias mis sentidos que tardé un par de manzanas en tener la sensación de que alguien me seguía, escuché el eco de unos pasos sobre la acera que querían confundirse con los míos.

Tap (tap), tap (tap)...

Me volví.

A través de la niebla sólo se adivinaban calles desiertas y mal iluminadas envueltas en humo blanco.

Reanudé el paso con los sentidos en alerta y constaté que persistía la desagradable sensación de una presencia cercana y amenazadora, sibilina en su forma de acecharme, peligrosa por ser invisible, como un gas venenoso. De hecho, la noche era oscura y resultaba fácil ocultarse en una esquina, camuflarse entre la niebla, aprovechar el recodo de un portal...

Con la mano derecha junto al pecho, donde guardaba la pistola, debajo de la chaqueta del frac, apresuré el paso, lanzando continuas miradas por encima del hombro.

Tap (tap), tap (tap), tap (tap), tap (tap)...

El ruido acelerado de mis propias pisadas y su repiqueteante eco sólo conseguían acrecentar mi tensión.

Miraba hacia atrás y no me esperaba que estuviera delante. Al doblar una esquina, una sombra se abalanzó sobre mí. Cayó como un fardo de brea, pesado y pegajoso, rodeándome con los brazos mientras yo, en mitad de la confusión, forcejeaba con mi propia ropa para alcanzar la pistola. De un empujón arrojé a mi agresor contra la pared y sólo al apuntarle con el arma pude ver su cara de espanto y sus manos temblorosas abiertas hacia mí.

—*Just wanna penny, sir. Just wanna penny* —balbuceaba con una mueca de terror en la boca, mostrando una hilera de dientes marrones carcomidos por la caries.

Sólo era un mendigo. Un maldito mendigo borracho.

Bajé el arma. En el bolsillo encontré una moneda que le tiré con más rabia que caridad. Estaba furioso contra él por haberme atropellado y contra mí por haberme asustado. Después, con la tensión aún hormigueando en la punta de los dedos, reemprendí el camino.

Por fin llegué a casa; una típica construcción victoriana de tres plantas en Saville Road. Subí las escaleras hasta alcanzar la puerta principal que me aguardaba tras el velo de niebla. Busqué las llaves, pues el servicio ya se habría retirado a dormir. La cerradura cedió y el pestillo resbaló con un estruendo característico en mitad de la noche. Empujé la puerta. Justo entonces sentí la punzada violenta de un objeto a la altura de los riñones. Una voz a mi espalda, tan cerca que casi sentía el golpe de su aliento en el oído, ordenó:

—Será mejor que no se mueva y haga lo que le diga.

Lo primero que se me pasó por la cabeza fue que estaba siendo víctima de un vulgar atraco. Intentando mantener la calma y parecer tranquilo, pero con la mente puesta en mi pistola, respondí:

—Si lo que quiere es dinero, mi cartera está en el bolsillo interior del abrigo.

—Lo que quiero es que entre usted en la casa con las manos en alto.

—Si no quiere dinero, ¿qué es lo que quiere?

—No creo que se halle en disposición de hacer preguntas. Haga lo que le digo y cierre la boca. ¡Vamos!

Consciente de que por el momento no tenía muchas más opciones, decidí obedecer. Lentamente crucé el umbral de la puerta y me introduje en el vestíbulo. La casa estaba silenciosa y prácticamente a oscuras, sólo una pequeña lámpara de mesa en la salita contigua permanecía encendida aguardando mi llegada. Escuché el ruido de la puerta cerrándose suavemente a mi espalda. Casi al mismo tiempo dejé de sentir lo que supuse que era el cañón de la pistola clavado en los riñones.

—Ahora dese la vuelta; muy despacio y sin hacer ninguna tontería.

Quedé enfrentado a mi agresor. Sin embargo, no pude averiguar de quién se trataba, pues ocultaba el rostro con un verdugo de lana. Sólo podía intuir por el tono de su voz que era un hombre joven; además, tomé nota de que su altura y su complexión eran similares a las mías; detalles de suma importancia para sopesar la posibilidad de hacerle frente.

—Quítese la chaqueta y tírela al suelo. Ahora, desabróchese la funda de la pistola, déjela en el suelo y acérquemela de una patada.

Aquel hombre sabía qué terreno pisaba.

—¡Venga!

—Si de todos modos va a matarme, ¿a qué viene tanta historia? —dije mientras le daba una patada a la funda que llegó hasta sus pies.

No se molestó en cogerla, simplemente le puso un pie encima como para comprobar que estaba el arma dentro.

—¡Cállese! —De un bolsillo de su abrigo sacó un objeto pequeño—. Tiene dos opciones: una muerte rápida y sin dolor o pasar antes por una terrible tortura. Si escoge la primera, bébase esto.

Me lanzó un botecito de cristal que amortiguó su caída en una alfombra. Lo miré sin hacer nada.

—Podría gritar. El servicio me oirá —le desafié para darme algo de tiempo.

—Y yo podría dispararle: justo en el estómago. No morirá inmediatamente, desde luego, pero sí que lo hará dentro de una hora, desangrado y entre terribles dolores.

—¿Qué es? —pregunté señalando con la vista el diminuto bote de cristal medio lleno de un líquido transparente.

—Un somnífero. Usted sólo tiene que dormirse que yo me ocuparé de lo demás.

Había sorna en aquellas palabras y mientras las pronunciaba se sacó, hubiera dicho que de la manga como un ilusionista, un pañuelo amarillo. Al instante reconocí el *rumal* con el que había sido eliminada toda la cúpula kalikamaísta.

—Está bien —accedí con elegancia británica.

Me arrodillé y dirigí las manos hacia el bote... Entonces, con un rápido movimiento, agarré los extremos de la alfombra y tiré con fuerza. El hombre, que estaba encima, perdió el equilibrio y cayó hacia atrás. Sonó un disparo al aire antes de que al dar con la espalda en el suelo el impacto le hiciera perder la pistola. Rápidamente me abalancé sobre él para inmovilizarle. Reteniéndole con el peso de mi cuerpo, le quité el verdugo.

Me quedé espantado al comprobar que se trataba de un hombre mucho más joven de lo que había imaginado. De hecho, no era un hombre; era sólo un muchacho de dieciséis o diecisiete años. Con sus ojos azules me miraba entre aterrorizado y enajenado.

—¡¡Tengo una bomba!! ¡¡Llevo una bomba pegada al cuerpo!!

Al oír aquellas palabras, abrí su abrigo: unos seis cartuchos de dinamita envolvían su cuerpo como un chaleco mortífero. Instintivamente, me aparté de su lado, dando un salto hacia atrás.

En aquel momento, el servicio, alertado por el escándalo y el griterío, empezó a agolparse en lo alto de la escalera. Ataviados con ropas de dormir, contemplaban con terror la escena que estaba teniendo lugar en el vestíbulo.

—¡¡Quietos!! ¡¡Que nadie se mueva!! ¡¡Voy a hacer explotar esta bomba!! —gritaba histérico el muchacho.

Mi ayuda de cámara y el mayordomo me miraron. La gobernanta y las doncellas sollozaban abrazadas y yo sentía que la situación se me había escapado de las manos.

—¡No! —exclamé—. Si lo que quieres es matarme coge la pistola y dispara. Pero si haces estallar la bomba, morirá mucha gente inocente.

Le miré fijamente. Su rostro estaba totalmente descompuesto por la excitación. En su cara desencajada empezaban a brillar lágrimas de sudor y en sus ojos, fuera de las órbitas, había miedo. Con una mano trémula sujetaba amenazante el detonador.

—¡¡Fuera todo el mundo!! ¡¡Márchense de aquí ahora mismo!! —ordenó al atemorizado servicio sin soltar el detonador.

Uno a uno, pegados a la pared y sollozantes, comenzaron a bajar por las escaleras en busca de la puerta de atrás. Todos menos mi ayuda de cámara, el fiel Hans, que antes me miró. Sólo cuando yo asentí, siguió al resto.

El muchacho y yo nos quedamos solos en mitad del vestíbulo mirándonos como dos duelistas del salvaje oeste, salvo que en aquel duelo no habría supervivientes. Entendí que únicamente me quedaba una baza por jugar: la de la psicología.

—Te envían ellos, ¿verdad? ¿Eres de la secta?

El muchacho no contestó. Se limitaba a apretar los dientes y la mirada, atenazado por el miedo y la tensión.

—¿Por qué no escogemos ahora la primera opción? Yo escojo morir tras un dulce sueño y tú escoges sobrevivir.

Por un momento creí adivinar la duda asomando por sus pupilas dilatadas a causa de la excitación; creí que sus nudillos blancos aflojaban la fuerza que ejercía sobre el detonador; creí que iba ganando la partida.

—No tiene sentido que te inmoles por mí. No creo que sea así como deseas morir. Ni siquiera creo que sea así como tu Dios desea que mueras.

...Y me equivoqué.

—¡¡No me juzgue ni a mí, ni a mi Diosa!!

En sus ojos brilló la ira y la determinación. Entonces, lo vi claro. Salté para tratar de alcanzar la escalera. Él gritó: «¡Sea por ti, KaliKama!». Y un estallido violento unido a un destello blanco precedió a la total oscuridad.

*2 de febrero*

Recuerdo, amor mío, que estaba reunida en el Ministerio de la Guerra con monsieur Quercy, mi superior, cuando recibí una llamada urgente desde Londres. Era Richard.

Tomé el primer tren hacia Calais para desandar el camino que había recorrido tan sólo un par de días antes: abatida al ir, angustiada al volver; aquel camino era un infierno y tu hermano mi demonio. Sólo cuando recorría apresuradamente los pasillos blancos del hospital militar de Saint Mary noté que la tensión me abandonaba y empecé a desfallecer. El calor agobiante, el blanco y el olor a desinfectante me asfixiaban. Richard se detuvo ante una de las puertas de aquella hilera monótona, se apoyó en el pomo y la empujó, cediéndome después el paso. Cuando la atravesé me pareció que una corriente de aire frío me golpeaba la cara y despejaba mi frente.

Estaba en la cama, con la cabeza vuelta hacia la ventana cuyos cristales eran un lienzo de gotas de lluvia enmarañadas. Al oírnos entrar, se giró para mirarnos.

—¿Qué haces tú aquí? —fue su abrupto saludo, acompañado de un no menos abrupto gesto, con el que se decidió a recibirme.

Tenía la cara salpicada de cortes y quemaduras y sobre el pecho dejaba descansar el brazo derecho vendado y en cabestrillo. Al verlo con vida, sentí un inmenso alivio crecer en espiral dentro de mí, como si hubiera recuperado algo que creía perdido, como si hubiera exhalado un suspiro que me oprimía los pulmones y no me dejaba respirar. Incluso hubiera mostrado explícitamente mi alegría: me hubiera lanzado a sus brazos, me hubiera colgado de su cuello para no soltarle jamás y le hubiera cubierto de besos… de no haber sido porque su rudo recibimiento me quitó las ganas.

—Creo… creo que os dejaré solos. Tengo una par de cosas que…

Entre explicaciones incompletas y jugando nerviosamente con su sombrero, Richard abandonó la habitación.

—Eres un grosero —le espeté con frialdad mientras me quitaba el abrigo y los guantes—. Y si no fuera por los cientos de kilómetros que acabo de recorrer por tu culpa, me marcharía ahora mismo.

Como un niño enfurruñado, volvió de nuevo la cabeza para continuar con su contemplación de la ventana.

—Por eso… y porque tengo noticias para ti.

Aunque a tenor de su gesto ceñudo seguía ofuscado por el despecho, había conseguido arrebatarle una mirada de atención. Mas todavía no iba a saciar su curiosidad.

—¿Cómo te encuentras? —le pregunté acercándome a la cama.

—Para haber estado a punto de morir, bastante bien, gracias.

—Richard dice que la explosión ha destrozado la casa y que si estás vivo es porque te dio tiempo a ocultarte en el hueco de la escalera.

Karel asintió con el gesto serio y la mirada perdida. Al cabo de un rato, como si ya no hablara conmigo, murmuró:

—Era sólo un crío. Un muchacho de dieciséis años que tendría que estar jugando al fútbol con sus amigos pero al que habían lavado el cerebro para que se cosiera una bomba al cuerpo. La explosión no ha dejado rastro de él…

Sin poder añadir nada que mereciese la pena escuchar, contagiada de su inmensa tristeza, me limité a poner mi mano sobre la suya tratando de reconfortarle. No habían pasado un par de segundos cuando la retiró para servirse un vaso de agua. No creí que tuviera sed.

—Déjame que te ayude —me ofrecí haciendo ademán de coger la jarra.

—No te molestes. Puedo hacerlo solo.

Dejé que su amor propio fuera su medicina y sólo cuando su mano izquierda, torpe y temblorosa, fue incapaz de llevar a cabo esa sencilla operación decidí intervenir.

—¿Has satisfecho ya tu ataque de orgullo o vas a seguir comportándote como un niño?

Le serví el vaso de agua y le ayudé a bebérselo. Cuando posó sus labios sobre el vaso, me fijé en que estaban secos y agrietados, cubiertos de costras. La hinchazón del rostro apenas le permitía abrir el ojo izquierdo; bajo el derecho, le surcaba la mejilla un corte que de haber pasado milímetros más arriba se habría llevado el ojo por delante. Su aspecto me conmovió, le pasé la mano por la frente para retirarle un mechón de pelo.

—Estás caliente. Tienes fiebre.

Dejé la mano sobre su frente áspera y sudorosa, reacia a abandonar el tacto de su piel, aquel calor que me recordaba que seguía vivo, que no lo había perdido. Él sacudió con desgana la cabeza.

—No me hagas esto, por favor. No después de cómo te marchaste, de cómo me dejaste tirado. Ahora no te puedes presentar aquí como si nada hubiera sucedido —me echó en cara posando en mí sus ojos sombríos—. Ahora, cada caricia tuya me duele más que todas estas heridas juntas.

Por fin aparté la mano; que parecía quemarle en la frente.

—Siendo ése tu deseo, entonces, ya no nos queda nada... Ya no hay amistad. Ya no hay comprensión. Ya no hay apoyo.

—Eso es el amor. Y por lo visto para ti nunca lo ha habido. Tu sólo ofertabas sexo.

La frase pretendió ser ofensiva. Y lo fue. Mas no tiene derecho el pecador a sentirse ofendido por la crudeza de su pecado. Me tragué la sensibilidad herida y admití el castigo. Con tanta calma como altivez, repliqué:

—Ya no hay ni siquiera educación.

—¡¿Y qué es lo que tú esperabas que sucediese?, ¿me lo quieres decir?! ¡¿Cuándo ibas a cansarte de esta historia de cama?! ¡¿O ibas a esperar a que me cansase yo?! ¡¿Acaso nunca pensaste que me podía enamorar?! ¿A qué juego estabas jugando?, ¡dime!

—No estaba jugando —fue mi patética defensa, me sentía arrollada por sus acusaciones furibundas, por aquellos gritos repentinos que contrajeron su rostro y que hicieron saltar las costras de su boca; arrollada por la verdad, por esa verdad que duele cuando alguien la desnuda delante de tus narices, por esa verdad que me dejaba a mí misma en cueros, con todas mis miserias al aire.

—¡Oh, vamos, por favor! ¿Qué han sido sino las caricias y los besos, las noches que…? ¡Un juego despiadado!

¡Sí!, ¡sí!, ¡sí! ¡Era un juego! Pero… si era un juego, ¿por qué me duele tanto lo que dice?, ¿por qué me duelen su ira y su rechazo?, ¿por qué me duele su dolor? ¿Por qué me duele que el juego acabe así: como siempre ha acabado para mí este juego?

Agaché la cabeza: no tenía más que decir en mi favor.

Al grito le sucedió el silencio. Tal vez mi sumisión desde el banquillo de los acusados agotara sus energías, reblandeciera su animosidad.

—Si tú no puedes pertenecer a nadie, Lizka… ¿por qué me has hecho esto?, ¿por qué has consentido que me enamore de ti?

Incapaz de soportar la visión de su derrota, fui yo la que me volví a mirar por la ventana el panorama intensamente verde de los jardines del hospital bajo la lluvia inclemente. No deseaba seguir ahondando en aquel terreno; no deseaba seguir oyéndole decir que estaba enamorado; no deseaba seguir descubriendo que las heridas de su corazón eran más graves que las de su cuerpo y que se las había causado yo… No deseaba seguir hurgando en las entrañas de mi alma: tenía miedo de lo que pudiera encontrar en un lugar tan oscuro.

—Está vivo —hablé—. El asesino de Krüffner está vivo. La masacre de Ginebra ha sido un montaje para despistarnos.

Karel tardó unos segundos en reaccionar, como si le hubiera despertado de un mal sueño para devolverle a una realidad aún peor.

—¿Cómo lo sabes?

—Porque he recordado que en la ceremonia del templo de Ottakring no había cuatro sacerdotes, sino cinco. Por entonces ya habían sustituido a todos los miembros de la cúpula, tanto a Nikolái como a Krüffner. Puede que Dubas sí fuera uno de ellos, pero desde luego no el *Aryaman*. Sólo ha sido el chivo expiatorio y los otros tres, simples títeres de la función. El verdadero *Aryaman*, el que mató a Krüffner y lo ha suplantado, preparó toda la farsa y se aseguró de dejar las cartas y las túnicas para inculpar a Dubas. Ahora sigue por ahí suelto y me apuesto algo a que él ha mandado a ese crío, a ese sicario, a tu casa para acabar contigo.

Me di la vuelta para mirarle. En su rostro de semblante duro y frío no había la más mínima señal de sorpresa. Su única reacción fue un profundo suspiro.

—Creo que de un modo u otro siempre lo he sabido. Era todo… tan perfecto y tan sencillo. Era todo tan evidente que no podía ser cierto —reflexionó—. Volvemos al principio…

—No del todo. A cada paso que da, con cada movimiento que hace nos da pistas sobre sus intenciones y sobre él mismo. Intuyo que sigue trabajando en la bomba pero no para usarla en una inmolación colectiva de los seguidores de la secta; en eso era precisamente en lo que discrepaba con el maestro y por eso lo asesinó. No es un hombre espiritual y fanático. Es un hombre codicioso que no está dispuesto a perder la vida por ningún dios, sino a enriquecerse utilizando a la secta. Me atrevería a asegurar que lo que quiere es vender la bomba al mejor postor de entre los países beligerantes en la guerra que se avecina. Por eso te quiere muerto, porque sabe que con tu matrimonio con Nadjia estás poniendo trabas al conflicto.

—Si eso es cierto, ella también está en peligro.

—Sí, y ya se están encargando de su seguridad. De momento está oculta en casa de un pariente en Finlandia.

Karel me miraba entre admirado e intrigado. Parecía preguntarse cómo era posible que en tan sólo dos días que había estado fuera de juego hubiera dado tiempo a que sucedieran tantas cosas.

Entretanto, yo pensaba en cómo revelarle mi última sospecha; la más difícil de revelar.

—Karel, yo... yo creo que sé quién puede ser *Aryaman*.

Sin atreverse a preguntar, me observó con la expectación brillando en sus ojos.

—Es alguien a quien conoces, alguien que sigue de cerca tus movimientos. Es alguien que sabe que vas a casarte con Nadjia y lo que eso supone.

Muchos encajaban en tal descripción; tantos que era imposible que Karel lo intuyese por sí solo eximiéndome a mí de la obligación de desvelárselo. Como queriendo dilatar lo inevitable, con la sensación de que tenía que excusarme por lo que estaba a punto de decir, seguí argumentando hasta llegar a mi conclusión.

—He puesto una conferencia telefónica a Brunstriech para hablar con tu madre. Quería que me hablase sobre los invitados, sobre cómo se confeccionó la lista. Hemos cometido un gran error al pasar por alto una clave fundamental: cómo accedió Otto Krüffner a Brunstriech. ¿Sabes que Lars ni siquiera lo conocía? Él me sugirió que tal vez lo habías invitado tú. Descartada esa opción, ya sólo me quedaba tu madre.

Me detuve un instante. Deseaba que Karel dijera algo, pero ni siquiera despegó los labios para pedirme que continuase.

—Ella tampoco fue. «No tengo su dirección en mi agenda», comprobó tu madre. «De modo que no le he podido mandar invitación.» Yo le insistí: «Haz memoria, tía. No es posible que se colase sin más». Y tu madre hizo memoria: «Espera un momento, querida... Ahora que lo mencionas, recuerdo que un par de días antes de venir a Europa me telefoneó y me dijo: Alejandra, querida, abusando de tu generosa hospitalidad me gustaría invitar estas Navidades a unos amigos. Bueno, ¿por qué iba yo a negarme si tenía sitio? Eran tres, sí, recuerdo que eran tres: un profesor de la universidad, un hombre de la banca y ese caballero gordo que me dices, Dios lo tenga en su Gloria». El corazón me dio un vuelco: Krüffner, Dubas y el otro elemento que nos falta. Hemos averiguado que se trata de Frederich Tutschek, catedrático de física de la Universidad Albertina de Königsberg. Te suena, ¿verdad?

Karel asintió:

—Krüffner era profesor de sánscrito en la Universidad Albertina.

—«Dime, tía, ¿quién te telefoneó?», le pregunté a Alejandra. «Ya te lo he dicho, querida: mi cuñado, el príncipe Alois.»

Sólo se oía el ruido de la lluvia que era como un crujir de papeles y un tamborileo de dedos. Entraba por la ventana entreabierta junto con una corriente de aire fresco que dejaba en la habitación el olor a tierra mojada. Sólo eso se oía. Aunque la palabra «Alois» había dejado una especie de eco zumbón que únicamente otras palabras podrían acallar.

Pero yo no sabía qué más decir y me limitaba a contemplar a tu hermano, que era una imagen congelada, una figura indolente, una presencia ausente.

Aquel color blanco que todo lo cubría, aquel invariable ruido de lluvia y aquella inmovilidad acrecentaban mi nerviosismo; me señalaban como una extraña en un escenario que parecía de cartón, propio de un museo de cera.

—Di algo, por favor —murmuré sin tener la certeza de que me escuchaba.

Todavía tardó un rato en hablar. Y aun así fueron sólo sus labios los que se movieron, como los de un muñeco de ventrílocuo, en aquella habitación estática.

—¿Sabes? De pequeño me llevaba a pasear por la feria del Prater. Qué orgulloso me sentía yo cuando en el tiro al blanco ganaba el premio mayor. Pero lo que más me llenaba de orgullo era aquella vida suya de libro de aventuras. Me encantaban sus historias sobre el Brasil y los viajes en barco, sobre los negritos de la plantación de cacao que no tenían miedo de los animales salvajes de la selva... Mi tío era un hombre fascinante. Yo lo admiraba y lo quería.

—Ya ninguno de nosotros somos lo que éramos hace años —le argumenté con dulzura—. Tampoco tú eres el niño que todo lo miraba con ojos de niño.

Por un momento tuve la sensación de que habían sido mis palabras las que habían devuelto la vida a aquella habitación. El abatimiento mudó el rostro de tu hermano, que totalmente agotado se reclinó en la cama, conteniendo una mueca de dolor cuando involuntariamente movió el brazo herido.

—¿Estás bien? Será mejor que me marche para que puedas descansar. En otro momento continuaremos con esto.

Haciendo grandes esfuerzos por recuperar de nuevo su presencia de ánimo y su frialdad (que mantenía todos sus sentimientos personales al margen) y volver a ser el impasible profesional de la inteligencia secreta que se debe a una causa superior, se mostró dispuesto a continuar.

—No, no. Estoy bien... Debemos pensar en cómo vamos

a reaccionar nosotros; en cuál debe ser nuestro próximo movimiento.

Casi avergonzada de que ese asunto ya se hubiese debatido sin contar con su intervención, murmuré:

—En realidad, ya tenemos una idea.

—Vaya —dijo sin poder ocultar que se sentía molesto por haber quedado al margen de nuestros planes—. Y ¿cuál es?, si puede saberse.

—Para empezar, hay que adelantar tu boda con Nadjia.

—Yo no pienso…

Poniendo con suavidad los dedos sobre sus labios, atajé su protesta.

—Ssssch… Por favor. Sabes que es la única opción. Y hay que adelantarla por vuestra seguridad; la de Nadjia y la tuya. Yo volveré a Brunstriech. Como Alois estará allí para la boda, lo utilizaré como contacto para confirmar sus intenciones y en qué estado de desarrollo se encuentra la bomba.

Hice una pequeña pausa antes de confesar en un susurro:

—Voy a infiltrarme.

Su reacción fue tan rotunda y violenta como esperaba.

—¡No! ¡No lo consentiré! —exclamó alzando la voz—. ¡Es demasiado peligroso!

—Es necesario.

—¡Pues que lo haga otra persona! Hay decenas de agentes, no tienes por qué ser tú quien lo haga.

—No hay nadie tan preparado, tú lo sabes. Formar a alguien nos llevaría un tiempo que no tenemos. Además, ya está decidido. Quercy y el capitán Cumming están de acuerdo.

En aquel momento, que no se hubiera contado con su opinión sólo fue un motivo más para alimentar su oposición y su enojo.

—¡¿Es que no lo entiendes?! ¡Todos los que lo han intentado han fracasado! ¡Todos están muertos!

—Todos eran hombres. De mí nadie sospechará porque soy una mujer. Puedes estar tranquilo, yo no tengo ninguna intención de morir —le aseguré con una sonrisa para suavizar la tensión.

Sin embargo, él no cedió en su postura. Con el NO escrito en su rostro, advirtió:

—Voy a recomendar que no lo hagas. Todavía soy alguien con voz y voto en esta misión. ¡No voy a consentirlo!

Aquel desafío colmó mi paciencia y no pude evitar estallar.

—¡Y yo voy a recomendar que te retiren del caso! ¡No estás emocionalmente capacitado para seguir en esto! ¡Tú no eres quién para decidir por mí! —grité encarándome con él—. ¡¿Recuerdas?! ¡Ya no nos queda nada! ¡Nada! ¡Mi oferta sólo incluía sexo, tú lo has dicho!

Karel se incorporó violentamente y con la mano sana me agarró con fuerza de un brazo.

—¡Dímelo! ¡Vamos, dímelo! —ordenó furioso.

—Te ruego que me sueltes —mascullé con los dientes apretados de ira.

Pero ni la presión de su mano ni la dureza de su rostro se atenuaban.

—Dime a la cara que no me quieres.

—Suéltame, te he dicho. Me haces daño.

Tras sostener unos segundos mi mirada como si con aquello midiera nuestras fuerzas, aflojó la mano y me soltó.

Sin mediar palabra ni ningún otro gesto, sin mirarlo, rodeé la cama y comencé a recoger mis cosas de la silla.

—¿Qué estás haciendo?

Me puse el abrigo…

—No puedes marcharte. No puedes volver a dejarme así.

… pero al abrocharlo, los botones parecían demasiado grandes y los ojales demasiado pequeños para mis manos temblorosas.

—¡No puedes hacerme esto otra vez, ¿me oyes?!

Intenté calzarme los guantes...

—¡No puedes huir de nuevo!

... pero mis dedos torpes no encontraban los huecos, tan estrechos e intrincados.

—¡Ten el valor de decirme lo que sientes! ¡Ten el valor de decirme que no me quieres! ¡Quiero oír cómo lo dices!

Apremiada por su acoso y aturdida por mis nervios, recogí atropelladamente guantes, sombrero y bolso.

—¡No cruces esa puerta! ¡No te atrevas a hacerlo! ¡Lizka! ¡Lizka!

Un portazo le dejó a él y a sus gritos al otro lado. «¡Lizka, vuelve!», seguí escuchando apoyada en la puerta que era mi parapeto, en la puerta que amortiguaba la furia de sus palabras. «¡Vuelve, maldita sea!... ¡Lizka!» Me sobresalté al escuchar un golpe violento contra la puerta y un ruido de cristales rotos, un reguero de agua me mojó los zapatos. Mas yo seguí allí apoyada, con el sombrero y los guantes arrugados entre las manos. Inmóvil. Exhausta.

La oportuna presencia de una enfermera, que enfilaba el pasillo con un carro de medicamentos, consiguió que reuniese el ánimo suficiente para abandonar aquel lugar. Me alejé con paso ligero mientras me enjugaba con los puños las cuatro lágrimas que el orgullo había rendido a las emociones. Al otro lado de la puerta, los gritos habían cesado.

*19 de febrero*

Te confieso, hermano, que no te culpaba de mi desgracia, créeme. Era ella. Todo mi mundo había quedado reducido a la visión de un catalejo en cuyo final sólo estaba ella: ángel y demonio. Ella era el ángel que había cambiado mi conciencia y mi ser en un proceso tan dulce como puede llegar a ser dulce morir, tan doloroso como siempre es doloroso nacer. Y ella era el demonio que me había abandonado en mitad de la nada: sin valores, sin creencias, sin otra referencia que ella, negada e inalcanzable; y yo, sumido en la desesperación y la duda, era un ser vacío porque ella me había vaciado como se vacía una nuez de su fruto y se tira la cáscara. Ella se había llevado esa parte de mí que era el todo; ella había colapsado mi estrella y en su lugar había dejado un agujero negro de preguntas sin respuesta que absorbía toda mi energía, todo mi ser.

¿Por qué?

¿Por qué había hecho de mí un hombre desgraciado y miserable? ¿Por qué había convertido mi libertad en una responsabilidad vana, mi independencia en una condena solitaria y mi autosuficiencia en una invalidez absoluta y permanente? ¿Por qué había entrado en mi vida para salir de ella, dejando el virus de la soledad y el anhelo contaminando mi sangre?

Cada día que pasaba soportando la insoportable realidad de mi existencia y hurtando a escondidas cualquier momento de la suya, las sonrisas que dedicaba a los otros alimentaban mi lascivia prohibida, su mirada esquiva hacía hervir mi deseo y el sonido de su voz, único entre el ruido de la multitud, despertaba mi instinto sexual en realidad nunca dormido. Volver a verla era un martirio difícil de soportar. Tratarla con indiferencia era toda una proeza. Tenerla cerca y contenerme, casi un imposible.

Cada noche que pasaba soportando la insoportable realidad de mi existencia y reviviendo cualquier momento de la suya, su ausencia me torturaba hasta el delirio. Una sucesión armoniosa de curvas de terciopelo, brillantes de humedad, saturaban mis pensamientos y aturdían mi razón; sinuosas danzaban bajo mi cuerpo, excitado con cada roce, convulso con cada acometida. Su rostro esculpido con el cincel del Olimpo dormía conmigo y en mis sueños cargados de erotismo venenoso me obsesionaba en morder la carne de sus labios, dejar que mis dientes se hundieran en ellos como se hunden las palmeras en la arena del desierto, mientras sentía sus largas pestañas besar con un aleteo de mariposa mis mejillas en permanente calentura... Sin embargo, al despertar, estaba solo, tendido en la cama, ahogando gemidos de placer imaginario, ocultando bajo las sábanas erecciones de adolescente enamorado; esquivando las garras de un placer sexual contenido que amenazaba con surcar de arañazos mi piel sudorosa; con la mente perturbada por las tormentosas imágenes de su voluptuosidad, por el recuerdo de su beso abrasador y de su abrazo asfixiante.

Una noche apareció en mis sueños, hermano, como nunca antes había aparecido. Apareció rodeada de nebulosas azules, como una mujer de Kokoschka; rompiendo el oro con su cuerpo, como una musa de Klimt; entre trazos descarnados, como si fuera amante de Schiele... Aquella noche, hermano, creí que había enloquecido: ¡Aquel arte, antes sucio y feo, se había convertido en el reflejo de mi obsesión! ¡Mi mente estaba perturbada como la de aquellos chiflados obscenos!... Mi mente estaba perturbada por ella. Y mi mente por ella perturbada había captado toda la belleza y la sensualidad de aquellos retratos que de ella podían haber sido, que en mis sueños de ella eran.

Desde aquel momento supe hasta qué punto ella me había envenenado, me había contaminado, había trastocado mi mundo y mis convicciones. Desde aquel momento me sentí abandonado a mi suerte, como un barco a la deriva en un mar hostil, como un bebé ante una puerta cerrada.

¿Por qué?

¿Por qué se marchó del hospital, cabizbaja y con una confesión en la boca? ¿Por qué en lugar de matarme de un disparo certero había escogido aquella tortura despiadada? ¿Por qué me dejó mirando una puerta cerrada con una esperanza abierta en el corazón? ¿Por qué, si era a ti, hermano, a quien ella amaba?

Contigo paseaba por el bosque las mañanas de tibio sol de invierno antes de comer. Contigo pasaba las tardes gozando de confesiones junto al fuego. Contigo entrelazaba las manos para bailar sin descanso después de cenar. Y contigo me la imaginaba compartiendo la noche y su refugio oscuro, a cuyo amparo compondríais sinfonías de jadeos y murmullos; pintaríais las sábanas con trazos de deseo y pinceladas de pasión; y leeríais a ojos cerrados y con las manos, así como leen los ciegos, el mensaje de impudor escrito en líneas de vuestros cuerpos. Después, con la llegada del amanecer, la pasión daría paso al amor y su abrazo sereno, sus caricias pausadas y sus besos tiernos...

Lo sabía porque yo lo había vivido, y tú eras el usurpador de mis vivencias.

¿Por qué?

¿Por qué si mi amor había sido grande y noble, dulce y desinteresado, había degenerado en un sentimiento oscuro y perverso? ¿Por qué yo, que me había creído el depositario de la bondad, la generosidad y la virtud de los ángeles, me encontraba sumido en los celos, la amargura y el odio del peor de los demonios? ¿Por qué ella, que me había elevado hasta los cielos, me dejaba caer a los infiernos? ¿Por qué ella, que me había dado la luz, me sumía en la oscuridad? ¿Por qué ella, que había sido mía, se entregaba a otro?

Veros juntos, o lo peor, saberos juntos, me consumía como el fuego al papel, me devoraba por dentro como una tenia voraz, me iba pudriendo como el tiempo pudre la carne muerta. Las palabras que ella te susurraba, las risas que contigo compartía, las manos que te ofrecía, la mirada que posaba en ti, el cuerpo que cada noche te entregaba eran míos, mi más preciada posesión. Y hubiera matado por volver a recuperarlos.

¿Por qué?

¿Por qué el amor es alivio y dolor?, ¿por qué es risa y llanto?, ¿por qué es paz y es guerra?, ¿por qué es vida y muerte? ¿Por qué el amor es la llama que abrasa y el agua que quita la sed?

Porque ella, la diosa del amor y de la muerte, el néctar que envenenaba mi sangre, la luz que cegaba mis ojos y el bálsamo que quemaba mi piel... ella no me había dicho que no me quería.

* * *

Recuerdo, amor mío... Es más fácil recordar los hechos que los pensamientos, pero debes saber qué es lo que yo pensaba.

El príncipe se casa...

Como la gota que cae sobre la piedra hasta horadarla; como el ruido del viento en la ventana que impide conciliar el sueño; como el canto de la chicharra que vuelve más sofocante el calor. El príncipe se casa... El príncipe se casa... El príncipe se casa...

El príncipe se casa...

Yo tenía una misión, eso era todo. Estaba allí, en Brunstriech, para cumplirla y marcharme sin dejar rastro ni recuerdos. Como si fuese un fantasma, de mi paso y de mi presencia sólo quedarían recuerdos borrosos, dignos de ser olvidados por falsos. Cuando todo hubiese acabado, ya nadie querría acordarse de quien no era quien dijo ser, de quien desapareció sin nombre ni identidad... Así debía ser.

Yo tenía una misión, eso era todo. Y sus miradas llenas de

rencor y reproches, de lo que nunca me había dicho ni me diría ya, no debían afectarme, no tenían que importarme. Cuando me marchase de allí, todo habría acabado: Brunstriech, la fiesta, mi misión y él.

Sin embargo, no podía evitar sentirle cerca; robar un instante de su imagen al fondo del salón, de sus labios cuando hablaba a otros, de sus ojos cuando no me miraba. No podía evitar recordar su abrazo reconfortante, sus gestos llenos de ternura; aquel hombro sobre el que llorar, sobre el que dormir y sobre el que soñar. No podía evitar sentir la electricidad de sus dedos sobre mi piel y estremecerme con el recuerdo de su apasionado amor. No podía evitar echar de menos los días cálidos y las noches tórridas. No podía evitarlo... salvo cuando estaba contigo, amor mío. Entonces, mi anhelo y mi añoranza se diluían en tus atenciones y en tu desvelo, en tu sonrisa cautivadora y en tus ojos misteriosos, en tus caricias y en tus besos; entonces, ya no sabía si estaba enamorada de él o de ti, de los dos al mismo tiempo o tal vez de ninguno.

Tanta confusión y tanta duda estaban comenzando a afectar a mi templanza y a mi sensatez. Me estaba empezando a distraer. Lo sabía porque las cosas no iban todo lo bien que debían ir. Mi contacto con Alois y por ende mi acercamiento a la secta no se desarrollaban según había previsto. Ante mis insinuaciones y mis acercamientos Alois se mostraba correcto pero distante: solía retirarse a tiempo antes de que yo pudiera avanzar. De modo que libraba yo una guerra peculiar: me enfrentaba a un enemigo escurridizo, a un guerrillero desarmado que en cuanto intuía mi acecho me vencía ocultándose en la maleza para no volver a salir. Mis batallas eran asedios a una fortaleza hermética: no había arqueros en las almenas pero las paredes eran lisas sin ventanas y el portón infranqueable. En el cuerpo a cuerpo, mis armas chocaban con el escudo impenetrable de una indiferencia cortés, de una frivolidad exasperante, de una cautela exagerada. En mi desesperación, a veces me sorprendía a mí misma presionándole en exceso. Podía ser peligroso: un animal acorralado podía tirarse a morder al cuello; un soldado imprudente podía acabar muerto sobre el campo de batalla.

Quizá Karel tenía razón, quizá había llegado el momento de retirarse antes de que fuera demasiado tarde, si es que ya no lo era...

—¿Puedo ofrecerte una taza de té?

Era la primera hora de la mañana, cuando Brunstriech aún dormitaba a la luz mortecina de un amanecer de invierno; la hora tranquila y silenciosa que yo había escogido para, después de mucho insistir, encontrarme con el príncipe Alois y mostrarle algunas *asanas* de yoga. Con mi atuendo blanco, símbolo de la pureza de alma del yogui, plantada frente a los cristales del invernadero, contemplaba la nieve caer y con sus copos dejaba yo volar mis turbios pensamientos.

Cuando al volverme te vi aparecer entre el verde de la selva particular de la gran duquesa Alejandra, me creí en la obligación de sentirme decepcionada por no ser a ti a quien esperaba. Pero, en realidad, me alegré y supe que tu presencia colmaba mis deseos, contenidos por precaución, de tenerte cerca. «Definitivamente, estoy perdiendo facultades para esta misión», me dije mientras sonreía para recibirte.

—¿Qué haces aquí? —te susurré sin acritud, sino más bien expresando una grata sorpresa.

—Sé que no es a mí a quien esperabas. De hecho, me he cruzado por el pasillo con mi tío Alois que me ha contado vuestro secreto.

Mientras hablabas ibas colocando cuidadosamente el servicio de té en un rincón del invernadero: un oasis de hierro forjado y seda, que evocaba los ambientes cálidos y especiados del *ryad*, el jardín árabe.

—Al saber que venía a reunirse contigo, prácticamente le he obligado a darse la vuelta y a dejarme su lugar a mí.

—Y de nuevo el ciervo se ha ocultado entre la maleza...

—¿Disculpa?

—Nada... una tontería. ¿Es que quieres recibir su clase de yoga?

—Lo cierto es que no puedo desear recibir clases de algo que no sé muy bien lo que es y, por otro lado, tampoco es que tenga muchas ganas de recibir ningún tipo de clase a una hora tan temprana.

Te acercaste y levantaste una de mis manos.

—Simplemente quiero acaparar todo tu tiempo —susurraste tras dejar un beso en ella—. Además, no puedo fiarme de Alois; a pesar de su edad, es todo un conquistador. Ven, siéntate. Tomaremos una taza de té: es una mezcla especial que me ha traído de Ceilán un amigo.

Una vez me dejaste entre los mullidos almohadones de un banco, serviste de la tetera un poco de té con aroma a canela. Me lo acercaste con la solicitud y el cuidado del mejor criado; con la sonrisa y la caricia del mejor amante. Mas cuando rocé la porcelana caliente y noté que me quemaba los dedos, empujé sin querer la taza, que cayó al suelo.

—¡Oh, vaya! Lo siento mucho...

Después de disculparme me agaché a recoger los pedazos de porcelana esparcidos en mitad de un charco de té.

—No te preocupes. Yo lo recogeré, podrías cortar... te.

Tu aviso casi premonitorio llegó tarde, pues uno de los afilados bordes ya había surcado la yema de mi dedo índice y una gota de sangre comenzaba a brotar.

—¡Qué torpe estoy!

—Déjame ver.

Delicadamente cogiste mi mano y observaste aquel corte insignificante como si revistiera una gravedad digna del examen de un consejo médico. Presionaste suavemente hasta que hiciste salir más sangre y sin levantar la vista envolviste mi dedo con los labios, chupándolo para limpiarlo.

No sé cuándo empezó. Ni cuándo yo empecé a sentirlo. Quizá al notar el calor de tu boca. Fue entonces cuando te miré y vi que habías cerrado los ojos para entregarte a un extraño placer: jugueteabas con mi dedo dentro de la boca, convirtiendo con naturalidad un mero gesto de primeros auxilios en un acto cargado de erotismo y sensualidad. Al observar tu rostro extasiado, al sentir tu lengua húmeda y el borde terso de tus dientes acariciar mi piel, me quedé bloqueada por la excitación, paralizada a causa de un hormigueo en los nervios. El estómago encogido, los pulmones detenidos, el cerebro adormecido y el corazón henchido.

Me dejé llevar por un completo desfallecimiento y una dulce lasitud mientras me entregaba al deleite de tus besos en mi mano. Tus labios en ascendente caricia por mi brazo. Tus dentelladas suaves en mis hombros. Tu aliento en mi cuello. La punta de tu lengua en el lóbulo de mi oreja. Tu boca ardiendo en mis labios. Poco a poco, sentí cómo el calor se apoderaba de mi piel; el frenesí, de mis nervios; el deseo, de mi razón; el placer, de mi voluntad... y tú, de mí.

Sumisa, te dejé hundir el rostro entre mis pechos y conduje tus manos hasta mi camisa donde empezaste a buscar el acceso al escote, haciéndome cosquillas en cada una de las aberturas que entre botón y botón dejaban al descubierto mi piel.

—Te quiero... Te quiero... Te quiero... —repetías en continuo murmullo entre suspiro y jadeo.

Fue entonces, ante semejante confesión, cuando mi juicio luchó por abrirse camino entre tanta locura, por salir de la prisión de aquel hechizo. Fue entonces cuando caí en la cuenta de que aquello estaba yendo demasiado lejos, de que un dedo herido podría llegar a gangrenar un corazón.

—No... No... Para, por favor... Por favor... ¡Por favor!

Mi susurro semiinconsciente se convirtió en un grito desesperado hasta que conseguí separarme de ti y recuperar el dominio de mí misma.

Tú me miraste con los ojos vacíos; mostrabas desconcierto y ocultabas frustración.

—¿Qué ocurre? —acertaste a articular con cierta dificultad.

—No puedo... Lo siento, no puedo... —farfullé, cerrándome con torpeza la camisa—. Lo siento...

—Pero ¿por qué?

Había desesperación en el tono de tu voz.

¿Por qué?... ¿Por qué de pronto aquel arrebato de pudor? ¿Por qué aquel temor?... ¿Por qué estrangular mi deseo? ¿Por qué matar el tuyo?... ¿Cómo responder a lo que ni yo misma sabía? ¿Cómo explicar la razón de mi bloqueo, si ni yo misma la conocía? ¿Cómo rechazarte sin herirte?

—Pues... porque... porque... porque no estamos casados —mentí—. No podemos... ya sabes... hacerlo, si no estamos casados.

Primero fue sorpresa, después alivio y, por fin, una sonrisa lo que se asomó por tu rostro.

—¡Ah, es sólo eso! —desdeñaste, como si mi convencionalismo te resultase divertido—. Entonces, cásate conmigo.

—¿Estás de broma?

—Nunca he hablado más en serio.

Y tu gesto, de pronto severo y circunspecto, así lo confirmó.

Me entristeció: realmente me querías y puede que incluso yo también te quisiera. Clavé en el suelo una mirada sombría que no deseaba que tú malinterpretases.

—Mi madre estará encantada de celebrar dos bodas —añadiste tratando de distender el ambiente mientras buscabas desesperadamente mis ojos; habías adivinado mi poco entusiasmo.

Te miré y te sonreí. Intenté que mi sonrisa no pareciera triste.

—Y vivieron felices y comieron perdices. Pero nadie cuenta lo que el príncipe se enfadó cuando supo que la princesa era en realidad una simple costurera. Tú no sabes nada de mí, Lars.

—Princesa o costurera, sé que te quiero. Sé que no puedo imaginar la vida sin ti. No necesito saber más. No quiero saber más.

Con un profundo pesar, negué cabizbaja sin encontrar nada que mereciese la pena decir. Me maldije por haber permitido que las cosas llegaran hasta tales extremos; lamenté no ser quien tú creías que yo era para poder haberte dicho simplemente: sí, yo también te quiero.

Tras un dramático silencio, llegó de tus labios una no menos dramática acusación.

—Te has enamorado de Karel, ¿no es cierto?

Acusada de un delito que nunca quise haber cometido, sorprendida in fraganti con una cuchilla en las venas, aturdida, avergonzada... moví lentamente la cabeza. Así fue mi réplica: tibia.

—No te molestes en negarlo. He visto cómo os miráis, cómo sois capaces de encontraros entre la multitud con los ojos, de desearos con la mirada como si estuvierais solos en el salón, de hacer que todos los demás desaparezcamos de vuestro mundo... He visto cómo él te mira a ti y lo que es peor, cómo tú le miras a él. Yo no necesitaría tus besos ni tus caricias, me sobrarían las palabras, si tú me mirases como le miras a él. Nada de eso me haría falta para saber que me quieres.

En tus palabras había amargura y dolor y en mis ojos, lágrimas de vergüenza que me esforzaba en contener.

—No puede ser —murmuré.

No podía ser que os quisiera a los dos hermanos; nadie quiere a dos personas a la vez y menos yo que había jurado no volver a amar jamás.

Tú, fingiendo no haberme escuchado, continuaste hablando. Te pusiste en pie para iniciar un paseo nervioso y elevaste el tono de tu discurso tanto como tus pisadas, enérgicas y resonantes.

—Pero lo que más me enfurece de todo este asunto, lo que de verdad me saca de mis casillas es pensar en lo injusta que es la vida y en lo necio que es mi hermano. Porque él, a quien el destino ha puesto en sus manos las estrellas, prefiere arrastrarse por el fango; porque él, en su debilidad, no está dispuesto a luchar por aquello por lo que yo daría mi vida. Y no me digas que es que está obligado a casarse con Nadjia. Ni el más sagrado de los acuerdos matrimoniales sería un obstáculo para mí, si eres tú lo que está en juego.

Tras aquellas duras palabras detuviste tus pasos como un juguete mecánico al que se le ha acabado la cuerda. Te acercaste, me tomaste de la cintura y clavaste tus ojos en los míos.

—Cásate conmigo. A él ya lo has perdido pero me tienes a mí. Cásate conmigo y verás que mi vida sólo tiene sentido si la dedico a hacerte feliz. Con el tiempo llegarás a quererme como le quieres a él. Cásate conmigo, Isabel.

Isabel y no Lizka...

No debía decir que sí, pero no pude decir que no. Permanecí sumida en el silencio y en la podredumbre del engaño, encadenada por la farsa de mi falsa identidad. Fui cobarde y mezquina y enterré la mentira en más mentira.

—Déjame un tiempo para pensarlo. Sólo un poco de tiempo.

Recuerdo, amor mío, aquella noche trágica: jamás podré olvidarla. La noche antes de la boda de tu hermano…

—Cuando comience la guerra, acontecimiento que han de saber ustedes, caballeros, se presenta cercano e inexorable, pienso abrir uno de los mejores *crus* de mi bodega e invitarle a usted, mariscal, a brindar por la salud del káiser.

—Llegado el caso, tendré el placer de sumarme a su invitación con un brindis por la amada patria Francia. Y si me permite un consejo, barón, escoja un vino de la Alsacia antes de que vuelva a ser territorio francés.

Un mariscal Combel tan sardónico como ágil de palabra replicó, sin permitir que se le agriase el trago de coñac, al barón Gottfried de Koëld y su discurso avasallador, cargado de oprobio y provocación. Era habitual en cualquier foro y ocasión que en unos días en que todo el mundo parecía haber perdido el juicio los alemanes se congratulasen con petulancia de la inminencia de un conflicto en Europa. Brunstriech no era una excepción. En realidad, el castillo se me antojaba un teatro en miniatura donde personas de todas las nacionalidades e inclinaciones políticas replicaban lo que al mismo tiempo se despachaba en las cancillerías de todo el mundo, en las calles de todas las ciudades, en los salones de todos los hogares. Brunstriech era el lugar perfecto para palpar en una sola velada el ambiente prebélico que en cada sitio se respiraba con sus propias connotaciones.

Aquella noche, aunque la cena había transcurrido con tranquilidad y entre plato y plato se habían saboreado charlas insustanciales pensadas para no herir ningún tipo de susceptibilidad, la hora del café, al haberse retirado a descansar buena parte de la concurrencia, se volvió más íntima y se mostraba propicia a que aflorase el tema que a todos nos preocupaba.

El salón azul de la gran duquesa viuda Alejandra de Brunstriech amenazaba con convertirse en el escenario de la primera batalla de la guerra. Afortunadamente, el anciano mariscal Combel tenía temple y esquivaba los envites del barón de Köeld con un sentido del humor que al alemán le resultaba más ofensivo que cualquier respuesta airada —todo el mundo sabe que no es precisamente el sentido del humor la cualidad más destacable de un germánico—. Al acercarme para servirle un poco de café, comprobé que el barón farfullaba entre dientes a la espera de una nueva ofensiva.

—Pues quiera Dios misericordioso que aún quede suficiente sensatez en el juicio de los hombres para evitar la guerra —apostilló una dama al fondo del salón.

—¡Por el amor de Dios, señora! —se revolvió el barón listo para el combate—. ¡Hay ciertos asuntos que requieren una solución contundente y definitiva!

—No nombren ustedes al Divino Señor, ya que no podemos culparle a Él de la inconsciencia humana —advirtió con tono de sermón un prelado de la Iglesia católica, habitual en las celebraciones de la gran duquesa y que a la sazón oficiaría el matrimonio de Karel.

—Lo único que yo sé es que enviamos a nuestros jóvenes al campo de batalla y todo lo que obtenemos de vuelta son listas de bajas en combate; frías relaciones de nombres que esconden vidas destrozadas y familias deshechas —se insistía desde el bando femenino.

—¡Bah, pusilánimes damiselas! ¡Quedaos chismorreando en vuestros salones y dejadnos a los hombres el noble arte de la guerra!

El barón de Köeld se encargaba de que su presencia corpulenta, su voz grave y su discurso altisonante llenaran el salón. En ese sentido recordaba mucho al káiser Guillermo, incluso físicamente.

—Ciertamente, no creo que sea necesario dramatizar —intervino un joven de bigotillo fino y esmoquin de corte impecable—. Después de todo, esta crispación obedece únicamente a una disputa familiar entre casas reales. Me permito recordarles que en el funeral de Bertie (ya saben, el rey Eduardo) había nada más y nada menos que nueve monarcas reinantes entre tíos, primos, sobrinos y demás familia. Cuando todos ellos se pongan de acuerdo en sus cuestiones domésticas, la guerra habrá terminado. Apuesto a que para Navidad estaremos todos trinchando el pavo en casa o aquí, en Brunstriech, si como todos los años nuestra querida anfitriona tiene a bien volver a invitarnos.

—En eso tiene parte de razón, muchacho. La guerra durará menos de lo que va a tardar este habano en consumirse —añadió el barón dando una profunda calada a su cigarro puro—. Y tal brevedad obedecerá, sin lugar a dudas, a la supremacía militar de Alemania.

—¡Oh, por todos los Santos, haga el favor! De lo que ya estamos cansados es de la fanfarronería militar alemana. La guerra será corta, sí, pero por la osada manía del káiser de subestimar a su enemigo. Antes de que se quiera dar cuenta, observará desde el pedestal de su soberbia cómo las tropas alemanas sufren la más rápida y contundente derrota de su historia. ¡Esto no será otro 1870!

Inmediatamente, el salón se llenó de intercambios de pareceres acalorados y vituperios en tonos de voz cada vez más elevados. Pero yo hacía rato que había dejado de escucharlos, desde que una frase absurda había accionado un resorte en mi mente. En segundos, decenas de hechos y razones trataban de conectarse atropelladamente.

—¿Me sirve un poco más de café, por favor?... Isabel... ¡Isabel!

—¿Sí?

Recuperé la consciencia de dónde estaba y me encontré con Richard Windfield detrás de una taza vacía.

—¿Está bien?

—Sí… Sí. Escuche, Richard, dígame una cosa: ¿quién sabe que el matrimonio de Karel y Nadjia es concertado? —le susurré aquella pregunta con la máxima discreción.

Sin saber muy bien adónde quería llegar, Richard me respondió, algo confuso:

—Pues… nadie. Quiero decir que nadie salvo ellos, claro. Y bueno, el emperador, el zar, el rey, el primer ministro, el capitán Cumming. También yo… Y usted… Pero ¿por q…?

—¿Nadie de sus familias? —le interrumpí—. ¿Ni siquiera Alejandra?

—No, nadie.

—Ya… ¿Me podría dejar su cigarro? Ese que guarda en el bolsillo.

—Sí, por supuesto. Tenga. —Solícito sacó un habano del interior de su chaqueta. Al entregármelo, cayó en la cuenta de lo inusual de mi petición—. Pero ¿para qué quiere un cigarro? Usted no fuma… ¿o sí?

—No, no fumo. ¿Me disculpa?

Sin darle más explicaciones, le dejé a solas con su perplejidad y abandoné el salón donde el debate había adquirido tintes de combate.

La angustia formaba, ramita a ramita, un nido en la boca de mi estómago, mientras yo buscaba desesperadamente alguna excusa a mis temores y alguna explicación a mis conjeturas. Deseé vehementemente que mi intuición, en raras ocasiones digna de confianza, volviese a fallar una vez más, mientras recorría apresuradamente los pasillos en dirección a mis habitaciones. Nada más alcanzarlas, encendí el cigarro de Richard, lo dejé sobre una bandeja del tocador a modo de cenicero y me dispuse a cronometrar reloj en mano.

—Pase...

Aún levantado. En el despacho. De pie tras la mesa de caoba. Con un libro abierto entre las manos. Concentrado en su consulta...

Creí que la vista se me nublaba.

Había meditado mi discurso en un intento desesperado de que mis emociones no me traicionasen. Luchando contra la ansiedad y el nerviosismo, también contra la rabia, escogí las palabras que iba a decir, las más adecuadas para mostrar la firmeza y la decisión que necesitaba y que sentía iban a faltarme.

—Tengo que hablar contigo.

Antes de que una simple mirada le diese una oportunidad a mi flaqueza, saqué sin solución de continuidad las frases que tenía en el fondo del estómago.

—Traigo un mensaje para ti: *Aryaman: Yadyapyete na pashyanty lobhopahatachetasah; Kulakshayakritam dosham mitradohe cha paatakam.*

«... ellos con sus mentes obcecadas por la codicia, no tienen ningún reparo en destruir una familia, ni en traicionar a sus propios amigos», te recité pese a saber bien que entendías mis palabras. Y ya no hubo rasgos sino sombras en un rostro oscuro que se alzó hacia el mío como una corriente de aire helado.

—Es de Otto Krüffner. Un mensaje oculto en este libro antes de que lo asesinaras. Sabía que lo buscabas y que tarde o temprano lo encontrarías. Probablemente, sabía que querías matarle desde que en la cacería disparaste deliberadamente y no por accidente contra él. Luego aquella noche... Aquella noche no hubo fallos. Fue un almohadón, ¿verdad? Eso fue lo que silenció tu disparo. Después, yo fui tu marioneta todo el tiempo. Tu coartada perfecta. Y tú... ¿Cómo fuiste capaz? ¿Cómo tuviste la frialdad de abrirte a ti mismo la cabeza? No era un precio demasiado alto si habías de quedar fuera de sospecha cuando sonara el segundo disparo o lo que parecía un disparo... No lo era. Era un simple petardo accionado por una mecha singular que tardó en arder el tiempo que tú necesitabas para tu pantomima: un cigarro. Después, cuando los dos llegamos a la habitación de Krüffner, me hiciste creer que estabas mareado para entrar al baño donde habías dejado tu... artefacto, y así poder deshacerte de él. Ahora encaja todo: el olor a tabaco de la habitación, la pluma del almohadón en el suelo, la ausencia de marcas en el cadáver... Ahora encaja todo.

Por un momento noté que me faltaba el aire, que aquella mirada intimidante y aquel silencio comenzaban a hacer mella en mí. Tragué saliva pero el hueco de mi garganta se había vuelto tan angosto que la voz apenas pasaba por él.

—Tú lo mataste. Tú eres *Aryaman*. Y ahora, por favor... dime que estoy equivocada, dime que es Alois —murmuré con la voz quebrantada por el agotamiento y el pesar—. Dime algo por lo que más quieras.

La oscuridad de tu rostro pareció atenuarse con una sonrisa. Maldita sonrisa que te delató, pues sólo al verte sonreír volví a reconocerte y la pesadilla recobró su entidad. Cuando sonreíste tu sonrisa fue amarga.

—Sabía que tarde o temprano lo descubrirías. Nadie, ni los demás kamaístas, ni mi hermano y su ridícula pandilla de niños bien que juegan a ser espías tenían la capacidad de conseguirlo. Tú y sólo tú lo conseguirías, siempre lo he sabido.

Aquella rendición sin condiciones me desarmó. ¿Por qué no negabas mi acusación? ¿Por qué no te resistías ante la falacia? Yo no tenía pruebas, no tenía nada; sólo una funesta intuición. ¿Por qué no me decías lo que yo quería oír: que todo eran imaginaciones mías? ¿Por qué me estabas haciendo aquello?

—Tú eras especial. Tú no podías formar parte de esto... ¿Por qué? ¿Por qué tú?

—¿Por qué yo? —dabas la sensación de estar preguntándote a ti mismo. Y volviste a sonreír con amargura.

—Es por la bomba, ¿verdad? —te interrumpí porque en realidad no quería escuchar tus excusas: sólo quería que me dijeras que estaba equivocada—. Estás dispuesto a que el mundo quede reducido a escombros sólo para enriquecerte. ¿O es por placer?: el placer de destruir como nos has destruido a todos.

Abandonaste poco a poco, al ritmo de tus lacónicas palabras, el parapeto de la mesa y te fuiste acercando lentamente a mí como quien se aproxima a un oasis en el desierto sin tener la certeza de si se trata de una visión real o un espejismo que se desvanecerá al tocarlo.

—La bomba... Sí, sólo es un poco de su propia medicina. Esos hombres necios sólo desean la guerra y eso es lo que tendrán; para eso no necesitan mi ayuda. La bomba estaría dispuesto a regalarla, pues es lo que merecen: son ellos los que encuentran placer en la destrucción, no yo. Tú crees que me guía la codicia, ¿no es cierto? ¡Al diablo la bomba y la maldita guerra! Ninguna vale nada. La bomba ni la tengo ni la quiero. Espero que se pudra con Otto bajo la tierra... ¡¿Es que no lo entiendes?! ¡¿No te das cuenta?! ¿Por qué yo?, me preguntas siendo tú la respuesta. Porque estoy enamorado de ti. ¡Sí! ¡Eres tú!: todo lo que he hecho lo he hecho por ti. Y de nada me arrepiento: todos ellos querían interponerse en nuestro camino, separarme de ti. Otto, Karel...Todos debían morir.

¿Yo? ¿Qué clase de perversión era aquélla? ¿Por qué el jurado de aquel juicio en el que yo me creía juez se volvía contra mí para acusarme? Quise sentirme indignada, sin embargo, lograste que me sintiera culpable.

—No te atrevas a mezclarme en tus locuras —me defendí con la rabia entre los dientes, temiendo y rechazando tu contacto cada vez más próximo.

—Tú ya estás metida en esto. Lo has estado desde siempre, desde antes de que nacieras. Es tu destino aunque tú no lo sepas. Tú, amor mío, eres ella: mi diosa del amor y la muerte; mi amada Kali. Otto lo advirtió nada más verte: «Ella es Kali, mi querido *Aryaman*. Nuestra amada diosa ya está entre nosotros. El momento del holocausto ha llegado». ¡El muy necio quería matarnos a todos! ¡Sacrificarnos inútilmente! No sabía que tú no has venido a nosotros para traer la muerte, sino para dar la vida. Tú y yo crearemos una nueva generación de hombres y mujeres puros de espíritu. De las cenizas de esta guerra sin sentido surgirás para traer la vida nueva y yo te llevaré de la mano. Ése es nuestro destino —concluiste al llegar a mi lado con la mirada cálida puesta sobre mi rostro: la mirada del amor infinito, y privado de razón.

Con los ojos desencajados de las órbitas y sin poder articular palabra a causa de la impresión, me había limitado a escuchar tu increíble exhortación.

—Estás loco…

—Ríndete a tu destino y ven conmigo.

—¡No me toques! —exclamé con una voz débil mientras trataba de zafarme de tu mirada hipnótica y de tu abrazo fuerte, serpenteando como una lombriz entre tus brazos.

—¡Suéltala, Lars!

Detuvimos nuestro forcejeo. La advertencia había llegado alta y clara, mas a mí me pareció lejana y confusa pues había olvidado que en el mundo no sólo estábamos los dos.

Cuando me giré hacia el umbral de la puerta, vi a tu hermano Karel, que te miraba desafiante. Tras él, Richard aparecía como una escolta.

—¡Suéltala!

Te volviste como una bestia: los dientes afilados, la presa entre las garras y unas palabras que fueron como rugidos.

—Fuera de aquí. ¡Fuera!

—¡Suéltala te he dicho! —volvió a ordenar tu hermano dando un paso al frente en ademán de aproximarse—. De lo contrario, iré yo a buscarla.

Absorta en la escena, no pude darme cuenta de cómo lo hiciste; de cuál fue la rápida maniobra que te permitió sacar de la nada una pistola y, atrayéndome hacia ti con un brazo que encadenó mi pecho, encañonarme la sien. Casi al instante Karel y Richard te apuntaban con sus armas también salidas de la nada.

Mi corazón latía con una fuerza dolorosa. El sudor me picaba en todo el cuerpo. Las náuseas contrajeron mi estómago. El pánico taponaba mis oídos y como un eco lejano resonaban las palabras que ambos hermanos os lanzabais en vuestro duelo.

—Maldito imbécil. ¡Da un paso más y disparo!

—Vamos, Lars, no empeores más las cosas. Ella no tiene nada que ver en esto.

—¡Ella es mía! ¡¿Lo oyes?! ¡Mía! ¡Tú no puedes arrebatármela! ¡Nadie puede! —gritaste fuera de ti.

—Lars… baja el arma.

Forcé los ojos hasta el extremo de las cuencas para buscar tu imagen a mi espalda. Vi que apretabas las mandíbulas hasta que los huesos se te marcaron en la piel como si quisieran rasgarla; vi que entornabas los párpados como si la luz te quemase las pupilas; vi que tu frente se fruncía en arrugas de determinación. Quería mirarte a ti y sólo a ti, que, mientras con una mano sujetabas la pistola que apuntaba a mi cabeza, con la otra me acariciabas nerviosamente un brazo, pasando una y otra vez el pulgar sobre él; que mientras amenazabas mi vida, me abrazabas contra tu pecho, no como escudo sino como consuelo. Por fin, me devolviste la mirada sin que yo pudiese encontrar en tus ojos nada que me infundiese temor. Supe en cambio que tú habías visto algo en los míos.

—Todo ha terminado, Lars. Baja el arma o también la perderás a ella.

—No seas necio; a ella ya la he perdido —le contestaste a tu hermano mirándome a mí—. Sabes que te quiero y que nunca te haría daño —me susurraste con dulzura al oído—. No tengas miedo.

—No lo tengo —confesé, me sentía ridículamente segura entre tus brazos.

Entonces, sin quitarme la vista de encima, derramando sobre mí tu amor cargado de anhelo y de melancolía, hablaste. Y fueron sólo para mí tus palabras:

—Oh, mi Diosa, mi amada Kali, sean tus ojos mi guía y tu corazón mi morada. Abre tus brazos y recíbeme en ellos, pues es allí donde quiero morir.

El cañón del arma se movió sobre mi piel húmeda y resbaladiza. Y cerré los ojos.

* * *

Te confieso, hermano, que... ¡Dios mío! ¡Te confieso que me siento culpable, maldita sea!

Tan sólo una fracción de segundo. Bastó una insignificante fracción de segundo para que la situación se escapase a mi control. Apenas un instante en el que vi, sin poder hacer nada por evitarlo, cómo te apoyabas la pistola en el corazón y apretabas el gatillo. En el que vi cómo tu cuerpo sin vida se desplomaba entre los brazos de ella. En el que la vi caer contigo al suelo. En el que vi cómo ella abría la boca para exhalar un grito que no escuché y cómo, hincadas las rodillas en la alfombra, llevaba las manos hacia tu pecho donde una rosa roja comenzaba a brotar sobre tu camisa blanca. La vi mirarse los dedos ensangrentados con el horror pintado en el rostro; la vi levantar la vista y clavar en mí sus ojos descompuestos que buscaban desesperados un auxilio, un remedio... una explicación.

Mientras que yo, grotescamente paralizado, boquiabierto, ¡inútil!, ¡ridículo!... y con el arma cautiva entre mis puños petrificados, continuaba apuntándote aunque tú ya estabas muerto. ¡Por todos los diablos! ¡Muerto!

Y ella lloró. Lloró sin consuelo sobre tu cadáver, como si fuera la primera vez en su vida que lloraba.

En la distancia me pareció ver que sonreías y que había paz en tu sonrisa.

*25 de febrero*

Recuerdo, amor mío, que dejé Brunstriech con el viento, el mismo viento del norte que alzó al vuelo tus cenizas sobre el bosque, perdidas entre los copos de nieve.

Mi misión había terminado: la cúpula kalikamaísta había caído. La secta fue desmantelada y el arma del holocausto encerrada en una caja de seguridad, sin código ni etiqueta, oculta en lo más recóndito de un almacén secreto del gobierno británico.

Tras de mí sólo quedó una fotografía de la auténtica Isabel de Alsasúa, grapada a un recorte de un periódico argentino que se hacía eco de su boda con un tal Fernando Ocón. De mi puño y letra un escueto «lo siento». No fui capaz de escribir nada más para la gran duquesa viuda Alejandra. No fui capaz de escribir nada más para nadie.

## 1915

Ahora que todo ha acabado, amor mío, ya sabes que te quise y que te quiero. Es demasiado tarde, lo sé, y tu muerte es el castigo de mi indolencia.

¿Qué me queda ahora? Un camino sin destino y una existencia sin ti. Con esta carga viajaré hasta el final de mis días. Hasta entonces, tengo una historia de esperanza en la que apoyarme al andar:

Alguien me dijo una vez, allá donde los vientos arrastran las plegarias de los hombres, donde los dioses moran en las cumbres nevadas de las montañas, donde vivir es aspirar a Dios y morir es encontrarse con Él, que la vida es un ciclo que nunca se acaba: siempre que una vida se apaga se ilumina otra en su lugar; ése es el verdadero regalo de los dioses.

Ahora, amor mío, ahora por fin lo entiendo.

* * *

Te confieso, hermano, que no conseguiste sorprenderme: no lo hiciste con tu secreto siniestro; no lo hiciste con tu muerte dramática. Llámalo pálpito fraternal, llámalo reflejo de lo que yo mismo pude haber sido: porque tú y yo éramos las dos caras de la misma moneda. Ambos hemos caminado como funambulistas por esa cuerda floja que es el límite entre el bien y el mal, incluso serpenteado, zigzagueado del lado claro al lado oscuro de la existencia. Ni tú tan villano ni yo tan héroe. Estoy convencido que dimos el paso definitivo más bien por azar que guiados por una voluntad firme. Perdimos el equilibrio ¿De qué lado caí yo? Aún no lo sé. Del opuesto al tuyo.

Ella llegó y nos transformó de tal manera que al irse nos arrancaría la identidad. Tú lo sabías, por eso cuando la perdiste no encontraste otra salida que la muerte. Yo me resistía a admitirlo; siempre dejé sitio para una esperanza ingenua y desesperada.

El día que ella se fue yo también me sentí morir. El amor por ella nos mató a los dos, pero si tú caíste en sus brazos, con una sonrisa en los labios, yo muero apartado de ella, sumido en el dolor. Al final, tú has ganado. Tú siempre ganas.

Te confieso que te odié mientras vivías; y porque sé que ella nunca dejará de quererte, te odio ahora que has muerto.

Que allá donde estés, hermano, tu alma encuentre la paz que le falta a la mía. Ése es el alivio de mi conciencia.

# Epílogo

*Provincia de Santander, España, noviembre de 1919*

Dio a luz a una niña a los tres meses justos de haber estallado la guerra en Europa, con las primeras lluvias del otoño que riegan los prados y oscurecen el mar.

Cuando la vieja partera del pueblo, la misma que había asistido a su madre el día que ella nació, se la puso entre los brazos, el dolor se convirtió en amor, la melancolía en dicha, la soledad en esperanza y supo exactamente hacia dónde la había conducido desde siempre su calamitosa vida. Todo cobró sentido cuando escuchó sus balbuceos suaves de gatito, mientras con la boquita abierta buscaba algo que chupar; descubrió lo que era el consuelo cuando su manita le rozó torpemente los labios que tan cerca de ella había puesto para besarle la diminuta frente; y cuando la observó abrir sus ojitos vacíos para mirarla a la cara sin verla, descubrió en ellos el gris del cielo de Brunstriech y de la mirada de su padre. Entonces sintió que ya nunca estaría sola.

Desde el momento en que supo que estaba embarazada, su obsesión fue crear un hogar para su hijo. Regresó a España, a sus raíces, allí donde ella había comenzado su andadura, con una maleta por todo equipaje y el dinero que había recibido del gobierno francés por los servicios prestados. Nada más llegar al pueblo, buscó la vieja casa de sus padres y se detuvo a contemplarla, a empaparse otra vez de aquel lugar, a recorrer con la mirada la fachada de piedra con sus balcones y sus barandillas de hierro, con su amplia galería acristalada que miraba al mar y su puerta pintada de blanco sobre la que oscilaba aquel farolillo cuya luz amarilla había sido su guía durante las tardes de invierno, cuando regresaba a casa desde la escuela. Aquél era su hogar, el hogar que quería para su hijo. Y como si la casa, igual que una amiga fiel, hubiera estado siempre esperando a que ella regresase, un enorme cartel de EN VENTA colgaba de una ventana redecorada como si fuera una pancarta de bienvenida.

Estaba vieja y en mal estado por efecto del paso del tiempo y la falta de cuidados. Al tejado le faltaba alguna teja y no todas las ventanas conservaban los cristales. El herrín comenzaba a roer las barandillas y la pintura estaba desconchada y sucia. En el jardín de la parte de atrás la maleza había crecido sin tino y los rosales secos ya nunca volverían a dar rosas en primavera. Dentro hacía frío y la humedad calaba hasta los huesos, olía a moho y a cerrado, como una cripta, y el polvo y las telarañas tapizaban con paño ajado las esquinas. No tenía luz eléctrica, ni agua corriente. Pero según se paseaba por las habitaciones huecas y el crujido de la madera bajo sus pies resonaba como una música familiar, recordaba como si los estuviera viendo los muebles de su madre, cada uno en su lugar exacto, las chimeneas encendidas, los libros en las estanterías y los cuadros colgados de las paredes; recordaba cómo entraban los rayos de sol a través de las ventanas las mañanas de verano y cómo las lámparas pintaban de luz dorada el sofá las noches de invierno; recordaba el olor de las sábanas limpias en la cama y aquel rincón de su dormitorio en el que le gustaba pintar con sus lapiceros nuevos; recordaba la silueta de su madre, envuelta en un mandil blanco, frente a los fogones de la cocina donde siempre olía a sopa caliente y pan recién hecho; y también recordaba las tardes de primavera en el jardín al que le gustaba salir a jugar a la rayuela y a correr tras las mariposas, donde los pájaros solían anidar entre las ramas del abeto que daban una sombra frondosa a la mesa y a las cuatro sillas dispuestas para que los huéspedes tomasen el té. Aquella casa, y no el viejo cascarón desportillado que le habían vendido, era lo que había comprado. Aquélla sería la casa para su hijo.

Dedicó todo su esfuerzo, su tiempo y su dinero a reconstruir lo que un día fue su hogar. Cuando su hija vino al mundo, ya no faltaban tejas en el tejado, ni cristales en las ventanas; las barandillas y la puerta habían recuperado el blanco inmaculado; la casa relucía como los chorros del oro y en las chimeneas volvía a arder el fuego que caldeaba las habitaciones.

Pensó que la mejor manera de ganarse la vida y mantener a su pequeña era volver a poner en marcha la casa de huéspedes que un día regentó su madre. Sin embargo, no fue tarea fácil. Una mujer sola con un bebé, que afrontaba a diario la hostilidad de los lugareños, quienes apenas la recordaban vagamente y si lo hacían era por la relación escandalosa e indecente que su madre había tenido con aquel caballero francés, tenía que luchar el doble para salir adelante. No logró integrarse en aquella comunidad hermética de gentes del norte que la miraban como a una extranjera de apellido impronunciable, que nunca habían creído la historia de que el padre de su hija luchaba en la guerra y que murmuraban incesantemente cada vez que ella pasaba. Muchas noches, agotada al acabar el día, creía estar a punto de tirar la toalla; al amanecer, después de una noche casi en vela amamantando a la niña, las cosas no parecían diferentes... Pero entonces miraba a su pequeña, que empezaba a sonreír al ver la cara de su madre; se veía reflejada en sus ojitos grises y recobraba milagrosamente las fuerzas para continuar sobreviviendo.

Y así sobrevivió, sola con su hija, hasta que algún dios se acordó de ella y le sonrió.

Una tarde de verano, el pueblo sufría los rigores de una tormenta de esas que hacen historia y que en los anales del lugar quedó grabada desde el momento en que un rayo fue a caer sobre el corral del tío Fructuoso y mató a su mejor vaca lechera. Pero ella la recordaría por otro motivo, habían pasado diez meses desde que naciera la niña. Las reparaciones de la casa, los muebles que había comprado para acondicionar la pensión, la ropa de la criatura (pues ella nunca había aprendido a tejer) y otros muchos gastos estaban agotando a marchas forzadas sus ahorros. El dinero tocaba peligrosamente a su fin y a la pensión no había acudido ni un solo huésped. Comprobó alarmada que las cuentas comenzaban a no salir. Además, la pequeña tenía fiebres desde hacía días y lloraba de forma inconsolable sin que nada ni nadie pudiera calmarla. El médico local, que era también el veterinario, estaba muy ocupado atendiendo al perro, las dos gallinas y el ataque de nervios de la mujer del tío Fructuoso.

Cuando no sabía ya qué hacer para calmar a su hija, llamaron a la puerta.

—Buenas tardes tenga usté. Yo…

Bajo un aguacero torrencial, alzando la voz sobre el estruendo de un trueno que acababa de romper el cielo con un estallido de timbal, se encontró a una mujer desconocida.

—Lo siento, ahora no puedo atenderla.

Estaba demasiado apurada como para dedicarle un segundo y quiso volver a cerrar la puerta. Pero aquella mujer, asomándose por encima de su hombro para mirar al interior de la casa desde donde salía el llanto desconsolado de un bebé, se aventuró a decir:

—Esa criatura... ¿tiene dolor de oídos?

Hacía tiempo que nadie se había preocupado por ella o por su hija. El interés de aquella desconocida, aun pudiendo ser mera curiosidad, quebró su ánimo y a punto estuvo de derrumbarse.

—No... no lo sé. La verdad es que no lo sé. Tiene fiebre y no deja de llorar... —le explicó con tono angustiado.

—Pruebe a echarle unas gotitas de aceite de ajo en el oído y póngale una cataplasmita calente —gritó y gesticuló la mujer envuelta por la tormenta.

La miró desconcertada, aturdida por el ruido del agua y del llanto. Sus nervios estaban demasiado alterados y su mente parecía dominada por la desesperación. Aquellas sencillas instrucciones se le antojaron imposibles.

—¿Aceite de ajo? Pero...

La pequeña lloraba y lloraba. La lluvia caía y caía incesante, inclemente. Un relámpago iluminó el cielo con blanco fulgor; después, sobrevino otro trueno ensordecedor.

—Entre en casa, por favor. Está usted calándose —concedió al fin.

Cuando cerró la puerta y se amortiguó el ruido de la tormenta, sintió algo de alivio. Parecía que podía pensar con más claridad.

—Siempre que los críos lloran con semejante desesperanza es mayormente por los oídos. Pobreticos, se les enflaman y les duelen muchismo. Hay que poneles calor para aliviar. Ya verá como con unas gotitas de aceite de ajo templao y una cataplasma de leche calente se pone güeno.

Pasó al salón seguida de la mujer. Los bracitos y las piernecitas de su hija asomaban por la cuna, moviéndose convulsivamente al ritmo del llanto. La tomó en brazos y estrechó su cuerpecito caliente y sudoroso contra su pecho mientras le besaba con ternura la cabecita recubierta de una pelusilla suave.

—Si quié, yo puo preparáselo. Lo hecho cienes de veces.

Al principio dudó, pero enseguida pensó que no tenía nada que perder. No era muy probable que un poco de aceite pudiera hacerle daño a la pequeña.

—Bueno… si… si es usted tan amable. Tal vez le calme. Venga por aquí, a la cocina… Puede tomarse un café… está recién hecho.

—Yo no sé mucho de críos, pero en mi pueblo hay mucha cabra, ¿sabe? Los corderitos y los niños son mu parecíos, se lo digo yo.

El remedio surtió un efecto casi milagroso. La niña se calmó y se quedó dormidita. La fiebre empezó a remitir. La tormenta se apaciguó y dio paso al sol. Ambas mujeres se tomaron un café a la mesa de la cocina. Y Daría ya no dejó jamás aquella casa.

Daría no era un diamante en bruto, sino en bestia. Pero tenía un corazón grande y una inteligencia que bebía de las fuentes del saber popular y de una vida cargada de sinsabores y peripecias. Nacida en un pueblo de Toledo, su madre murió de parto al traerla al mundo, dejándola sola con su padre, un gallo y dos gallinas que ponían los mejores huevos del lugar. Se había alimentado de huevos desde el día que nació y solía decir que los tenía bien puestos. Todas las mujeres del pueblo le hicieron un poco de madre mientras que Simón, el cabrero, ejerció bien poco de padre: se pasaba el verano en el monte y el invierno en la taberna. Aunque Simón era un hombre taciturno y de pocas palabras, en el trato con Daría siempre fue afable. El cabrero soportaba pacientemente el genio de su rebelde hija; a cambio, ella procuraba no inmiscuirse demasiado en las rutinas de su padre. Mal que bien el tiempo fue pasando hasta que llegó el día en el que Simón, sintiéndose viejo y al final de sus días, pensó que sería bueno tener un hombre en la familia que cuidase de Daría. El cabrero ignoraba que Daría sabía cuidarse muy bien solita, pues lo había estado haciendo toda la vida, y decidió casarla con un mozo del pueblo que él mismo escogió sin contar con ella. Aquello sobrepasó los límites más bien escasos de la sumisión de la joven, no estaba dispuesta a acatar los deseos de su padre y menos tratándose de aquel mozo que tenía el dudoso honor de ser a la vez tonto y mala persona, cualidades estas que, a decir de Daría, rara vez aparecen juntas, pues es necesario tener seso en la mollera para obrar mal a sabiendas. Como Simón tampoco estaba dispuesto a ceder aquella vez, estalló el conflicto entre ambos, quedando zanjada la cuestión del casamiento con la huida furtiva de Daría una noche, hato al hombro, camino de Toledo.

Los avatares del destino la llevaron a Madrid, donde por recomendación de un primo suyo que se había colocado de portero en una finca de la calle Goya entró como criada en la casa de una familia de postín. Allí vistió un bonito uniforme azul con delantal y cofia, aprendió a planchar y a almidonar la ropa, a servir la mesa con guantes blancos y a doblar las servilletas en forma de cisne; acudió por primera vez a ver un pase del cine con un carbonero que la pretendía; y además de mandar unas perras a su padre fue capaz de hacer unos ahorrillos. Aquel año la vida parecía sonreírle a Daría. Sin embargo, no iba a durarle mucho la buena fortuna. Y es que los señores tenían un hijo un tanto desviado que solía afanar dinero del cajón del despacho de su padre para gastarlo ya no en mozas, lo cual hubiera sido motivo de orgullo para el progenitor, sino en efebos. Cuando el cándido señor se percató del hurto sistemático de sus cuartos, su furia resonó entre los muros de la casa. La madre del ladrón se aprestó no sólo a encubrir a su hijo y librarle de la cólera del padre, sino también a salvaguardar el buen nombre de la familia. Para ello, no dudó en acusar a una infeliz sirvienta y Daría se vio de un día para otro de patitas en la calle. Sin su última paga y sin carta de recomendación, aceptó desesperada la oferta de casamiento que le hizo el carbonero. Nunca se arrepentiría lo suficiente de haber tomado aquella decisión. El muy rastrero y despreciable vicioso se transformó después de pasar por el altar, como si en lugar de la hostia sagrada le hubieran dado una hostia de mala sangre. Llegaba todas las noches bebido a casa y le daba tales palizas a Daría que el morado empezó a ser el color habitual de su piel; amén de gastarse todos los ahorros de su esposa en vino y mujeres. Daría nunca había conocido tal maldad en los hombres, pues su padre podía ser un pervertido —alguna que otra vez le había pillado en el corral con una cabra despanzurrada de gusto en la entrepierna—, pero desde luego no era un borracho y jamás le había puesto una mano encima por más que ella, con su mal carácter, se lo hubiera merecido en más de una ocasión. A los seis meses de ser maltratada, ultrajada y robada por su marido, abandonó el hogar conyugal no sin antes propinarle al carbonero tal patada en los mismísimos que el malnacido quedó doblado en el suelo y boqueando como un pez. Después de un tiempo vagabundeando por las calles de Madrid, comiendo de los restos de la basura y durmiendo en los portales, pero sin perder un ápice de la dignidad y el amor propio que le impedían regresar a casa de su padre, derrotada y frustrada su pequeña aventura, acabó por subirse a un vagón de tercera del expreso Madrid-Salamanca. Allí coincidió con una compañía de feriantes de Jaén que viajaban a Alba de Tormes con ocasión de las fiestas patronales para montar allí un tren de la bruja. Sólo el buen Dios sabe por qué les cayó en gracia y decidieron ofrecerle un puesto como sustituta del muchacho que hacía de bruja y que, tras recibir un chinazo en un ojo en respuesta a uno de sus escobazos, estaría unos meses fuera de servicio. Así fue como Daría recorrió la geografía española vestida de bruja y así fue como llegó ante la puerta de Isabel. No sabía muy bien cómo había ocurrido, ni qué buena estrella había llevado a Daría hasta su casa, ni por qué había acabado quedándose allí; sólo sabía que desde aquel momento su suerte cambió. Daría, que se consideraba una experta en atraer clientes al negocio, le pidió un día que escribiera unas cuartillas anunciando someramente la maravilla de lo que a partir de entonces ya no debían llamar jamás casa de huéspedes, sino hotelito de mar y montaña. Daría era analfabeta, no sabía escribir y apenas leía unas pocas palabras cuya forma había memorizado, pero tenía las ideas muy claras. Con las cuartillas que Isabel preparó, puso rumbo a Santander y las fue repartiendo por los cafés elegantes de la ciudad, adonde asistía lo más granado de la sociedad santanderina. Al poco tiempo, como por arte de magia, la casa se llenó de caballeros adinerados y damas bien que gustaban de pasear por la playa en verano y por el prado en invierno, y que en el hotel disfrutaban con la magnífica cocina de Daría, que preparaba con mano divina el pescado a la brasa, la menestra con verdura recién cogida de su pequeña huerta y un flan que se deshacía en la boca.

Incluso empezaron a congraciarse con la gente del pueblo. En especial desde el día que encalló un barco en las traicioneras rocas que había delante de la playa y ella y Daría se pasaron la noche preparando chocolate con picatostes para los infortunados náufragos y los valerosos voluntarios que participaron en el rescate. Desde entonces, los aldeanos empezaron a ver a aquel curioso trío de féminas como una familia más; las saludaban cortésmente por la calle, las convocaban a las reuniones del ayuntamiento y de la parroquia y, de vez en cuando, el tío Fructuoso les regalaba una cesta de sus mejores higos con los que Daría hacía una mermelada que estaba para chuparse los dedos.

Por primera vez en su vida, Isabel descubrió qué era tener un hogar. De eso hacía ya casi cuatro años.

Iba mediado noviembre. La tarde, húmeda y fría, se presentaba tranquila, por lo que había decidido que sería un buen momento para encaramarse a una escalera y limpiar a conciencia los cristales de la galería antes de que el salitre y la lluvia enturbiaran la hermosa vista sobre la playa. Apenas había comenzado su tarea cuando entró Daría pizpireta y arrebolada por la puerta colocándose cuatro pelos fugitivos de su moño y estirándose nerviosamente el mandilón. Su voz atiplada quebró la paz de la estancia:

—¡Isabé…!

Daría siempre la llamaba por su nombre de pila aunque luego la tratara de usted. Isabel le había invitado repetidas veces a que le apease el tratamiento, pero ella insistía en que a las mujeres de buena clase no podía tutearlas. «Es una custión de prencipios, mire usté.»

—¡Isabé!

—Dime, Daría —respondió distraída a la insistente llamada sin dejar de pasar el trapo, deleitándose en la cada vez mayor transparencia del cristal.

—Ahí fuera hay un caballero, mu fisno y legante, que ice que quié verla. Ya le icho que está usté ocupá, pero mire que insiste.

Por fin desvió la atención de la limpieza para mirar a Daría.

—¿Un caballero?

—Mismamente. Y bien plantao a decir verdá. Amos, que porque esta menda es decente, recatá, temerosa de Dios nuestro Señor y no quié ver a un hombre ni en pintura, pero le entran ganas a una de meterle un par de meneos contra el bragueño del recibidor o antesalita que…

—Daría, por Dios —la reprendió con desgana.

Normalmente la mujer solía crecerse con sus reprimendas. No entendía por qué a las cosas no se les podía llamar por su nombre; ¿es que no se habían hecho para eso las palabras?; ¿es que con lo que costaba pronunciarlas no iban a poder usarse?

—Pa mí que es uno de esos comerciantes de postín de la ciudad. Buen mozo, educaíto y con un pico que pa qué. Pero no se fíe, no, que a la mínima le coloca un tónico capelar pa los pelos del sobaco, se lo digo yo.

Isabel meneó la cabeza por toda respuesta.

—Bueno, ¿qué?, ¿le doy boleto?

—No, no. Pásalo al salón, anda. Yo voy enseguida.

Daría dejó voluntariosa la habitación dispuesta a cumplir con su cometido. Entretanto, ella volvió a concentrarse en su labor, especialmente en una esquina donde la suciedad se había metido entre las rendijas del plomo de la vidriera y estaba resultando particularmente laborioso quitarla. Probó con un paño, una rasqueta, incluso con la punta de un cuchillo, pero no acababa de quedar bien del todo.

Odiaba dejar un trabajo a medias, pero ya había pasado un buen rato desde que Daría se marchara. O, al menos, eso le parecía a ella. Contrariada por la inoportunidad de la visita, dejó el cuchillo sobre el último peldaño de la escalera y se volvió para bajar.

El oxígeno se volatilizó. Sus pulmones se olvidaron de respirar y su corazón de latir. La escalera pareció adquirir de pronto metros y metros de altura y el vértigo se apoderó de ella cuando al mirar hacia abajo lo vio allí de pie, observándola de hito en hito, saboreándola con los ojos; con la voz y la expresión del rostro mudas.

Ella tampoco encontró la manera de articular una sola palabra y, como fiel reflejo de lo que él hacía, le miró y le miró, esperando que aquello no fuera una ilusión de sus ojos cansados; de su mente obsesionada. Pero la imagen permanecía inalterable en mitad de la habitación, tal y como ella la recordaba, tal y como había quedado impresa en aquel rinconcito de su memoria que siempre reservaba para él; en aquel lugar, justo en el corazón. No fue sorpresa lo que sintió: fue alegría, paz, alivo, consuelo. De pronto, supo que aquellos cinco años de lucha habían tenido sentido porque le esperaba a él, porque había construido un hogar al que él había llegado, porque había guardado en la vitrina del comedor una botella de whisky para que él tomase su copa de la noche. Era como si siempre hubiera sabido que él la encontraría. Siempre.

—Lizka…

Un nombre para ella que solamente era de él. Apenas fue capaz de pronunciarlo. ¡Cuántas veces se había despertado en mitad de la noche gritándolo! ¡Cuántas veces había perdido la esperanza de volver a verla! ¡Cuántas veces había llorado de angustia al creer que el tiempo comenzaba a borrar el recuerdo de su rostro! Y ahora la tenía delante, tan bella como siempre, tal y como ella era.

Había pasado tanto tiempo…

Pocos meses después de estallar la guerra, el ejército imperial austríaco requisó el castillo de Brunstriech como centro militar de operaciones. Trató de marcharse con su familia a la Suiza neutral pero su madre, que nunca había vuelto a ser la misma desde la muerte de Lars, deprimida, enajenada y enferma, no tardó en compartir el destino del amado primogénito. Murió antes de que llegaran a la frontera del país alpino. A su madre le siguió Nadjia. Embarazada de su primer hijo, su frágil constitución no pudo soportar los rigores de aquel viaje a través de una Europa en combate, con una criatura en su seno. Durante el parto, Nadjia y el bebé fallecieron.

¡Por todos los Santos que lo había intentado! ¡Había intentado olvidarla; extirparla de su vida como se extirpa un órgano infectado que ya sólo causa dolor! ¡Había intentado llevar una vida normal: hacer feliz a su mujer y esperar con ilusión a su hijo! ¡Por todos los Santos que lo había intentado! Pero cuando su pasado se desvaneció como un mal sueño, cuando su presente dejó de ser un compromiso, entonces se dio cuenta de que no había conseguido expulsarla; sólo había estado atada y amordazada en un rincón remoto de su corazón dormido, pero siempre allí: en cada movimiento que hacía y cada movimiento que contenía, en cada palabra que decía y cada palabra que callaba, en cada mirada que ofrecía y cada mirada que escondía, en cada vigilia y en cada sueño, en cada inspiración y en cada espiración, en cada gesto, en cada parpadeo, en cada suspiro, en cada pensamiento, en cada latido... siempre allí, como un dolor crónico, punzante pero silencioso, con el que se había acostumbrado a vivir.

Cuando se derrumbó su castillo de naipes el dolor volvió a hacerse agudo, insoportable; volvió a hacerle gritar de desesperación. Ella se convirtió de nuevo en su obsesión, en su delirio y en su desvelo. Ella volvió a ser lo único que tenía sentido en su vida; ella volvió a ser lo único que tenía valor. Nunca había dejado de serlo. En realidad, sólo por ella se había esforzado en sobrevivir. Y como no podía ser de otra manera sólo hacia ella volvió a encaminar su existencia.

Habían sido cuatro largos años de penosa búsqueda; cuatro años durante los cuales había dado tumbos de país en país sorteando la guerra, deambulando sobre las cenizas de una Europa destrozada por la sinrazón de un conflicto sangriento, empleando su influencia y sus contactos para localizarla... Cuatro años que habían llegado a su fin.

Por el pasillo que daba a la galería se escucharon los pasos inconfundibles de su hija. Pronto apareció por la puerta: puesto el mandilón blanco que con tanto mimo Daría le almidonaba, una media por la rodilla y otra por el tobillo, los tirabuzones alborotados y las mejillas arreboladas por el juego y la carrera.

La niña abrió la boca como para decirle algo pero su atención se desvió inmediatamente hacia aquel señor desconocido que estaba con su madre. Lo miró de arriba abajo antes de sonreírle y por fin le dijo con voz de campanita:

—Yo ya tengo cuatro años.

En su mano cuatro dedos bien estirados corroboraban la afirmación.

—Él sólo tiene un mes —añadió mirando al perrito que con dificultad sujetaba entre los brazos—. Se llama Blas.

Volvió a mirar a Karel con ojillos curiosos, ladeando la cabeza como si así pudiera estudiarle mejor.

—¿Quiere acariciarle? —le ofreció acercándole el cachorrillo colgado de sus manos por las patas delanteras—. Con mucho cuidadito, que es chiquirritín.

Karel sonreía cuando se agachó para pasar las manos por el suave lomo del animalillo.

—¿Sabes? —le dijo a la niña—. Yo tuve un perrito muy parecido a éste. También era de color crema y se llamaba Bach.

Al volver a escuchar su voz profunda y aterciopelada, Isabel, que desde lo alto de la escalera observaba emocionada la escena, se estremeció.

La pequeña sonrió de medio lado con la barbilla metida en el hombro en pícaro gesto y sin más salió corriendo por el pasillo. Sin embargo, no tardó en volver a asomar la naricilla.

—Mamá...

—Dime, cariño.

—Dice Daría que cuántos tenedores pone en la mesa.

—Dile que cuatro.

—Vale.

Y cumplido el encargo, se marchó con el eco de una carrera que se perdía por la casa.

—Yo... Será mejor que me vaya. No he venido en buen momento...

El semblante de Karel se había vuelto grave. Su voz reflejaba turbación. Después de tantos años... Tenía que haber pensado que lo más probable era que ella no le hubiese esperado.

—La cena estará lista en un minuto. ¿Por qué no vamos pasando al comedor? Tengo tantas cosas que contarte... —le iba diciendo Isabel según bajaba de la escalera.

No tuvo que pensar en cómo lo haría, en cómo vencería el miedo a mirarle a los ojos, a tenerle cerca. Su abrazo fue su refugio, su fuerza y su consuelo.

—Mira que eres tontorrón —le susurró con la cara hundida en su cuello—. ¿Es que no te has dado cuenta? La niña tiene tus ojos.

Isabel creyó sentir que Karel comenzaba a temblar.

—Bienvenido a casa, amor mío.

# Índice